ハヤカワ文庫JA

〈JA1405〉

ゲームの王国

〔上〕

小川 哲

早川書房

8447

ゲームの王国
〔上〕

上巻の登場人物

ムイタック（ソック）…………ロベーブレソンの少年
ソリヤ…………………………プノンペンの孤児

プノンペン
ヒン……………………………郵便局員。ソリヤの養父
ヤサ……………………………ヒンの妻。ソリヤの養母
ティヌー………………………シクロ運転手。共産党員
ソム……………………………秘密警察捜査官。泥・鉄板の兄
イエン…………………………秘密警察捜査官。ソムの上司
ラディー………………………秘密警察捜査官。ソムの部下
チリト…………………………ベトナム人元通訳。ソリヤの育ての親

ロベーブレソン
ティウン………………………ムイタックの兄
サム……………………………村長。ムイタックの父
ニル……………………………ムイタックの母
フオン…………………………元高校教師。ムイタックの叔父
泥（プク）……………………農民。土と会話できる
鉄板（リラ）…………………泥の兄。十三年間喋っていない
クワン（輪ゴム）……………輪ゴムと会話できる

バタンバン
アドゥ…………………………果物売り

クメール・ルージュ関係
ポル・ポト（サロト・サル）……クメール・ルージュ書記長
ノイ……………………………新人民。プノンペン出身
マットレス……………………クメール・ルージュ将校。カンボジア綱引きチャンピオン

第一章

1

プノンペン郊外、トゥールスバイプレイ　一九五六年四月
サロト・サル

闇の中からは、光がよく見える。チョムラウン・ビチア高校の歴史科教師サロト・サルは、子どものころからその諺を気に入っていた。暗闇から明るいものはよく見えるが、明るい場所から暗闇はほとんど何も見えない。この諺から「輝いているときこそ、足元の落とし穴に気をつけなければならない」という教訓を引きだした国語教師は残念ながら二流だった。正しい解釈は「足元の穴に落ちたくなければ、そもそも輝いてはいけない」ということだ。輝けばかならず闇から撃たれる。それが世の摂理だ。

その日いつものように授業を終えたサルは、校舎の近くでシクロを拾い、慎重に二回乗り継いでから、プノンペン南西にあるトゥールスバイプレイの小屋に向かった。道中いつもの癖で数分ごとに後ろを振り返った。この習慣によって誰かの尾行に気がついたことは一度もなかったが、中断した瞬間に致命的な結果を生んでしまう気がして、いつまでもやめられずにいた。同志からは、今のところ自分が疑われているという合理的な疑いはないと聞いてい

る。いや、大事なのは他人のことを過度に信頼しないということだろう。本当に信頼できるのは自分の目だけだ。用心に越したことはない。兄は少しばかり油断したせいで逮捕されたし、志を同じくする多くの仲間たちも警察によって排除されていった。

バラック小屋の近くで乗り継いだ三台目のシクロから降り、懐中電灯で足元を照らした運転手についていく。サルは何も喋らなかったが、運転手が後ろにきちんとついてきているか確認するために振り向いた際は、「大丈夫、ここにいるよ」という意味のこもった微笑を返した。静かな夜だった。シクロが停まった場所からずっと月明かりの中に霧が満ちていて、周囲には何も見えない。しかしそれは決して悪いことではない。なぜなら暗闇は敵を守るが、自分も守ってくれるからだ。このことの重要性をわかっている者は少ない。見つかりたくなければ、まずは見ないことが大事なのだ。

サルは足音を立てずに歩き続けた。耳をすませると遠くから赤子の泣き声が聞こえたが、別段怪しむほどでもないだろう。まっさらな赤子は資本主義という病にもかからないし、忌まわしきスパイにもならない。風に運ばれたアモックの香ばしいココナッツの匂いは、おそらく近隣の住民が作っている料理だ。大丈夫、いつもと変わりはない。うまくやっている。

三分ほど歩くと、ウォータータマリンドの生垣で護衛の男に呼びとめられた。運転手は手にしていた明かりでサルの顔を照らした。サルが名乗る前に護衛は合掌し、承認の身振りを見せて入り口を譲った。家の中に入ることを許可されたサルは足元に目を凝らしながら、一歩ずつ慎重に木材で組まれた階段を上った。ドアを開けると、部屋の中にはヌオン・チアとトゥー・サムートが古くなったテーブルを囲んでいた。

カンボジアがフランスから独立してすぐ、組織《オンカー》は自らを三つの部門にわけた。合法部門、準合法部門、秘密部門だ。サルが合法部門、ヌオン・チアが準合法部門、トゥー・サムートが秘密部門の担当者だった。サルの仕事は、選挙で圧勝することが予想されていた民主党に潜りこみ、共産党員として政党活動を裏から操ることだった。

サルにとって、民主党内部で自分がスパイであることを隠すのは造作なかった。どんなに気難しい相手でも簡単に仲良くなることができたし、権力を持つ人物の信用を勝ち得るのも得意だった。誰かに疑われることも、嫌われることさえもなかった。温和な顔、慎重な言葉遣い、尊大なところがなく常に誠実な態度、人当たりのよさ。サルはそれを自分の才能だと考えていた。政治家や権力者だけではない。高校の教え子たちからも好かれていることには自分でも気がついている。どういうわけか自分には悪評が立たない。黙っているだけで思惑通りに事態が進展していく。

しかし、いかに自分の評判がよかったとしても、そんなものはたった一日でひっくり返る。それくらいよく知っている。現に今日、自分はある人物の評判をひっくり返そうとしている。こういった世界では、風向きが変わってしまえばすべて終わりだ。たった一度の間違いも許されないし、たった一度の不運も許されない。すべての任務を成功させる必要がある。

一見簡単そうな任務でも、案外落とし穴があるものだ。民主党に潜りこむという任務においては、二つの要素が複雑に絡みあっていた。民主党へ目立たずに潜りこむことと、実際に影響を及ぼすこと。もちろんその二つはまったくの別物で、前者と後者のどちらかに偏ればどちらかが失敗する。バランスが重要なのだ。その点で、民主党の事務局長補佐だったケン・バンサクがフランス留学時代からの友人だったのは幸いだった。サルは彼を盾にしつつ、民主党がアメリカに対し強硬路線を取り、反米路線を党内の共通認識とするために奔走した。アメリカはかならず「革命」の邪魔をする。彼らの影響力を国内から排除しなければならない。そのため、自然な会話の中に虚実入りまじった情報を織りこみ、ときには挑発的な言葉で民主党の上層部を刺激した。党内でも意見が割れていたが、サルの工作で着実に反米派が力を増していた。バンサクはサルの拡声器になり、民主党は正しい方向へ進みつつあった。

「合法」活動は成功しつつあったのだ。

だが、すべてがうまくいっているように見えた工作も、結果的に無駄に終わった。大事なのは失敗ではなく、無駄だったという点だ。自分はしくじらなかったし、最後までベストを尽くしたが、結局なんの成果も残らなかった。完全なゼロだ。そのことは認めなくてはならない。

思えば、その兆候はノロドム・シハヌークが国王を退位した瞬間から始まっていた。国政選挙の直前、シハヌークは国王の地位を彼の父スラマリットに譲った。それは彼が本格的に政治に介入するために必要な行為だった。手始めにシハヌークは自らが主導する超党派団体「人民社会主義共同体《サンクム》」を組織し、選挙に名乗りをあげた。この段階では単にライバルが増えただけだった。問題は、元国王のシハヌークが国政に深く関与できたことと、その権利を明け渡したくなかったことだ。民主党の影響力が思っていたよりも強く選挙の旗色が悪いと見るや、シハヌークはサンクムと民主党による連立政権の道を探るようになった。民主党は当然のようにシハヌークの提案を断った。元国王の後ろ盾がなくとも選挙に勝つことは明白だったからだ。その結果、シハヌークは民主党やその他の敵対政党に対する弾圧を始めた。

共産党の準合法部門が指揮していた政党組織、人民派《プラチアチョン》の広報誌は発行禁止になり、編集長は逮捕された。左翼雑誌を編集していたサルの兄が逮捕されたのもその時期だ。選挙を前にプラチアチョンの各候補者は射殺され、射殺を逃れた残りの多くは投票日までに逮捕された。投票前夜、集会に出ていた民主党のバンサクは、目の前で関係者が射殺されるのを見た。そしてどういうわけか、バンサクはその関係者を殺した罪で逮捕された。捕まった狙撃犯が

「バンサクの依頼だ」と証言したという話だった。バンサクが「二度と政治に関わらない」ことを誓うと、彼はすぐに釈放された。

選挙はシハヌーク率いるサンクムの圧勝だった。当初勝利が予想されていた民主党や、善戦が期待されたプラチアチョンは一人の当選者を出すこともできなかった。民主的な選挙など存在しなかったのだ。ほとんどすべての投票所で不正が行われたし、正当な勝者が暗殺された選挙区もあった。

プラチアチョンは一票も獲得していない。そう結果を出した選挙区もあった。サルはその選挙区でプラチアチョンに投票した人間を、少なくとも数十人は直接的に知っていた。カンボジア中の誰もが不正に気づいていたが、そのことを指摘すると命に危険が及んだ。こうし

てサルの任務はすべて無駄になった。

茶番だった。無意味だった。しかし、この選挙の経験そのものは無駄ではなかった。サルはこの壮大な茶番を通じて、ある重要な真理を強く認識した。結局のところ、権力を握った者がすべてのルールを決めるのだ。サッカーの試合をしていたら、審判が「ゴールを決めるな」と命令してくる。審判に反抗してゴールを決めた選手は退場させられ、ゴールは無効にされる。結果的に、誰もゴールを決めようとはしなくなる。試合終了。五対〇、シハヌークの勝ち。いったいどうすればいい？

答えは簡単だ。自分たちがルールを支配すればいい。選挙の顚末を受けて、カンボジア共産党は即座に合法部門の撤廃を決めた。権力者の定めたルールに従ってフェアプレイを行っても絶対に勝つことはできない。相手がルールを変更することで勝利を盤石にしようとするならば、自分たちもルールを逸脱してそれに応じなければならない。そのために手段を選んでいる場合ではない。残念ながら、革命が闘争であるという格言は正しい。驚くほど正しい。

「国内の党勢《クメール・ベトミン》力は弱まりつつある。先の選挙で仲間たちは逮捕されたり、S《シハヌーク》を恐れて離脱したりした」

ヌオン・チアが痰壺を引き寄せながらそう言った。言い終えると、痰壺の中にビンロウに染まった真っ赤な唾を吐き、ピチャッと壺の内側に当たる音が聞こえた。いつも会議は静かに始まった。こうやって指導部で集まると、はじめに自分たちの絶望的な状況を確認するのが習慣になっていた。革命が最終目標だったが、勝ち目はまったくないように思えたし、何をするべきかもわからなかった。

「ベトナム人たちは我々に対して何もしてくれない。活動には資金がいるし、さまざまな根回しも必要だ」

今度はトゥー・サムートが付け加えた。チアが「タイやラオスも同じで、自分たちの仕事で忙しいようだ」と同調した。サルは自分の苛立ちが顔に出ないように気をつけた。

「逆にチャンスだと捉えるのはどうでしょうか？」

サルはテーブルの上に積もっていた埃を一箇所に集め、手のひらに乗せると苦い顔をした。きちんと掃除をしないのは怠惰のあらわれだ、そう考えていた。

「チャンス？」

「これはチャンスなんです。私たちは独自の革命組織《オンカー》を作り、独自のやり方で育てていく。党員が減っているのは、Sや警察に怯えるような臆病者が勝手にいなくなっていることの証《あかし》だと考えましょう。病気を治療する前に病原菌が勝手に逃げてくれているのです。こんなにありがたいことはないでしょう」

「なるほど」

「たとえば同志《ムット》シウ・ヘンのことですが――」

「――彼は大変な目にあった。革命戦士として正々堂々と警察と戦ったせいで、逮捕されてしまった」とチアが弁明した。

「しかし、彼が逮捕後すぐに釈放されたことには気をつけなくてはなりません」

「気をつける、とは？」

今度はサムートが反応した。

「警察に捕まった同志がどうなるか、わかるでしょう？　私が懸念しているのはそのことです」

「なるほど、取引か」

サムートは苦々しく顔を歪めた。「警察はかならず『釈放されたかったら、党員の情報を流せ』と言う。同志シウ・ヘンは逮捕され、すぐに釈放された。つまり彼は警察と取引した、あるいは今後の取引を結んでいるかもしれないということだ」

「そうです」とサルはうなずいた。「先日、同志アックムが逮捕されたのは偶然でしょうか？」

「しかし、同志シウ・ヘンは長年党に貢献してきた革命戦士だ。すぐに釈放されたのは彼がしっかりと情報の管理をしていたからだろう。証拠が見つからなかったんだ。彼は人柄も非常に優れているし、人望があって党内での影響力も強く――」

チアが反論した。彼はシウ・ヘンの親族だった。サルはチアに「どうぞ先を続けてください」と微笑んだ。サルと目があうと、チアは何か重要なことに気がついたようにはっと目を見開いた。チアに与えられた選択肢は二つだ。親族のシウ・ヘンと一緒に泥舟に乗るか、彼を切り捨てるか。

「――たしかに党内での影響力は強いが、それは関係ない。彼は私の親族だが、私の本当の家族はオンカーだけだ。『ラーマーヤナ』において魔王ラーヴァナに捕らわれたシータ姫がどうなったか。彼女は解放されたあと、魔王に汚されたことを疑われて王家から追放された。つまりはそういう話だ。同志シウ・ヘンには厳しい目を向けなければならない。私は最初からそれが言いたかったのだ」

チアは後者を選び、そう言い直した。サムートが「そうだな」と同意した。「まずは情報へのアクセス権を制限しよう。場合によっては、もっと厳しい判断をしなければならないが」

「なるほど。そうするべきかもしれませんね」とサルはうなずいた。

「それに警察に協力者を潜りこませる必要もある。同志シウ・ヘンの取引内容を調べないと。下手をしたら、我々のことを口にしているかもしれない。今すぐにでも適切な党員をリストアップしなければ」

「党へのアクセス権と、警察の協力者の件は同志サムートに任せましょう」

サルは議論の方向性をコントロールできていることに満足した。

「承知した。ベトナムに関してはどうする?」

「そうですね、それもチャンスだと考えましょう。ベトナム人がうるさく言ってこない以上、私たちは自らの手で綱領や規則を作り直すことができます。彼らは不干渉という形でそれを容認したのですから。今後はたしかに支援がないかもしれませんが、干渉もないということです。いいじゃないですか。今後、ベトナムは兄ではなく友人です。気が合えば手を組むし、気が合わなければ手を切ればいい」

「なるほど」とチアはうなずいた。シウ・ヘンのことが気掛かりなのか、はっきりとした表情を読みとることはできない。サムートはすぐに「一理ある」と同調した。

「そのために何をするべきだと思いますか？」とサルは問いかけた。

今後は黙っているつもりだった。彼は何もかも自分ひとりで決めてしまうことがないように気をつかっていた。決定的なことは何も言わない。方向性をほのめかし、細部は他に任せる。失敗したときは言い逃れができるし、成功したときは地味だが確実に影響力を増すことができる。大事なのは目立たずに目立つことだ。仕事の成果を誇示してはならない。党の規律破りを自慢してはならない。十分に機が熟すまで党の顔になってはならない。闇の中からは、光がよく見える。じっと闇に潜み、一方的に様子をうかがい、やがて光が陰るのを待つ。

「まず手はじめに、人員を少しずつ増やしていく」

チアが答えた。「信頼でき、そして能力のある人間だ。実行力があり、革命に対する炎を絶やさず、何があっても信念を貫き通す、そんな人物だ。その一方で、私たちは自分たちだけのオンカーを作る。思想純度の高い組織を作り直すんだ」

「素晴らしい」とサムートが答えた。「カンプチャボットの教員に、先進的な人物がいる。学友会で知った」

「それなら、コンポンチャム州のグループにも」

二人の会話を黙って聞いていたサルは、自分たちが生き返るための道筋が明らかになったことに満足していた。これからは準合法部門と秘密部門が主役になる。たしかにまだ組織は小さい。風が吹けば消えてしまうような大きさだ。だが、かならず自分たちで権力を握り、真の恒久的な平和と正義を実現する。自分たちがシハヌークに、そして秘密警察にされたことを忘れてはならない。誰の言いなりにもなってはいけない。やつらを屈服させ、カンボジアを正しい形に直すのだ。

2

ニュオン・ヒン　同日
プノンペン郊外、トゥールスバイプレイ

ニュオン・ヒンは職場のラジオで聞き覚えた『黄金の王都』という流行歌を口ずさみながら、未舗装の道路沿いに作られた自宅の前に、中古で買った安い自転車を停めた。顔に巻いていた布を外すと鼻の中に乾いた土の匂いが広がり、すぐに土埃が口の中に入ってきた。一度歌を中断し、唾液と絡みついた土をペッと吐きだす。隣のバラックからチュットさんが挨拶をしてきたので「こんばんは」と答えてから、急いでサンダルを脱いで軽快に玄関を通り過ぎた。こんなに素晴らしい日はない。歌わなくては。ヒンは部屋の奥で夕食の準備をしている妻に向かって自分の歌が聞こえるよう、再びサビから歌いだした。

「黄金の王都は八百年のあいだひかり輝き――」

「あら、いつもより大声で下手くそな歌を唄って、ずいぶん機嫌がいいのね」

炉《チョンクラーン》の前に立っていた妻は、二人分の食事をゴザの上に並べながらそう言った。

「ちょっと待ってよ。僕の歌は下手じゃないよ」

食事の盛られた皿の脇を走る小さなトカゲを潰しながら反論する。

「下手よ。自分で聞いてわからないの？」

「おいおい。ちょっと待て……。いやまあ、その議論は置いておこう。きっと僕たちが話し合っても結論が出ない。芸術性っていうのは、人によって解釈が異なるからね」

「難しいことを言うのね」

「君のお父さんから教えてもらった言葉だよ。それより、どうして僕の機嫌がいいと思う？今はその話をしようよ」

「儲かったの？」

「それがね、過去最高なんだよ」

ヒンは笑みで顔をくしゃくしゃにしながら「僕たちは金持ちだ！」と妻を抱き寄せた。彼女の着ていたサンポットの黒い布が彼の体に巻きついた。驚いたのか、妻は小さな悲鳴をあげたが、体は柔らかく、背中を支える彼の両腕にすべての体重を預けていた。ヒンはキスをして妻を見つめた。

「それに、晩御飯はアモックじゃないか！」

「そう。それにとても甘いやつ。あなたの好みよ」

「生きててよかったよ」

　妻を抱いたまま、部屋の隅に吊るしてあったハンモックに飛び移った。「最高の一日だったな」

「一日はまだ終わってないわ」

ヒンに顔を寄せながら、ハンモックにもたれかかった妻が言った。

「ああ、それもそうだね。これからご馳走が待っている」

二人は食事の準備を一緒に進めて、アモックトレイを食べはじめた。ああ忘れるところだった、とヒンはカバンを漁り、中から露店で買った三リエルの蒸留酒の小瓶を取りだしてコップに注いだ。酒を飲むのは久しぶりだった。

「いくら儲かったの？」

「いくらだと思う？」

ヒンは全身がふわふわするのを感じた。久々に飲んだので、ひどく酒が回っていた。

「そうね、いつになく機嫌がいいし、もしかして三十リエルとか？」

「残念、四百リエルさ」

「は？　よ、四百リエル？」と妻が目を丸くした。「嘘はやめて。四リエルでしょう？」

「幸運なことに、嘘じゃない」

「ちょ、ちょっと、いったい何があったの？　銀行を襲ったの？　政治家を殺したの？」

「銀行は襲っていないし、政治家も殺していない。まあ、殺したい政治家ならいるけどね」

「じゃあ、どうやって？」

「いつものように切手を剝がしただけさ。アメリカ人の新聞記者が勘違いをしてて、国際郵便に必要な量の十倍以上も切手を貼っていたんだ。変な位置に切手が貼ってあったせいで、同僚たちは気がつかなかったみたいだ。いやあ、今月はもう出勤しなくてもいいくらいだよ」

　ヒンはプノンペンの郵便局で荷物の仕分けをしていた。ヒンの郵便局では預かった荷物の約四割が開封され、そのほとんどは中身が抜きとられていた。郵便物保管庫に中身が抜きとられたまま放置されている荷物があると、ヒンは切手を丁寧に剝がして懐に入れてから、不要になった外袋を「切手不足」のボックスに仕分けた。給料が驚くほど安かったので、そこで手に入れる切手は大切な副収入だった。ヒンは「荷物開封はさすがにやりすぎだが、すでに誰かに開封されてしまった荷物の切手を剝がすのは仕方ない」という中途半端な道徳心を持っていた。

「ああ、四百リエル！」

「四百リエルさ！」

　ヒンはポケットから切手を換金して手に入れた四百リエルの札束を放りだした。

「すごい！　いったい何を買いましょう！」

「新しい外国製の扇風機と、君の欲しがっていた鍋。新しい洗濯板も欲しいね。でも、それだけ買ってもまだおつりが残るよ。三百リエルほど」

二人は自分たちの幸運を精霊へ感謝してから、ご馳走が冷めないうちに食事を再開した。

妻が思い出したかのように微笑んで「本当、幸運ね」とつぶやいた。

「愚かなアメリカ人のおかげさ。もちろん彼にとっちゃ、これくらいの切手は子どもの小遣いみたいなもんだろうけど」

「ありがたくいただきましょう」

「そうだね。アメリカさまさまだ」

妻が「愛してる！」と言って抱きついてきて、ヒンは危うく食器を落としそうになった。

「おい、ご飯がこぼれるぞ」

「いいよそんなの。どうせ一リエルよ。ああ、本当、愛してるわ」

「アメリカを？」

「いえ、あなたを！」

妻が声をあげて笑った。すべてがうまくいっていた。一日中晴れていたし、涼しかったし、四百リエルも儲かった。帰り道に口ずさんだ『黄金の王都』のサビの高いキーも声が出たし、妻もいつもより綺麗で、夕食は好物のアモックだった。

「おい――」

家の外から男の声が聞こえたのは、そんなときだった。

「――誰かいるか？」

ヒンは「僕が出るよ」と言って食器を足元に置いた。中身はもうほとんど残っていなかった。「誰か！」ともう一度聞こえた。

「僕はここにいるよ！」

ヒンは陽気な気分のまま暗闇に向かって叫んだ。家の外は真っ暗で、声の主がどこにいるのかわからなかった。「どこにいるの？」

すると「ここだ」と突然隣から肩を叩かれて、思わず尻餅をついた。

「びっくりしたよ」

「すまない。驚かせるつもりはなかった」

「何の用か知らないけど、気をつけてくれよ」

男はヒンの前にやってきた。暗くて服装などはよくわからなかったが、胸元に真っ赤なクロマーで包まれた赤ん坊を抱いていた。ヒンは立ち上がって「こんにちは」と赤ん坊に話しかけた。目があうと、赤ん坊はすぐに泣きはじめた。

「嫌われちゃったかな」

「頼む。この子を一晩だけ預かってほしい」

軒先まで移動して明るい場所で見ると、知っている顔だということに気がついた。毎週身なりのいい男の客を乗せて、この辺まで運転してくるシクロの運転手だった。いつもその客が降車のときに代金を払っていなかったので、二人がどういう関係なのか疑問に思っていた。

「どうして？　あんたの子じゃないの？」

「俺の子じゃない」

「じゃあ、どうしてあんたが抱いているの？」

「そこの道路の脇に捨てられていた。母親はもう逃げてしまったのかもしれない。探しても見つからなかったんだ。どれだけ努力しても全然泣きやまなくて困ってる。この子が泣きやまないと問題があるんだ」

「問題？」

男は明らかに困惑していた。どう説明していいかわからないようだった。

「外で赤ん坊が泣き続けていたら警察が来るかもしれないだろう？　警察が来ると、ほら、いろいろと面倒じゃないか」

「何か警察が来るとマズいことをしているのか？」

男は焦った様子で視線を左右に動かした。「別に、そういうわけじゃないが」

「ねえ、どうしたの？」

部屋の奥から妻が出てきた。ヒンは妻に事情を説明した。

「あなたが自分で預かればいいじゃない？」

妻が男に言った。男は「それはできない」と答えた。「家はここから遠いし、とても散らかってるし、それに会議の見張りをしないといけないんだ」

「見張り？　何か悪いことでもしているの？」

「違う。悪いことなどしていない。むしろこの国の未来のために正しいことをしている」

男はそう答えて妻に赤ん坊を押しつけると、そのまま暗闇に逃げだそうと背を向けた。ヒンは男の肩をつかんだ。

「ちょっと待て。そもそも前からお前は怪しいと思ってたんだ。お前がいつも乗せている身なりのいい男は誰だ？　悪いやつなのか？　政府の人間か？」

男は「違う、悪いやつじゃないし、政府の人間でもない」と答えてから、すぐに再び逃げようとした。

「許してくれ」

男は半泣きだった。ヒンは両腕で男を羽交い締めにした。男につられて赤ん坊が泣きはじめた。すぐに妻が小声であやした。

「彼はチョムラウン・ビチア高校のサロト・サルという教師で、カンボジアでもっとも正しい人間だ。今はこの国の未来のために重要な会議をしている」

「この子の父親はそのサロト・サルという男なのか？」

「ちょっと待て。今は父親の話などしていない。その話は関係ない」

「じゃあ、なんの話だ」

男は少し考えてから「革命の話だ」と答えた。

「おい、突然子どもを連れてきて、逃げようとした上に、意味不明な話をするな」

男が答えるより前に、妻が「別に預かってもいいじゃない」と答えた。

「一晩だけでしょ？　この子、とっても可愛らしい顔をしているわ。それに私と目があうとすぐに泣きやんだの。ねえ、男の子なの？　女の子なの？」

　ヒンは男を締めつけていた力を緩め「おいおい」と妻の方を向いた。

「そんな簡単に引き受けるべきじゃないよ。さっきからこいつ、話が抽象的すぎて何を言っているかわからないし、挙動不審だし、隙を見て逃げようとしてるし」

　ヒンの両腕がふっと軽くなるのを感じた。振り返ると目の前には暗闇が広がるだけで、すでに男の姿はなかった。

「ああ、逃げられた。探してくるよ。怪しいやつだ。とっ捕まえて警察に突きだしてやる」

「別にそこまでしなくていいじゃない。今日は特別な日なのよ。そんな日に精霊さまからの贈り物を引き受けなかったら、きっと手ひどいバチが当たるわ。見てよ、この子。可愛いじゃない」

　赤ん坊がにっこりと笑った。もし自分たちに子どもがいたら、こんな感じなのかもしれないと思った。

「そうは言っても……」

　妻は赤ん坊に微笑みかけてから、「だから言ったのよ」とつぶやいた。

「なんて？」

「一日はまだ終わってないって」

ヒンはいろいろと考えるのをやめて、『黄金の王都』を歌いはじめた。歌いはじめると、赤ん坊がすぐに泣きだした。

「これでわかったでしょう?」

「何が?」とヒンが聞いた。

「あなたの歌が下手だって。赤ん坊が泣くなんて、よほどのこと」

「感動して泣いているのかもしれないよ」

「そうなの? 感動しているの?」と妻が赤ん坊に尋ねた。赤ん坊は妻をじっと見つめてさらに大きな声で泣きだした。

3

ニュオン・ヒン 一九六四年三月
プノンペン

赤ん坊は女の子だった。彼女を預かった翌日、約束に反してシクロの男はやってこなかった。もっともヒンは男がやってこないことを予想していた。

「あいつ、絶対来ないぞ。四百リエル賭けたっていい」

「じゃあ、私も来ない方に四百リエル賭けるわ」

「それじゃあ賭けにならないじゃないか。八百リエルを誰が払うんだ？」

「シクロの運転手に払わせましょう」

「でも、あいつ絶対貧乏だぞ。頭もよさそうに見えなかったし、友達だってひとりもいないよ」

妻は「しばらく様子を見ましょう」と言った。仕方なくヒンもそれに従った。というか、それ以外に方法はなかった。

三日、一週間、一ヵ月と経つにつれ、運転手が再びやってくる見こみはどんどんなくなっていったが、妻はその状況を喜んでいるようだった。妻は子どもを可愛がっていて、明らかに特別な感情を抱いていた。

妻は彼女を太陽《ソリヤ》と名付けた。前年に死んだヒンの母の名前だった。ヒンが仕事から帰ってくると、「ソリヤがつかまり立ちをした」だとか、「ソリヤの泣き声がオードリー・ヘップバーンに似ている」だとか、「隣人がソリヤを可愛いと褒めた」だとか、妻はまるで我が子のように、彼女の自慢を次から次へと列挙するようになった。アメリカ人新聞記者の致命的なミスによって得た四百リエルはソリヤの玩具や衣類に消え、扇風機も鍋も洗濯板も新しくはならなかった。

二ヵ月が経って、ヒンが「ソリヤを孤児院か病院に預けよう」と提案すると妻が泣きはじめ、二人は大ゲンカをした。しかしどれだけ妻が泣いても、ヒンは自分の立場を譲らなかった。四百リエルがいつでも手に入るわけではない。赤子のうちはよくても、成長すれば自分の稼ぎだけで一家を支えるのは難しくなるだろう。たしかにソリヤは可愛かったし、ヒンも情が移りつつあった。だが、それがいつまで続くのかはわからない。自分の子どもならまだしも、話したこともない得体の知れない人間の娘を育てるために、今まで以上に働く気になるかはわからなかった。

もちろんソリヤを我が子のように思うこともあった。だがそれでも、捨て子を拾った人間として、きちんとやれることをやっておくべきだと思った。

「僕たちなんかより、本当の親の家や、もっと裕福な家で育ったほうがこの子にとって幸せかもしれないよ」

最終的に、その一言で妻はようやく納得した。翌日、ヒンたちはソリヤを連れてプノンペンへ行き、警察で手続きをした。警察の人間はまるでやる気がなく、数時間待たされた挙句にフランス人が取り仕切っている孤児院を紹介された。二人はそこへソリヤを預けた。ヒンは警察と孤児院の書類の両方に彼女の父親として「サロト・サル」の名前を記した。シクロの運転手とそんな話をした気がしたからだった。

帰り道、妻はずっと泣いていたし、家に帰ってからも泣きやまなかった。夜が明けるとようやく泣きやんで、「ソリヤの様子を見てくる」とすぐに孤児院に向かった。それから三ヵ月、妻は毎日のように孤児院までソリヤに会いにいった。ヒンが書類に記したサロト・サルという父親を探そうとしたのは警察ではなく、孤児院のフランス人職員だった。しかし懸命な努力にもかかわらず、父親とは一切連絡がつかないという話だった。

深夜に台所でひとり涙している妻の姿を何度目かに見た日、ヒンは自分が折れるべきだと自覚した。こうして二人は孤児院へ行き、手続きをしてソリヤの正式な親になった。ソリヤは親戚や近隣住民から可愛がられ、すくすくと育った。彼女と関わった人間はみな、彼女の可愛らしい顔立ちと利発さを褒めたたえた。彼女が学校に通いはじめると、ヒンは彼女を養うために、切手剝がしだけでなく荷物の開封にも手を染めるようになり、そのお金で彼女に絵本や玩具や衣服を買い与えた。昼の間、妻は自宅の前で軽食屋を始めた。収入はわずかだったが、家計の足しにはなった。


その日彼らはソリヤのために新しい服を仕立てようと、中央市場《セントラル・マーケット》に綿の布を買いにきていた。ソリヤは八歳になろうとしていた。ヒンは彼女を愛していた。彼女のほかに子どもが欲しいとは思わなかった。妻は店の候補を七軒に決め、それぞれの商人たちと念入りに価格交渉をした。ヒンの少ない収入では、買うことのできる布はあまり多くはなかった。

彼女を連れて出歩くと、多くの人に「可愛いお子さんね」と声をかけられ、そのたびに二人は鼻が高くなった。

「この子が布を選んだの。西欧人みたいにセンスがいいわ。きっと家具デザイナーになるわね。ちなみにこの布、いくらだったと思う？」

朱色の大きな布を抱え、ソリヤと手を繫いで店から出てきた妻が聞いてきた。

「五リエルかな」

「この子が店員を『綺麗なお姉さん』って呼んだおかげで、五リエルだったものを、三リエルにまけてもらったの」

「さすがだ。この子はきっと優秀な商人か政治家になるな」とヒンは笑った。

「そうかもしれない」と妻も笑った。

「政治家って？」

ソリヤがそう聞いた。ヒンは「一番偉い人だ」と答えた。「この国のルールを決めるんだ」

ソリヤは「ふーん」と、納得したのか興味をなくしたのか、よくわからない反応を示した。

「これがあなたの新しい服になるのよ」と妻がソリヤの前で買ったばかりの布を見せると、ソリヤはきゃっきゃと喜んだ。

セントラル・マーケットを出て、彼らは帰宅するためにシクロを探した。すでに夕方だった。何台か通りかかった二人乗りのシクロにはすべて別の客が乗っていた。なかなか見つからず、彼らは五分ほど待つことになった。ようやく空車のシクロを見つけ座席に座った瞬間、運転手と顔を合わせたヒンは「あ！」と思わず叫んだ。「あのときの！」

「もしかして……」

運転手は気まずそうに視線をそらした。間違いなく、ソリヤを連れてきたシクロの運転手だった。

「どうして約束の日に来なかったんですか？」

そう聞いたのは妻だった。怒っているわけでもなく、ただ単純にこの運転手が約束を破った理由を知りたがっているようだった。「次の日に来るって言ったのに」

「訳あって、しばらくあの辺に近寄れなくなったんです」

運転手はそう答えた。

「あなたにどんな事情があったかはわかりませんが、あれからもう数年が経ちます。それまで一日も余裕がなかったとでも？」

「そういう訳ではありません。たしか一ヵ月くらいが経った日でしょうか、一度あなたたちの家に行ったんです。そしたら、赤ん坊に玩具をプレゼントしているお二人の姿が見えて、きっとすべて解決したんだろうと思い、そのまま帰ってしまいました。申し訳ありません」

ソリヤは興味なさそうに道路の向こうを眺めていた。ヒンは運転手に怒りをぶつけたいような気もしたが、いったいどうやって怒り、彼に何を求めればいいのかもわからなかった。ソリヤはすでに自分たちの子どもだったし、下手に話が進んで「実の父親に返す」ということにでもなったら目も当てられない。それに、ソリヤの前でこの話をするのも嫌だった。ソリヤにはまだ、自分たちが血縁上の両親でないことを伝えていなかった。シクロは停まったままで、全員が無言だった。

ヒンは「トゥールスバイプレイまで」とつぶやくように言った。「道のりはよく知っているだろう？」

運転手は小さく「わかりました」と答え、シクロが走りだした。

ときおりヒンは自分がソリヤの本当の父親でないことを思い知らされた。そういったときはいつも暗い気持ちになった。ソリヤは利発で、誰からも可愛いと言われた。しかしその手柄は自分のものではなく、一度も会ったことのない高校教師のものなのだという気がしてしまうのだ。自分たちのような貧乏夫婦と違い、ソリヤにはどこか高貴な雰囲気があったし、明らかに頭もよかった。足し算や引き算はヒンや妻よりも素早く正確なくらいだ。そういうことを考えはじめると、ソリヤを褒める他人の言葉が、どこか嫌味や皮肉のように感じられてしまう。この子は可愛くて賢い。なぜならお前たちの子どもではないから。ヒンはなるべくそのことを頭から締めだすように努めていたが、シクロの運転手との邂逅《かいこう》は、「本当の父親」の存在を強烈に思い出させた。自分は偽物の父親に過ぎないのではないか。

店じまいをした市場の商人たちが、商品の詰まった荷台を引っ張って道路を横断していた。そのせいで道が混雑していて、シクロは動いたり停まったりを繰り返しながらのろのろと走っていた。モニボン通りに差しかかったときだった。対向車線からクラクションを鳴らしながら大きなワゴンが走ってきた。ヒンは「うるさいなあ」とワゴンを睨みつけた。

するとワゴンはそのまま車線を変えてまっすぐこっちに向かい、急ブレーキをかけてシクロの前に横づけした。進路が完全にふさがれ、シクロは急停車した。反動で道路に落ちそうになったソリヤをヒンは抱きしめた。妻の買った布を丸めた筒が、ころんと音を立てて道路に落ちた。

シクロの後ろからクラクションが鳴りひびいていた。すぐにワゴンの中から数人の警官が出てきた。警官はヒンたちに「両手を頭で組んで、すぐに道路に出ろ」と指示した。ヒンは「なんだ？」と聞いたが、彼らは質問に答えなかった。

ワゴンから最後に出てきた警官がシクロの運転手の頭を乱暴につかんだ。

「お前がクイ・ティヌーか？」

運転手がうなずくと、警官はすぐに手錠をかけた。運転手は思いきり背中を蹴とばされ、乱暴にワゴンに乗せられた。

「ところで、お前は誰だ？」

シクロを囲んでいた別の警官がヒンに聞いた。

「ニュオン・ヒン。ただの客です。見ればわかるでしょう」

「俺たちはずっと見張っていたから、お前がクイ・ティヌーと停車したシクロで何かを話していたのは知っている。ただの客ではないだろう。正直に話せ」

「以前に一度会ったことがあるだけです」

「いつどこで、どういう経緯で会ったのか、正直に話せ」

ヒンはどうしたものかと思案した。ある日あの男が赤子を抱えて家の前に立っていて、その子を預かることになった。今自分の後ろにいる子どもはそのときの子で、結局自分たちが育てることになった。まだ何も知らないソリヤの前で、そんなことを話せと言うのか？ そもそも信じてもらえるのか？ それに、もし何か妙な詮索をされて、ソリヤを奪われてしまったらどうしようか？

しばらく黙っていると「どうしてあなたにそんなことを話さなければならないの？」と妻が聞いた。いくらか挑発的だった。妻はもともと警察を信用していなかったし、ソリヤのことで一切何もしなかった彼らに怒ってもいた。その態度が露骨に表れているようだった。

「俺たちが警察だからだ。もし正直に話せないというのなら、お前たちには何かやましいことがあると考える」

「やましいことなんてない。でも、あなたたちに何かを喋る気にはならない」

シクロの後ろは渋滞になっていたが、警察はその場から離れようとはしなかった。警官と妻はしばらく口論を続けた。最終的に、シクロの運転手を連行することが今回の仕事で、すぐに次の容疑者を捕まえにいかなければならない、と別の警官に諭されて、彼は引き下がることになった。

発車したワゴンは、妻の買った朱色の布を踏みつけて王宮方面に走り去った。妻はタイヤの跡がつき、すっかり千切れてしまった布を拾うと、悲しそうに肩を落とした。ぼろぼろになってしまった布を見て、ソリヤは「私の服が……」と泣いた。

「政治家は警官よりも偉いの？」とソリヤが涙ぐみながら聞いてきた。

「ああ」

ヒンはうなずいて妻の肩を抱いた。三人は暗くなったモニボン通りをゆっくりと歩きはじめた。

4

シヴァ・ソム　一九六四年三月
プノンペン

シヴァ・ソムの父は、この世のあらゆる人間は三種類にわけられると考えていた。農家、ベトナム人、女。この三つだ。そういうわけで、ソムが「警官になる」と報告をすると、父は「俺はベトナム人を育てた覚えはない」と怒った。父のオリジナル論理学によれば、警官は農家でも女でもないので、ベトナム人に該当するようだった。どうやらプノンペンの学校に通わせていた自分の息子が、最終的には地元に戻って農家の仕事を継ぐものだと考えていたようで、期待を裏切られたと怒っていた。

「前からお前はそうだった。陰気で、いつも何を考えているかわからん。そうだ、お前は生まれつき、根っからのベトナム人だった」

一人暮らしをはじめたソムがベトナム人街近くのアパートに住みはじめたのは、父のその言葉が心のどこかに残っていたからかもしれなかった。自分はベトナム人なのだ。

物心ついたときから家業を継ぐ選択肢はなかったが、別に警官になりたかったわけでもなかった。カンボジアで国民に嫌われている職業といえば、裁判官、警察官、政治家の三つだ。ソムも警官は嫌いだった。子どものとき、巡回授業の教師が「カンボジアの正義を支えているのは裁判官と警察官と政治家です」と言ったが、それが真っ赤な嘘だということはクラスの子ども全員が知っていた。裁判官と警察官と政治家こそ、カンボジアの正義に泥を塗り、国家を腐敗させているのだ。警察官は中でも最悪で、いつも道路の脇に椅子を置いて昼寝や放屁をして、ときどき思い出したように、その辺の人に交通違反だの何だのと難癖をつけて罰金を求めた。臆面もなく「賄賂を渡せば罰金を見逃してやる」と触れ回り、賄賂を拒否すると問答無用で捕まえて、運が悪ければ身に覚えのない罪まで追加してきた。しかし、職業選択で悩んでいた時期に、尊敬する人に警官になることを提案されると、なんとなくそれが正しいように思えた。自分がやらなければ誰がやる、という気持ちになった。そうして、いつの間にか制服を着て街中をパトロールしていた。

いざ警官になってみても、別に面白くもなかったし、給料だって高くもなかった。同僚たちは犯罪を見逃すかわりに賄賂をもらうことで、どう考えても低すぎる給料を埋め合わせていた。自分が目撃した中で一番ひどかったのは、事件の担当者だった上司が強姦殺人の犯人から二千リエルを受けとり、罪状を暴行罪に書き換えたときだ。その犯人は裁判官にも金を渡して刑を軽くしてもらい、刑務所でも看守に金を渡し、裁判が終わった一週間後にはプノンペンの高級レストランで若い女性と食事をしていた。そしてその一ヵ月後には別の女性を強姦して捕まった。何もかもが腐っていると思った。

三年目にソムは配置換えの辞令を受けた。新しい仕事は、業務が拡大し、人員が手薄になりつつあった秘密警察の捜査官だった。一般的には栄転だった。たしかにソムの逮捕数は同僚に比べてずっと多く、数字上ではずば抜けていた。だが、別に優秀だったからでも、勤勉だったからでもない。

では、どうして逮捕数が多かったのか――単に一切賄賂を受けとらなかったのが理由だった。賄賂を受けとって犯罪を見過ごさなければ、ただ立っているだけでも逮捕数は必然的に多くなった。

では、どうして賄賂を受けとらなかったのか――それは、そもそも金が必要なかったからだ。ソムは最低限の食事ができればそれでよかったので、友人や恋人、家族のための金を稼ぐ必要はなかった。

では、どうして友人や恋人、家族のための金が必要なかったのか――それは彼が「陰気」で「何を考えているかわからない」、根っからの「ベトナム人」だったからだ。つまり、自分は「ベトナム人」だったので、秘密警察の捜査官になった。ソムはそう考えていた。

それはともかく、所属が軍に移ったので給料が少しだけ上がった。上がった給料で、ソムは読書をはじめた。政治や歴史に関するものがほとんどだった。というか、それ以外の本はあまり手に入らなかった。何かを書けば難癖をつけられて逮捕される恐れがあったので、宗教説話を除き、物語はほとんどなく、ノンフィクションも読むに堪えないものばかりだった。国家の真実を書けば共産党員だとして逮捕された。シハヌークやロン・ノルの方針で、秘密警察が地下活動をしている共産党員や、その疑惑のある者を大量に捕まえていたのだ。まだ若手だったソムも早速その仕事に駆りだされることになった。

先週捕まえたクイ・ティヌーというシクロの運転手は、高校教師のスウ・フォンとともに、違法とされている左翼新聞を発行していた。フォンは逃げたがティヌーは捕まった。秘密警察が久々に挙げた大物だった。

ティヌーの取り調べは一週間にわたって行われた。もちろん、真実とはなんの関係もない取り調べだった。秘密警察が彼に話して欲しいことを彼が話すまで、ひたすら終わりのない拷問を加える。ただそれだけだった。その結果、ティヌーは自分が「生まれついての共産党員で、タイとソビエトとCIAの三重スパイで、かつ王宮に爆弾を送りシハヌーク殿下を爆殺しようとした事件の首謀者で、その他二件の殺人事件と三件の殺人未遂事件の主犯である」ことを認め、仕事仲間や親戚を含む二十六人の共犯者リストを自供した。

ソムの事件責任者としてのはじめての仕事は、ティヌーが自供した共犯者リストの一位、ニュオン・ヒンという郵便局員の逮捕だった。ヒンは郵便局員として共産ネットワークを仲介し、王宮爆破事件において爆弾の運搬を担当していた。その上、一件の殺人事件と二件の殺人未遂事件に関わっていたらしい。調書にはそう書いてあった。不思議な話だった。逮捕された当時、ティヌーはヒンの名前すら知らなかった。その後の拷問で、彼は「ヒンは昔からの友人だった」と証言した。そして最終的に、ヒンは共犯者リストの筆頭になっていたのだった。

ソムは部下を連れて早朝のトゥールスバイプレイへ行った。出勤途中のヒンは無抵抗だったので難なく逮捕できた。そもそも自分が警察に捕まる理由がわかっていないように見えた。そういった容疑者はたいてい厄介なことになると知っていた。簡単に罪を認めようとしないので、勾留が長引き、拷問がエスカレートしやすいのだ。

ヒンを乗せた秘密警察のワゴンはプノンペンの街中を走った。彼にはすぐ目隠しをしたので、どこを走っているかはわからないだろう。目隠しをするのは取り調べの行われる場所を隠すためで、それはつまり、彼にはまだ生きて帰れるチャンスがあるということを意味する。ティヌーのときは目隠しをしなかった。彼は逮捕前から、何があっても最終的に処刑されることが決まっていた。

「どうして僕は捕まったのですか？　悪いことは何もしていません」

そうやって、ヒンは自分が拘束された理由を何度も聞いてきたが、ワゴンに同乗した何人かの警官たちは彼の発言を完全に無視することを決めていた。容疑者と会話してはならない、などという規則はなかったが、何が規則違反になるのか、誰もわからずにいた。責任者だったソムも同じだ。みなが黙っているなら、黙っているのがもっとも無難だった。プノンペンでは、目立つことは死刑判決に等しかった。

ワゴンは本部の正面入り口の前で停車した。秘密警察の本部はプノンペンの郊外にあり、低層で正方形をしていた。ソムはいつまで経ってもその独特な雰囲気に慣れなかった。建物の中は妙に静かで、すべての職員が来訪者と目をあわせようとしない。もともとは外国企業を誘致するために作られたビルだという話を聞いたこともある。元来ビジネスマンたちで活気溢れるはずだった建物に、冷ややかな猜疑と血の匂いが漂っているのは何かの皮肉だろうか。一部のプノンペン市民はその建物を「虎の森」と呼んでいた。何かの伝承で一度入ったら生きて帰れない場所を意味していると主張する者もいたし、かつてここは森で大量のベンガルトラが生息していたと主張する者もいた。

入り口の近くに上官のイエンが待っていた。ヒンを連れた捜査官たちは建物の最上階、正方形の角に位置するイエンのオフィスに向かった。途中、取調室という名をつけられた部屋を通過した。実際のところ、その部屋の中で取り調べが行われることはない。この建物に連れてこられた時点で有罪は揺るぎない前提条件となっており、逮捕された者にできるのは弁明ではなく罪の告解だ。この数年ですっかり赤狩りが激しくなり、どの部屋も逮捕された共産主義者でいっぱいだった。

イエンのオフィス内は綺麗に整頓されていた。というよりも、殺風景といったほうがいいかもしれない。机に積まれた書類、棚にファイリングされた資料、窓ぎわに掲げられた国旗、三脚の椅子。それだけだ。当然無駄なものはない。不必要な物体が不必要な場所にあれば、不必要な憶測を生む。それは暗黙の了解として知られている。秘密警察の捜査官たちはさまざまな日常的痕跡から共産主義的傾向を読みとる技術を発達させてきた。ささいな違和感から国賊を見つけだすのは容易だ。ある上官が先週閑職に左遷されたのは、ありふれた壺の置物がベトナム製だったことが原因だった。そこから何段もの大胆な解釈の飛躍を経て、最終的に北ベトナムとの繋がりを疑われたのだ。そうやって失脚していった上司を何人か知っていた。

「いったいなんの真似ですか？」

目隠しを外されたヒンがそう聞いた。仕事机の後ろで、窓の前に立っていたイエンが「私の唯一の仕事は政治犯を捕まえることだ」と答えた。「そして君は今私の前にいる。つまりはそういうことだ」

「僕は政治犯ではありません」

「今、君の主張は聞いていない」

イエンは静かにそう言った。「シクロの運転手クイ・ティヌーは、君が共産党員で、王宮爆破事件に関与したと証言していた。郵便局員だった君が、爆弾の配送を手伝ったという話だ」

「まさか、そんなことをするわけがないでしょう」

「捜査から、君が郵便物の無断開封を行っていることはわかっている。君の仕事は、爆弾の入った荷物を他の職員が開けないようにチェックすることだ」

「そんなことありえません」

「だから、君の主張は聞いていないと言っているだろう。ここは取り調べの場ではないからね。それぞれの捜査官たちが事件の全体像を知らないから、今ここで説明をしているんだ。

君は黙って座っていればいい」

「ですが、まったく身に覚えのないことをあたかも事実のように話されては――」

「――事実なんだよ。すべてティヌーが証言した。調書にそう記してあるし、同席した捜査官のサインもある。犯罪者である君の主張ではなく、私たちが捜査して手に入れた調書が真実を示しているんだ。だから、君は真実に注釈を加える必要はない。静かにしていないのならば、捜査妨害を罪状に加えるぞ」

イエンによる「共産ネットワークの全貌と、その中におけるヒンの中心的役割」という話が終わると、ソムは部下と一緒に彼を連れて取り調べを行うB棟の二号室へ向かった。ソムの仕事は、スウ・フォンの居場所をヒンから聞きだすことだった。ティヌーとともに王宮を爆破しようとした男だ。ヒンは「何も知らない」と言った。彼は秘密警察の存在も、その捜査方法も知らなかったのか、自分の無実が証明されれば簡単に釈放されると信じているようだった。

「スウ・フォンの居場所を言え。それ以外にお前が生きて帰る方法はない」

ソムの部下であるラディーが聞いた。軍部を掌握しているロン・ノルのところから昨年やってきた。部下の中でも過激で、この数ヵ月でもっとも多くの逮捕と処刑を行っている男だった。彼はヒンの足枷から伸びた鉄鎖を壁に埋めこまれた突起に繋げると、そのまま乱暴に床に座らせた。

「何度も『知らない』と言ったはずです。そもそもその男が誰なのかわかりません」

「俺は、お前がティヌーと親密に話しているのをこの目で見た」

「親密に話していたわけではありません」

「お前は俺が間違っていると言いたいのか？　警察の俺が間違っていて、犯罪者である自分が正しいと嘘をつきたいのか？」

「だから――」

ヒンがそう口にした瞬間、ラディーは彼の頬を思いきり殴りつけた。ヒンは後方に倒れこみ、鉄鎖が伸びきってじゃらじゃらと不快な音を発した。足首にきつく嵌《は》められた枷のあたりで皮膚がちぎれ、ヒンの踝《くるぶし》に血が垂れた。

「自分の立場をわきまえろ。一、お前はティヌーと親密な関係にあった。二、ティヌーはフォンと親密な関係にあった。三、だからお前はフォンと親密な関係にあった。これは仮定ではなく事実だ。落とした卵が地面に向かうのと同じことさ。いいか、お前に残されている選択肢はスウ・フォンの居場所を正直に言うか、仲間を守るために苦しみ、家族を放ったらかしたまま惨めに死ぬか、そのどちらかだけだ」

「その発言は間違っています。あなたは、あなたの親密な友人の親密な友人すべてと親密なのですか？　というか、そもそも僕はティヌーと親密ではありません」

「屁理屈でごまかそうとするな！」

「何も知らない以上、何も答えることはできません。スウ・フォンなんて名前は聞いたことがないし、僕は共産党員でもありません」

足首の痛みからか、自力で起き上がることができず、ヒンは床に寝転がったままそう反論した。

「共産党員はみんな、『自分は共産党員じゃない』と答えるんだ。だから、お前のその発言はむしろ共産党員であることの告白に等しい」

「むちゃくちゃだ！　共産党員じゃない者もみんなそう言いますよ！」

「警察に向かって怒鳴るのは違法だ！　お前はよほど痛い思いをしないと正直になれないみたいだな！」

警察内でラディー式尋問術と呼ばれている技術だった。多少頭の回る相手にはわざと論理的に誤ったことを言って苛立たせ、乱暴に反論させてからそれを理由に暴力を振るう。すぐにラディーは壁際に置いてあった金属製の椅子を中央に運んだ。カンボジア人の椅子科学者が開発した、「座ると自白する」椅子だ。どういう理屈か知らないが、金属製でずっしりと重く、背もたれが少しだけ前に傾いている。脚の長さが四本それぞれ異なっていて、座ると常にぐらぐらするようになっている。そのアンバランスさが容疑者に不安を与えるという話だったが、実際に効果があるのかはわからない。

椅子を運び終えたラディーはヒンの胸ぐらをつかみ、椅子まで乱暴に引っ張りあげ、もう一度殴り倒した。今度は重い椅子ごと倒れ、ヒンの頭が直接床にぶつかった。

ラディーは倒れこんだヒンの左の肘に椅子の脚を乗せ、右足で上から体重をかけた。肘の骨を床と椅子で挟みこむという、彼の得意とする拷問だった。あまりの痛さにヒンが「ああ！」と叫ぶと、ラディーは「正直に言えばいいんだ！」と怒鳴った。

「本当に何も……知らないんです」

ヒンは痛みに悶えながらそう答えた。

「正直に言え！　これ以上痛い思いがしたいのか？」

「何も知らないと、何度言えばいいんだ！」

ヒンはほとんど悲鳴に近い声をあげた。

ラディーは「仕方ない」とつぶやいてから、椅子に乗せていた右足を離し、三歩ほど後ろに下がった。同僚たちに「ラディー・スペシャル」と呼ばれている必殺技で、秘密警察内でもっともえげつない拷問のうちのひとつだった。容疑者の関節に椅子の脚を乗せて、その椅子に飛びうつる。骨は砕け、多くの者は失神する。

「……いったい……何をするんですか？」

ヒンが怯えた声を出すのと同時に、ラディーが短い助走を始めた。

ラディーは椅子に向かってジャンプした。

彼は一瞬宙に浮いてから、座部に両足から着地した。椅子に全体重がかかった。パキン、と骨の割れる音が室内に響き、最後に椅子がガタンとぐらついた。

「ああああ！」

ヒンは獣のように叫び、そのまま気を失った。

B棟二号室でのヒンへの取り調べは、数時間ごとに捜査官を交代させつつ、三日にわたって行われた。彼にとって不運だったのは、ここ最近秘密警察が立て続けに共産党の重要人物の逮捕に失敗していたことだ。他に目立った容疑者がいなかったので、取り調べに割かれた人員が通常よりも多かった。そのせいでヒンは三日間ほとんど一睡もできず、折れた左腕の痛みのせいもあって意識が朦朧《もうろう》としているようだった。

「ニュオン・ヒン、プノンペン出身、三十歳、ワット・プノン中央郵便局員。間違いはないか？」

ラディーが何度か念入りにリハーサルをしてから、書記係を呼んで調書作りを始めた。

この三日間、ヒンに対する拷問の多くを、ソムは直視することができなかった。三日にしてヒンは別人になっていた。顔面は青黒くなり、顔の右半分はマンゴーみたいに膨れていた。左肘は紫色に腫れ、肘から先は折れかかった小枝のようにぶらぶらと揺れていた。空腹から腹の上には肋骨が浮かび、胸元には顔から垂れた血で不気味な模様ができあがっていた。

「何度も言わせるな。ニュオン・ヒン、プノンペン出身、三十歳、ワット・プノン中央郵便局員。間違いはないか、と聞いている！」

「はい。そうです」

ヒンがうわごとのように答えた。

「お前は共産党員か？」とラディーが聞いた。ヒンは腫れて小さくなった目をゆっくりとつむりながら、再度「はい、そうです」と答えた。おそらく今の彼には質問の意味がほとんど理解できていないだろう。

「間違った思想を広め、殿下や国家の安全を脅かそうとしたか？」

「はい、そうです」

「スウ・フォンは共犯者の一人か？」

「はい、そうです」

「やつはどこにいる？」

「何の話ですか？」

「スウ・フォンは今、どこにいるかと聞いている」

「誰ですか？」

「お前の共犯者だ！」

ラディーが語気を強めると、ほとんど反射的にヒンは全身を後ろに反らした。ヒンは声を震わせて「はい、そうです」と答えた。三日間の拷問で、ラディーに対して動物的な恐怖を抱いているようだった。

「どこにいる？」

「どこ、ですか。ええと、僕の友人のスルーという男はプノンペンからタケオに引っ越しました。八歳のときです。僕は泣いてしまい、みっともないと父に怒られました。父はその翌年に亡くなり、僕は母と二人で生きてきました。外国人に一個一リエルで缶バッジを売り、ある日は十八個も売れました。コカ・コーラと書かれている缶バッジです。叔父が工場から大量に盗んできたので、家に山ほどあったんです。バッジが売れると母は非常に喜びましたが、その母も亡くなりました」

「スウ・フオンはタケオにいるんだな？」

「ええ、そうです。スルーが引っ越したのは八歳のときです。今もまだ住んでいるかはわかりません。彼とは成人してから一度も連絡を取っていません。スルーはいいやつです。家には玩具があって、二人でよく遊びました」

ソムは書記係が調書に「スウ・フオンはタケオに逃げた」と書きこむのを見た。明日は、タケオにフオンを探しにいかなければならなくなるだろう。もちろんそこに彼はいない。フオンがタケオどころか、プノンペンの近くにいないことなら誰もが知っている。なんの意味もない捜査だった。タケオにいるのはスルーというヒンの友人だけだ。

「よくわかった。次は、お前の仲間を教えろ」

「仲間ですか？」

「ああ、そうだ。お前の同志の名前を挙げるんだ」

「ムエイ・ポラム・ヤサ。僕の妻です。母が亡くなってしまったので、妻は僕にとってもっとも大切な人です。それと郵便局の先輩ホートは僕に仕事を教えてくれましたし、今でもいつもよくしてくれています。週に一度、仕事の後に屋台で一緒に食事をします。同僚のビンとチョウンは仲間ではありません。彼らは新しい自転車を買うために郵便物を盗みすぎています。でも、局長に分け前を渡しているので彼らは決してクビになりません。ヤサの父親、本屋のムエイはソリヤを可愛がってくれています。ムエイには知識があり、雨の後にどうして虹がかかるか、雲がどうして白く、空がどうして青いか、星が輝き、太陽が明るいのはなぜか、それらをソリヤに教えていました。彼はなんでも知っています。ですからムエイは素晴らしい人間です。彼は僕の父であり、友人です」

ヤサ、ホート、ビン、チョウン、ムエイ。書記が共犯者の名前を書きこんでいく。彼らを逮捕するのはきっとソムの次の仕事になるだろう。可哀想に、なんの関係もないのに彼らは秘密警察に捕まることになる。しかしソムに彼らを救うことはできない。調書に名前が書かれた以上、彼らが違法な共産党員であることは決定されてしまっており、もしソムがそれを否定すれば、彼自身が誤った思想を持っている――つまり自分が共産党員であるということになってしまうのだ。そうなれば、彼自身が足枷を嵌められ、秘密警察の求める証言をするまで、何日間も拷問を受けることになるだろう。

「ソリヤというのはお前の娘か？」

「はい、そうです」

「娘にも共産党の血が流れているのか？」

共産党の血、という表現に、ソムは思わず口を出してしまいそうになった。そんな血は存在しないし、思想は血縁と無関係だ。

「血ですか？　娘には僕の血は流れていません。そのことはいつも僕を苦しめます。彼女は捨て子だったところを拾われて我が家に来ました。家の外で泣いていたんです。見張りの仕事があるからといってシクロの運転手は逃げました。彼女の父親はサロト・サルという男です。正しいことをしようと警察に届けを出しましたが、警察は何もしませんでした」

サロト・サルという言葉を聞いた瞬間、ソムは思わず「え？」と声を出した。ラディーがこちらを向き、「どうかしましたか？」と聞いた。

「お前の娘の本当の親は、サロト・サルという男なのか？」

ソムは聞いた。聞かなければならないと思った。

「はい」と答えて、ヒンは涙を流しはじめた。

いったい何が起こっているのか、ソムには理解ができなかった。ヒンの話が本当かどうかは別にして、その名前が彼の口から出ていいはずがなかった。

「その話は本当か？」

ソムはヒンの顔から真偽を判別しようと試みたが、腫れあがった顔から読みとることはできなかった。

「本当です、残念ながら。僕はそのことで何度も心を痛めました。彼女とはじめて会った日、四百リエルを手にした僕にシクロの運転手は彼女を一日だけ預かってくれと言いましたが、僕は八年間も預かりました。彼女は可愛く利発ですがそれは僕の手柄ではないんです。隣人たちや親戚はそのことでいつも嘲笑っていました。シクロの運転手は一ヵ月後にやってきましたが、僕と妻が玩具を与えているのを目撃して帰りました。僕たちは精霊に祈りました。

天気も晴れていたし魚のアモックは甘く味付けをしてあって、サビの部分をうまく歌えたので幸運だと思ったんです。僕は子どものころ歌手になるのが夢でしたが、妻は僕の歌が下手だと言いました。ソリヤは僕が歌うと泣きました。神は僕に歌の才能を授けなか――」

「――訳のわからない話をするな！」

ラディーが怒鳴ると、ヒンは反射的に口を閉ざした。「神はヒンに歌の才能を授けなかった」と書いていた書記係が「どうしますか？」とラディーに聞いた。

「こんなうわごとは書かなくていい」

「わかりました」

書記係がヒンの供述を消している間ずっと、ラディーはソムを睨んでいた。

ソムが「すまない、再開してくれ」と指示を出すと、彼は不審そうにさらに一瞥してから、再びヒンへの質問に戻った。

それからの取り調べは、ソムの耳に一切入ってこなかった。

シクロの運転手クイ・ティヌーが、数年前にオンカー指導部の送迎と見張りをしていたのは事実だった。ヒンはティヌーが子どもを連れてきたと言っている。さらに、警察にも届けを出している、と。

すべてが嘘だということはありえない。なぜならサロト・サルの名前はまだ秘密警察内にも挙がっていないからだ。あれだけの拷問をされても、ティヌーはサルの名前を口にしなかった。しかし、その名前をヒンが知っている。なぜだ。考えられるのは、やはり彼が語っていることにいくらかの真実が含まれているということだろう。そうでなければ辻褄が合わない。

ヒンの娘ソリヤを何としても確保しなくてはならない。ヒンの取り調べが終われば、彼の供述した「同志リスト一位」である、妻のヤサを捕まえにいくことになるだろう。なんとしても先回りし、隙を見てソリヤを確保する。すべてを迅速に行わなければならない。

ヒンの調書へのサインと提出をすませると、ソムは「ヤサの逮捕は明日にしよう」と提案した。取り調べ中から不審がっていたラディーが「どうしてですか？」と聞いてきた。まだ午前中だったし、ヤサのいるトゥールスバイプレイはさほど遠方でもなかった。普通なら、これから彼女を逮捕しにいくところだ。

「ヒンの処刑を優先するべきだからだ」

少し苦しいと思ったが、ラディーは渋々納得したようで、なんとかごまかすことに成功した。ソムは「疲れたから一旦自宅に帰る」と伝え、B棟二号室をあとにした。

5

シヴァ・ソム　同日
プノンペン

道路は混雑していて、渋滞の列が世界の果てまで続いているように思えた。バイクタクシーの移動中にこれからのリハーサルを繰り返す予定だったが、結局「早く動いてくれ」と祈ることしかできなかった。

バイクが停車すると近くの雑貨屋からラジオのニュースが聞こえてきた。クメール・ルージュの一斉摘発だった。

「《――殿下の指示で、警察はクメール・ルージュの一斉摘発を行いました。摘発された四十人の国賊は、シハヌーク殿下の手によって山のように高いボコール高原から投げ落とされて全員死にました》」

「怖いですね」

ニュースを受けて、バイクタクシーの運転手が言った。

「どちらが?」とソムは一応聞き返した。

「もちろん、クメール・ルージュですよ」

「ああ」

クメール・ルージュ――赤いクメール人とは、カンボジア国内の共産勢力をさす言葉だった。殿下が使いはじめてから一般的な呼称になりつつあった。

殿下が四十人の国賊を処刑したというニュースは秘密警察がでっちあげた嘘だった。四十人どころか、ここ最近はティヌーしか捕まえることができていなかった。

バイクは少し動いてまたすぐに停車した。バイクが停まるたびに、寿命が一年ずつ縮んでいく気分だった。秘密警察の取り調べの場でサロト・サルの名前が出たのだ。

「この渋滞の列はどこまで続いているんですか?」とソムは運転手に聞いた。

運転手は少し考えてから「渋滞の先頭まで」と答えた。

ソムはカバンから、プノンペン警察本部のアーカイヴで閲覧し、そのまま無断で持ちだした書類を取りだした。八年前にニュオン・ヒンが提出した迷子届で、子どもの名前は不明、父親の名前はサロト・サルと書いてある。当時の窓口係だった巡査の受領サインもあるので、少なくとも警察にサロト・サルを探してもらったという点に嘘はない。その届け出は、他の迷子届や失踪届の多くと同様に、一度も着手されることなく未解決のまま期限失効扱いになっていた。

この書類はしかるべき形で処分しなくてはならない。ソムは書類をカバンに戻しながら、ヒンの調書作成に居合わすことのできた幸運に感謝した。近いうちにヒンの調書も処分しなくてはならないが、そっちの仕事はさらに難度が上がるだろう。

この時間に郊外へ行くことは少なかったので、渋滞がこれほどまでだとは予想していなかった。仕方ない、とソムは諦めて目をつむった。

結局たった数キロの道のりに、四十五分かかった。ヒンの自宅に着いたころには、ソムが職場に戻っているべき時間をすでに大幅に過ぎていた。遅刻などの規律違反は地位や職を失う原因になったが、そんな細かいことにこだわっている余裕はなかった。バイクから降りて汗を拭う。このあたりは乾季に土埃が多く舞っていることを失念していた。呼吸のたびに大量の土が口の中に入ってきた。ソムは足元にペッと唾を吐いた。唾が茶色くて嫌な気分になった。

十五分ほど探して、国道から二ブロック入ったところにある小さな道沿いのバラックの列から、目的の軽食店を見つけた。雑に取り付けられたトタンの庇の下に、野ざらしの安っぽい椅子と机が並べられている。

「ヤサはいますか？」

ソムは家の奥に向かって話しかけた。店頭は無人だったが人の気配があったので、在宅だろうとあたりをつけていた。

「どうしましたか？」

すぐにヤサが家の前に出てきた。ソムは「警察の者です」と名乗って身分証を見せた。

「あなたがヤサですね？　私はソムと言います。プノンペン本部で働いています」

ヤサは一瞬にして表情を硬くした。

「いったい何があったんですか？　夫は無事なんですか？　いつ帰ってくるんですか？　彼は悪いことなど何もしていません」

「ええ、知っています。先ほど無実が証明されました。さまざまな法的な手続きが終わり次第……そうですね、三日後には帰ってくるでしょう」

　ソムは嘘をついた。おそらく今ヒンは処刑されているころだろう。そして処刑を命じたのは自分だった。

「本当ですか？　それはよかった」

「私はそのことを報告しにきただけではありません。このあと、別の警察の者がやってくることを教えにきたんです」

「どういうことですか？」

「警察はあなたからも事情聴取をしようとしています。今日中にもやってくるでしょう。その間、娘さんを預けられる人はいますか？」

「どうして私が？　何も悪いことはしていません」

「ええ、もちろんそのことは知っています。念のためというか、些細な確認のようなものです。あのシクロの運転手はかなりの凶悪犯でしたので、関係のある人間は一応調べることになっているんです」

「関係などありません」

「警察は関係があると考えています。ですから誤解を解いて関係がないことが伝われば、すぐに釈放されるでしょう」

「本当ですか？」

　ヤサが疑いの目を向けた。

「本当です。ヒンの証言で、あなたたちが無罪であることはわかっています」

　言いながら、ソムは自分の発言がかなり破綻していると感じたが、ヤサはそのことに気がついていないようだった。

「そういうことなら、娘は両親に預けます」

「ご両親はどこに住んでらっしゃるのですか？」

「王都です。中国領事館の近くで『エガリテ』という本屋を開いています」

「では、私が責任を持って送り届けましょう。このあとにやってくる警察官は、かなり乱暴でがさつな男たちですから、娘さんのことまで気が回らないかもしれません」

「自分で行きます」

「それはいい判断とは言えません。あなたが不在なら、警察は逃亡だと考えて、指名手配をするかもしれません」

「ですが……いいんですか？」とヤサは不安そうにこちらを見た。

「どういうことですか？」

「そこまでしていただいて、いいのかってことです」

「もちろん構いません。娘さんはまだ幼いので、突然両親がいなくなれば困ってしまうでしょう」

「わかりました」

　ヤサは部屋の奥で木組みのパズルを使って遊んでいたソリヤを呼んだ。「この警察の人に、おじいちゃんとおばあちゃんの家まで連れていってもらいなさい」

「やだ」とソリャは首を振った。

「どうして？」

「この人は嘘つきだから」

「そんなこと言っちゃだめ。この人は、悪い人からあなたを守るために、わざわざやってきてくれたの」

「そうだよ」とソムは微笑みかけた。

「嘘つき」

ソリャがソムに向かってそう言った。子どもの発言にすぎなかったが、ソムの心には「嘘つき」という言葉が刺さった。自分は嘘つきではないか。ここ数年は、真実よりも嘘を話している量の方が多くなっている気がする。口に出かかった言葉を一度棚の奥にしまい、別の言葉を別の棚から引き出してくるのが癖になっている。いったい、いつからそんな人間になってしまったのだろうか。

そのとき、背後から聞こえた車の音で、ソムは我に返った。振り向くと秘密警察が使っている車の中に、ラディーと別の部下が乗っているのが見えた。

「ソリャ、隠れるんだ」

とっさにそう口にしていた。ソムたちの前に車が横づけされた。

「ソム捜査官、こんなところでいったい何をしているんですか？」

助手席に座っていたラディーが車を降りてそう言った。喋りながら、右手を銃の入ったホルスターに移動させているのが見えた。

「一足先にヒンの妻の身柄を――」

「――逮捕を明日にしようと提案したのはあなたでしたよね？」

「そうだったかな」

「もう一度聞きます。いったい何をしてるんですか？」

「だからヒンの妻の身柄を――」

ラディーは銃を抜いて、ソムに突きつけた。

「シヴァ・ソム捜査官を逮捕します。罪状は国家機密漏洩罪、国家反逆罪、軍法違反」

「なんの話をしているんだ？」

ソムは半永久的にシラを切るつもりだった。

「スウ・フオンの逃亡をはじめ、最近続いていた共産党員の逮捕失敗の原因が、捜査情報の漏洩にあるかもしれないとイエン上官から極秘に聞いていました。内部調査を進めていましたが、まさかあなたが犯人だったとは」

「だからいったい、なんの話をしている？」

「あなたが職務違反をして、ヒンの妻と娘を逃がそうとしていたことは明らかです」

車から降りてきたもうひとりの部下も銃を抜いた。これ以上の反論は無意味だと思い、ソムは両手を頭の上に置いた。

「ちょっと、いったいどうなってるんですか？」

ラディーが銃を下げてから、隣で怯えていたヤサが聞いた。

「あなたとあなたの娘も、ソム捜査官と一緒に来てもらいます」

「どうして？　私たちは何も悪いことをしていません」

「あなたの夫、ニュオン・ヒンは、あなたが共産ネットワークの一味で、王宮爆破事件に関与したと証言しました」

「なんの話をしているの？　この警官は夫がすぐに釈放されるって言ってたわ」

「それはありえません。なぜなら、あなたの夫はそこで両手を組んでいる男の命令で、先ほど処刑されたからです」

「嘘よ！」

「嘘ではありません」

　ヤサが「嘘つき！」とソムを両手で叩いた。

　両手を頭の上に置いていたソムには、ヤサの悲劇的な攻撃を避ける術《すべ》はなかった。ああ、あの不幸な郵便局員の男は、面倒に巻きこまれたせいで拷問を受け、スクラップが決まった車のように人格をバラバラに解体されてから、間髪いれずに殺されたのだ。ヤサの一発一発は、彼の肉体ではなく精神に響いた。もちろんこういった経験は初めてではなかった。だが、これまでとは何かが決定的に違っている気がした。そうか、自分は今、傷ついているのか。ソムはぼんやりとそう自覚した。

　何発か殴ったあと、ヤサはその場に座りこみ、大声でわんわん泣きはじめた。誰かが感情的に泣きわめいたとき、静かにさせる方法は二つしかない。秘密警察に転属した初日に講習で教わったことだ。待つこと。それが一つ目だ。ラディーたちは一つ目の方法を選んだようだった。彼らは呆れた様子で目をあわせてから、車内へ連れていくために彼女の両脇を抱えた。ヤサは両足をばたばたと動かして抵抗した。

「ちょっと奥さん、静かにしてください」とラディーの部下が言った。

「嘘つき、許さない！」

「お願いだから静かに――」

「嘘つき！　全員くたばってしまえばいい！」

そのとき、張り詰めていた空気が一瞬だけ緩んだような気がした。

今だ、と思った。ソムはその一瞬を見逃さなかった。すぐに胸元に隠していた銃を取りだした。ラディーたちが驚いて、ヤサを通りに放りだしている間に銃口を向けた。逆光で太陽が両目に刺さり、目の前がまばゆく光った。

感覚だけを頼りにして、ラディーとその部下を撃った。火薬の匂いが鼻の中に広がった。風はなかった。あまりにも急いで発砲したので、銃弾が二人の体のどこに当たったのかわからなかった。銃声で耳鳴りがしていた。

捜査官たちからの反撃はなかった。ソムは振り返らずに駆けだし、部屋の奥でこちらを見ながら泣いていたソリヤを抱きかかえた。彼女は手製の、可愛らしいリボンのついた服を着ていた。

ソリヤは激しく抵抗した。「絶対に嫌だ！」と泣き叫び、ソムの腕に嚙みついた。

「助けて、ママ！」

彼女の嚙みついた箇所から血が出ていた。しかし、それでもソムは彼女を放さなかった。後ろでヤサが訳のわからない言葉でわめきだした。それに応じるように、ソリヤも訳のわからない言葉で叫んだ。ソムはソリヤが声を出せないほど胸元をきつく抱きしめ、裏口から路地に出た。相変わらず彼女はソムの腕の中で暴れていた。彼女の服のリボンがびりびりと裂ける音がした。

少し進んで、呑気にバーベキューをしている家族の前で銃声を聞いた。トングを握っていた男が銃声に腰を抜かして尻餅をつき、つま先で野菜の載った網を豪快にひっくり返した。宙を舞った野菜が着地する前に二発目の銃声が聞こえ、ヤサのわめき声が途絶えた。ラディーがヤサを処刑したのだろう。ソムはそう確信した。感情的に泣きわめく人間を静かにさせる方法は二つ。一つは待つこと。もう一つは殺すこと。

ヤサの声が聞こえなくなった途端、ソリヤの全身から力が抜けるのを感じた。急にソリヤが軽くなったようだった。ソムはバーベキューセットの脇で立ちどまった。自分が強く抱きしめすぎたせいで、彼女が死んでしまったのではないかと思った。

ソムはソリヤを見た。彼女は悪魔のような強い眼光で自分を睨んでいた。彼女は生きていた。涙を流しながらソムを睨みつけていた。ソムは突然寒気を感じた。全身がぞくぞくと震えた。

「嘘つき！」

力を緩めた瞬間、彼女が叫んだ。

「ああ、君の言う通り私は嘘つきだし、君の両親を救うこともできなかった。でも、君を救うことならできるかもしれない」

「パパは？　ママは？」

ソムは黙って首を振った。「ごめん。もういなくなってしまった」

「どうして？」

「すまない、説明してる時間がないんだ」

「どこへ行くの？　私も死ぬの？」

「わからないが、君は死なない」

ソリヤはそれきり黙ってしまった。彼女にはもう、何かに抵抗する力は残されていないようだった。

ソムは走りはじめた。暑さで息が切れたが、立ちどまるわけにはいかなかった。地獄の鬼ごっこが始まった。捕まったら死ぬ。捕まらなくても死ぬかもしれない。だが、まだこのゲームに負けるわけにはいかない。自分には守るべき子どもと、守るべき秘密がある。

・サルの存在が今発覚すれば、すべてが水泡に帰す。カンボジアの未来はなくなる。サロト
考えろ、どこへ逃げる？

渋滞を横目に裏通りをずっと走り、ようやくモニボン通りに入った。額から溢れた汗が目にしみた。ソリヤに噛みつかれた傷痕が痛んだ。

五百メートル先にベトナム人街があった。もはや、ベトナム人街に逃げこむしかなかった。ここから遠くに移動するのは体力的にも金銭的にも厳しい。鉄道に乗るためには現金が必要だったが、手元の金だけでは足りないだろう。金を回収するためには自宅か職場に戻らなければならない。そしてその二箇所は、今もっとも近寄ってはいけない場所だ。自分が捜査の指揮を執っていたら、まず交通を押さえ、その次に自宅や友人や家族の家を押さえる。

今後自分が秘密警察に追われるのは間違いない。オンカーに捜査情報を流していたことが発覚し、捜査官二人に発砲した。それらは事実だ。本格的に調査されれば、さらに多くの事実が明らかになるだろう。

ソムは指導部の指示で警察に潜りこんでいた。そして捜査線上に名前の挙がった同志を救うために、かなり無茶をしていた。十数人の党員の逮捕を失敗させ、カモフラージュとして党と無関係の男たちの名前を捜査線上に挙げていた。同志ティヌーに関して言えば、自分にできることは何もなかった。すでにイエンからラディーにスパイの話がいっていたのかもしれない。作戦はソムの知らないところで秘密裏に、そして迅速に行われた。自分にできたのは、片割れのフオンを逃がすことだけだった。彼を逮捕させるわけにはいかなかった。バタンバンの田舎出身だったが、フランス帰りで口のまわる男だった。彼はいずれ幹部になるだろう。

全力疾走をするのはずいぶん久しぶりだった。転属の際にプノンペン駐屯地で軍の訓練を受けたとき以来だろうか。三十キロの道のりを、装備を担いだまま四時間で走破しろと言われた。あのときは「もうダメだ」と八回諦めかけたが、結局八回は走り続けることができて、九回目で意識を失って倒れた。

気持ちとは裏腹に体が悲鳴をあげていた。ソリヤを抱きしめた両腕も、走り続けて二本の棒になりつつあった両足も、もう限界だった。あと十歩先へ。ソムはそう考えた。十歩が終わると、さらにまた十歩先へ進んだ。立ちどまらないことが大事だと本能的に悟っていた。一度止まったら、もう二度と走りだせないだろう。

ソムはベトナム人街の細い路地を何度も曲がりながら進み、チリトという隻腕《せきわん》の老人が住んでいる狭いアパートの前で立ちどまった。自分なりに考えぬいた結果だった。もし自分が捜査をする側だったら、まずどこを調べにいくか。家族や恋人のところへ行くのは論外で、同僚や同級生もよくない。それらは「シヴァ・ソム」という人物の資料を調べればすぐにわかることだからだ。それに、逃げこんだ先の人物が密告する可能性も考慮しなければならない。今までそんな例を何度も経験してきた。逃げこむなら、できれば警察や軍に追われている者や、警察や軍を嫌っている者のところがいい。要は警察や軍と関わりたくないと思っている者だ。犯罪者であれば理想的だが、仕事柄、知り合いに犯罪者は不足している。

共産党の同志たちは最初に逃走先のリストから除かれた。これから秘密警察は、ソムが無断でリストから削除した党員たちの家を調べるだろう。自分ならそうする。それに、そもそも指導部以外にソリヤの存在を知られてはならない。党員を介さず、指導部と直接連絡を取らないといけない。彼女の存在は、それほど高度に政治的な問題なのだ。

チリトしかいないと思った。

脱水症状からか、筋肉の痙攣《けいれん》からか、両手の指先がぴりぴりと痺れた。吐きそうになったが喉元で飲みこんだ。下半身は独立した生き物のように命令を無視し、体重を支えることを拒否していた。ソムは地面に倒れこみ、思わずソリヤを路上に放りだしてしまったが、執念で歩みを止めなかった。痙攣する両足を引きずりながら、陸揚げされた人魚のように這って階段を上った。一度振り返り、ソリヤがついてきていることを確認した。三階にチリトの部屋があった。ベトナム人街に足を踏みいれた瞬間、彼の家に向かうことを心に決めていた。

息を整え、ようやく立ち上がってノックすると、チリトが赤ら顔をドアの隙間から見せた。

「ソムか！　ずいぶん久しぶりじゃないか」

チリトはこちらに向かって酒臭い息を吹きかけた。ソムは「静かに」と合図してから、「私たちを部屋の中に入れてください」と頼んだ。念のため、誰にも見られていないか路地を確認した。狭い道路で廃材をゴールにしてサッカーをする子どもたちしか見えなかった。

チリトは何があったのか聞くこともなく、ソリヤを左腕一本で器用に抱きかかえ、ソムと彼女を部屋の中に迎えいれた。垢で黒ずんだゴザにソリヤを座らせると、ソムに「ようこそ」と言った。

部屋の中には腐ったマンゴーを煮詰めたような、酸っぱい臭いが充満していた。チリトは玄関からそのまま土足で部屋に上がったので、ソムもそれに倣《なら》った。汚れたトレイや黒ずんだクロマー、果物の残骸や木くずなどで足の踏み場もなかった。汗でシャツをぐっしょり濡らしたソムを気にすることもなく、チリトは「椅子に座りなさい」としわがれた声で言った。はじめて彼の部屋の中に入ったソムには、いくつものゴミの山のどれが椅子を意味するのかわからなかった。食べかけのまま糸を引いた果物のトレイをどかし、ボロボロになった木箱の上に座ることにした。チリトは酒を勧めてきたが即座に断った。

「いったい昼間からどうした？」

ソムは息を整えてから「しばらく匿《かくま》ってほしいんです」と言った。「面倒な人間に命を狙われています」

「もしかして、ベトミンのやつらか？」

チリトは自分で口にした「ベトミン」という言葉に過敏に反応し、もともと酒で赤黒くなっていた顔をさらに赤くした。

「そんなところです」

「あの子は？」

「知人の娘です。私と同様、命を狙われています」

「そういうことならいつまでもいたらいい。あまり過ごしやすい環境とは言えないかもしれないけどな」

チリトは「ここは天国とは言い難い」と大声で笑った。何が面白いのかさっぱりわからなかったが、ソムは愛想笑いをして「助かります」と答えた。

「困ったときは助ける。お前は俺の数少ない友人だからな」

「ありがとうございます」

ソムはそう返事をしながら、自分の置かれた状況に苦笑した。チリトは友人でも何でもなかった。過去に酒場で何度か顔をあわせたことがあるだけで、どこで生まれてどこで育ったかも知らないし、働いている様子はないが誰から金をもらっているのかも知らない。彼について知っているのは、身寄りと金と将来と右腕と知性のない、孤独で哀れなアル中老人ということだけだ。酒場では他の常連たちに疎《うと》まれていたが、本人はそのことにすら気づいていない。一度、ジャンケンで負けて酔いつぶれたチリトを家まで送ったことがあり、そのおかげでこのアパートの位置を知っていた。ソムの自宅からは四ブロック離れていたし、この辺りは人通りも少ない。身寄りがなく孤独であれば、誰かに密告される心配もない。チリトが骨の髄まで警察と軍が嫌いであることは、おそらく酒場の全員が知っていた。酔っ払った彼は、よく警察と軍の悪口を言っていた。

酒場で何度か会っただけだし、特別仲がよかったわけでもない。彼は完全に無関係だ。何をどう調べても、この場所はわからないはず。しばらく姿を消す場所として、現状では最善だと思った。もしかするとこの鬼ごっこに勝てるかもしれない、ソムはそう考えはじめていた。

自分がまさかあのチリトに救いを求めることになろうとは。ソムは目の前で酒瓶を逆さにして最後の一滴を飲み干そうとしている老人の、ひどく小さな背中を眺めた。

6

シヴァ・ソム　一九六四年四月
プノンペン

一九五三年にカンボジアが完全独立を果たすとフランスの保護政策が終わった。翌年のジュネーブ会議でフランス軍がインドシナから撤退し、ベトナムは南北に分断された。駐留していたフランス軍がいなくなってから、カンボジアでは独立後はじめての総選挙が行われることになった。選挙では民主党の圧勝とプラチアチョンの善戦が予想されていた。しかしいざ終わってみると、勝ったのはシハヌーク率いるサンクムだった。シハヌークは憲法を変えて任期無限の国家元首という職業を発明し、すぐに自らそこへ就職した。反体制派を徹底的に取り締まり、右派のロン・ノルを手駒にして左派を暗殺してまわった。そういった類《たぐい》の政治話は、高校の中でいつも噂されていた。当時はまだ、学生は取り締まりを受けなかったので、誰もがカンボジアの裏側について話せたのだ。好きなときに好きな場所で集まって、異性の話や流行《はや》りの映画、音楽の話に加えて、政府や軍部、警察の不正についても話しあった。ソムもそういった標準的な学生のうちのひとりだった。

一見華やかに見えるプノンペンの裏側で、何か不平等で、理不尽で、間違ったことが行われているという確信があった。だが、他の者が言うように、共産主義がすべてを解決するという考えには賛同できなかった。共産主義がどういう理屈で何を目指しているのか、ソムにはわからなかった。そして、いくら表面的に正しそうに見えても、中身の見えないものに何かを託すのは間違いだと知っていた。ソムは非常に慎重な性格だった。

サロト・サルという教師がいた。彼が共産党員だと知ったのは卒業を間近に控えた時期だった。もともとソムは、彼に対して「穏やかな歴史教師」という印象しか抱いていなかった。たしかに生徒からの評判はよかった。他の教師のように暴力をふるわなかったし、授業内容はわかりやすく、それでいて示唆に富んでいた。ソムはあまりいい生徒ではなかったので彼の授業はいつも聞き流していたが、それでも彼の人気に疑問は抱かなかった。ソムは一部のクラスメイトのように授業外でサルと関わることもなく、生徒と一教師という関係性以上の何かは生まれなかった。そうして学年が変わると担当教師も変わり、他の多くの教師と同じくサルは単なる固有名詞のひとつとなった。

そういう訳だったので、その日講堂で開催されたサルの集会に参加したのは、単なる偶然にすぎなかった。

ソムは部屋の鍵をなくしてしまっていて、新しい鍵ができるまで、ルームメイトに借りなければ部屋に入れなかった。ルームメイトは放課後に講堂で行われる中規模の集会に参加する予定で、講堂内で鍵を渡してもらう予定だったが、講堂に向かう途中で同郷の友人と偶然再会し、昔話をしていると時間がなくなった。急いで講堂に向かったが、ルームメイトを探しているうちに集会が始まってしまい、図らずもそのまま参加することになった。

まず壇上に立ったのはサルで、その後ろに何人か他の教師が座っていた。司会者が彼を紹介すると、最前列に座った何人かの生徒と後ろにいた教師がまばらな拍手を送った。その時点のソムはまだ目立つことなく講堂から脱出する手段を探っていたが、前後左右に詰めかけた生徒たちのせいでどうやら難しそうだと判断した。

「今日は経済の話をします――」

サルはゆっくりとそう喋った。以前教わっていたときと同じような喋り方だった。

「しかし、いきなり経済について喋っても、みなさんは何も理解できないでしょう。ですから、経済の最小単位――つまり商品について説明します」

生徒たちはサルの話を熱心に、かつ批判的に聞いているようだった。講堂内に漂っていた雰囲気はどんな言葉でもありがたく受け入れようという類の宗教的熱狂ではなく、何か間違いを犯したらすぐにでも詰問してやるぞ、という類の緊張感だった。ソムはサルの講演を聞いてみてもいいかもしれないという気分になってきた。

「商品にはそれぞれの価値があります。その価値によって、交換のレートが決まります。では、商品の価値はどのようにして決まるか。まずはそこから考えてみましょう」

サルは二列目の生徒に「ところで、あなたの得意科目は何でしょうか？」と聞いた。不意に質問されて驚いた生徒は「ぼ、僕ですか？」と周囲を見回した。

「ええ、あなたです」

「そうですね、数学ですかね」

「すばらしい！　数学の得意な彼に拍手を！」とサルは突然大きな声を出した。何かの演出だろうか。はっきりいって上滑りしている。数人の取り巻きが拍手をしただけで講堂内には白けた空気が漂っていた。

「私は数学が苦手で九九を覚えるのにも苦労しました。特に七の段が難物でね。子ども時代の私にとって、七の段はアメリカよりも脅威でした」

生徒と教師の何人かが笑った。サルは散発的な笑いがやむのを待ってから「もし私が——」と続けた。「あなたの数学の能力と、私の数学の能力を交換したいと言ったら、あなたはどうしますか？　正直に答えていただいて構いません」

「たぶん断ると思います」と生徒が答えた。

「それは、あなたが類まれなる数学の才能を持っているからですか？」

「いえ、そういうわけでは。単にたくさん勉強しただけです」

サルは再び「すばらしい！」と言った。先ほどと同じようにまばらな拍手が鳴った。

「あなたは数学を必死に勉強した。そのおかげで数学の能力を手に入れた。だから、たいして努力していない私と数学の能力を交換するわけにはいかない。そういうことですね？」

計算なのかどうかはわからなかったが、その生徒の歯切れの悪い反応は、集会そのものの茶番具合や滑稽さを薄めるという意味で、むしろ大きな効果を生んでいた。これは自分の知っている「集会」とは何かが違うぞ。そういう空気が講堂の中に生まれていた。

「実は商品の価値についても、これと同じことが言えます。商品の価値は、どれだけの労働が費やされたか、それによって決まるからです。それゆえに、私はこの腕時計と、その辺に落ちている石を交換したくありません。なぜなら、この腕時計には多くの労働者によって、労働という価値が付与されているからです。先ほどの彼が数学を必死に勉強したのと同じです。多くの努力の末に手にした能力を、努力の足りない人間の能力と交換するわけにはいきません。さあ、ここまでで何かわからないことはありますか？」

誰も質問をしなかった。サルは講堂内を見渡してから咳払いをした。ソムは不意に、彼と目があったような気がした。サルは一度微笑んでから、ゆっくりと続きを始めた。

「資本主義においては、商品に価値を与える者として労働者と資本家の二つが存在していま す。労働者は労働を提供することで、資本家から賃金を受けとります。資本家は労働者を養いながら、自分の利益が最大になるように試みます。たとえば腕時計を百個作ったとしましょう。労働者はそのうちの五十個分の価値を賃金としてもらい、資本家は残りの五十個を儲けとしてもらいます。もしかしたらその配分は、七十個と三十個かもしれないし、十個と九十個かもしれません。しかしそのことはさしあたって問題ではありません」

最前列に座った、おそらくサルの取り巻きだと思われる人物が「何が問題なのですか？」と聞いた。

「問題は資本家がなるべく自分の儲けを増やそうとする、という点にあります。これが資本主義の本質です。さて、資本家は儲けを増やすために、どのような手段に出るでしょうか？」

サルの問いに反応したのは、先ほどの取り巻きだけだった。彼は立ち上がり、「時計の値段を上げるのではないでしょうか」と言った。

「すばらしい！　彼の洞察力に拍手を！」

今度もやはり拍手はまばらだった。ぱらぱらと鳴った拍手がやんでから、サルは「ですが──」と言った。

「商品の値段を上げれば、時計の売れる個数が減ります。ですので、かならずしも儲けが増えるとは限らないのです。もっと根源的で簡単な方法があります。誰かわかりますか？」

今度は何人かが手を挙げた。サルは中列に座っていた生徒を指した。

「労働者の賃金を下げればいいのではないでしょうか？」

「その通り！　すばらしい！　彼に拍手を！」

今度は先ほどよりも少し大きな拍手があった。正解を述べた生徒は恥ずかしそうに笑いながら席に座った。

「労働者の賃金を下げれば、そのぶん儲けは大きくなります」

「しかし、そうすると労働者が辞めてしまうのでは？」

盛り上がりはじめた雰囲気に水を差すように、誰かが聞いた。

「すばらしい洞察です。まさしくその通り！」

サルは中列の壁際に置かれたベンチに座った生徒たちから、今の発言をした人物を一瞬にして探しだし「君はたしか、ピムくんだったかな？」と聞いた。

質問をした生徒は「そうです」と答えた。

「君は非常に優秀な生徒でした。私の授業でもいつも優等を取っていた。それはそれとして君の質問に答えましょう。賃金が下がれば、労働者は辞めていくかもしれません。しかしそれは問題ではないのです。労働者の賃金を減らして手にした儲けで、資本家は機械を購入するからです。機械に仕事をさせれば、労働者の数が減っても問題はありません。そうして労働者はどんどん解雇されていき、資本家は労働者に支払う賃金を減らすことができます。儲けはさらに増え、そのお金で新しい機械に投資します。さて、他の方法はどうでしょう？

資本家が儲けを増やすための方法です。誰かわかりますか？」

すぐにかなりの人数が手を挙げた。そのうちのひとりは「ベトナム人を雇う」と答え、講堂内に失笑を生んだ。別の生徒が「フランス人を雇う」と答えたときは、講堂内に高度な政治的レベルの緊張が走った。

何人かが答えたあと、サルは「少し時間をあげるので、みなさん自分で考えてみましょう」と言った。

すぐにひそひそ話で、隣に座っている者と議論を始める者たちが現れた。その議論は伝播していき、講堂全体に広がった。ソムの右隣の男が「部品の値段を下げるのでは？」と言った。ソムが無視して黙っていると、左隣の男が「それは議論の本質から外れている」と答えた。

「社員寮を作る」と後列の誰かが言ったのが合図だった。その男は地声が大きかったため、ひそひそ話で議論をしていた者たち全員の耳に入った。

前列から「さすがにそれは議論のレベルが低すぎる」という反論があった。そのやりとりを合図に、みなが口々に自分の意見を述べた。声の大きさはヒートアップしていき、ほとんど絶叫に近いような意見の応酬が繰り返された。

「工場を都心に作る！」

「時計の性能を上げる！」

「労働者を騙す！」

などと、さまざまな意見が飛び交った。ソムは一言も発さず、それらの議論を聞いていた。ふと壇上のサルを見ると、「静かに」と言うこともなく、生徒たちが自分の意見をぶつけあう様子を黙って見ていた。

すると、そのときソムは、サルと目があったことに気づいた。

今度は明らかにお互いを認識した。サルは再びソムに向かって微笑んだ。

「訓練して知性化させた猿を使う」だとか「ベトナムに戦争を仕掛ける」だとか「精霊にお

祈りする」だとか、議論の本筋からかなり外れた考えが出はじめたころ、「みなさんの意見はすべて聞きました」とサルが言った。

彼が口を開くと、魔法のように驚くほど瞬時に生徒たちが黙った。講堂にいる全員が、彼が次に何を口にするのか注目していた。

「どれもこれも、本当にすばらしい意見です。あなたたちの洞察力に感動しました――」

サルは静寂を楽しむように、小さな壇上を端から端まで歩いた。

「――では、そろそろ話を先に進めましょう。資本家が儲けを増やすために何をするのか。ソム、あなたが答えてください」

ソムは突然自分が指名されたことに驚いた。彼が自分の名前を覚えているはずがないと思った。誰か別の生徒のことではないかと疑ったが、サルは明らかに自分を見つめていた。ソムはその場に立ち上がり「僕ですか？」と聞き返した。

「ええ、あなたです。以前私の授業を受けていましたよね？　もしかして名前が違っていましたか？」

「いえ、名前は正しいですし、授業も受けていました」

「ではソム、あなたの意見を聞かせてください」

「えっと、労働時間を長くすればいいのではないでしょうか？」

それなりに自信はあったが、サルの求めている答えかどうかはわからなかった。社員寮を作ったり、工場を都市部に移転したりするのはすべて労働時間を長くするためだ。より本質的な答えではあるだろう。

「その通り！　すばらしい！　彼に大きな拍手を！」

今度は講堂内の全員が拍手をした。少なくとも、ソムにはそう感じられた。議論の末に、解答にたどりついたという熱狂があった。ソムは顔を赤くしながら座席についた。

なんだこれは。なんなんだ。ソムは鳴りやまない拍手の中で、自らの心に生まれた感情に名前をつけられずにいた。

「彼はみなさんの議論をうまくまとめてくれました。では、話を元に戻しましょう。資本家は儲けを増やすために、労働者の賃金を下げるか、労働者を長時間働かせるか、あるいはその両方を行います。もちろん労働者は怒ります。しかし、怒っても意味はないのです。資本家は儲けた金で機械を買い、怒った労働者をクビにしていきます。こうして失業者が増えますが、資本家はどんどん儲けていきます。一部の者が大儲けをして、他が貧困にあえぎます。この状況が進んでいくとどうなるか——労働者による『革命』が起こります。資本家を追いだして、彼らの利益をみなで平等にわけるのです」

集会に参加した者の全員が、サルが次に何を口にするのか待っていた。ソムもそのうちのひとりだった。

「みなさんの父親が資本家なのか、あるいは不当に搾取されている労働者なのか、それはわかりません。しかしどちらにせよ、みなさんは今のカンボジアの状況が正しいとは思わないはずです。貧富の差が広がり、富める者がより富み、貧しい者はより貧しくなっていっています」

「そうだ！」という声が聞こえた。誰かがそれに続いた。

「農家は自分で育てた米を食べることができず、漁師は自分で捕まえた魚を食べることができません。技術者は自分の作った腕時計を巻けず、自分で加工したアクセサリーを身につけることができません。貧しい者が不満をこぼすと、富める者がその口を封じにやってきます。資本家は自分が育てたわけでもない米を食べ、自分が捕まえたわけでもない魚や肉を食べます。こんなことが許されていいのでしょうか。流した汗が一切報われず、太った道化たちに搾取されていいのでしょうか？　今、私たちは『革命』の段階にいます。これは、貧しい者が本来手にするべきものを取り戻す戦いなのです」

サルが言い終えると、凄まじい音量の拍手が講堂に響きわたった。

最後まで手を叩いた者が優勝する何かの競技が行われているかのように、いつまでも拍手はやまなかった。ソムもそのうちのひとりだった。両手が内出血で真っ赤になってからも拍手を続けた。


高校を卒業したソムは、指導部から直接警察内部に潜りこむことを命令された。警察に党員のネットワークを売り渡しているスパイがいて、そのせいで大量の同志が逮捕されているという話だった。ソムに期待されていた仕事は、警察に仲間を売っている党員を見つけだすことと、警察の捜査状況を指導部に逐一報告することだった。進路に希望はなかったので、指導部の指示に従って警察官になった。秘密警察に異動すると、リスクを承知で捜査情報の横流しを続けた。そしてサロト・サルの隠し子の存在を知り、それを機に情報の横流しが発覚した。


チリトの家にやってきた初日の夜に、ソリヤが逃げだした。

早朝、目が覚めてそのことに気づいたソムは、必死にあたりを探し回った。探しながら、警官に気をつけた。四ブロック先にあった自分の家の近くまで行ったとき、アパートの前に警官が集まっているのが見えた。彼はそのまま慌ててチリトの家まで戻った。ソリヤは帰ってきていた。チリトの脇で泣いていた。

「どこに行っていた?」と聞いたが、ソリヤは何も答えなかった。彼女の首に、真っ赤な痣ができていた。

「その首はどうした?」とソムは聞いた。

「家の裏で、首に服を巻いて自殺をしようとしたみたいだ。でも失敗した。もう大丈夫。この子は絶対に自殺をしない。俺と約束したからな」

ソムは何も言えなかった。

「ソリヤは、お前が彼女の両親をこの家に連れてくるまで、お前のことを『存在しないものとして扱う』と言っている。会話がしたいなら、ソリヤの両親を連れてこい」

「それは無理だ。彼らは死んだ」

「じゃあ、彼女と会話することは諦めるんだな」とチリトが言った。

チリトの家には誰もやってこなかった。彼は一日に一度、酒や果物を買いにいくために外出し、それ以外はずっと家にいた。最近ベトナムからもらっている給付金が減額されたそうで、酒場に行く習慣もなくなっていた。

ソムは一日の大半を部屋の掃除に費やした。腐った食べ物や用途の不明なガラクタや紙くずを捨て、埃と白髪で埋まっていた床を掃いた。床に付着した油カスやねっとりとした液体を洗いながし、裸足で部屋の中を歩けるようにした。その結果、チリトの部屋には二つの机と二つの椅子、七リエルと一フラン、無数の空き瓶と数年前の干物、そして朽ちたクロマーと腰布《サロン》が数セット存在することがわかったが、不思議なことに一滴でも中身の残った酒瓶はひとつもなかった。掃除の途中で、彼がなくしたと信じていた家族の写真が見つかったときは、チリトは涙ながらにソムの手を握った。

「ありがとう、息子よ」

「いえ、感謝するべきは私です」

チリトはソムを「息子」と呼ぶようになっていた。呼びかけられるたびに恥ずかしい思いをしたが、ソムはこのアルコール中毒の不潔な老人に、ある種の共感を抱くようになっていた。チリトはもはや死ぬ以外に人生のイベントを残していないように見えた。革命も理想もなければ、利き腕もなかった。昼間から前後が不覚になるほど酒を飲み、幸せだった時代の檻の中に住み続けるだけの人生だ。そういった人生は、これまでソムがもっとも軽蔑してきたものだった。ソムは革命という燃料に火をつけることで歩き続けていた。前へ。とにかく前へ。しかしその歩みは中断した。指導部に警察の情報を流せなくなっただけでなく、警察から追われる身になった自分に、いったいどれだけの価値があるのだろうか。党は自分を、そしてソリヤを守ってくれるのだろうか。考えれば考えるほど、自信がなくなっていった。ソムは生きる意味を失いつつあった。まるで、この哀れな老人と寸分も違わないではないか、そう思った。

逃亡生活が始まって一週間が経った。ソリヤはソムと一言も話そうとしなかったし、まるで彼が存在していないかのように振る舞っていたが、もう逃げだそうとすることも死のうとすることもなかったし、チリトが与えた食事は黙って口にした。彼女はときどき突発的に泣きはじめて、突発的に泣きやんだ。泣きだす理由には心当たりがあったが、泣きやむ理由には心当たりがなかった。

新聞記事で、捜査官のひとりが死に、ラディーが重傷を負ったことを知った。ソムが放った二発の銃弾はきちんと命中していたのだ。どういうわけか、犯人は逃走中のクメール・ルージュ過激派スウ・フオンということになっていた。秘密警察の捜査官が仲間を撃ったという話を公表するわけにはいかなかったのだろう。それにフオンを犯人にすれば、共産地下組織の悪質さをわかりやすく公表できる。ソムは公式な容疑者ではなかった。もし見つかれば、捜査外で隠密に処刑されるだろう。調書もなく、処刑されたという事実も公表されない。ただ単に存在を抹消される。

部屋はすっかり綺麗になっていた。暇つぶしのためにチリトに買ってきてもらった本や新聞を読む以外の時間は、すべて部屋の掃除に費やしたからだった。ソムは掃除のときに見つけた土産物の派手な黄色いTシャツを手洗いし、ソリヤの着替えとして使っていた。中心にアンコール・ワットの線画が描かれ、その上に「スーリヤヴァルマン二世」とプリントしてある。自分ならパジャマとしても使いたくない服だったが、ソリヤは文句を言わなかった。

そういえば、一度チリトが「文字を教えてほしい」と頼んできたことがあった。ソムは「シハヌーク」という文字が「悪魔」という意味で、「ロン・ノル」という文字が「粗大ゴミ」という意味だと教えた。そして、それ以外の文字はすべて無意味だと説明して授業は終わった。

ソリヤはチリトが買ってきた人形にはすぐに飽き、結局ソムの読み終えた本や空いた酒瓶のラベルを読んだりして時間を潰していた。「字が読めるのか？」と聞いたが、やはり彼女は何も答えなかった。

掃除の過程で出現した机には、チリトの家族の写真が飾られていた。中央にチリトの兄、その妻、息子、娘、右に弟とその妻、娘、左にチリトと彼の妹、妹の夫と息子二人が並んでいる。写真の中のチリトは幸せそうに笑っていて、右腕も生えており、今よりもずっと太っている。これから先も、ずっとこの幸福が続くことを信じているように見える。チリトは夜になるとソムとソリヤに家族の話をした。甥と姪がどれだけ利発だったかを自慢した。フランスとの戦争が始まり、ベトミンが現れ、砲撃によって兄弟家族が死に、彼が右腕を失った話も聞いた。チリトは拘束され、収容所へ向かうトラックに乗せられた。トラックが何かの理由で停車したとき、彼は無我夢中で外に出た。片腕を失っていたので、手錠をかけられていなかったのが幸いした。彼は命からがら森の中を逃げた。途中で逃げることの意味を失いそうになった。大事な家族と故郷をすべて失ったからだった。そのとき目の前に死んだはずの家族の精霊が現れ、「生きるために生きろ」と言われた。たったそれだけを頼りに、生き抜くことを決めた。ベトミンが彼を追ってくることはわかっていた。森の奥まで進み、雨水と草の根で腹を満たした。二週間後にフランス軍に保護され、サイゴンでしばらく生活した。国境付近に住んでいた彼はクメール語を話せたので、一度も行ったことのない異国の地であるカンボジアに移住し、プノンペンのベトナム大使館で通訳の手伝いを斡旋してもらった。その仕事を引退してからは、ベトナム政府から給付金をもらって生活していた。わずかな生活費は酒と果物に消えた。ソムとソリヤはその話を黙って聞いていた。

ソムにもかつて家族がいた。農家だった。両親は彼が家業を継ぐことを期待していたが、警官になったときに口論をしてから、家族とは縁を切った。それは必要なことだった。ソムの世界では、家族とは革命の同志を意味していた。血縁関係はなんの意味も持たなかった。血縁関係に縛られたせいで地位を失っていった同志たちを何人も知っていた。ソムはそういった者たちを冷ややかな目で見ていた。血の繋がりなど古臭く、固定観念にすぎない。それよりも、思想の繋がりのほうがずっと本質的で科学的だと思っていた。入党して以来、故郷に残してきた両親や兄弟のことを考えたことは一度もなかった。自分でも驚いたが、本当に一度もなかったのだ。

しかしこうして毎日のようにチリトの話を聞いているうちに、自分の家族がまだ生きているかもしれないこと、まだ故郷が存在することが、ひどく幸運だと思えるようになっていた。もちろん二度と家族と会うことはない。というか、彼らはすでに家族ではない。だが、どこかで元気に生きているかもしれないという事実は、彼を少しだけ幸福な気分にした。

「どうして俺がベトミンを嫌っているか、お前にわかるか？」

ある日チリトがそう聞いてきたことがあった。彼は濁り酒《スラーソー》のつまみとして、グァバに唐辛子と砂糖で作ったペーストをつけて食べていた。

「あなたの故郷を燃やして穴だらけにしたからでしょう？　何度も聞きました」

「それは違うな」とチリトは首を振った。

「どう違うのですか？」

「故郷を燃やされ家族を殺されたとき、俺が憎んだのは、故郷を燃やして家族を殺した連中だ」

「彼らはベトミンだったんでしょう？」

「そう、やつらはたしかにベトミンだったが、俺はベトミンを憎んだわけじゃない。俺はやつら個人を憎んだんだ。やつらがたまたまベトミンだったからといって、ベトミンを憎む理由にはならない――ああ、難しい。俺は頭がよくないからな。うまく説明できないんだが。俺の言いたいことがわかるか？」

「なんとなくわかります」

ソムがそう答えると、ソリヤが「ベトミンっていったい何？」と聞いた。

チリトは「悪いやつらだ」と答えた。

「何をしたの？」

「悪いことだ。争いを起こして、人がたくさん死んだ」

「それは悪いことなの？」

それ以上質問に答えられなくなったチリトにかわり、ソムが「ベトナムはフランスに支配されていた」と答えた。「フランスから独立するためにベトミンは戦った。結果的に人が死んだ。それが悪いことかどうかは、自分で考えるべきだ」

ソリヤはソムを無視した。ソムはソリヤから返事をもらうのを諦めて、チリトに「ところで、どうしてあなたはベトミンを憎んでいるのですか？」と聞いた。話の途中だった。

「やつらは家族や故郷を想って涙を流した俺たちに、『過去を大事にするのは病だ』と言った。『革命には現在と未来しかない』と。俺は『革命などどうでもいい』と言い返した。『お前らのせいで、俺にとって大事なものは過去だけになった』ってな。するとやつらは、俺が資本主義という病気にかかっていて、正しいことがわからなくなっていると決めつけた。『それがベトミンの考え方』だとさ。それで俺はベトミンを憎んだんだ。わかるか？」

「同意はできませんが、理解はできます」

「お前も過去を大事にするのは病だと思っているのか？」

「病かどうかはわかりません。ですが、過去を大事にする者は変化を嫌います。変化がなければ、労働者は資本家たちに搾取され続け、貧困が広がり、世界は悪くなっていく一方です。だから、過去よりも現在と未来を大事にするべきです」

「俺には現在も未来もない。お前の現在と未来はどうなんだ？」

「わかりません」

ソムは少し考えこんでから「わかりません」と繰り返した。「まるで今の私は、森の中を逃げ回っていたあなたのようです。どうして自分が生きているのか、わからなくなっています」

チリトは少し驚いた表情をしてから、ソムに濁り酒をすすめた。ソリヤは部屋の奥で横になっていた。

ソムは濁り酒を飲んだ。あまりおいしくはなかったが、自分の悩みが胃の中に溶けだしていくような感覚が心地よかった。酒はソムを、過去へ、過去へと流してくれた。飲めば飲むほど、過去は透き通っていった。チリトが毎日酒を飲む理由がよくわかった。酒を飲まなければ、現在と未来という濁流に溺れ、頭がおかしくなってしまいそうだった。

次の日もチリトは買い物に出ていった。一日に一度だけの外出だった。

ソムは彼が帰ってきたとき、出かけるときに巻いていた腕時計が左手首からなくなっていることに気がついた。

「腕時計はどうしたんですか？」

「ああ、途中でなくした。一日中酒を飲んでいるからな。よくあることだ」

「どこでなくしたんですか？」

「わからない」

「あなたが買い物をするときに通る道を教えてください」

チリトは「どうして？」と聞き返した。

「腕時計をなくしたなら、その道を探せば見つかるかもしれません。私が探しにいきますよ」

「お前は追われているんだろう？　家から出たらダメだ」

「一週間以上が経ちました。もしかしたら、私を追う者はもう諦めているかもしれません」

「危ないことに変わりはない。ベトミンのやつらはしつこいからな」

「では、いつまで私はここに居続けなければならないのですか？　半年ですか？　一年ですか？　いつかは外に出なければなりません。大丈夫、腕時計を探すだけです。すぐに帰ってきます」

「無駄だよ。もう誰かが拾っている。それに、たいした腕時計じゃないんだ」

「まだ誰も拾っていないかもしれません」

チリトが何かを言おうとしたが、「いいですか――」とソムは続けた。「――はじめて酒場で会ったときも、あなたはあの腕時計を巻いていました。身なりに似合わず、立派なものだと感心したのを覚えています。大事な時計なのではないですか？　もしかして、故郷の家族にもらったものなのでは？」

チリトに言いながら、自分の職業病を呪っていた。無意識のうちに金目のものを持っている者に目がいってしまうのだ。金持ちには賄賂の取引を持ちかけるべきで、決して逮捕してはならないと先輩に教わった。彼らを逮捕すると面倒なことになるからだ。

「だが――」

チリトは絶望的に嘘が下手だった。嘘以外のあらゆる行為も下手だったが。

彼は腕時計を落としてなどいない。そもそも、どこかに落とさないようにするために、腕にしっかりと巻くのが腕時計だ。それに、ソムは三日前からチリトが飲む酒の量を半分に減らしていることにも気づいていた。それらが意味することはひとつ。チリトはお金を使いきりつつあり、腕時計を質に入れたのだ。もともと貧乏だった彼は、三人分の食費やソムの書籍代を賄うために腕時計を売った。この辺の質屋ならひとつしかない。チリトは買い物の途中、そこへ寄ってきたはずだ。

「探してきます」

ソムはチリトの「待て」という声を無視してアパートの外に出た。久しぶりの外の空気だった。路地では、このアパートに逃げこんだときと同じ子どもたちが新聞紙を丸めたボールでサッカーをしていた。まるで彼らは一週間ずっとサッカーをしていたかのようだった。

どうせいつまでも彼の家に隠れ続けるわけにはいかないのだ。いつかは外に出て、ソリヤの存在を知らせるために指導部と連絡を取らなければならない。ソムは四ブロック先の自宅へ戻り、隠してある現金を回収し、質屋でチリトの腕時計を買い戻すつもりだった。

もちろん自宅に帰るのは危険だ。それくらい重々承知している。

かつてベトナムで起こった戦争は、チリトから現在と未来を奪った。そして今、自分はチリトから過去を奪いつつある。腕時計がなくなり、酒が買えなくなり、あの家族写真もなくなってしまうのだろうか。彼にはもう、過去しか残されていない。彼から過去がなくなれば、いったいどうなる？　何も残らない。空っぽだ。それだけは許されない。ソムは自らが遭遇した状況の皮肉さに笑った。自分は今、共産党が否定した「過去の価値」を認めつつある。

周囲を見渡しながら大通りに出た。自分のアパートはそこから二ブロック先にあった。遠目から出入り口を監視している者がいないか確認した。十五分ほど建物の陰から慎重に観察したが、見張りは誰もいないように思えた。もちろん確信はない。相手が上手《うわて》だということもあり得るだろう。しかし今は前へ。ただ前へ。のんびりしていては、その間にチリトの腕時計を誰かが買ってしまうかもしれない。今すぐに金が必要だ。逃げるためにも、過去を守るためにも。

ソムは目立たない程度に大股で歩き、アパートの前にやってきた。すばやく建物の中に入ると、物音に気をつけながら階段を上った。二階の踊り場からアパートの前を見た。不審な人間は誰もいなかった。少なくとも、いないように思えた。

二階の角が自分の部屋だった。ソムは中に入った。ドアの鍵は壊されていて、部屋の中は荒らされていた。棚に入れていた書類は散らかり、机はバラバラに解体されていた。ベッドのマットは破られ、中綿まで抜かれていた。壁に掛けていた西洋画のレプリカは、額縁を外され床に放りだされていた。

ソムはかつて小さな棚が置かれていた場所の床板を踏みぬいた。床下のセメントが削られ、少しだけ空洞になっている場所に鉄の箱が隠してあった。部屋を探した者も、ここまで調べることはなかったようだ。ソムは鉄の箱を開け、中に入っていた札束の半分を靴下に、残りをポケットの中につっこんだ。

部屋から出て、廊下を見渡した。自室を元通りに復元しようとはしなかった。どうせ何をやっても自分が帰ってきたことはすぐにわかる。アパートに入ったときと同じように、すばやく大通りに出た。尾行を気にして後ろを振り返るのは危険だと知っていた。そうやって目立つ行為をすれば、むしろ誰かに見つかる可能性が高くなる。

ソムは念のため、路地を迂回してから質屋に入った。チリトの腕時計はすぐに見つかった。ソムは金を払い、腕時計を買い戻してから店を出た。値切りの交渉もせず、店主の言い値を現金で支払った。

店を出たとき、向かいのカフェテラスにいた男と一瞬目があった。男はすぐに目をそらした。ソムはその男が自分を尾行していたのだと気づいた。秘密警察の捜査官をしてきた経験から導かれた直観だった。

やはり自宅の前で張りこみをされていたのだ。しかし、どうして秘密警察は自宅で自分を確保しなかったのだろうか。ソムはモニボン通りに向かって歩きながら、そのことについて考えてみた。自宅での逮捕は理想的だ。屋内であれば乱暴なことをしても他の者に目撃されづらいし、場合によってはその場で処刑することだってできただろう。自分なら対象が帰宅した瞬間、まず間違いなく自宅に踏みこんで、そこで確保する。

ソムは一定のペースを保ちながら歩き続けた。どうして自分を泳がせたのか。いったいどういう理由で、何が目的なのか。チリトのアパートからはどんどん離れていた。

もしかして、とソムは考えた。秘密警察は、ソムがどこに身を隠しているのか知りたかったのではないか。だから自分を見つけておきながら、あえて泳がせている。安心してチリトの家に到着したが最後、チリトやソリヤもろとも捜査官に殺される。

そのことに気がつくとすぐ、ソムはベトナム人街から離れていった。ソムの背中に冷や汗が伝った。考えれば考えるほど、仮説が確信に近づいた。秘密警察はずいぶんと恐ろしいことを考えやがる。悪魔的発想だ。

セントラル・マーケットの近くまできたとき、後ろから肩を叩かれた。

「隠れ家に帰らなかったのはおそらく賢明な判断です、ソム捜査官。まあ、それでもこのゲームであなたが負けたことに変わりはありません——」

声でわかった。ラディーだった。「——でも仕方ありません。これ以上続ければあなたを見失う可能性があります」

「殺したいならここで殺せ」

ソムはそう答えた。二人はセントラル・マーケットの前で立ちどまった。仕事を終えて家路につく人々や買い物にやってきた人々の流れを遮っていた。ラディーは周囲から見えないよう、袖に隠した銃口をソムの背中に当てた。

「もちろんそれもできます。あなたを逮捕して、本部に連れていくことも。あなたの右目に『座ると自白する椅子』の脚を乗せてから、座部に飛びうつることもできます」

「好きにしろ。脅しは通用しない」

「それでは好きにします。ですが、今はそのまま先へ進んでください。ここは人通りが多い」

「拒否したら？」

「あなたの協力者を殺します。その家族も全員殺します」

チリトには家族がいない。ソムは秘密警察がまだチリトにたどりついていないことに安堵したが、表情に出ないよう気をつけた。

ラディーの指示に従ってセントラル・マーケットの路地を進んでいった。人通りの少ない裏路地に出ると、ラディーがソムの体を調べてまわった。調べ方に違和感があり横目でチラリと見たが、彼は包帯でぐるぐる巻きにした左腕を肩から吊るしていた。おそらくソムの銃弾が当たったせいだろう。

後ろからついてきていた別の捜査官たちが、ソムが通行人から見えなくなるよう、周囲を取り囲んだ。ラディーはソムの靴下から札束を抜きだして、微笑みながら自分の胸元に入れた。そしてそのあと、すぐにポケットの腕時計を見つけた。

「なるほど、売ったのではなく買ったのですか。実をいうと、あなたが質屋で何を売ったのか気になっていたんです。あなたの家にあった金目のものはすべて回収していましたから。まさか腕時計を買っていたとは。年季の入った時計です。思い出の品ですか？」

「ダメだ！ 私を殺すのはいい。拷問も自由にしてくれ。その時計にだけは手を出すな！その時計は関係ない！」

ラディーはソムから奪った腕時計を足元に落とした。

「残念ですが、思い出は処分しないと。過去にこだわるのは病気ですから。たしか共産党ではそう教えているんですよね」

ラディーはチリトの腕時計を踵で何度も踏みつぶし、バラバラになった部品を側溝に落とした。じゃらじゃらという音がして、腕時計は消えてなくなった。

「ああ……」

ソムは思わず涙がこみあげてくるのを感じた。自分の体がバラバラにされていくような気分だった。腕時計はソムに残された最後の人間的な部分だった。しかしそれは目の前で踏みつぶされ、ドブの中に落ちていった。

もはや死は怖くなかった。自分には何も残されていなかった。チリトに腕時計を返せなかったことと、ソリヤを指導部に届けられなかったことが心残りだった。そのことを考えると腸《はらわた》が煮えくり返るような気分になった。

無謀だと知りながら、ソムはラディーに殴りかかった。最後に一撃をお見舞いしてやるつもりだった。

しかしすぐに突き飛ばされた。拳は空を切り、体勢を崩した。周囲の捜査官による怒声とともに何かが腹部と胸部に当たり、同時に激しい痛みを感じた。どくどくと自分の血が体の外に流れていくのがわかった。

「まだ殺すなと言っただろう！」とラディーが誰かに怒鳴った。「聞かなきゃいけないことがあるんだ！」

薄れゆく意識の中、ソムはソリヤとチリトの無事を祈った。革命の同志たちと、遠く離れた血縁上の家族を思った。そして最後に青い空を見て、最初で最後の神への祈りを唱えた。

第二章

1

スウ・ティウン　一九六四年四月
バタンバン、ロベーブレソン

思いきり深呼吸がしたくなるような晴れた朝のことを、ロベーブレソンでは「詐欺師の朝」と呼んでいた。晴天に騙されて誰かが深呼吸をした途端、あたりから分厚い雲が立ちこめ、あっという間に雨が降りはじめるからだ。雨季が近づいてくるころに、一年に一度だけそういった嘘みたいな日に遭遇する。作りものみたいな空と山の境目に日光が透けて見える。一九六四年四月三日、その日は詐欺師の朝だった。

「六歳十ヵ月と二日」

目が覚めたティウンは、三年七ヵ月と二十三日続けている習慣をすませた。目覚めに自分の正確な年齢を口にするのは母との約束だった。数をかぞえられるようにする訓練だと聞かされていた。

その日は養豚ニムの結婚式の翌日で、大人は全員二日酔いだった。父サムも例外ではなく、どうやら布団と結婚しているようで、不幸なことにそうなってしまった彼を起きあがらせる手段はない。この数ヵ月で腹が三倍に膨らんだ母ニルは、二週間前から診療所と結婚している。毎日のように自分のお腹に宿った子どもの名前を発明しては、候補のリストを増やすことを楽しんでいた。昨日は珍しく診療所から出てきて村の大人たちと酒を飲みかわしていたが、そういった姿を見るのはずいぶん久しぶりだった。

ティウンが家のドアを開け、丸太の階段を降りて村の集会所に行くと、二十八個のバケツが二月のカレンダーみたいに四列に並んでいた。バケツには大人たちの吐瀉物《としゃ》が詰まっている。中身はすべて昨日のご馳走だった豚の丸焼きだ。二月十三日の位置にあるバケツには、どさくさに紛れてネズミの死骸が捨ててあり、そのことに気がついたティウンは足元にあった木切れでつついてネズミを沈めた。ゲロの中にネズミが浮いていると、まるで誰かの口から出てきたような気がして、どうにも気味が悪かった。しかし何度つついても、ネズミは吐瀉物の海から浮かびあがってきた。

「命と鉄のどちらが重いの？」

ティウンは母にそう聞いたことがあった。母は「命はすべての物質よりも重い」と答えた。ネズミがいつまでも浮きあがってくるのは、命という重石《おもし》を失ってしまったからなのではないか。ティウンはそんなことを考えた。

しばらくネズミをつついていると村の子どもたちが集まってきた。しかし彼らはいざ集まったはいいものの、何もせずに突っ立っているだけだった。バケツの中身を埋めるのは子どもたちの仕事だったが、みな一様に途方に暮れている。

「大人が起きる前に、バケツの中身を埋めないと」

ティウンがつぶやくように言うと、子どもたちは口々に「それはそうだけど」などと抽象的な返事をした。バケツの数があまりにも多く、どのようにしてそれを処理すればいいかわからなかったのだ。ティウンは数をかぞえることのできる、村で唯一の子どもだった。

「十歳以上の男は畑に穴を掘ろう。場所はリン家の小さなキャッサバ畑の手前がいい。昨日花を採ったときに使ったスコップが近くに置いてあるから」

ひとりの少年が「自分が十歳かどうかわからない」と言った。

遊ぶグループが違ったので、ティウンはその少年のことをあまりよく知らなかった。たしか村の北西部に住んでいるはずだ。背は高いが、他の子どもと同じようにひどく痩せているので、年齢まではわからない。

「脱糞ナンより先に生まれた人は全員十歳以上だよ」とティウンが答えた。

「自分が脱糞より先に生まれたかどうかわからない」

「脱糞が生まれたときのことを覚えてる？」とティウンは聞いた。

「覚えてるよ。あいつの母さんが脱糞したせいで、生まれたときからクソまみれだった」

「じゃあ君は穴を掘って」

「うん、わかった」

十歳以上の男たちが穴を掘りにいなくなったあと、ティウンは「七歳以上の男は一人二個、六歳以下の男と女は一人一個のバケツを穴まで持っていくように」と指示した。最後に余った三個のバケツを自分で運ぶと、鼻をつまみながら穴の底に流しこんだ。ぷかぷかと浮かぶネズミの死骸が気持ち悪かった。重ねたバケツを手わけして川まで運び、それらを綺麗に洗い終えるころには、すっかり日が照っていた。

村に戻ると、丸刈りでしわくちゃの老師《アチャー》が運転手とともにスウ家の床下にまとめてあった荷物をトラックに運んでいた。村でただひとり二日酔いになっていない大人だった。昨晩、新郎新婦を祝福するために州都バタンバンからやってきていて、これから帰るところだった。

ティウンは「おはようございます」と挨拶をした。アチャーはそれが聞こえなかったようで、銀色の儀式用バナナを持ったまま通り過ぎていった。

「おはようございます！」

大声を出すと、今度はアチャーも気がついた。

「おはよう」

「手伝いましょうか？」

ティウンの提案に対しアチャーはしわがれた声で、精霊がどうのこうのと訳のわからないことを喋った。ティウンはそれが拒否のニュアンスを含んでいることだけは理解できたので、アチャーを放っておくことにした。

急に暇になったティウンは集会所の前に座りこんで、アチャーが祝祭用の道具をトラックに積みこんでいく様子をぼんやりと眺めていた。銀色のバナナも、ロウソクも、赤く染められた布も、なんのために使うのかわからなかった。ティウンは昨日、大人たちにそれらの道具の意味を聞いてまわった。その結果、大人も誰ひとりとして祝祭用具の意味を知らないということがわかった。むしろ、それらの本当の意味を知ることは儀式の価値を下げる行為だと怒りだす大人もいた。ティウンは「そういうものなのか」と納得することにした。ほどよいところで納得することが大事だった。そうしなければ、バカだと罵られてしまう。世の中にはわからないことがたくさんあった。母の腹が膨れたことも、彼には疑問でしかなかった。「あなたの兄弟ができたから」と母は答えた。「兄弟はどこで、いつできたの？」とティウンは聞いた。

「パパとママの二人が半分ずつ持っていて、合わさってできたのよ」

「その半分はどうやってできたの？」

「半分ができた段階では、まだ兄弟ではないの」と母は答え、もうやめてくれ、と言わんばかりに大きくため息をついた。ティウンはそもそも兄弟の半分ができたことにこそ、一番聞きたい問題があると思っていたが、それをうまく説明することができなかった。それに、あまりにもしつこく質問を繰り返すと、母が「間違ってバカを生んでしまった」と泣いてしまうことをよく知っていたから、それ以上は何も聞かなかった。

アチャーはのんびりと、というかのろのろと片づけをすませていった。彼がゴザと敷布を運ぶために二往復しているのも、ティウンには理解できなかった。ゴザと敷布を四つ折りにするのではなく、くるくると巻けば両手で同時に運べるのに。そうしないのには理由があるのだろうか？

世の中はわからないことだらけだ。大人たちに聞いても「お前の頭が悪いから、そういうくだらないことが気になるんだ」と言われる。もっと賢くならないと、とティウンは思う。

診療所から「大変だ！」という悲鳴に近い叫び声が聞こえたのは、アチャーが最後の花束を運び終えたときだった。

「破水だ！　生まれるぞ！」

ティウンは慌てて家に戻り、父を叩き起こした。父は二人目の子どもが生まれつつあることを知ると、全身を新札みたいにピンと伸ばし、カルダモン山脈に響き渡る大声で「なんということだ！」と叫んでゲロを吐いた。ティウンは最後のバケツを集会所の前に置いてから、父と一緒に診療所まで走った。

すでに診療所には何人かが集まっていた。二日酔いのせいで、大人たちの顔は二倍の大きさに膨らみ、両目はガラス玉みたいに虚ろだった。中心に横たわっていた母の股間から、水がじんわりと染みだしていることにティウンは気がついた。

昨日飲んだ酒が湧きだしているのだ。ティウンはそう結論を出した。以前一緒に水浴びをしているとき、母に「股の裂け目は何に使うのか？」と聞いたことがあった。母は「私たちが再生する場所」だと教えてくれた。そうやって酒が再生しているのだと思った。

騒ぎを聞きつけて診療所にふらふらとやってきたアチャーは、虚ろな目で部屋の中央をぼんやり眺めながら、誰ともなく空中に向かって、母を自宅まで連れていくように指示した。弱った老人特有のぼそぼそ声に耳をすませると、「診療所には宗教的な方角の問題が存在する」というようなことを主張しているらしく、安産のためには自宅に戻る必要があるようだった。母の周囲に集まっていた人々が道を譲り、中心に産婆《チモーブ》と、彼女が呼んだ治癒師《クルー》が荷台を滑らせた。父は母を荷台に乗せると、「お前が家まで運べ」と指示してきた。ティウンはクルーと一緒に、仕事に向かう牛を避けながら母が寝かされた荷台を家まで引っ張った。

食事用の狭い部屋にシーツを敷き、母の周りに父とティウン、アチャー、クルーが集まった。通気のためにドアは開け放していたが、風はなく、ひどく蒸し暑かった。母がうめき声をあげると、産婆が「力を抜いてください」と「力を入れてください」を交互に繰り返した。母は助言が聞こえなかったのか、力を入れっぱなしにしているような顔をしていた。産婆は生まれかけた赤ん坊の頭をそっとつかむと、「力を！」と何度も叫んだ。母が間違った力の加え方をしていて怒っているのか、母の力が足りないのか、産婆自身が力を欲しているのか、「力を！」だけではよくわからなかった。アチャーといえば、その間ずっと何かを詠唱していた。そして、ごろんと何かが生まれた。男の子だった。

宗教的な方角が味方したかどうかは別にして、ともかく弟は安産だった。産婆が弟を取りあげた瞬間、激しい雨が降りはじめた。アチャーは小声で水の神の名をつぶやき、皺だらけの顔を空に向け、「ああ！」と何かに驚いたような、あるいは悲しんだような表情をした。

「どうしましたか？」と父が聞いた。

「なんということでしょう！」

「何か問題がありましたか？　間違えましたか？」と父が再び聞いた。

「雨はさまざまなものを大地の子どもたちに運びます」

アチャーは相変わらず意味不明なことを口にしていたが、これまでの耄碌《もうろく》が嘘のようにしっかりとした口調で、むしろ不気味な感じがした。「災いが降ってくることもあれば、幸福が降ってくることもあります」

「要するに、どういうことなんですか？」と今度はティウンが聞いた。理路整然としているように見えて、何もかもが意味不明だった。

「この子はクメール人に大きな災いか、あるいは大きな幸福をもたらすでしょう」

「『プット・トムニャイ』の予言ですね」とすかさずクルーが言った。「知ってますよ」

「まさしくそうです。『プット・トムニャイ』のときは近い。この子が悪魔の王でないことを祈ります」

「悪魔の王？」

「仏教書『プット・トムニャイ』にはこう書かれています――悪魔の王が王都に復活し、大地に大量の血が流れる」

「何だか大変な話ですね」と父がひとりごとのようにつぶやいた。「おい、お前、なんでこんなヤバそうな子を産んでしまったんだ！　俺は普通の子どもが欲しかったのに！」――父にそう怒鳴られた母は「知らないわ」と疲れた様子で答えた。「私はただ産んだだけだもの」――

「俺は普通の子を産もうとしたんだ。ティウンのときは後継ぎが欲しくて産んだら、今のところ後継ぎ風に育っている。自分の子どもに悪魔を産めなんて言ってない。ああ、お前には何度もヤバそうなのは産むなって言っただろう！」

「そんなことを言ってもしょうがないでしょ。もう生まれたのよ」

「どうなっているんだ！　ああ、アチャー様、息子が確実に幸福をもたらすため、大地の子どもたちにできることはないのですか？」

父が合掌してアチャーに聞いた。

「私たちにできるのは、空から降ってきた雨で全身を濡らすことだけです」

父は「そうですか」と諦めた。

その日の夜、信心深かった父は、アチャーの提示した二択を良い方に持っていこうと、それまでに母が必死に考えた名前のリストをすべて破り捨てて、弟に幸福《ソック》という名前をつけた。

もっとも、その名前もすぐに破り捨てられることになったが。

2

スウ・サム　一九六八年九月
バタンバン、ロベーブレソン

ロベーブレソンは、カンボジア北西部バタンバン州の西部——村の集会所に貼られた大きな地図では、州都から小指二つぶんくらいの距離にあった。バタンバン州を横切るダム川の支流、ニアン川沿いにある「七つの小さな丘」のひとつに位置し、稲作に適した肥沃な土地に五十世帯ほどが住んでいた。農地はそれほど広くなかったが生産効率がよかった。そのおかげで、村人たちはさほど熱心に働かなくても食うのに困らなかった。

村は小さな丘の西側と南側をL字に囲むように広がっており、二つの直線の交点に集会所と広場がある。南側の一列がスウ家やシヴァ家をはじめとする開拓者一族で、西側の一列には第二次世界大戦以後の入植者たちが住んでいた。村の北側には東西にニアン川が伸び、東側には南北に「デカい岩通り」が走っていた。

ロベーブレソンの村長はカンボジア一の働き者の男だと噂されるスウ・サムで、スウ家の子どもは男ばかりの三人兄弟だった。長男のティウン。七つ下のソック。その一つ下に三男の弟がいたが、二歳のときに水牛に踏まれて死んだ。その晩、息子を踏んだ水牛の筋張った肉を食べながら、サムは静かに涙を流した。

サムは六ヘクタールの稲田を所有していた。農家《ネアック・スラエ》であることに誇りをもっていたので、貯金や倉庫一杯の米があっても金貸しはしなかった。それどころか、彼は他の村人にも金や米の貸し借りを禁止していた。ロベーブレソンでは、米や金は譲渡するものだと決められていた。彼は真に貸し借りするべきは信頼と人望だと考えていた。市場で金を払えば魚を買うことができる。誰でも知っている。金を払う側は、魚が腐っていないと信頼しているし、魚を売る側は金が本物だと信頼している。それで十分だ。もし二人に信頼がなければ、騙した者を裁くための警察が必要になる。警察にはお金がかかる。結果二人は損をする。取引に必要なのは信頼だ。それ以外はすべて無駄でしかない。彼の父もそうやってきたし、彼もそうやってきた。それでうまくいかないことは、これまで一度もなかった。そうやって村は大きくなってきた。

　スウ家の自宅は木材で組まれた高床式という標準的なものだったが、他の家に比べれば少し大きかったし、床下でちょっとしたパーティーを開くこともできた。家の奥にはサムの父オムの大きな写真が飾ってあり、その脇の神棚《リアンテヴァダー》からは大小さまざまな、何体もの仏教の像が入り口を睨みつけていた。友人がプノンペン旅行のお土産としてまとめて買ってきたもので、神棚に飾った日の夜に集会所で一リエルを拾ったので、サムは仏像のご利益を確信していた。しかしながら、どの仏像のご利益かわからなかったので、大量の仏像すべてを下げられなかった。そしてその神棚の下には「高級王族ゴザ」と呼ばれる薄縁《うすべり》が敷いてあり、これはバタンバンで中国人詐欺師に「日本人貴族御用達《ごようたし》」と高値で買わされたものだった。六百リエルもしたが、あとで冷静になって考えるとそれだけの価値はなかった。

　サムの父オムは、バタンバンの金貸し一家の末子で、プノンペンの学校を出てからフランスに留学した。第一次世界大戦中に留学先から帰国し、カンボジアの独立を求めるプノンペンの大規模デモに参加したが、それが失敗に終わると失意の中バタンバンに戻ってきた。そういう状況だったから、七つの小さな丘のうちのひとつを開墾するという募集に飛びついた。金貸しだった彼の父はオムを後継ぎとして計算していたので猛反対したが、オムは地位と身分を捨てて、自分だけの村を作るという野望に人生を捧げることを決めた。村の名前にもなっているロベール・ブレッソンというフランス人技術者とともにニアン川沿いに広がった野原を切り開き、二十年以上かけて最終的に七十ヘクタールを農地に変え、村人たちに分配し、国道へ繋がる名もなき獣道を「デカい岩通り《スラェ》」と名づけ、四十代でマラリアに倒れるまで村長の職務をまっとうした。オムが死ぬと、まだ若かった長男のサムが土地と仕事を引き継いだ。その際、サムは十三ヘクタールをオムから譲り受け、残りはすべて入植した村人に分け与えた。カンボジアは貧しかったが、飢え死にすることは少なかった。果物はその辺に生えていたし、恵まれた土地と気候のおかげで種を蒔けば農作物は勝手に育った。寒さで凍え死ぬこともなかったし、大規模な戦争とも無縁だった。

カンボジアがフランスの植民地だったころに、政府の適用したよくわからない法律的な何かによってサムは農地を七ヘクタール没収された。役人は「この土地はもともと我々が所有していた」と主張した。

「耕したのは俺たちだ」とサムが反論した。

「お前たちは他人の土地に勝手に侵入し、それを使っているだけだ」

「使わなければ畑《チャムカー》に価値はない。使っているから価値が生まれた」

「もともと私たちが所有し、しばらく休ませていた畑だ。法律と書類は我々に味方してくれる」

役人は「土地の所有権を証明する書類」と称するものをサムに渡した。サムはそれをすぐに返した。なぜなら字が読めなかったからだ。

「いいか、文句を言いたいなら裁判所へ行け」

サムはそれ以上反論しなかった。カンボジアで行われる裁判が、正しい者を守るために存在していないことならよく知っていた。裁判官により多くの札束を積んだものが勝つ、それだけだった。

「また新たな土地を耕せばいい」とサムは諦めた。こうして六ヘクタールが残った。

六ヘクタールはちょうどいい広さだった。サムは自分をそう納得させた。

田植えや収穫の季節に使用人を三人雇う。そうすると過不足なくぴったり仕事の分量が定まる。長男が一人前になれば使用人を一人減らす。次男が一人前になればさらに一人減らす。いいじゃないか。六ヘクタールも悪くない。サムは自分の人生と村人の多くに満足していた。自分がすべてに関与できるわけでもないのに、この世界は概ね満足のいくようにできている。地球の一周はちょうど四万キロだし、水は百度で沸騰する。一日はちょうど二十四時間で一年はいつでもだいたい三百六十五日だ。地球に対する不満は季節だけだった。季節。これだけは許せない。特に九月と十月だけはどうにもならない。ロベーブレソンでは田植えを七月から八月に行い、収穫が始まるのは十一月からだ。それゆえ九月と十月は仕事が少ない。そもそもこの季節は連日雨が降り、畑に出ても何もできない。

その日も典型的な九月の一日だった。朝から雨が降っていた。蒸し暑く、汗が止まらなかった。沸騰したお湯の中にいる気分だから、気温はおそらく百度くらいだろう。サムは午前中に長男とともに畑を見にいき、帰ってきてからは床下で農具の手入れをしていた。この二ヵ月間を眠って過ごし、十一月からの二ヵ月間を眠らずに働くことができれば、使用人を二人削ることができるのに。地球が本当に満足のいくものならばそれくらいできたはずだが、惜しいところで無駄が生じている。サムはこの季節になると毎日そんなことを考えていた。しかし時間だけはどうしようもなく、漫然と時が過ぎていくのを待つしかない。そうやっていつの間にか自分は三十三歳になった。いずれ父が死んだ年齢を迎えるだろう。長男は十一歳になった。次男はもう四歳だ。次男が生まれた日もこのような大雨が降った。誕生に居合わせたアチャーはそれが悪魔的な何かだと言った。二日酔いのせいで詳細はよく覚えていなかった。しかし悪魔的な何かの内容がなんにせよ、この次男が手に負えないほど曲者《くせもの》であることに間違いはなかった。家族の何者にも似ていないばかりか、人類の何者にも似ていない気がした。

サムは次男が乳児だったときのことを思い出した。まだ〇歳だった自分の息子が「水浴《ムイタッ》び《ク》」と口にしたときのことだ。サムはそのことを思い、気が重くなるのを感じた。ムイタック。なんということだ。彼は「パパ」や「ママ」より先に「ムイタック」と口にしたのだ。

「この子が生まれる前日に、酒を飲みすぎたからよ」

その日、妻ニルは大粒の涙を流した。「そのせいで頭のおかしな子が生まれてしまったの」

授乳のときはいつも、ニルは息子によく見えるよう、濡れた布巾で乳首を拭きとっていた。不潔な液体を飲むくらいなら餓死したほうがマシだと言わんばかりに、その手順を踏まないと彼は乳を飲もうとすらしなかった。まだ乳児だった彼は、自分の父や母が誰なのかを覚える前に、ばい菌の概念を理解していたのだ。

「まだ頭がおかしいと決まったわけではない」

サムはそう口にしながら、自分の息子が正常でないことをひしひしと感じていた。

「おかしいに決まってるわ。私はこの子の排泄物だって口に入れられるのに、この子は私の乳を飲もうともしないのよ！ それに『水浴び《ムイタック》』ですって。よりにもよって、農家の子が！」

「まだ酒が残ってるんだろう」とサムはフォローした。「この子にお前の飲んだ酒が回ってて、まだ二日酔い状態なんだ」

「いったいいつまで続くっていうの？」と彼女は泣いた。

結果としていつまでも続いた。村人たちは、次男のソックがいつも「ムイタック」と言っているので、彼をそのままムイタックと呼びはじめた。はじめは抵抗があったが、次第に気にならなくなり、最終的にはサムの家族もムイタックと呼ぶようになった。ムイタックの成長は長男ティウンのときと何もかもが違った。キスをしようとすると露骨に嫌がり、それでも強引にキスをすると泣きはじめる。村人の一部は彼を不気味がり、積極的に近寄ろうとはしなかった。ムイタックの周囲には金属のような冷たい空気が流れているという話だった。中にはシヴァ・プク――通称「泥」のように「あいつが近くにいると気分が悪くなる」と公言する者もいた。思えばあの地獄のような日々、ニルは毎晩のように泣いていた。

「前日に酒を飲んだからよ。それがいけなかったんだわ」

「仕方ないじゃないか。養豚ニムが結婚したんだ」

「どうでもいいじゃない、あんなやつ！」とニルは叫ぶように言った。一理ある、とサムは思った。たしかにどうでもいいやつだった。


ムイタックは言葉を覚えるのも誰よりも早かったし、立ち上がって歩きまわるのも誰よりも早かったが、あまりにも奇行が目立った。農家の息子だというのに虫が怖くて、蚊帳《かや》の中に入ったまま家の中を移動しようとした。夜中でも尿瓶《しびん》を使わず、歩いて屋外の便所まで行った。豪雨で雨漏りしハンモックが水浸しになったときは、寝床が完全に乾くまでそもそも眠ろうとせず、乾いた絨毯の上で直立していた。完全に狂人の所業だった。もちろん自分は狂人には慣れている。今までいろんな村人を見てきた。死体を犯す男。王族を名乗る女。土と話す男。長男のティウンも「石がどうして硬いのか」とか「空がどうして青いのか」とか「走るとどうして疲れるのか」とか、当たり前のことを質問し続けて狂いかけたことがあったが、なんとか踏みとどまった。しかしムイタックの狂い方は、狂人の中でもとりわけ狂っている。彼がくつろいだ表情を見せるのは、家族共用の小さな銀製の水汲み《プタル》で体を洗うときだけだった。いつも体を洗う前にプタルを洗い、洗ったプタルで手を洗い、再度プタルを洗い、それから体を洗い、またプタルを洗ってから手を洗い、最後にプタルを洗った。

「そんな使い方をしているのはお前だけだぞ」とサムが指摘すると、彼は「ばい菌の問題だよ」と答えた。「最初ばい菌はプタルの中と身体中についている。プタルのばい菌を落として手を洗い、手から出たばい菌がプタルについているから洗う。手で体を洗うと手にばい菌が移るから、もう一度洗ったプタルで手を洗う」

完全に意味不明だった。四歳児の発言とは思えない。悪魔が憑いている。

サムは「訳のわからないことを言うな」とムイタックを一発殴ったが、それでもムイタックは水浴びの際に四回プタルを洗ったので、さらに九回殴った。するとプタルを洗う回数が三回に減った。サムは味をしめて、さらに十回ムイタックを殴った。十回殴るごとにプタルを洗う回数が一回減るので、今度は二回になると思ったからだった。しかし最終的にムイタックは、サムに見えないところでプタルを洗うようになった。

ムイタックのことを思い出しているうちに、サムの作業の手は止まっていた。いかんいかんと手入れを再開しようとしたが、どの農具も綺麗に磨かれており、特にするべきことも見当たらなかった。仕事がないとサムはそわそわした。目の前で無駄が発生していることが気持ち悪かったし、それを追い払おうとして余計なことを考えてしまうからだ。本当は一日中体を動かしていたい。そうすれば嫌なことを考えずにすむ。サムはやまない雨を恨みながら、その日の午前中、ティウンを連れて畑の様子を見にいったときのことを思い出した。サムの家から畑に行くときには、丘の中腹を沿うようにして北側に抜けるのが一番の近道だった。どうせ時間は有り余っていた。サムは帰りに少し寄り道をして、丘の頂上に立った。雨で視界は狭まっていたが、どうにか村の全貌を見ることができた。

「この景色を見て、何かを感じないか?」

丘の頂上で、ティウンにそう聞いた。

「わかんない」

「まるで椅子みたいじゃないか。そう思うだろう?」

「たしかに」とティウンはうなずいた。

「椅子のお尻を支えている部分が俺たちスゥ家だ。そして椅子の背中を支えている部分に新しい村人が住んでいる。このことが何を意味すると思う?」

「わかんない」とティウンは首を振った。

「そうか。お前にならわかると思ったんだけどな」

サムはがっかりして肩を落とした。

「正解は?」とティウンが聞いた。

サムは「わからないから聞いたに決まってるだろ。もう少し頭を使え」とティウンの側頭部を叩いた。

そのときのことを思い出し、サムは次男だけでなく、長男も頭のおかしな人間に育っているのかもしれないと不安になった。ティウンが生まれる前の日はどうだっただろうか、ニルは酒を飲んだか。いや、飲んでいない。養豚ニムが結婚していなかったからだ。だからティウンは酔っ払っているわけではない。それに彼は基本的に利発で素直だ。やはりムイタックは特殊なのだ。

床上の家の中ではティウンがムイタックに数字を教えていた。ムイタックは頭がおかしいが、バカではないようだ。しかしそれが何になる。バカでも頭の正常な息子が欲しかった。どうしてこうなったのか。

雨は降り続いていた。サムは足元にあった小石を二つ集めて一列に並べた。余計なことを考えてしまうと、サムは石を並べて整理することにしていた。彼は二つの悩みを持っていた。ムイタックのこと、「泥」のこと、フオンのこと。

三つではないか、とサムは自分の頬を叩いた。俺としたことが、悩みの数を間違えていた。最近こうやって悩みの数を間違えることが多い。サムは三つ目のフオンの小石を二つ目の横に並べた瞬間、悩みの数を間違えることが多い、という悩みを石にすべきか迷った。ああ四つではないか、とサムは小石を探したが、手頃な石が見つからなかったので、三つにしておくことにした。

一つ目――サムは小石を手に取った。ムイタックのことだ。アチャーやクルーの言ったことを総合すると、あいつが悪魔の子であるのは間違いなさそうだ。しかし、悪魔の子というのが何を意味するのか、さっぱりわからなかった。まったくふざけていやがる。誰かが息子に悪魔的な何かを押しつけたせいで、ウチは迷惑な目にあっている。訳のわからない理論でプタルを何度も洗うし、目の前の農作物と戦わずに「ばい菌」と戦っている。飢えや凶作よりも、虫や土を恐れている。ふざけんな、とサムは手にしていた石を投げそうになって、危うく寸前で思いとどまった。息子を遠方に投げてしまうところだった。息子というか、息子を意味する小石を。

二つ目——村人の「泥」のことだ。あいつは昔から農民としての才能があったが、最近は頭がおかしくなってきた。土と会話ができると吹聴し、土からのメッセージを解釈して村人に教えるという、予言者みたいなことをしはじめた。ロベーブレソンに詐欺師は必要ない。今すぐにやめさせるべきだが、あいつの農民としての才能も捨てがたいから難しい。それにあいつの兄、鉄板のこともある。あいつの家系には頭がおかしくなる血が流れているのだろう。頭がおかしいのはウチの息子だけで十分だ。いやいったい、どうしたものか……。サムは石を遠方に投げた。それによって悩みは解決した。

そして三つ目——弟フオンのことだ。サムは気が重くなるのを感じながらも、三つ目の小石を手に取った。

「あれ？」

誰かが雨の中、こちらに向かって歩いてくるのが見えた。右足を引きずっているようだ。濡れたシャツがはだけ、髪はだらしなく額に張りつき、無精髭が伸びている。

フォンだ。弟のフォンではないか。人影が数メートルの距離になって、ようやく気がついた。しかしフォンの小石は今自分の手の中にある。どうしてフォンがいるのだ。いや、小石とフォン本体は別の物体だ。何をしている、混乱しすぎではないか。

「どうした？」と、サムは雨音を打ち消すように大きな声を出した。

サムは弟のフォンとはそれほど仲良くなかった。だが、別に仲が悪いわけでもなかった。そもそもお互い興味がなかったのだ。二人は何もかも違っていた。サムは父オムから農民としてのすべてを受け継ぎ、フォンはそれ以外の部分を受け継いだ。サムには妹もいたが、彼女は何も受け継いでいなかった。八歳で学校を辞めて農作業を手伝いはじめたサムと違い、フォンはプノンペンで高校に通ったあと、父と同じくフランスに留学した。帰国後は村に戻らず、プノンペンで教師をしている。三十歳だというのに独身だ。恋人の噂も聞かない。たぶん童貞だろう。いつもごちゃごちゃと口ばかり達者で、あいつからは童貞の臭いがしていた。三十歳で童貞ということは、狂人ということだ。ああ、俺の家系は狂人だらけか。狂人が二人も揃うし、雨はやまないし、泥は詐欺師だし、養豚ニムは頭が悪いし、悩みの数は間違えるし、いいことがない。というかどうしてフォンがいるのだ。そもそもフォンがロベーブレソンに戻ってくることはめったになかったし、今ここにいる意味がわからなかった。

「大変な目にあった」とフォンは答えた。

「大変な目とはなんだ？」

サムは自分でかぶっていたクロマーをフォンに投げた。フォンはスウ家の床下に駆けこむと、クロマーで顔と体を拭いた。

「話すと長くなる。プノンペンにはもう戻れないんだ」

「どういうことだ？　悪いことをしたのか？」

「悪いことはしていない。正しいことをしたら、正しいやつの中に紛れた悪いやつに目をつけられた。いや、悪いやつの中に紛れた正しいやつかも――やっぱり違う、正しいやつの中に紛れた悪いやつだ」

「正しいやつに紛れた悪いやつとは何だ？」

「概ね正しい考え方をしているやつらの中にも、ときおり比較的悪いやつがいて、そういったやつがいつも周りに迷惑をかけるのだが、そのせいで俺が大変な目にあった、ということを意味している」

「お前が何を言っているのかさっぱりわからない」

「俺も自分が何を言っているのかわからない。とにかく、大変な目にあった。しばらくここに住んでいいか？」

「俺たちに迷惑をかけるのか？」

フォンは少し考えて「わからない」と答えた。

「どれくらいの期間になる？」

「それもわからない。教師と新聞記者は辞めた。仕事は手伝うし、言われたことは何でもするよ」

「どうして教師と新聞記者を辞めた？」

「ああ、正確には辞めてもいないな」

「辞めてないのか？　じゃあ戻るのか？」

「違う、そうじゃない。正しい手順で辞める時間もなかったってことだ。殺されかけたから逃げまわっていた」

「殺されかけたのか？　何か悪いことをしたのか？」

「いや、悪いことはしていない。正しいことをしたら、正しいやつの中に紛れた悪いやつに目をつけられた——ダメだ。話が循環している」

「循環とはなんだ？　悪いことか？」

「悪いことだ」

「じゃあ、お前は悪いことをしたのか？」

「違う。循環とは今生まれつつある会話の悪さについての話で、俺自身の悪さじゃない」

「じゃあお前は正しいのか？」

「そうだ。信じてくれ、俺は正しいことをした。正しいことをしたら、裏切りと不正によって殺されかけた」

「正しいことをしたのなら、俺たちに迷惑はかからないのか？」

「何回聞かれても、わからないとしか答えられない。ああ、もう正直に言おう。誤った罪状で、一緒に新聞を発行していた仲間が捕まった。そして俺も同様に、誤った罪状で秘密警察に追われている。秘密警察が自分たちの誤りを認めることはないから、俺は永遠に追われ続ける。だが、ここの住所は簡単にはわからないはずだ。警察がどの程度本気で調べるかにもよるが――」

「――それ以上は言うな。もし問題があったら、俺は家族とこの村を守り、お前は家族でも村人でもなくなる。いいか、お前のことは切り捨てる。俺は何も知らない。それで問題ないか？」

「それでいいよ」

「それならここに住んでいい。お前は弟だからな。それと、これはお前の石だ」

サムはフォンに石を渡した。フォンは「どういうことだ？」と聞き返した。

「これは三つ目の石で、お前が担当している石だ」

「俺が担当している石？」

「俺は三つの石を持っていて、その三つ目がお前だったんだ。いや、正確には泥の石は遠くに投げてしまったからもう持っていない。だから、今持っているのは二つの石だ。石の数も本当なら四つだったんだが、今回は特別に三つということにした」

「何を言っているのかさっぱりわからないが、とにかくありがとう」とフォンは石を懐に入れた。弟の口から「ありがとう」という言葉を聞くのは生まれてはじめてのような気がした。

3

スウ・フォン　一九七二年五月
バタンバン、ロベーブレソン

共産主義者のスウ・フォンは資本主義に懐疑的だったが、それと同じくらい女性にも懐疑的だった。あまりにも懐疑的だったせいで独身のまま三十歳を越えた。兄からはよく「童貞」と呼ばれるが童貞ではない。残念なことに童貞よりも大学の卒業が一足早かったが、その差が数ヵ月に過ぎないことは彼のコンプレックスをいくらかマシにしていた。

フランスの大学から帰国した時点でフォンはまだ童貞だった。彼はなるべく早く童貞を卒業しようと決心し、カンボジアの独立記念日にプノンペンの遊郭で手頃な娼婦を見つけることにした。カンボジアが植民地から卒業した日に自分も童貞を卒業するのだ。その象徴的な行為によって、わずかに所持していた政府と国家と王族への忠誠心を示せるかもしれないと思った。これは試金石になる。彼は意気ごんで雑居ビルの一室にある「ゴージャス・ゴージャス」という売春宿の真っ赤な扉を開けた。黙って受付の男に金を渡すと奥の小さなホテルの部屋のようなところに案内された。

少しして現れたジャンヌという女性は蜘蛛の脚みたいに睫毛を長く伸ばし、かなり挑発的な下着姿で、みるみるうちにフォンの股間はアジられていった。どうもスウ・フォンです、フランスに行っていてこの度プノンペンで教師を——という自己紹介の途中で、彼女はすぐ唇に吸いついてきた。当初の計画ではまず娼婦に「自分が娼婦であることに対する自己批判」をさせるメニューから始める予定だったが、唇を奪われてはそういうわけにもいかなかった。彼女はフォンのヘゲモニーを強く握りしめていたので、ただジッパーを下ろされていくのを受け入れることしかできなかった。よく熟れたマンゴーのような胸を適当に弄《まさぐ》りながら、念のため彼女の股間に手を当てると、高熱を出した病人のような喘ぎ声が聞こえてきた。そのままベッドになだれこみ、彼女の招きに応じてフォンは陰茎を所定の位置に挿入した。すぐにあたたかいものに包みこまれた。それからは娼婦の尻が資本家で、ヴァギナが愚かな政治家たちだと想定して、自らの陰茎を革命的マシンガンとして激しく打ちつけた。資本主義を強姦するのは恐ろしいほどの快楽で、性行為の開始から一分後にはすでに精子が出そうになっていた。

射精の瞬間、彼は漠然とした幸福感に包まれ、生まれてはじめて薄汚いカンボジア政府や王族どもを許してもいい気分になった。娼婦の子宮を通じて、自分の陰茎から発射された精子たちが国家と接続しているのを感じたのだ。

しかしその多幸感は数秒ほどしか持続せず、三分後には初体験の娼婦ジャンヌに対し、退廃したブルジョワ主義の打倒と、真のプロレタリア革命の重要性を説いていた。

フランス留学のおかげで、帰国後の彼には数多くの選択肢があった。軍人、官僚、銀行員など、おそらく国王以外の何にでもなることができた。しかし彼はその中でもっとも給料の低い高校教師という仕事を選んだ。党の活動を続けるために、最適の職業だったからだ。もちろんそれでも裕福な農民の二倍以上の給料だった。そのせいか、仕事を始めると女性が勝手に彼に寄ってくるようになった。職を得てから、フォンは勢いに任せて数多くの女性と関係に及んだ。しかしながら射精後に革命の重要性について語ることは二度となかった。女性とともに秘密警察も彼に寄ってきていたからだ。オンカー指導部からは、常に女性スパイに気をつけろと念を押されていた。フォンはその理由をよく知っていた。性欲が十分に満たされると、ふつふつと強烈な革命欲が湧きだしてくるのだ。そしてその隙をついて、女性スパイは証拠をつかもうとする。

フォンがこれまでに好感触を抱いた女性は十指に余った。一晩でも結婚を考えた女性の数なら片手は超えた。しかしどの女性も、最終的に、彼の考えた「革命に耐えうる女性」としての四つの基準をクリアすることはできなかった。

清潔であること、太っていないこと、若く健康であること。

この三つはさほど厳しい条件ではなかった。王都には清潔で痩せていて、若く健康な女性はたくさんいたし、これまでフォンはそういった女性と交際してきた。

聡明であること。この基準が彼を結婚から遠ざけていた。彼は革命同志であることやプロレタリアートであることを結婚相手の条件に加えていなかった。それらは、四つの条件に合致すれば、必然的に満たされる論理関係にあると考えていたからだった。

聡明であるかどうか。それぱかりは数回のデートではわからなかった。もちろん、あからさまに知性のない人間はすぐにわかる。足し算ができなかったり、電柱に話しかけたり、昼間から酒を飲んでいたり、自分の名前を書けなかったり、精霊の存在を信じていたり、自分が王族の末裔だと信じていたり。しかしそれ以上となると難しい。聡明そうに思えていた女性がそうでなかったり、そうでないと思っていた女性がそれなりに聡明だったり、そういった経験を何度も繰り返した。フォンはその度に反省し、人を見る目を改めようと努力したものだが、結果として結婚には結びつかなかった。しかし彼は失敗に終わった数々の交際から、ひとつの教訓を得ていた。

「人間の見せる聡明さにはまぐれが存在するということ」

たとえば自分が相手に難しい質問を投げかける。今後アメリカは影響力を増していくだろうか？

相手がこう答えたとする――そう思う。だって、アメリカはたぶんすごいから。

まだ若かったころのフォンはそのセリフに興奮したものだった。

「アメリカはたぶんすごい――なんという洞察だ！　その短く簡潔な言葉の外で、戦後における西側諸国の影響力の増加を嘆きつつ、ある種の諦観とも取れる態度を滲ませている。この女性は私と同じように、長年この国の行く末を憂えていたに違いない。そして、自分にもできることが何かないか、そう考えているのだ」

フォンはその女性との結婚を真剣に考えた。もう少しで彼女をロベーブレソンまで連れて帰り、村の人々に紹介するところだった。

だが、結果として彼女の見せた知性はまぐれに過ぎなかった。それは、ある日彼が彼女と交わした会話の中で明らかになった。

「ねえねえ、あなたは執拗にアメリカのことを気にしているけれど、彼《アメリカ》の職業は何なの？」

はじめ、フォンはそれが何かのメタファーだと考えた。

「あえて言うなら、裸の王様かな」

「彼は王族なの？」

「そういうわけではない」

「もっとわかりやすく言ってよ。政治家だとか、金持ちだとか」

「金持ちは職業ではないよ」

「え？　そうなの？」

ようやくそこで、会話の歯車が嚙み合っていないことに気がついた。彼女は金持ちが職業であるのと同様に、「アメリカ」が人名だと本気で考えているのだ。たしかに自分は若く未熟だ。それは認めよう。恥ずかしい勘違いだ。冷静になって考えれば、はじめから会話は嚙み合っていなかった。がっかりしたフォンが「アメリカは国だよ」と指摘すると、彼女は猿王ソクリープに出会ったリアム王子のような顔で驚いた。

気をつけるべきは、人間は他人の発言のニュアンスに自分の願望を反映させやすく、それがさまざまなものごとを難しくしているということだ。人間の曇った眼は、当たり前の挨拶に知性を見出し、質問の無理解による誤答に詩情を汲みとる。そうやって知性は過大評価され、まぐれが実力だと勘違いされていく。誰とは言わないが、そうやって党の内部で影響力を増していった者もいる。しかし今ではそのことをよく知っている。底の浅いまぐれや知ったかぶりに騙されることはない。さまざまな失敗の経験を通じて、フォンは他人の知性に対しては慎重に判断を行うようになった。それゆえに、数々の奇跡的な体験を経たあとでも、彼の八歳の甥ムイタックが聡明かどうか、その判断は保留していた。

その日家にはフォンとムイタックしかいなかった。ニルが高熱を出し、バタンバンの病院に入院して以来、二人だけで留守番をする機会が増えた。カンボジアの歴史上一番の働き者だと噂されている兄のサムは、任意の月の任意の天気において畑に出たし、その際にはいつも長男ティウンを連れていった。まだ八歳のムイタックは多くの仕事を免除されていて、ニルの不在中は家で洗濯や料理をするフォンを手伝っていた。

ムイタックは客観的に見て賢かった。フォンの教育の成果もあり、フランス語も少しだけ話すことができた。まるで一度読んだ本を絶対に忘れないかのような、常人離れした記憶力を持っている（惜しむらくはこの家にほとんど本がないことだ）。これだけで十分奇跡的だが、それだけではまだ足りない。「聡明さ」はそういった能力とは別の種類の知性だ。たしかに数年の共同生活で、いくつかムイタックの「聡明さ」の欠片は手にしていた。

「ムイタックは狂っている」と主張する、サムの説にも一理はある。料理で手が汚れると、はじめてプラホックを食べた二歳児のような顔をするし、体を洗うためのプタルを体より丁寧に洗う。だが五人前の料理を作るとき、以前三人前の料理を作ったときに必要だった調味料の量を三分の五倍にして用意するし、一度も教えたことがないのに、色落ちしやすい服と白いシャツを一緒に洗うことはない。住民が近道だと信じて使っている農道（実際には遠回り）を使おうとしない。八歳にして資本主義の矛盾を高度に理解している節がある。先日に至っては「この広いカンボジアに比べて人間はとても小さいのだから、些細なことで一喜一憂してはならない」と説いた巡回の仏僧に「じゃあ、もし自分の体がカンボジアくらいの大きさだったら、些細なことに一喜一憂してもいいのですか」と質問して困らせていた。周りはみんな呆れていたが、フオンはその鋭敏な知性に気がついていた。

だがまだ早い。それらがすべて子どものまぐれだという可能性もある。フオンは昼寝をするために奥の部屋に入った。ムイタックは居間でパズル遊びをしている。彼は平面パズルを複雑に組み立てて、立体を作るのが好きだった。パズルを渡せば、何時間でも夢中になって遊んでいた。認めよう。これも「聡明さ」の欠片のひとつだ。

フオンは窓を閉め、布団に寝転がった。夕食の支度まではまだ時間があるし、サムとティウンはしばらく帰ってこないだろう。ロベーブレソンでの隠遁生活は、思っていたよりもずっと楽だった。家から出ることもできたし、村人と会話をすることもできた（村人は総じて反知性的だったが）。村人たち全員が字を読めなかったおかげで、誰も新聞を読めず、フオンが警官殺しの濡れ衣を着せられ、指名手配されていることを知っている者がいなかったのだ。地下活動のため、王都で偽の履歴書を使っていたことも幸いした。事件から十年近くが経っても、捜査の網がバタンバンの田舎にまで広がることはなかった。もう大丈夫だろう、そんな気もしていた。新聞で事件のことを知ったときに抱いた「真実を公表したい」という気持ちは、時が経つにつれ「どう考えても無理だ」という諦めの気持ちに変わりつつあった。自分にはまったく身に覚えのない殺人容疑がかけられ、警官を殺した男として指名手配されていた。会ったこともない男を、行ったこともない場所で殺したことになっていた。あの日、つまり同胞のティヌーが捕まった日、自分を逃がしてくれた同郷のソムからは「これが党からの最後の贈り物だ」と言われていた。カンボジア各地を逃げまわっていた四年間で何度かソムに連絡を試みたが、どうやら彼自身が秘密警察に追われている状況らしく、もう党の細《セ》胞《ル》と連絡を取る手段はなかった。さて、自分の無実を知っている人間は誰だ？　誰が守ってくれる？

　きっと、もう二度と王都に近づくことさえできないだろう。自分の写真は王都の新聞で公開されていたし、秘密警察は街中で目を光らせている。ひとたび王都の土を踏めばたちまち逮捕されるに決まっている。当時軍の権力者にすぎなかったロン・ノルはクーデターで国家元首になった。捕まれば、釈明の機会を与えられることのないまま拷問され、虚偽の自白を引き出されたあと処刑される。間違いないだろう。志半ばで殺されていった仲間のことを考えれば、それくらい容易に想像がつく。

革命の機はかならず熟す。オンカーはいつもそう言っていた。自分にできるのは、その時が来るまで、じっと隠れていることだけだ。もしチャンスがやってくればかならず武器を取る。正しいことは報われなければならない――

ドン、ドン、ドンドン。

フオンの眠りは乱暴なノックによって妨げられた。寝床から出るのが億劫でしばらく無視していたが、いつまで経ってもノックがやむことはなかった。

部屋の外から「誰かいませんか？」という男の声が聞こえた。フオンはその声に聞き覚えがあるような気がした。プノンペン時代の誰かだ。必死に思い出そうと試みたが、たとえそれが誰であれ、プノンペン時代の知り合いという時点で吉報であるはずがないということに気がついた。

「部屋の中から物音がしているのはわかってます。誰かいるんでしょう？」

今度は大声だった。フオンは横になったままあらゆる可能性を考えた。

オンカーの誰かだろうか。しかしその場合、どうしてここに来たのかも、どうやってここを突き止めたのかもわからない。ロベーブレッソンのことは、オンカーの誰にも話していない。

警察の誰かだろうか。しかしそれならまず名乗るのではないか？　名乗らないということは、通常の捜査ではないように思える。

スウ家のドアに鍵はない。それはつまり、ドアの向こうの誰かが強引に家の中に入ろうとすれば、それを防げないことを意味する。そして家には自分の他にムイタックがいるだけだ。家族で唯一事情を知っているサムもいない。

「入りますよ」

男は許可なく部屋の中に入ると、おそらくムイタックに向かって「こんにちは」と言った。

「パパかママはいるかな？」

「いないよ」とムイタックが答えた。フォンは物音を立てないように上半身を起こした。いつでも立ち上がれるようにするためだった。フォンと男を隔てているのは、部屋を仕切るために吊るされたたった一枚の布だけだった。フォンは二人の会話に耳をすませた。

「パパとママはいつ帰ってくるのかな？」

「わからない」

「そうか。私はわざわざプノンペンからやってきたんだが、パパとママを呼ぶことはできないかな？」

プノンペン、という言葉にフォンは戦慄した。やはり王都の者だったか。しかし今のところ、男が自分を探している様子は見られない。もしかしたら、サムやニルに用事があったのかもしれない。そう考えることもできる。

「ママは病院にいるから今日は帰ってこない。パパは二キロ先の畑へ仕事に出てて、暗くなるまで帰ってこない」

「ひとりで留守番をしているの？」

男の質問にフォンは全身を震わせた。やはりこいつは自分を探しているに違いない。ムイタックにそのことを悟られないために、気をつけて質問しているだけだ。もしかして――フオンは心臓が止まったような気がした。もしかしてこの男はイエンなのではないか。いや「もしかして」などではない！　イエンだ！

イエンの声はよく覚えている。新聞を発行していたところに、何度も不当な捜査をされた。結局、一緒に新聞を発行していたティヌーは処刑された。今五メートルほどの距離で甥と会話をしているのは間違いなく秘密警察のイエンだった。直接会話を交わしたことが少なかったから、やつの声だと気づくのが遅れた。だが気づいたところでなんになるというのだ！やつは自分を探し、捕まえるためにロベーブレソンまでやってきたというのに！

ムイタックは何も答えなかった。フォンはそのまま彼が無視し続けることを祈った。頼む。「叔父さんが昼寝をしている」などと答えないでくれ。お前は聡明だ。間違いなく聡明だ。だから、あらゆる情報に鑑《かんが》みて、叔父の存在については口を閉ざしてくれ！　無理か、無理だろう。どう考えても無理だ。でも頼む！

「質問の意味がわからなかったかな？　君は今、家にひとりなのかって聞いてるんだけど」

「ううん、違うよ。二人だよ」

ムイタックがそう答えた。フォンはすべてが終わったと確信し、妙に冷静になった。この家の窓の位置、イエンの位置、入り口のドアの位置、すべてを頭の中に描いた。この状況で逃げきることはできるだろうか。イエンはまず間違いなく銃を持っている。いや、イエンがひとりで来ているのかどうかもわからない。やつの部下が外で見張っている可能性もあるだろう。というか、運転手として部下を連れているに違いない。ああ、そもそも自分が逃げた場合、スウ家のみんなはどうなるのだろうか。ティヌーのように、家族まで殺されてしまうのか？　どうすればいい？

「もうひとりは誰？　お兄さん？　奥にいるの？」

ムイタックは「違うよ」と答えた。フオンは立ち上がる準備をした。

「これ」

ムイタックがそう言うと、イエンは声をあげて笑った。

「なるほど、たしかにそれは立派な人間だ。いったいどうやって作ったんだ？」

「パズルを組み立てたんだ。横に広げるだけじゃなくて、縦に広げていけばこうやって人間も作れるんだ」

「君は賢いね。将来は政治家になれるよ」

「いや、僕は農家になるよ」

「どうして？」

「パパに言われたから」

「なるほど。君は素直なんだね。素直であることは大事なことだ。ところで、私はこの写真の人を探してるんだ。プノンペンで一緒に仕事をしていて、とてもお世話になった人だ。だからお礼をしたいんだけど、心当たりはないかな？」

イエンは写真を用意していた。その上で、家族ぐるみでフォンを隠していた場合に備えている。イエンの用意した写真は自分のものだろう。カンプチャボットに出した履歴書の写真か、教員同士の集合写真か、それとも新聞に載ったやつ――新聞社の事務所を借りる際に提出した書類の写真か。

「知らない」とムイタックが答えた。

知らない、だと？　叔父の写真を見せられて、どうしてムイタックは「知らない」などと言えるのだ。当の本人が部屋の奥で昼寝をしているというのに。

その瞬間、フォンは新たなストーリーを思いついた。つまり布の向こうにいる男はイエンなどではなくまったく別の男で、彼が探しているのもまったくの別人だ。男がイエンであるという断定は自分の被害妄想が作りだした幻で、名前も知らないこの男は、プノンペン時代にお世話になった知り合いを探して間違った家を訪れている。他人の写真を見せられたムイタックは当然「知らない」と答えた。

男は「よく見てよ」と食い下がった。「見たことのある人じゃない？」

「ないよ」

ムイタックは「どうして僕が知ってると思うの？」と、男に対して逆に質問した。フォンは「余計なことを言うな」と思った。布の向こうにいる男が誰にせよ、さっさと帰らせてしまった方がいい。

「そうだね、少し難しいかもしれないけど、君は利口だから特別に教えよう。私はその人に非常にお世話になった。だけどその人はある日突然いなくなって、不運にも行き先を聞いていなかった。どうしてもお礼がしたかったから、いろんな人に聞いて回ったんだ。そしたら、その人がかつてプノンペンの学校を卒業していたということがわかった。だから、その学校に通っていた人の中から、可能性がある人を調べているんだ。それがどれだけ大変なことかわかるかな？　この家が違っていたら、次はパイリンまで行かなくちゃいけない。ここからずっと遠くの街だ。だから間違いがあっちゃいけないんだ。君の叔父さんはスゥ・フォンっていう人だよね？　もし君が叔父さんと会ったことがないなら、今叔父さんがどこで何をしているか教えてほしい。君の叔父さんのスゥ・フォンは、卒業後に所在がわからなくなっているんだ」

フォンは先ほど頭に浮かんだ、男＝赤の他人説を一瞬にして頭から消し去った。そもそも今の話にはおかしな点が多すぎる。「お世話になった人」を探すために学校の卒業生を全員調べただと？　そんなことがあってたまるか。警察の捜査そのものじゃないか。

イエンだ。やはりイエンなのだ。今の話を聞く限り、高校側の保管していた資料に自分の写真はなかったのだろう。フランスへ行く際にパスポートのコピーを提出したような気もするが、それは外務省だっただろうか？　それはともかく、イエンは確信を持ってロベーブレソンに来たわけではなさそうだ。しかしだからといってどうなる？　幼い甥が奇跡を起こさない限り、自分は見つかって処刑される。

ムイタックは「フォン叔父さんは去年死んだよ」と答えた。

フォンは自分の耳を疑った。フォン叔父さんは去年死んだ？　ムイタックは何を言っている？　彼は何をしようとしている？

「死んだ？」

「そうだよ。あそこに写真が飾ってあるでしょ？　叔父さんは誰よりも働き者だったけど、マラリアで死んだんだ。僕は叔父さんが大好きだった」

ムイタックは今にも泣きだしそうな声だった。

写真が飾ってあるとはどういうことだ。この家に飾ってある写真はオムのものだけだったはずだ。ああ、なるほど。ムイタックは祖父の若いころの写真をフォンという名の叔父の遺影だということにしているのか。たしかに神棚には仏具が置いてあるし、写真は白黒で、遺影に見えなくもない。

そこではじめて、フォンはある可能性に気がついた。この少年は、叔父の存在を隠すため、秘密警察の捜査官相手に智略の限りを尽くしている。そして今のところ彼は最大限上手《うま》くやっている。

「そうか、そういうことだったのか。嫌なことを思い出させちゃってごめんね」

イエンはドアを開け、外にいたもうひとりの仲間を呼びだした。

「ラディー、この子との会話は外からでも聞こえたか？」

「ええ、ずっと聞いていました」

ラディーと呼ばれた男が言った。

「どうやらここはハズレみたいだね」

「念のためサムを待ちますか？」

「待つべきだろうね。子どもの言っていることだから、勘違いや見落としがあるかもしれない」

「でも、さっさとパイリンに移動しなければ――」

「――もうひとりの候補か」とイエンが答えた。「そうだな。日が暮れる前に移動しないと」

イエンは「協力してくれてありがとう」と言って、部下とともに家から出ていった。すぐに車の出発する音が聞こえた。フォンはホッとして胸をなでおろし、立ち上がって甥を抱きしめようと思った。だが足に力が入らなかった。まだ生きた心地がしていなかった。

フォンが部屋を仕切った布をくぐろうとした瞬間、ムイタックが紙切れを床の隙間から投げいれた。フォンが読んでいた新聞紙の切れ端だった。

そこには慌てて走り書きした文字で「まだ何も喋るな」と書いてあった。

あいつ、いったいいつの間にこんなに綺麗な文字が書けるようになっていたのだ、と感心するのと同時に、「まだ何も喋るな」という言葉の意味を考えた。思わずムイタックに「どういう意味だ？」と聞き返しそうになったが、すんでのところで口を閉じ、彼の指示に従うことにした。どうして素直に従ったのだろうか？　ムイタックという子どもに、有無を言わせぬ何かを感じたような気がした。フォンは部屋を仕切る大きな布の前で立ちすくんでいた。

すぐにバタンとドアが開く音がした。

「何度もごめんね、忘れ物をしたような気がして」

イエンだった。やつは帰ったと見せかけて、ドアの前でじっと耳をすませていたのだ。フオンは今度こそ自分の心臓が止まったに違いないと思った。全身の血の気が引いて、その場であやうく倒れこむところだった。イエンたちが帰ったことに安心して、何か声を出していたら終わりだった。イエンは抜かりない男だ。この程度のことなら平気でしてくるのを忘れていた。

「ああ、勘違いだったみたいだ。それじゃあ、留守番頑張ってね」

再びドアが閉まった。今度は声を出そうとも思わなかった。フオンはその場で硬直したまま、さっきいなくなった車がこちらに近づいてきて、再び発車する音を聞いた。少ししてまたドアが開く音がした。今度はすぐにドアが閉まった。そのあと布がめくられたとき、フオンはとっさに身構えたが、顔を出したのはムイタックだった。

「もう大丈夫だよ。念のため外を見てきたけど、今度は本当に帰ったみたい」

フオンは息を整えてから、「お前にいろいろ聞きたいことがある」と言った。

ムイタックは「疲れたから二つだけにして」と答えた。「さっきの男に頭を撫でられたから、早く水浴びをしたいんだ」

「どうしてあいつがまだ帰っていないとわかった？」

「二人が帰ったとき、丸太を降りていく足音がひとつしかしなかったから、何かおかしいと思った。それで注意深く耳をすませてたんだけど、一度出発した車が遠くでまた停まった音が聞こえたんだ。だから、もうひとりがまだ家の前にいて、念のため様子をうかがってるんじゃないかと思った」

「いつの間に字が書けるようになっていた？」

「結構前だよ。一年くらい前。ティウンは知ってるけど」

「どうして字が書けることを黙っていた？」

「質問は二つだけだって言ったと思うけど」

ムイタックは大きくため息をついてから、会話をするために持ち上げていた布を落とした。すぐにフォンは自分が限られた質問を無駄に使ってしまったことに気がついた。どうして叔父の存在を隠したのか？　いつからイエンが嘘をついていると知ったのか？　叔父がもう死んだという嘘はなんのためについたのか？

さまざまな疑問が頭をよぎったが、疲れたのはムイタックだけではなかった。フォンは再び横になった。ムイタックが川に向かって床下を通り抜けていく足音が聞こえた。

わからないことだらけだったが、ひとつだけわかったこともあった。

ムイタックは聡明に違いない。おそらく自分の知っている誰よりも。

他人の知性に対し懐疑的だったフォンでも、そのことだけは認めざるを得なかった。

4

クワン　一九七三年三月
バタンバン、ロベーブレソン

クワンは子どもたちから単に「輪ゴム」と呼ばれていた。祖父の影響で、輪ゴムを集めるのが好きだったからだ。彼と祖父がもっとも好きだったのは日本製の褐色の輪ゴムで、二人の好みは奇妙なほど一致した。バタンバンの雑貨屋に一軒だけ取り扱っている店があったので、機会があればいつも買い占めていた。日本製ゴムは頑丈で、ゴムの厚みが一定で、それでいて日ごとに見せる表情が豊かで、どこか神秘的ですらあった。

「輪ゴムはもっとも色濃く仏教を体現している」と祖父は言った。

祖父は輪ゴムが「業《ごう》」「輪廻《りんね》」「因果《いんが》」「空《くう》」「涅槃《ねはん》」を示していると教えてくれた。難しい言葉だったが、クワンは一度で覚えた。輪ゴムに関することなら何でも覚えておきたかった。

「輪ゴムが環状につながっているのは『業』と『輪廻』と『因果』を示している。輪ゴムの中心の空洞は『空』で、そして輪ゴムの伸縮性は『涅槃』の意味だ。輪ゴムを集め、正しいやり方で見つめれば、諸行無常、諸法無我、涅槃寂静《じゃくじょう》、一切皆苦《いっさいかいく》、それらがすべて学べる。つまり輪ゴムは釈迦《しゃか》であり、仏さまの教えそのものなのだ」

「なるほど」

　こうしてクワンは仏教を学んだ。もちろん集めた輪ゴムは日本製ゴムだけではなかった。クワンは大きな缶の中に、いろんな種類の輪ゴムを集めていた。緑色の輪ゴム、白色の輪ゴム、ピンクの輪ゴム、髪留め用の黒い輪ゴム。やたらと硬い輪ゴムもあれば、やたらと軟らかい輪ゴムもあった。そもそも輪になっていないただのゴムや、ゴムかどうかもわからないぶよぶよした塊もあった。

「輪ゴムの可能性を狭めてはならない」

　祖父は常に未知の輪ゴムに対して貪欲だった。クワンもそれに倣い、客観的に見て輪ゴムかどうか怪しいものでもきちんと保管するようにしていた。タイヤゴムの切れ端や、固まって使えなくなった透明な接着剤も集めた。祖父に聞くと、彼は接着剤の塊を陽光に透かし、これは「れっきとした輪ゴム族」だと言った。

「見ろ、この光り輝く接着剤を。これは明らかに無限の光《アミターバ》――つまり阿弥陀如来《あみだにょらい》を意味している。つまりこの接着剤もれっきとした輪ゴム一族なのだ」

「うん、わかった」

　養豚業を営む両親は忙しく、クワンの育児を放ったらかしにする傾向にあったので、彼は昼間ずっと輪ゴムを見つめて育った。クメール正月に祖父と会ったときに、輪ゴム修行の成果を報告するためだ。クワンは祖父の教えを守り、何ヵ月も何年も、輪ゴムをいじり、輪ゴムと戯れ、輪ゴムと一緒に寝た。そういった生活を続けるうち、クワンは七歳にしてある法則に気がついた。

輪ゴムが千切れたときにはかならず、何か悪いことが起こるのだ。露店で商人からもらった安物の輪ゴムが切れた次の日に、父が食中毒を起こした。翌日に別の安物の輪ゴムが切れると食中毒が母に伝染した。髪留め用のそれなりに頑丈な輪ゴムが切れたときは豚が病気で死に、次の日には九本も輪ゴムが切れた。養豚場へ行くと、さらに九匹の豚が死んでいた。

クワンが八歳のとき、はじめて未使用の日本製ゴムが千切れた。彼は何か大変なことが起こると確信し、すぐに父と母にそのことを伝えた。

「輪ゴムが切れたから悪いことが起こるだって？　バカじゃないのか？」

両親はそう笑い、彼の言うことを信じようとしなかった。祖父が突然倒れ、そのまま病院で死んだのは次の日だった。クワンは泣いた。祖父は自分の唯一の理解者だった。三日三晩泣き続け、バタンバンで行われた葬式から帰ってきて、彼はこれ以上誰かが傷つくことのないよう、輪ゴムのメッセージを他人に伝えることを決心した。もし両親が輪ゴムを信じていれば、祖父を救うことができたかもしれなかった。それまで敬遠していた子どもたちの遊びグループに積極的に参加し、輪ゴムから学んだ仏教の教えを広めようと努めた。

しかし、まったく理解されなかった。理解されないどころか、「頭のおかしい輪ゴム狂い」として嫌われ、避けられ、疎まれるようになった。人並みに遊びに参加したかったが、バカにされ、いじめられ、理不尽な目にあった。石を投げられたこともあったし、集めた輪ゴムを盗まれて、その輪ゴムで襲撃されたこともあった。自分の輪ゴムで攻撃されると、いつもよりずっとダメージが大きかった。

そういった日が続いていくと、ついに彼の心も折れ、次第に自分が間違っているのではないか、と思うようになった。輪ゴムが千切れたから人が死ぬ——そんなことはあり得ない。偶然が続いただけだ。何を考えている。

不安な日々が続いた。輪ゴムへの信頼がぐらついた。自分を、そして輪ゴムを全肯定してくれた祖父はもういなかった。

祖父の墓前にまだ開封していなかった日本製ゴムの箱を供えると、クワンは輪ゴムから引退することを決めた。輪ゴムの入った無数の空き缶を床下に隠し、輪ゴムと対話することをやめた。

そのことで彼の人生から輪ゴムはなくなり、執拗ないじめだけが残った。

ただ生きているだけなのに、どうして嫌われるのか。クワンは幼心に納得がいかなかったが、どうやって解決すればいいのか見当もつかなかった。輪ゴムは引退した。仏教も説いていない。できることはすべてやったつもりだった。しかしそれでも、いつも理不尽な目にあった。

ある日、みんなが脱糞ナンと呼んでいる男を、クワンも「脱糞ナン」と呼ぶと、脱糞ナンが「舐めてんじゃねえよ」と突然キレて、思いきり蹴とばしてきた。クワンは軽く一メートルほど吹きとんで痛みで泣きそうになったが、涙を見せるとバカにされるということを知っていたので、どうにかしてこらえた。

「どうしてみんなと同じ呼び方をしているだけなのに、僕は蹴られなきゃいけないの？」

クワンはそう聞いた。聞きながら、理不尽さで頭が沸騰しそうになっていた。首元に噛み付いてやろうか、という気持ちもあった。しかし結局は問題の根本を解決しなければならないと思った。

「お前がムカつくからだ」

「どうして僕がムカつくの？　他の人はムカつかないの？」

「その態度がムカつくんだよ」

「『その態度』も何も、今の僕の態度は今発生した問題であって、僕がさっきナンのことを呼んだ時点では、そもそもなんの態度もなかったじゃないか」

「そうやって意味のわからない屁理屈を言うから蹴られるんだ」

「だから、蹴られた時点では僕はまだ何も言っていないわけで。屁理屈が発生したのは――というかこれは屁理屈じゃないんだけどまあいいや――そもそもナンが蹴ったからだし。最初はナンのことを『脱糞ナン』と呼んだだけ」

「ほら、やっぱりお前は『脱糞ナン』と呼んだんだろう？」

「そこは今問題にしていない。それじゃあ話が最初に戻るだけじゃないか」

「俺はずっと『脱糞ナン』と呼ばれたことを問題にしている」

「だからそれについては最初に言ったじゃないか。みんな同じ呼び方をしているのに、どうして僕だけ暴力を喰らうのか、そのことを聞いていたんだ」

「だから、お前のその屁理屈が原因だって言ってるだろ！」

「いや何度も言うけどこの屁理屈はナンに蹴られたあとの話で、僕は蹴られた理由を聞いているのに――」

脱糞ナンと口論になるといつもこんな感じだった。クワンはそれを禅問答にならって「糞問答」と呼んでいた。

脱糞ナンは「あーもう面倒くせえ！」ともう一度蹴とばしてきた。今度は共同倉庫の杭に右半身が激突した。あまりにも痛かったので何度も呻いたが、軽く蹴られた程度で大げさに反応しているとして笑われた。

輪ゴムは引退した。仏教も説いていない。自分はただ、正しいことを言っているだけだ。どうして正しいことを言っているだけなのに伝わらないのか。相手にもわかってもらえるように説明すれば「屁理屈」だとか「言い訳」だとか一括りにされてしまう。かといって黙って耐えていれば状況がよくなるわけでもない。結局サンドバッグになり、こいつには何をしてもいいと思われる。まるで何かを考えること自体が罪みたいだ。

脱糞ナン事件のあとクワンは自宅に帰ったが、右腕は見たことがないほど腫れていて、母とともに診療所へ行った。右腕の骨は折れていた。クルーによる簡単な手当を終えると、父に右腕の骨が折れた理由を聞かれた。

「脱糞ナンのことを脱糞ナンって呼んだら蹴られたんだ」

「年上のことをそんな風に呼んだら怒られるのも当然だ」と父は言った。

「みんなそう呼んでるし、僕より年下のカイも呼んでいた。だから大丈夫だと思ったんだ」

「お前は他人を脱糞呼ばわりして大丈夫だと思っているのか？」

「そういうことじゃなくて――」

「――言い訳はいい。お前はいつもそうだ。口を開けば言い訳ばかり。まるで死んだじいさんそっくりだ。ああ、みっともない。もっと潔く生きろ。豚屋に言い訳はいらない」

「だから言い訳とかじゃなくて――」

「黙れ！」

父はクワンが何か揉めごとを起こすと不機嫌になった。もちろん彼は揉めごとを一方的に押しつけられているだけだったが、父にそんなことは関係なかった。状況を説明するためにいくら慎重に言葉を選んでも無駄だ。クワンに問題があるから揉めごとを引き寄せるのだと決めつけていて、一切話が通じなかった。そもそも、輪ゴムみたいな訳のわからないものを集めているじゃないか。話に詰まると、いつもそう言われた。父はクワンの頭がおかしいと思いこんでいた。

どうしようもなかった。誰かが失敗しているときに、ひとりだけ笑わずにいると「輪ゴム聖者」とからかわれ、みんなが笑っているからと一緒に笑うと「輪ゴムごときが他人を笑うな」と怒られた。父に説明しても「周りに合わせろ」だとか、「他人の失敗を笑うな」だとか、的外れでその場しのぎのアドバイスをされるだけだとわかりきっていたから、いつからかほとんど諦めるようになった。

だが、たった一度だけ、クワンにもいいことがあった。突然村の女の子に「話がある」と呼びだされたのだ。待ちあわせ場所の第二貯蔵庫へ行った。豊作だったとき税金をごまかすために作られた隠し貯蔵庫で、村人でもめったに近寄らない場所だった。クワンはそれが一般的に愛の告白と言われるものだろうと予測していた。村の中でいじめられている自分との関係が発覚するとまずいので、わざわざ人の来ない場所にしたのだ。

クワンはどきどきしながら第二貯蔵庫へ行った。女の子はそこで待っていて、顔を赤くしていた。クワンが「待った？」と聞くと、彼女は突然目をつむり、クワンにキスをした。クワンは混乱して意味のわからないことを口にした。

「え？　あっ。え？　え？　え？」

女の子は「私と輪ゴムのどっちが好き？」と聞いてきた。

「き、君だよ。もちろん」

クワンはとっさにそう答えた。ごちゃごちゃと考えず、素直にそう答えるべきだと思った。そこでようやく、女の子の顔を見る余裕が生まれた。きっと、照れた顔をしているのだろうと思った。

しかし、目の前の彼女はクワンの想定を大きく外れる表情を浮かべていた。吐き気と困惑と達成感が入り混じった顔だ。クワンはその表情が何を意味するのかわからなかった。恋をすると、そのような表情が生成されるのかもしれない、と思うことにした。

「僕たちは付き合うの？」とクワンが聞いたところで、貯蔵庫の奥から忍び笑いが聞こえた。クワンが慌てて様子を見にいくと、子どもたち数人が隠れていた。

「ごめんなさい、ジャンケンで負けたの。さっきのは違うから。勘違いしないでね」

女の子は涙を流しながら、他の子どもたちと一緒に貯蔵庫から走って出ていった。クワンはひとりで「ああああ！」と叫んで泣いた。

輪ゴムの輪を広めようと心に決めた日からずっと、そういう環境で生きてきた。輪ゴムばかりと遊んできたクワンにとって、普通の人間として、普通に周囲に溶けこむことがもっとも難しかった。輪ゴムを引退して以来、村の子どもたちとの遊びが唯一の娯楽だった。娯楽になるはずだった。それなのに、周りに怒られないように、罰ゲームの対象にされないように、喧嘩をふっかけられないようにするためにはどうすればいいか、そればかり考えていたので、心から遊びを楽しむことはできなかった。たったの一度もなかった。

クワンは十一歳にして、外で遊ぶことも他人と会話することも、すべてが嫌になっていた。何をしてもいじめられて、何をしても怒られる。怒られて謝れば言いたい放題にされ、反論すれば「言い訳」だと言われる。しかし、クワンは決して床下から輪ゴムの詰まった缶を取りだそうとはしなかった。それはほとんど覚悟に近い何かだった。輪ゴムに逃げるのはもう嫌だった。

輪ゴムは引退した。それは輪ゴムとの約束でもあった。輪ゴムは遊びではない。百パーセント輪ゴムと向きあって、嫌われることを覚悟で周囲にその教えを広めていくか、それともきっぱり輪ゴムと縁を切るか、クワンにとってその二択しかなかった。輪ゴムに対して完全なコミットをすることができないのであれば、そもそも輪ゴムと関わるべきではない。中途半端に輪ゴムと関わるくらいなら、一切関わるべきではない。なぜなら輪ゴムは遊びではないからだ。

絶望的に輪ゴムは理解されない。そのことを理解できる程度には、彼は成熟しつつあった。思い出せ。もっとも苦しかったのは、輪ゴムの真理を説こうと試みていた、あの受難の日々だ。自分もまだ幼かった。右も左もわからず、すべての人々に輪ゴムを教えようとしてバカにされた。子どもたちのところへ行けば殴られ、なじられ、笑われた。大事な輪ゴムを奪われ、輪ゴムで襲撃された。今は少しだけマシだ。理不尽な目にあうことはあっても、少なくとも一緒に遊んでもらえる。あの辛く厳しい日々には、その段階までいくこともできなかった。

その日クワンは鬼ごっこをしていた。いつものように頼みこんで加えてもらった。自分が集中的に狙われるのはわかっていたが、みんなと一緒に遊べるだけマシだった。遊びに参加できないと、いつまでも家の中で時間を持て余すことになる。

鬼は遠くにいた。竹林の中に隠れていると、クワンは足元に珍しい形の石があることに気がついた。まるで誰かの手が加わったかのような、すべすべで綺麗な星形の石だった。

石だ。クワンは閃《ひらめ》いた。これからは石の時代なのではないか。輪ゴムなどという理解されがたい、ぶよぶよしていて軟弱な物体ではなく、硬くてしっかりとした石を集めるべきではないのか。

石なら伝わる。石なら理解される。輪ゴムよりもずっとポップではないか。もちろん石には「業」も「輪廻」も「涅槃」もない。しかし、そんなものは必要ない。

まず理解される。「こいつは趣味がいい」と評判になる。「こいつは話のわかるやつだ」と思ってもらう。そしてみんなと仲良くなる。そうすれば話を聞いてもらえるから、糞問答もなくなる。それが大事なのだ。今は、一歩ずつ踏みだそう。

すると、隣で一緒に隠れていた俊足ペンが「何してるの？」と聞いてきた。

「石を拾ってた」

「どれ？」

「これ、今拾ったんだ」

「何これ？」

「星形の石」

クワンがポケットにしまおうとすると、ペンは「一回触らせて」と頼んできた。ペンに渡すと、彼は表面に手を当てながら「いいね」と言った。「結構いい」

「でしょ？　そこに落ちてたんだ」

クワンは得意げになった。やはり石は理解される。趣味がいいと思ってもらえる。

世界でもっとも美しいものを所有しているような気分だった。竹林に隠れてよかった。鬼ごっこをしていてよかった。輪ゴムを引退してよかった。

家に帰ったらこの石をどこに置こう。父に見つからない場所がいい。ゴミだと言って捨てられてしまうかもしれない。

やっと、やっとだ。これでみんなの仲間入りができる。

「じゃあ、逃げきった方な」と、石をポケットにしまってからペンが言った。

クワンにはその発言の意味がわからなかった。

「逃げきった方？」

「先に鬼にならなかった方が、この石を手にするんだ」

「石を手にするも何も、そもそも僕が見つけて拾った石だから。ねえ、返してよ」

「ぐちゃぐちゃ言うなよ。また得意の言い訳か？」

「いや、そういうわけじゃなくて、そもそも僕の石なのに、なんで鬼ごっこの景品みたいな感じになってるのかって聞いてるの」

「ほら、言い訳じゃんか」

「いやだから言い訳とかじゃなくて――」

そこまで口にして、クワンは自分が何度も嵌まってきた罠に、またかかろうとしていることに気がついた。糞問答が始まろうとしていた。どうしていつもこうなってしまうのだろう。納得できないことをされて、それに反論すると泥沼化し、議論が糞化する。糞問答で勝ったことはない。というか、糞問答にはそもそも勝敗がない。ぐちゃぐちゃになって、最後に「うるせえ」と殴られるだけだ。俊足ペンの方が年上で背が高かったし、何より俊足だった。殴り合いになれば長いリーチを利用した攻撃を喰らい、そのまま逃げられてしまう。一方的に負けるだろう。

ああ、せっかく綺麗な石を拾ったのに、すでに奪われようとしている。クワンは自分の思いをペンにぶつけようとしたが、適切な言葉が出てこなかった。何を喋っても糞問答が始まるに決まっているように思えた。悔しかった。せっかく新しい時代の息吹を感じたというのに、何もできないまま失ってしまう。理解されると思ったのに、奪われてしまう。唯一の勝ち筋は鬼ごっこで勝つことだったが、俊足ペンに鬼ごっこで勝てるはずがない。なぜなら彼は俊足だからだ。自分は足が遅く、いつも鬼に捕まってしまう。

石が、僕の石が！

あまりにも悔しくてクワンは泣いた。大声でわんわん泣いた。

「おい、輪ゴムが泣いたぞ！」

ペンの声に気づいた鬼が近寄ってきて、とりあえず、といった調子でクワンの背中にタッチした。新たな鬼となったクワンの周囲を、鬼ごっこのメンバーたちが囲んでいた。彼らは指をさしてクワンを笑ったあと、「泣き虫」だの「輪ゴムバカ」だの「ゴムチンチン」だのと罵倒して、散り散りに逃げていった。

三十秒ほどひとりで泣いている間に、クワンの中にふつふつと怒りが湧いてきた。自分はどうしてこんな目にあうのだ。

綺麗な石を拾っただけなのに、それを奪われ、鬼に捕まってしまった。そもそも自分が泣いてしまったのは単に石を奪われたからではなく、石を奪われてしまったというのに何も打つ手がないという状況そのものと、その状況を作りだしたこれまでの歴史に理不尽さを感じたからで、泣き虫だからなどではない。深い理由があるのだ。ふざけるな。僕は泣き虫じゃない。こんな遊びやめてやる。お前たちみたいなくだらない人間とは縁を切る。一生縁を切ってやる。もう二度と参加するもんか。クワンが顔を上げると、みんなとっくに逃げていったと思っていたのに、ひとりだけまだそこに立っていることに気がついた。

村長の息子、ムイタックだった。普段遊んでいるグループが違ったので、ムイタックと一緒に鬼ごっこをするのは珍しかった。自分で言うのもなんだが、かなり変わったやつだ。都会人のように、いつも新品みたいに綺麗なシャツを着ていて、ことあるごとに高価な石鹸を使って手や顔を洗う。無口で何を考えているのかわからない。草バトルで無敗伝説を持っていて、一部の子どもを従わせている。

「何があった？」

ムイタックがそう聞いてきた。

「どうせバカにされるから、いいよ」

「話す気がないならいいけど、鬼ごっこをやめて家に帰るなら、最後に俺にタッチしていって」

ムイタックが面倒臭そうな表情を浮かべてそう言った。

「どういうこと?」

「だって、鬼がいなくなったら鬼ごっこが成立しないじゃないか」

「別にいいじゃん。成立しなくても」

「ダメだよ。ゲームなんだから、ルールは守らないと。鬼がいなかったら鬼ごっこにならないよ。帰るなら、かわりに俺を鬼にしてからね」

実を言うと、クワンはムイタックに一目置いていた。以前、輪ゴムの教えを広めようとしていた暗黒時代、村で唯一自分の話を聞いてくれたのがムイタックだった。ムイタックはクワンの話を最後まで黙って聞いてから、いくつか鋭い質問をしてきた。「どこからどこまでが輪ゴムに含まれるのか」「千切れた輪ゴムに真理はあるのか」「輪ゴムが千切れたのに、悪いことが起こらなかったことはあるのか」「輪ゴムが千切れた日に、他に何か普段と変わったことはなかったか」など。

答えられる質問には答え、そうでないものは「わからない」と言った。最後にムイタックは一分ほど考えてから、「ごめん輪ゴムはいいや」と言っていなくなった。輪ゴムの教えは伝わらなかったが、最後まで話を聞いてもらえたし、自分の話が伝わったという感触もあった。

この男にならば、何があったか、話してもいいかもしれない。クワンはムイタックに自分の悩みをすべて話すことに決めて、木陰に座りこんだ。ムイタックが隣に座った。もしかしたら、輪ゴムの布教をきっかけに始まった自らの苦境について、彼ならきちんと理解してくれるかもしれない。

「実は――」

クワンは全部話した。俊足ペンから強引に石に関する取引を押しつけられたこと。輪ゴムの布教、引退、そしていじめのこと。糞問答のこと。みんなに話が通じないこと。話はあっちこっちに散らばり、まとまりがなかったし、適切な言葉が見つからず説明不足になってしまうこともあったが、自分の感じたこと、思ったことをなんとかすべて話し終えた。

あのときと同じく、ムイタックはそれらを黙って聞いていた。ときおりクワンに「こういうこと？」と助け舟を出す以外は、反論もしなかったし、「言い訳」だとか「輪ゴムバカ」だとか言って議論の糞化を招くこともなかった。

すべてを聞き終えたムイタックは「――まず、そもそも俊足ペンは足が速いわけじゃない」と言った。

「どういうこと？」

「言葉のままだよ。俊足ペンはむしろ鈍足だよ」

「何を言ってるの？ 君は普段一緒に遊んでないからそう思うのかもしれないけど、覚えてる限りペンが捕まったのを見たことは一度もないよ」

「そう、問題はそこだ。ペンは、何よりもその『一度も捕まったことがない』という名声のおかげで、不当に鬼ごっこに勝利している」

「どういうこと？」

「つまり、鬼は『俊足ペンを追いかけても、どうせ勝てない』と考えて、最初からペンを追おうとしないんだ。君もそうなんじゃない？　自分が鬼のときを思い出してみてよ。いつも無意識にペン以外を追いかけてない？　たしかにペンはそこそこの初速だけど、持久力はまったくないよ」

クワンはこれまでの鬼ごっこの記憶を思い出した。たしかにその通りだった。

「ペンはそのことがよくわかっているから、常に誰かと一緒に行動するんだ。現にさっきも君と一緒に逃げていた。もし鬼に見つかったとしても、一緒に行動しているやつが狙い撃ちにされるから、自分は悠々逃げることができるってわけ」

「たしかにそうだ。ペンは常に誰かと一緒に逃げている」

「だからペンは自分の名声を守るために、他の誰かとサシの駆けっこをしようとしない。正直に言って、純粋に駆けっこをしたら君の方が速いと思う。距離にもよるけど」

「そんなことはないよ。僕はいつも捕まってしまうから」

「ペンが鬼ごっこに強いのは『足が速い』という評判のおかげだ。この話をひっくり返すと、さらに多くのことがわかる」

「何がわかるの？」

「つまりね、一度足が遅いと評判になった者は、不当に追われ続けるってこと。君は足が遅いわけではないのに、『足が遅い』という評判のせいで、集中的に鬼に狙われている。鬼ごっこは基本的に追いかける側が有利だから、一度狙われれば捕まりやすい。そのせいで足が遅いというイメージが強くなり、さらに捕まりやすくなるってわけ。君だって鬼のときは無意識に『足が遅い』とされている人を探してるはずだよ。豆フムとか、ルットとか、蟹ワンとか。蟹ワンは左足だけ拾った靴を履いているせいで、蟹みたいな走り方をしてるから目立つしね。あいつ、実は結構足速いと思うけど」

「なるほど。たしかにその通りだ。僕はいつも豆フムやルットや蟹ワンを探してる。それに実際には、いつも蟹ワンを捕まえるのに苦労してた」

「この話にはさらに続きがある。この世の中のなんだってそうなんだ。王様だってね。一度偉くなってしまえば、そのおかげでみんな彼が正しいと思いこむ。何か間違ったことをしているように見えても、自分の方が間違っているのではないかと思い直す。そうして王様の権威は増していき、本当の実力とは関係のない虚構のイメージが作り上げられていく。そしてそれは、たとえば俊足ペンみたいに、王様がひとりで作り上げるものではなく、周囲と連動して勝手に作り上げられていくものなんだ」

「王様か。そんなこと、考えたこともなかったよ」

「一番重要なのは、君が理不尽な目にあうのも、この仕組みが作用しているってこと。一度、輪ゴムの布教をしようとして悪評が立った。ものすごいマイナスだ。その悪評という眼鏡で君を見ているから、どうせあいつは間違ったことを言っていると決めつけられる。一旦そうなれば、どうしても悪いところが目立ってしまうし、嫌な目にあいやすくなる。嫌な目にあえば悪いところが目立ち、その繰り返しでひどい目にあう。嫌なやつが口にするのは言い訳に決まっていると決めつけているから、弁解の余地は与えられない。それが糞問答の正体だ。君の弁解にきちんと耳を傾ければ、自分たちが間違っていると認めることになるかもしれないから、彼らはすぐに耳をふさいでしまい、議論は糞化していく。彼らは自分たちのちっぽけなプライドを守るため、絶対に弁解を聞きいれない。つまり君は、輪ゴム時代の借金の利子を払い続けてる」

半分も理解できているかわからなかったが、ムイタックのとにかく鮮やかな論証に、思わずクワンは「すごい……」と唸っていた。鬼ごっこの勝ち負けから、より重要な何かを導きだした。

「君は普段、そんなことを考えているの?」

「普段から考えているわけではないよ。誰が勝ってて、誰が負けてるか、どうして勝ち、どうして負けるか。その仕組みが知りたくて、ときどきそういうことを考えるんだ。鬼ごっこだって例外じゃない。そういうことを考えるのって楽しいんだ。もしかしたら、鬼ごっこそのものよりも楽しいかもしれない」

クワンは感動のあまり言葉が出なかった。これまでずっと頭の中に溢れ、言葉にならなかったさまざまな思念が、一瞬にしてすっかり整理されてしまった。

ムイタックは異次元だ。年下だというのにそんなことを考えている。それに比べて自分はどうだ。俊足ペンが実は鈍足だなんて、疑ってみたこともなかった。

「どうすればいい？　僕はどうすれば、理不尽な目にあわずにすむ？」

「まず一旦言葉を捨てること。いいかい、君のことをバカにするやつは人間じゃない。ただの物体さ。だから言葉で説得しようとしても意味がないよ」

「それでどうするの？」

「二つの方法がある。ひとつは努力すること。他のみんなより強くなって、殴り倒す。言葉じゃなく暴力で戦う」

「そんなの無理だよ」

「もうひとつの方法はルールを変えること。理不尽な目にあっても、暴力にあっても、相手の方がバカだと思えばいい。どうせただの物体なんだから、何をされても気にしない。自分の方が遥かに高い次元で物事を見据えてると思いこむ。そうすれば、自分の中では負けていないことになる」

「そんなのただの負け惜しみじゃないか。何も解決していない」

「いや、解決はしてる。負け惜しみは立派な解決だよ。ルールの変更を自分の中で完結させれば、それは負け惜しみになる。もしルールの変更を全員に押し付ければ革命になるけど。もちろん革命をするのは難しいさ。革命をするためには暴力が必要だから」

　ムイタックは「でも――」と続けた。

「鬼ごっこに関しては簡単だよ。本気でペンを追い続ければいい。隣に誰がいようと、ペンだけを追うんだ。『もう無理だ』って諦めずに、気を失うまで走り続けてペンを捕まえる。

ペンはたぶん何か言い訳をするだろうね。足が痛かっただの、手を抜いただの、婆ちゃんが病気だの、精霊が邪魔をしただの。そんなの全部無視だ。いくら反論しても糞問答が待っている。君は黙ってペンを追い続ける。何度も、何度もペンを捕まえる。結果を出し続けるんだ。そうして、ペンの名声を逆に利用してやる。つまり最終的に、君は『俊足ペンよりさらに足が速い』という名声を得る。それによって狙われづらくなるし、狙われなければ鬼にもならない。そうやって君の名声はどんどん補強されていく」

「でも、それじゃあ石が取り返せない」

「どうでもいいじゃん、石なんて」

ムイタックは急激に興味を失ったようだった。クワンは「どうでもよくないよ」と反論した。

「綺麗だったんだ」

「どうでもいいよ。きっとペンだって明日には飽きて捨ててるよ。石なんかより、まだ輪ゴムの方がマシだと思う。オリジナリティがあるし。石なんてさっさと諦めて、輪ゴムに戻ろうよ」

「そうかな?」

「絶対にそうだよ。君は勘違いしているけど、輪ゴムが理解されていないんじゃなくて、輪ゴムの声が聞こえるという主張が理解されていないんだ。みんな輪ゴムは好きだよ。いろんな遊び方があるし」

「でも……」

「まあ俺にとっては輪ゴムも別にどうでもいいんだけどさ。ばい菌だらけだし」とつぶやいてから、ムイタックは「じゃ」と言って逃げていった。

「あ、ちょっと」

クワンは短い時間に自分の身に起こった事態に啞然としながらも、とにかく俊足ペンを探すために歩きだした。

一度に大量のアドバイスをもらった。ムイタックの言葉は、まだすべて咀嚼《そしゃく》できていなかった。しかし、ペンを捕まえることがすべての始まりだということはよくわかった。鬼ごっこだけではない。そうやってひとつずつ、借金を返していく。そうすれば、いつか自分も理不尽な目にあわなくなるかもしれない。王様になれるかもしれない。

勝利に飢えたクワンの目は血走っていた。一度ペンを捕捉したら、地獄の果てまで追いかけるつもりだった。

5

スウ・ティウン　一九七三年八月
バタンバン、ロベーブレソン

ティウンが十一歳でムイタックが四歳のとき、首都プノンペンの私立高校で教師をしていた叔父が村に戻り、家族の一員として生活しはじめた。叔父は教師を辞めた理由を「人権侵害」によるものだと主張していたが、村にはそもそも「人権」が何を意味するか理解することのできる人間がいなかった。村の人々は、単に叔父がヤバいやつなのではないかと噂していた。

多くのカンボジア国民の「現人神《あらひとがみ》」だったシハヌーク殿下に批判的な叔父が、村で腫れ物扱いされていることをティウンはよく知っていた。そもそも、村に戻ってきた経緯が不明なのだ。深く関わると軍のスパイに密告され、逮捕されると信じこんでいる人もいた。

叔父も村人たちから煙たがられていることは自覚しているようだった。いつも催事や儀式には顔を出さず、その間は近くの丘で昼寝をしていた。そのせいで叔父は村人の一部に「タイの牛」と呼ばれていた。タイの牛は怠けものだからという理由だったが、ティウンの独自調査の結果、実際にタイの牛を見たことのある者は村にひとりもいなかった。ロベーブレソンでは万事がそんな具合だった。いつからか、ティウンはそれを問うことをやめていた。大人たちは「難しいこと」を聞かれると不機嫌になったし、最終的に「そういうことを疑問に感じること自体がバカ」と言われてしまうのだった。

しかしどちらにせよ、叔父が教師だったことはティウンとムイタックにとって幸運だった。そのおかげで、二人は父と母が使いこなせなかったクメール文字をマスターすることができたし、簡単なフランス語を教わることもできた。二人はフランソワ・ヴィヨンの詩を暗唱することや、二次方程式の解を求めることのできる数少ない農民だった。叔父はティウンのことを「自分よりも優秀」だと評し、ムイタックのことは「あらゆるカンボジア人よりも優秀」だと評した。

叔父はムイタックをやたらと高く評価していた。ことあるごとに「こいつは天才だからな」と口にした。ティウンは叔父が弟を贔屓《ひいき》するのを見ても、特に不満に思わなかった。なぜならティウンも自分の弟が天才だということと、他の村人がそれに気づいていないということをよく知っていたからだ。村人の多くはムイタックを「無口で変なやつ」としか考えていなかった。たしかにムイタックは基本的に無口だったが、彼にとって興味のあることに対しては饒舌だった。ティウンはそのことを知っていた。

ムイタックが七歳のとき、彼に悪魔が憑いていると確信した父がクルーに相談しにいき、バタンバンの呪術師に見せにいくことになった。叔父が呪術師に見せることを強く反対し、結局ムイタックは精神科医の診断を受けて恐怖症という病名をつけられ、症状がよくなるまで無期限で入院することになったが、彼はたった一週間でロベーブレソンへ戻ってきた。ティウンが「やけに早かったけど、もう治ったの？」と聞くと、ムイタックは「どうすれば退院できるかがわかった」と答えた。結局彼は医者の騙し方を覚えただけで何も変わらなかった。

ムイタックは算数が特に好きだったし、それなりに才能もあるように見えた。というか、彼の才能を正しく判断できる人間が村には存在しなかった。新しい公式を教わると、家の前が数式だらけになるまで地面に数字や文字を書き続け、手が汚れるとすぐに川まで洗いにいった。多くの場合、彼の思考はティウンにも理解不能だった。そういえば、ムイタックが、独力で発見した数学概念の説明を必死に試みたこともあった。叔父も父もティウンも彼の理論を理解できなかったし、ロベーブレソンにはその三人が理解できないことを理解できる人間はいなかった。

「この数式を使えば、ウチの畑が何ヘクタールか正確にわかるんだ。父さんが使っている肥料の量が非効率だということもわかった」

彼はそう主張したが、父は「しかし、そんなことをして税金が増えたらどうする」と反論した。残念なことに、父はムイタックの才能に気がついていない人のうちのひとりだった。

「計算結果によっては、税金が減るかもしれないんだ。それに、正確な情報を知ることには価値がある」

「お前は俺の話を理解していない。俺は今、税金が増える可能性について話している」

父はそう言って、「やれやれ」と両手を上げた。

ムイタックはその時点で、父にその概念を理解してもらうことを諦めたようだった——というか、家族に自分の難しい考えを理解してもらうこと全般を諦めてしまった。

叔父の授業はいつも昼食後の三時間を使った。最後の十五分、叔父は歴史や政府の話をした。

叔父は常に何かに怒っているようだった。現在の政府は信用がならない。選挙は不正だらけだ。秘密警察はそれをもみ消してまわっている。S《シハヌーク》は無能で、首相ロン・ノルは悪夢だ。現在の政権は、無能が悪夢と結婚して、地獄を産み落とした。叔父はいつも激しい口調でそう言った。シハヌーク殿下が、身の安全を保障して帰国させた自由クメール《クメール・セライ》の青年を政治犯として公開処刑にし、悪趣味にもその映像をすべての映画館で上映した、という話は何度も聞かされた。

「十五世紀まで、クメール人はインドシナ半島の盟主だった。シャムやベトナムは私たちの配下にあり、アンコール王朝は栄華をきわめた」

アンコール王朝以前に別の国家が存在したという事実は問題ではなかった。叔父は決して「いつから十五世紀までなのか」について話さなかったし、ティウンも聞けなかった。そんなことを聞けば「ベトナムやタイの肩を持つのか」と怒られるのはわかりきっていた。

「僕たちの領土が盗まれたんですよね」

ティウンは叔父から歴史や政治の話を聞くのがそれなりに好きだったが、ムイタックはそうではなかった。叔父に相槌をうったり、質問したりするのはいつもティウンの役目だった。

「そう、シャムが俺たちの国土を盗んだんだ。クメール人はアンコールワットを奪われ、ウドンに遷都した。十九世紀には、勇敢にもシャムと戦っていたクメール人の隙をついて、ベトナム人がすべてを奪った。メコンデルタはカンボジア人のものだった――」

機嫌がいいときは「それ以来、砂糖椰子《トオナット》がベトナム国境付近で育たなくなったのは、ベトナムのことが心底嫌いだから」という話を続けることもあった。叔父はとりわけベトナムが嫌いだった。移民によってカンボジアから土地を奪い、その地を南ベトナムにしてしまったという経緯は何度も聞かされたし、子ども同士が喧嘩をすると「君たちにはベトナム人という共通の敵がいるのに、どうして仲間同士で争うのか」と口にすることもあった。

「――そしてその次は」と叔父は続けた。「インドシナに平和と解放をもたらすはずだったフランス人が、うまいことを言ってカンボジアのすべてを奪った。今では中国やアメリカもそれにたかっている」

「僕たちは、奪われるだけだったのですか？」

「そうだ。フランスの犬だった政府は、都合のいいことを言って俺たちからすべてを奪っていった。やつらがサムの土地を七ヘクタールも盗んだことは知っているだろう？　シハヌーク殿下は第二次世界大戦後、ついにクメール人が独立したと宣《のたま》っているが、そんなのは嘘っぱちだ。今だってアメリカやベトナムの汚いやつらに、俺たちの生活は奪われ続けている。俺たちは真の独立を達成しなければならない。外国の言いなりになっている政府を打倒して、クメール人が真の平和と平等を達成できる社会を作るんだ」

「みなが平等に暮らせる社会の話ですね」

「そうだ。資本家は外国人の回し者だ。外国から売りつけられた車やテレビを買う必要はない。医者や政治家や金貸しが農民や漁師より偉いわけではない。なのに、やつら道化は贅沢な生活をしている」

「いつになったら、平等な世界が実現するんですか？」

「いくつかの国ではすでに現実になっている。カンボジアにもかならずそういう時代が来る。この腐敗した政権と王政は完全に解体して、クメール人だけの力で、一度ゼロから組み立て直さないとダメだ」

そういえば、たった一度だけムイタックが叔父に反論したことがある。

「自動車を作る人は、別にゼロから組み立てたわけじゃないって父さんが言ってた」

叔父は「何が言いたい？」と苛立たしげに聞き返した。

「誰かが元となる自動車を考案していて、その設計図を少しずつ変えていった。ひとつひとつ問題を解決していった結果、今の自動車ができた。すべての複雑なものは、そうやってできているんだって。何かをゼロから組み立てるのは大変なことなんじゃないかって」

「なるほど、それはそうだ」

叔父が誰かに説き伏せられるのを見たのはその日がはじめてだった。


ティウンとムイタックは授業が終わってから完全に日が沈むまでの間、村の子どもたちと一緒にいろいろな遊びをした。とりわけ「草バトル」と名づけられた「その辺に生えている草をU字に交差させ引っ張りあう遊び」が流行った。

ムイタックは「草バトル」に負けなかった。ムイタックが使った草は「王の草」と呼ばれたが、彼以外が「王の草」を使っても勝てなかった。数ヵ月ほど王者に君臨してから、ムイタックは「実は草選びは関係なく、自分から力を加えないことがポイント」と宣言し、「草バトル」から引退した。

「先に力を加えた方が負ける」という事実が明らかになると、草バトルはバトルですらなくなり、ただの我慢比べになった。草バトル大会の決勝に残った二人が、日暮れまで草を握ってひたすら睨みあっていたのを機に、誰も草バトルをやらなくなった。

そのあと鬼ごっこが流行り、次に流行ったのは輪投げ遊びだった。そのころから、ムイタックと仲良くなった輪ゴムのクワンが加わるようになった。クワンは輪ゴムのせいで頭がおかしくなっていたが、それなりに賢く、村の子どもには珍しく向上心もあったので、親の手伝いで豚の世話をしなければいけないときを除いて叔父の授業にも参加していた。輪投げのルールはシンプルだった。流木を地面に突き立てて、西洋帽の鋳型をそこに向かって投げる。投げる位置は年齢に応じて遠くなっていく仕組みだ。ある雨季の日、ティウンは地面に這いつくばっていた物乞いの男を輪投げの目標にしないかと提案し、ムイタックとクワンが了承した。一投目はクワンが投げたが「ゴムじゃない」という理由で明後日の方向へ飛んでいった。次に投げたムイタックは見事一投目で物乞いの後頭部に鋳型を直撃させた。激怒した物乞いが三人の方へ向かってこようとしたが、やっぱり頭が痛くてその場にうずくまり、三人はなんとか逃げきることができた。その後、起きあがろうとしてその場で転ぶ物乞いの真似をして大笑いした。結局その男が父に顚末を報告し、輪投げは禁止になった。輪投げを命中させた実行犯のムイタックよりも、ルールの変更を提案したティウンの方がこっぴどく怒られた。

ティウンはその日の夜、父に両腕を縄で縛られ、シャベルの柄で顔中が腫れあがるまで殴られた。ティウンはもう十六歳になっていた。すでに身長は父を追い抜いていたが、腕の太さは半分くらいだった。いくら目線が低くても父はやはり怖かった。

「あの男は一見物乞いに見えるが、実は神なのだ」

父はそう言った。ティウンが「神には見えない」と反論すると、一発殴ってから「いや、神だ」と主張した。

「どうしてわかるの？」

「本人がそう言っていた。神を遊びの材料にするな」

顔を満遍なく殴り終えたあと、父はムイタックが生まれたときに居合わせたアチャーの話をした。大きな災いと大きな幸福の話だ。

「神様はすべての人間に神聖な場所を一箇所設けるが、俺の場合は畑を耕すこの右腕で、ムイタックはそれが頭だったということだ。ムイタックは悪魔の子だ。間違いなく頭に人智を超えた場所を持っている。そのことはお前もよく知っているはずだ。問題は、その場所と識《ヴィンニャン》を誰のために使うか。兄であるお前が責任を持って、あいつが幸福をもたらすものになるようにしなければならない。じゃないと、あいつは悪魔的な何かになる」

「僕の神聖な場所は？」

父は少し悩んでから「知らん」と答え、ティウンを縛っていた縄を解いた。

ちょうど雨季だったこともあり、輪投げが禁止されたあと、ティウンとムイタックはクワンを呼んで家の中でトランプゲームをするようになった。そこでティウンは改めて自分の弟が天才だということを認識した。ティウンもクワンも、年下のムイタックにまったく勝てなかった。ムイタックはまだ九歳だったが、頭脳はどんな大人よりも優れていた。昔から家族で遊んでいたゲームや、叔父から教えてもらったゲームの多くは、ムイタックがあまりにも強すぎたのですぐに禁止にした。ティウンは記憶力には自信があって、唯一彼とまともに勝負できたのは神経衰弱だけだったが、兄弟の二人がトランプの配置を完全に覚えてしまい、単にゲームとして破綻していたので、クワンが「楽しくない」と主張してお蔵入りになった。

「どうしてそんなに強いのか」と質問すると、ムイタックはティウンとクワンがハッタリをかましているときや嘘をついているときの癖を十数個挙げたのち、思考や戦術のパターンとその弱点を教えてくれた。また、それらをすべて解決したところで、効率的にプレイできていない箇所を各ゲーム数十個ずつ直さなければ勝負にならないという話だった。

結局、三人は叔父から教わったポーカーというゲームをやることが多くなった。運の要素が大きかったので、ティウンやクワンでも二割程度勝つことができた。三人はポーカーを何度もやっているうちに、飽きないようにルールを少しずつ変えていった。どのようにルールを変えるとゲームが面白くなるのか何度も話しあった。そもそもゲームとは何か、何がゲームの面白さなのか。話は拡大していったが、そういう話をするのは楽しかった。ゲームそのものよりも楽しいのではないかとも思った。

「そもそもゲームってなんのためにするんだろう」

ムイタックが聞いた。

「楽しいからじゃないかな」

ティウンが答えた。

「それはそうなんだけど、負けると楽しくない」

「負けても楽しいゲームがあればいいのかもな。だから神経衰弱はダメだ」

クワンがトランプを切りながら言った。

「でも、それじゃあ本気で勝とうと思わない。本気で戦わなければゲームの絶対的な楽しさが損なわれてしまう」

「じゃあ、みんなが勝つゲームは？」

ティウンが思いつきを言うと、ムイタックが首を振った。「同じ理由でダメだね。本気で戦わない」

「難しい問題だなあ」

「難しいね。でも、そこに究極的な答えがあると思うんだ」

「そうだな、たとえば『どれだけ楽しんだか』自体を競うような遊びは？」

ティウンが提案した。クワンが「なんだそれ」とつぶやいた。

「楽しいっていうのは個人の感想だから、いくらでもごまかせるじゃないか」

「いや、それをなんかの手段でポイント化するんだよ。楽しんだポイントが高い方が勝ち、みたいな。そうすれば勝つためにみんなより楽しもうと努力する。負けたところである程度は楽しんでいる。これならどうかな」

ムイタックは腕を組んで何かを考えていた。

「あるよ、それ。うん。いい線行ってるんじゃないかな」

「だろ?」

「うん。もちろん細部を詰めないといけないんだけど」

こうやってゲームの話をしながら、ポーカーのルールを変えていった。最終的にポーカーは楽しいゲームになったが、元のルールはもはや原型を留めていなかった。三人はそれをチャンドゥクと名付けた。二歳のときに死んだ弟を踏んだ水牛の名前だった。

6

シヴァ・プク　一九七四年一月
バタンバン

シヴァ・プク——通称「泥」はニアン川の向こう、およそ二キロメートル先の開墾作業をしてほしいという依頼を受けた。本来ならば引き受ける必要のない仕事だった。サムの息子二人が手伝ってくれるらしいが、ほとんどの作業を自分と兄の兄弟でやらなければならないことに変わりはない。それなのに開墾後の稲田は村人全員で山分けということらしく、シヴァ家の利益はほとんどなかった。依頼主が村長のサムでなければおそらく断っていただろう。先月の村の会議で、今年は開墾を二倍に増やすと決まったばかりだったので、別段予想外というわけではなかったが、気が重い申し出であることには変わりなかった。

もちろん、それもこれも政府のクソ野郎たちが悪いのは間違いない。首相のロン・ノルは米の徴収を強制化し、取引を監視するようになった。監視に必要な費用はさらなる税金として徴収され、余剰作物はそれまでの半値で買い取られた。米の徴収にやってきた役人たちは、貯蔵庫にいた無害な虫を理由に価格をさらに値切った。差分を彼らが得ていることは間違いなかった。三ヵ月ほど前には、村全体の農地のおよそ七分の一が取り上げられていた。今回の提案には、それを取り戻すという意味もあったのだろう。そもそも農地を没収した理由が「政府直轄の砂糖工場を作るため」という理由で、いつになっても建設が始まる気配はなかったのだから、村人たちは怒っていた。はやく開墾して土地を取り戻さないといけない——そういう雰囲気が漂っていた。そして開墾といえば、シヴァ家の出番だ。自分たちは開墾のプロで、村の歴史が始まったときからその仕事を一手に担っている。

泥は開墾予定地の土を食べ、その味に深く満足した。稲作に適した土だし、邪魔な木々も

──少なかった。うまくいけば──つまりあの面倒な坊やたちがそれなりに働いてくれれば──雨季までに作業を終えることもできるかもしれない。どこを耕すべきか、何をするべきか、自分はすべてわかるのだ。

泥は農地の状態を土の味で判断する秘伝を父トラから受け継いだ。泥には二人の兄であるソムとリラがいたが、母はいなかった。なぜなら彼は、畑から生まれたからだ。

父は妻と死別して以来、畑に側面を固めた小さな穴を掘って、そこに自分の陰茎を出し入れしながらマスターベーションをするのが習慣だった。彼はその場所を聖域《サンクチュアリ》と呼んで、次男リラの出産時に妻が死んでから十年間、一日も休まず射精し続けた。雨の日も風の日も嵐の日も、高熱の日も下痢の日も、休むことなくサンクチュアリへ向かった。凶作の年は腹を空かせながら射精し、親が死んだ日は泣きながら射精した。

フランスとタイによる紛争が勃発し、彼の畑でフランスの対戦車砲部隊がタイの機甲部隊と戦闘を始めた日も、当然のようにマスターベーションをしようと試みた。彼の性欲は戦争に勝利したのだ。二十五ミリ砲が頭上を飛び交う中、いつも通り家を出た彼は、残念ながら一瞬でフランス外人部隊に拘束された。こうして十年続いた彼の習慣は終わった。

ようやく戦闘が終わり、フランス軍の拘束が解かれた日、股間を膨らませてサンクチュアリへ向かうと、戦闘でボコボコになった畑の中心、いつも使っている穴から、なんと赤ん坊が顔を出していた。それが泥だった。父はこの赤子は自分が大地と交わった結果生まれてきたと確信し、息子をラクシュミの生まれ変わりだと考えた。泥が土の一族の後継者として育てられることは、出生のときから決まっていた。

そして泥の十五歳の誕生日に、父は自らの秘伝を伝授した。秘伝を受け継ぐために父から課された修行の最後は「二十一日間土だけを食べて生活する」というもので、それまでの人生で経験した過酷さをすべて足しあわせたものよりもずっと過酷だった。

はじめの三日間は空腹との戦いだった。しかし、空腹はこの試練の過酷さの表層的な部分に過ぎなかった。四日目に土を肉だと思いこんで食べる技術を発明してからは、空腹はそれほど強大な敵ではなくなった。慢性的に胃が痛むことと、頭がボーッとして何も考えられなくなることの方がきつかった。

十日経つと熱が出て下がらなくなり、布団の中で幻覚と幻聴に悩まされることになった。それでもなお、父は土と水しか与えてくれなかった。泥は土を食べるたび、彼らが語りかけてくる声が聞こえるようになった。全身のだるさ、熱っぽさ、吐き気、胃痛、頭痛。まともにものごとを考えられない間、土は彼にさまざまな言葉を語りかけてきた。胃酸とともに土を吐きだし、また別の新しい土を食べる。

そうやって二週間ほど朦朧とした意識のなかで過ごすと、土の声が三種類にわけられることに気がついた。一時的に熱が下がり、会話ができるようになったとき、泥はその発見を父に話した。父は満足そうにうなずいて、「三種類の土の声はどのように違うか」と聞いてきた。

「子ども、大人、老人、牛、土なんだ」

「五種類ではないか」と父が指摘した。

「でも、どういうわけか三種類だと感じる」

父は泥に、自分が五箇所から土を選んでいて、それらが「農業に適した土」「農業に適さない土」「ただの土」の三種類にわけられるということを告げた。

「お前は合格だ。さすがラクシュミの生まれ変わりだ。完全に俺を超えた」

熱が下がると、泥は土と会話ができるようになっていた。簡単な話だった。声色で土の背景を理解し、言葉の内容でこちらから土に対して何をするべきかを理解する。体重は十キロ以上落ちていた。こうして修行期間が終わり、泥は秘伝を受け継いだ。父が死ぬと、泥は土と会話することができる、おそらくバタンバンでただひとりの人間になった。

泥の父トラは村の開拓者オムの従兄弟で、最初期の入植者グループの一員だった。父は土と会話することで、村長オムにどの場所を耕すべきか、どれだけの肥料を撒布《さんぷ》するべきかを適切に助言し、ロベーブレソンの生産効率がカンボジア平均の三倍以上を記録するための重要な役割を担った。

長男のソムはプノンペンでベトナム人になり、父から勘当を言いわたされた。次男のリラはいい歳をして未婚だった。彼が未婚の理由は簡単で、無口だったからだ。彼は村人たちに鉄板と呼ばれていた。鉄板と同じくらい無口だからというのがその理由だった。

もちろん無口であることはかならずしも悪いことではない。場合によってはお喋りな人間よりも価値があるとされる。だが、彼に限っては度が過ぎていたのだ。彼は十三年間、少なくとも泥が把握する限り、一言も喋っていなかった。

喋らなくなった兄の鉄板を、一度だけバタンバンの医者のところまで連れていったことがある。彼は一貫して自分が病気であることを態度で否定し、医者の元へ行くことを拒んでいたが、当時まだ生きていた父に「呪術師に診てもらうか医者に診てもらうか、どちらかを選べ」と言われ、仕方なく医者を選んだ。一時間ほどあの手この手を試してから、医者は「人間関係におけるストレスが原因ではないか」と診断して、周囲と距離をとることを勧めてきた。父が「何か薬をくれ」と頼むと睡眠薬を渡した。

一度だけ、夜に寝つけなかった泥はその薬を鉄板に無断で勝手に飲んだ。眠りにつくことはまったくできなかったが、土食いの修行以来ずっと患っていた慢性的な胃痛が治った。この薬は睡眠薬ではなく、胃薬ではないか。泥は怒りがこみあげてきた。とんだヤブ医者だった。こっちが土を食って仕事をしている間、清潔な部屋でちゃらちゃらしやがって、偉そうな顔で、適当に選んだ胃薬を睡眠薬と称して渡すだけで高給をもらっている。

「そもそも喋らねえなら人間関係などないじゃねえか。あのヤブ医者、ふざけやがって」

泥は鉄板に向かってそう言ったが、もちろん彼は鉄板みたいに黙っていた。

サムの依頼が難しいものになっている理由は主に三つあった。ひとつは泥が占い師めいた仕事をしていたことだ。ある時期から泥は土のメッセージを聞きわけることで、いろいろな情報を手にできるようになっていた。次の役人の見回りがいつになるかとか、バタンバンへ出た家族がどうやって生活しているかとか、そういったことだ。それらの情報を村人に教えてあげることで、泥は米や金銭を受けとっていた。サムはその仕事が「詐欺師」だと言って、村の掟に反していると主張した。

もうひとつは長兄のソムに関することだった。サムがプノンペンから帰ってきた弟のフォンに、ソムの話を聞いたと言っていた。警官だったソムは仕事中のミスで秘密警察から追われる身で、すでに長らく行方不明になっているという話だった。ソムを探しにロベーブレソンまで秘密警察がやってくる可能性がある、とサムに説明された。

「つまりお前は、詐欺師の件とベトナム人ソムの件で、村に二つのマイナスを引き起こした。そのマイナスを帳消しにするには、二つのプラスが必要だ。ひとつは開墾すること。もうひとつはその土地を村人に無償で配ること」

「しかしお前の弟のフォンもベトナム人だが、あいつが村にいるのはいいのか？」

泥はサムにそう聞いた。

「それとこれとは話が別だ」とサムが答えた。「フォンの石はもうない」

「そうか」と泥は納得した。話が別なら仕方がないし、石がないなら危険はない。

サムは直接言及しなかったが、三つ目の理由が存在した。かの有名な水牛《チャンドゥク》事件だ。思えばあれ以来、泥はサムから嫌われるようになった。事件の簡単な経緯はこうだ。六年ほど前、泥の所有する水牛が農作業後に用水路の近くで暴れはじめ、近くで土遊びをしていたスウ母《おや》子に襲いかかったのだ。母のニルは左腕を骨折し、ムイタックの弟のコムが死んだ。息子を失ったサムは怒り嘆き苦しみ、さまざまな相手に怒った。殺人犯の水牛。その水牛を所有し利用していたシヴァ家。水牛が興奮した原因のメス水牛。そのメス水牛の所有者のプラム家。暴れた水牛の近くにいたのに何もせずに逃げだした数名の村人。世界ではじめて水牛を家畜化した長江文明。水牛という概念。最終的に試練を与えた精霊へ怒り、巡回の僧侶に文句を言って終わった。

殺人犯の水牛は兄の鉄板によってその場で殺されていたし、そもそも体重千キロを超える水牛が暴れはじめたら、丸腰の人間には何もできないと誰でも知っている。サムはどういうわけか泥には一切怒らなかった。息子の葬儀費用とニルの治療費を請求しただけで、それ以上のことは何も求めなかったのだ。その一方で、鉄板が処分した水牛の死骸を盗み、こっそり独り占めにしようとしていた使用人のバエンはスコップで顔の原形がなくなるまで殴ったあと、村から永久追放にした。

しかしながら、その事件以来泥はサムから疎まれているのを感じるようになった。そのことはよくわかっていた。そこにきて、詐欺師疑惑とソムのことが重なって、開墾の依頼を受け入れるほかなかった。

サムの子ども二人――ティウンとムイタックを加えた開墾作業は、邪魔な木々を切り倒すところから始めた。泥と鉄板とティウンの三人で木を切った。ティウンは木を切るのがはじめてだったらしく、泥が作業のコツを教えなければならなかった。ティウンの長所は教えたことをかならず一度で覚える点で、短所はその歳の男にしては力が不足している点だった。それはともかく、一週間ほどでティウンは仕事を完全に覚え、泥がいなくてもひとりで作業ができるようになった。まだ九歳だったムイタックには、近くまで伸びた獣道から畑まで牛車が通れるように道を作る仕事と、必要な農具を運ぶ仕事を与えた。

ムイタック。

不気味なガキだ──泥は村の中で成長していく彼を横目に見ながら、いつもそう考えていた。五歳のとき、農地に入りこんだムイタックを無茶苦茶に怒鳴り散らしたことがあったが、やつは表情ひとつ変えやしなかった。五歳だ。涙を流し、許しを請えばいい。それが五歳児というものだ。それなのにやつは、表情を変えず「ごめんなさい」とくるのだ。まるで壁に向かって怒っているような気分になった。兄なんかよりも、あいつのほうがよっぽど鉄板じゃないか。

そして今回の開墾で、泥のムイタックに対する評価はより過激なものに変わった。

あいつは幽霊だ。たとえば、農具を一通り運び終えたあと、泥がムイタックに仮倉庫の整理を頼もうとしたときのことだ。ムイタックがどこにもいなかったので、さんざん探し回ったら、どこかから突然出現し、逆に彼の側から声をかけてきた。

「どこに行ってたんだ！　サボってんじゃねえ！」

「仮倉庫にいました。ごめんなさい」

「わかったならとっとと農具の整理をしやがれ！」

「もう終わっています」

「終わっただと？　嘘つくんじゃねえ」

泥はムイタックを一発殴り、耳を引っ張って仮倉庫まで連れていった。倉庫のドアを開ける瞬間、非常に嫌な予感がしたのを覚えている。寒気に近い、ぞっとする感覚だ――もしかしたらこいつ、本当に農具の整理を終えているんじゃないか。

倉庫の中を見た泥は予感が的中したことを悟った。鋤と洋犂《プラウ》、鍬、鎌、ピッチ、熊手。必要なものが必要な場所に、彼が頼もうとしていた通りに整頓されていた。昨日使った農具は綺麗に手入れされ、穴の空いていた除草剤の袋はテープで修繕されていた。

「いいかクソガキ、ものごとには手順があんだ」

泥は捉えどころのない感情に歯が震えているのを感じながらムイタックの耳を引っ張った。

「俺が仕事を命令する。お前が実行する。お前は次の仕事を聞く。俺が新しい命令を出す。これが正しい手順だ。勝手なことはするな。わかったか？」

ムイタックは表情を変えず「わかりました」とうなずいた。

「次にこの手順を間違えたら、使えないガキだって言ってサムのところに送りかえすからな」

「わかりました」

「わかったらさっさと農道作りを再開しろ！」

泥が怒鳴ったとき、彼の唾がムイタックの顔にかかった。ムイタックが一瞬、ひどく嫌がる表情をしたのを見逃さなかった。

「わかりました」

ムイタックはすぐにいなくなった。やつが潔癖性なのはよく知っていた。これからすぐ川へ顔を洗いにいくのだろう。泥の歯はガチガチと震え続けていた。これは怒りだろうか、恐れだろうか、それとも別の何かだろうか。

腹の立つことに、その後ムイタックが勝手に仕事を進めることはなくなった。一切なかったのだ。彼はひとつの仕事が終わるたびに律儀にも泥のもとへとやってきた。泥が指示を出すと、それがどれだけ難しい仕事でも、ムイタックは完璧にやり遂げた。

ある日、泥はこの九歳児となるべく関わらないことを決めた。それからは怒鳴りちらすこともやめたし、いちいち指示を与えられなくても、自分の判断で勝手に仕事を進めていいと許可を出した。どちらにせよ、あのガキが使えるのは間違いない——妻の作った朝飯を食べながら、鉄板に向かって泥はそう言った。もちろん鉄板は何も喋らず、鉄板のようにボケッと空を眺めていた。

それから二ヵ月ほど経つと、ぽつぽつ自生していた木々はきれいさっぱりなくなった。さらに二ヵ月かけて四人で木の根を取り除き、部分的に雄牛による整地を始めた。本来は水牛を使うのが村の慣わしだったが、今回は雄牛を使うことにした。六年前のことを思えば、他に選択肢はなかった。

開墾が進むと、農地の小石や木の根を拾う作業に移った。泥は雨季までに整地を完全に終えたかったので、三月は作業が夜まで続くことも多かった。

「どうして彼は鉄板と呼ばれているのですか」

ようやく整地が始まったころ、鋤を入れながらティウンが泥に聞いてきた。

「あいつが鉄板みたいに無口だからな。十三年間一言も喋ってねえ」

「十三年間ですか」

「んだ」と泥は座りこんだ。足元の雑草をぷちぷちと抜きながら「十三年間」と口にしてみた。

「十三年間も何があったんですか？」

泥は「十三年間、何もなかったから喋らねえんだろ」と笑った。不気味な弟ムイタックとは対照的に、泥はこのティウンという少年を気に入っていた。物覚えがいいし、いつもニコニコしていて屈託がない。

「最後に喋ったのは、どんな言葉なんですか？」

鋤がカチンと音を立てた。ティウンは「あっ」と小さな声を出して足元に埋まっていた大きな石を拾った。

「俺の知っている最後の言葉は『熱いっ』だ。沸騰したキノコのスープを飲んで、舌を火傷《やけど》したんだ。しばらくは火傷で喋れなかったんだが、火傷が治ったあとも喋らなくなった。医者に見せたが、頭がいかれちまったわけではないらしい。どうして喋らないのか、あいつに直接、そりゃあもう何度も聞いてみたんだが、聞きながら俺もよくわかんなくなってきてよ。喋ることに理由が必要なのか、喋らないことに理由が必要なのか」

それからティウンはさまざまな手段で鉄板に話しかけていたが、案の定すべて無視されていた。自然な感じで天気を聞いたり、物陰から驚かしたり、二十分にわたって一方的に挨拶を言い続けたり、耳元で大声を出したり。泥は「そんなもの、とっくに俺が試したよ」と言いたくなった。いきなり股間を蹴飛ばしたり、眠っているところに水をかけたり、娼婦をあてがったりもした。それらの実験でわかったのは兄が巨根であることだけで、うめき声すら引きだせなかった。

一週間ほど試みたあと、ティウンは泥に「喋らせようとしたけどダメでした」と報告した。

「そりゃそうだろう。俺も最初はいろいろと頑張ったからな。逆に何も喋りかけなければ勝手に話しはじめるのかもしれないと思って意図的に無視してみたりしたが、十三年経っても朝の挨拶ひとつしねえ」

泥は「今日はこれで終わりだ」と言ってティウンに鋤を渡した。「片づけ終わったら帰っていい」

ティウンが鋤を片づけに農具倉庫の中に入ったのを見届けて、家に帰った。少しして、鉄板と一緒にフオンが家にやってきた。フオンが見たことのない若い男を連れてきていたので、泥の小さな家は四人の男でいっぱいになった。

フォンは「俺はこれからロベーブレソンを出ていく」と言った。

泥は「どうしてだ？」と聞いた。

「革命戦争を戦うためだ」とフォンが答えた。

「ロン・ノルは来年さらに買い付け価格を下げるでしょう。今こそ私たちと戦うべきです」

若い男が補足した。泥は鉄板をちらりと見たが、もちろん何も答えなかった。

「興味ないな」

泥はそう答え、「こいつも同じだ」と鉄板の背中を叩いた。「フォン、お前は昔から詐欺師だった。お前が村から出ていくのは勝手だが、他の者を巻きこむな」

若い男が、鉄板に向かって「あなたはどうなんですか？」と言った。「私はあなた自身から答えが聞きたいんです」

すぐにフォンが「こいつは頭がおかしくなってるから喋れないんだよ」と間に入った。

「なあ、俺はお前が喋れないことを知っているが、俺たちの話を理解していることも知っている。お前が喋れなくなったのは十三年前だと聞いた。そしてこれは俺の仮説なんだが、十三年前とはつまりスラマリット王が亡くなり、その息子のシハヌークが王位を継がずに国家元首になった年だ。つまりお前は王が空位になったことで言葉を失ったのではないか。お前の声はこのカンボジアという国家に接続しているのではないか。その仮説が正しいのであれば、俺はお前の声を取り戻す方法を知っている。それはつまり王政自体を終わりにして、かわりに革命によって民主国家をつくりだすということなんだ。民主国家ではすべての人民が王であるから、お前は思う存分喋ることができるし、王が空位になることは絶対にない。そして革命のときは近づいている。あと少し、ほんの少し人民が声をあげれば、革命は達成できるんだ。泥のことは気にしなくていい。お前だけでも、俺たちと一緒に戦い、人民の声を王都にこだまさせないか？」

フォンが鉄板にそう語りかけた。すると鉄板が「うー……」と何か唸り声のようなものを出した。泥は思わず「あ！」と声をあげた。

明確な言葉ではなかったが、鉄板が音を発したのだ。そんなことは、この十三年間一度もなかった。

鉄板は何かに苛立っているような、あるいは苦しんでいるような表情で、鼻息をふんふんと鳴らしていた。

「お前……」

「んふ……こ……」

「やっぱり喋るのか！」

泥は興奮しつつ、鉄板の背中を叩いた。

フォンも「もう少しだ！」と興奮していた。「喋れ、喋れよ！」鉄板が何かを喋ろうとするみたいに口をパクパクさせた。

「何か言いたいのか？」

「こ……んが……」

「こ？」

「こ……か……しは」

「しは？　シハヌーク？」

まるで、生まれてはじめて自分の兄の声を聞いたような気分になり、泥は「がんばれ！」と応援していた。「諦めるな！　もう少しだ！」

「王が復活したおかげで精霊に声を返品されました。私はソングマスターです」

鉄板は低く通る、明瞭な声でそう言った。その声があまりにも美声だったせいで、泥とフオンともうひとりの若い男は驚きのあまり、一斉にその場でひっくり返った。泥は自分の顎が外れていることに気がついて、今度は自分が喋れなくなるのではないかと不安になった。

7

スウ・ティウン　一九七四年三月
バタンバン、ロベーブレソン

「黄金の王都は八百年のあいだひかり輝き／アンコールワットはこの星の中央に位置し／私たちの夢はいつまでも羽ばたいて空に／王の愛と恵みの雨と母なる大地を――」

集会所前の広場からソングマスターになった鉄板の美しい歌声が聞こえていた。そんな場合ではないのに、ティウンはしっとりと感動していた。どこまでもよく通り、村の全体へと響き渡っていくその歌唱が自分の魂の奥深くと共鳴し、思わず全身から国土への愛が溢れでるような気がしたのだ。広場からは嗚咽《おえつ》を伴った静かな歓声が聞こえる。

鉄板が十三年ぶりに声を出したことは、驚愕のあまり顎が外れてしまった泥から伝えられた。その歴史的な瞬間、ティウンとムイタックはクワンを連れて、夕食の時間になっても帰ってこない叔父を探してロベーブレソン内を走り回っていた。泥の家の前でガシャンと大きな物音が聞こえたので家の中に入ると、食事の入った食器が割れ、椅子の横に泥が倒れていた。ティウンたちが近づくと、泥は両手で自分の顎を何度も叩いて関節を調整し、ようやく噛みあってから「鉄板が喋ったぞ！」と興奮気味に叫んだ。叔父は知らない男と一緒に泥の家の奥にいて、「夕食はいらない」と言ってどこかへ消えた。そしてそのまま帰ってこなかった。

泥はその場で鉄板を喋らせた。ティウンが十三年の時を経て再び喋った理由について聞くと、「真なる世界の無垢な精霊の眷属《けんぞく》たちに伝える言葉を持たない天の国の住民。それはつまり、聖なる子どもには『忌まわしき通俗的なるシステム』が通じないことを意味します」と、およそ意味不明なことを喋ってすぐ口を閉ざしたが、しかしながらその声が非常に美しく、その場の全員がうっとりと聴き惚れてしまっていた。

他の全員が父や村人を呼びに家から出ていった間に、ティウンは鉄板から直接事情を聞いた。

「もしあなたが、僕が子どもだからという理由で説明を拒んでいるのならば、僕はもうすぐ十七歳なので、子どもではないと伝えておきます。どうして喋ろうと思ったのか、教えてください」

「正確には私にもわかりません」と鉄板は答えた。やはり神々しいまでに美しい声だった。

「ですが、私にはずっと、聖なる御姿《みすがた》と接続してみたいという欲求がありました。もしその欲求を三千大千世界の言語に換算すれば、己が真の四顚倒《してんどう》の顕現にしてしまわないかと思い、私は闇の精霊と契約を結び自分の声を預かってもらいました。その日の夜、闇の精霊たちは私の四肢を押さえつけ、針と不思議な糸で私の唇を縫いあわせたのです。こうして私は声を失い、沈黙の時代を過ごしました」

「よくわかんないですが、いろいろあったんですね」

「ええ。しかしながら、私は『精霊の囁き』の助力も受けずに、己の才覚だけで光の接続を成し遂げてしまったのです。そしてその瞬間、私の悪魔的欲求は一筋の光とともに天の精霊に捧げられ、『Let there be light』という言葉によって心の中が温かい液体で満たされました。そうして私の声が返品され、唇を縛っていた糸は常闇《とこやみ》の森へ溶けていき、『忌まわしき通俗的なるシステム』が溢れたのです。ド・ミン・ジエムのおかげで、私はソングマスターになりました。精霊と交信するソングマスターになるまで、私の声は喉の奥で十三年間詰まり続けていました。その間に溜まっていた声が沸騰し、上澄みだけが残り、濁りは私の胃の中に欲望として沈みました」

ティウンは鉄板の主張を一切理解することはできなかったが、どちらにせよもともと不思議な現象なので、常人には理解しがたい何かが作用しているのかもしれないと納得することにした。まだ子どもだったのであまり覚えていないが、十三年前普通に喋っていたころの鉄板は特に目立たない普通の声だった気がする。少なくとも村でコンサートを開くようなことはなかった。

その後、鉄板がコンサート開催の許可を得たのは意外だった。普通に考えて父が村の中でのコンサートを許可するはずがない。そんなものは詐欺師の所業だとか言って、提案しただけで追放されてしまうだろう。しかし父は（代金を徴収しないという条件はつけたものの）「ソングマスター」を名乗る鉄板のコンサートを許可したし、仕事が忙しくないときは自らコンサートに参加していたりもした。あの父ですら、鉄板の声に惚れてしまったのだ。噂によると、住民の親戚がラジオ局に勤めており、王都へ行って歌うべきだと勧めたとも聞く。ティウンは音楽に詳しくはなかったが、あの声があれば成功するだろうと確信していた。

ソングマスターになった鉄板のコンサートを聴きながら、暇を持て余したティウンは自分たちが開墾した畑の様子を見にいくことにした。

その途中で叔父の声が聞こえた気がして、ティウンは立ちどまった。叔父は鉄板が喋った日から完全に行方不明になっていた。

声を頼りに林の奥へ進んでいくと、父と叔父と、以前叔父と一緒にいた若い男が三人で話をしているのが見えた。なにやら深刻そうな様子だったので、ティウンは自分の姿を見られないように近づき、木の陰に隠れた。

「革命戦争において、我々の勝利は間違いありません。今こそ私たちとともに戦うべきです」

若い男が言った。その提案に父は黙って首を振った。

「王都では罪のない人が逮捕され、正しいことを言おうとすると処刑されている。やつらは国民を人間だと思っていない。飢えて死ぬまで、この先もどんどん搾取されるだろう。オンカーはそのようなことを絶対に許さない。だから兄さんにもこの戦争に参加してほしいんだ」

叔父は何かに怒っているようで、顔を真っ赤に染めている。

「戦うことが正しいとは思えない」

父は少し間をおいて、静かにそう答えた。叔父が聞きとれないほど曖昧な発音で何か罵倒するようなことを叫んでから、「どいつもこいつも思考停止だ！」と怒鳴った。「兄さんが参加すれば、この村のみんなもついてくるのに！」

若い男が「まあまあ」と叔父を諫《いさ》めた。

「今が革命のときなんだ！　みなが一斉に蜂起している。ここで狼煙《のろし》をあげれば、革命政権でも『基幹民』として重要な地位を獲得できる。何が大事か、もう一度考えるんだ。兄さんはいったい何に忠誠を誓っている？　ロン・ノルか？」

「家族と村だ」

　収まらない様子の叔父に、父はそう答えた。「逆に聞くが、お前はいったい何に忠誠を誓っている？」

　叔父はしばらく考えてから「正義と公正だ」とつぶやいた。

　その日も叔父は帰ってこなかった。林の奥で見たことを父に聞くと、これ以上聞くなという不機嫌そうな顔で「知らん」と答えた。

　ティウンは昼の間に見たことをムイタックに伝えた。

「叔父さんはもともとクメール・ルージュだったんだよ」と、さもそれが当然の事実であるかのようにムイタックが言った。「そのせいで政府に追われてここに帰ってきた。その後、クーデターで殿下が追放され、殿下はクメール・ルージュの側についた。そのせいもあって、現政府とクメール・ルージュの力関係が逆転しつつある。この国でもっとも力を持っているのは、今も殿下だ。クメール・ルージュはついに政権を倒す力を得たんだ。叔父さんはクメール・ルージュが革命を起こす前に、活動に参加しておきたいのさ」

「どうしてそんなことを知ってるの？」

　素朴な疑問だった。叔父が政府を憎んでいることは知っていたが、それ以上のことを本人の口から聞いたことはなかった。

「ラジオとか聞いてればわかるよ。さまざまな断片的な情報を繋ぐには、そう考えるしかないしね」

「そういうものか」

「戦争が始まるんだよ」とムイタックが言った。「もしかしたら、もう始まっているのかもしれない」

独立前や第二次世界大戦のことを知らなかったティウンには、「戦争」が何を意味するのか、よくわかっていなかった。ティウンの知る限り、ロベーブレソンはこれまでずっと平和だったし、それはずっと続くのだと思っていた。

第三章

1

ソリヤ　一九七四年三月
バタンバン

車両の問題か運転手の問題か、それともカンボジアの原理的な問題なのか。ソリヤにはよくわからなかったが、とにかくバスはプノンペンからバタンバンの間にある田園地帯で説明もなく二度ほど立ち往生し、予定時刻を三時間過ぎてからようやく到着した。もちろん運転手は謝らなかったし、乗客も誰ひとり文句を言わなかった。バスが停まるたび彼らは外に出て、その辺で立ち小便をしたりタバコを吸ったりして時間を潰していた。運転手と談笑している乗客や酒盛りを始める老人もいた。乗客と値段交渉を始める娼婦や、途中でどこかへ消えてしまった軍服姿の男もいた。ソリヤは待ちあわせに遅れるのではないかと気が気でなかったが、焦っているのは自分ひとりに思えた。

むっとする汗とガソリンの臭いに満ちたバスから降りると、急いで中心街を抜けた。バタンバンもプノンペンとほとんど同じで、異常な数の人がひしめき合い、四人乗りの車に十八人が乗っているような状況になっている。クメール・ルージュやアメリカの空爆の影響で故郷を追われた人々が都市に集まり、中心街は物乞いや浮浪者、失業者で溢れかえっているのだ。インフレが進み、どう見ても雑草にしか見えない薬草が八百リエルで売られている。中華街で拾った残飯は五百リエル。カサカサとゴキブリの音がする米袋一キロは三千リエルで、中に何が入っているのかはわからない。さまざまなガラクタがありえないほど高い値段で売られていて、道端の泥水の中には薄汚れて破れた紙幣が落ちているが、物乞いすらその紙幣を拾おうとはしない。金で入手できるものは限られていて、本当に必要なものは何も買えないからだった。ソリヤは逃げるようにしてソンカエ川沿いのタマリンドの並木道を進んだ。

中心街から離れるにつれ人の数も減り、十分ほど歩くと先ほどの喧騒が嘘のように静かになった。そこからさらに五分ほど歩き、待ちあわせ場所であるパゴダの前の日陰で芝生に寝ころんだ。約束の時間にはまだ余裕があったが、体力は限界に近かった。もう二度と夜行バスには乗りたくない、ソンカエ川沿いを歩いている間に考えていたのは、おそらくそのことだけだった。バタンバンには七歳のころ、まだ生きていた両親と来たことがあり、はじめてではなかったが、夜行バスに乗ったのは初体験だった。単調な夜間の田舎道は見飽きたし、隣の座席に座った男は体を洗っていないのかやたらと臭かった。ソリヤは疲れきっていた。

少しして、場違いな場所で横になっていたソリヤに気がついたパゴダの僧侶が「何をしているのですか？」と言ってきた。怒られたのかと思ったがどうやらそういうわけではなく、純粋に何をしているか気になっただけのようだった。事情が複雑だったので、ソリヤはどう説明すればいいか悩んだ結果、「家族を待ってるんです」と伝えた。家族という言葉は比喩として使われることがあるし、待ちあわせの相手とはこれから一緒に暮らすことになる。いくつか思い浮かんだ嘘の中では、おそらくもっとも真実に近いものだった。僧侶は約束の時間までパゴダの中で待つことを勧めてきたが、「家族が時間前に来るかもしれないから」とソリヤは断って芝生に寝そべった。自分でついた嘘だったが、家族の存在をほのめかしたことで少し動揺した。両親も祖父母もみんな殺されてしまったし、今では育ての親であるチリトとも会えなかった。暗い気持ちにならないように無心で道行く人々の顔を見つめた。このカンボジアに人々はたくさんいる。不幸なのは自分だけではない。それにこれからは新しい時代が来る。そんなことを考えた。

しばらくして、グエン参事官から渡された手紙を取りだして場所に間違いがないか確認した。待っている場所が正しいことを知ってホッとしてからまた人々の顔を眺め、不意に不安になって再び手紙を出す、という動作を繰り返した。約束の時間になっても編入先の学校教師ソピアは現れなかった。ソリヤは何度目かわからなかったが、手紙をリュックから取りだして再度確認した。秘密の暗号が記されている可能性まで考えて手紙を一文字一文字読み直したが、やはり日付時間場所に間違いはないという結論に至った。

そうして二時間ほど待っていると、近くで果物露店を出していた男が「やあ、お嬢ちゃん」と声をかけてきた。

「何してるんだ？　待ちあわせか？」

「そうです」

「何時間待ってるんだ。場所が間違ってるんじゃないか?」

ソリヤは「何度も確認したんです」と答えながら、唐突に「もしかしたら教師は五号線の交差点にいるのかもしれない」と不安になってきた。五号線の交差点という場所をどうして急に思いついたのかはわからなかった。暑さで脳が煮えていたのだろう。しかし一度思いついてしまうと、それが天啓のように思えてきた。果物露店の男に教師の特徴を伝え、そのような人間が現れたらここで待っているように言ってくれとお願いした。

もちろん交差点にも目当ての人物はいなかった。天啓などではなかった。寝不足と暑さによる妄想だ。一時間ほど待ってから、またパゴダの前に戻った。果物露店の男に聞くと、ソリヤが交差点に行っていた間、そもそも付近を通りかかった人間すらいなかったという話だった。ソリヤはマンゴーとグァバを手持ちの米と交換し、サービスでもらった砂糖と唐辛子をつけて食べた。別段おいしいとは思わなかったが、果物を食べると自分の腹が減っていたことに気がついた。昨晩から何も食べていなかった。ソリヤは男からさらにマンゴーをもらったが、今度は「お代はいらないよ」と言われた。

「どうしてですか?」

「だって、マズいだろ?」

「でも、さっき買ったときは米を支払いました」

「さっきは食べるまでマズいってことがわからなかった。でも君はおいしいマンゴーを期待した。口をつける瞬間まで、おいしいマンゴーを頭に思い描いていた。その期待代だ」

「うーん」

「だが今はもう、君は果物がぬるくてマズいことを知っている。頭の中にもおいしいマンゴーはない。だからタダだ」

ソリヤには男の言っていることの意味がよくわからなかったが、どちらにせよタダでもらえたことは幸運だった。

結局、あたりが暗くなっても誰も来なかった。果物露店の男は店をたたみ、木々で狭くなった道路で荷車を器用に何度も切り返して方向転換をすると「きっともう来ないよ」と告げた。

「絶対に来ます。グエンは約束を破らないから」

秘密警察に追われたチリトとソリヤを助けてくれたのは、ベトナム大使館のグエン参事官だった。彼は二人にプノンペン郊外の安全な住居と、新しい身分を与えてくれた。これまでグエン参事官が約束を破ったことは一度としてなかった。彼が「来る」と言うならば、いつかかならず来るのだ。

「じゃあ好きにしろよ」

男は荷車を引っ張って川の反対側へ消えていった。ソリヤは再び芝生へ横になり、ベトナムに戻ったチリトに想いを馳せた。

西側につくか東側につくか、いつまでも態度をはっきりさせなかったシハヌーク殿下は、外遊中に親米派の首相ロン・ノルにクーデターを起こされた。それ以前からすでにカンボジアはおかしくなっていたが、ロン・ノルが政権を握るとさらに混乱した。ベトナム戦争中のアメリカはロン・ノルの許可を得て、カンボジア領内に逃げていた北ベトナム兵を爆撃しはじめた。その爆撃の巻き添えを食らった多くのカンボジア人が命を落とした。そして、その混乱に乗じてクメール・ルージュが支配地域を広げていき、住処《すみか》を奪われたカンボジア人はプノンペンに殺到した。プノンペンの人口は数年の間に何倍にも膨れあがり、慢性的な食糧不足から急激にインフレが進んだ。

ロン・ノルはそれらの混乱の元凶がベトナム人にあると主張し、大規模な虐殺を始めた。同胞が次々に殺されていったグエン参事官は、ベトナム人のチリトとその養子のソリヤをベトナムに逃がそうと考えた。二人は身分を偽って検問所まで向かったが、ベトナム人でなかったソリヤは国外へ逃げることができなかった。国境付近のベトナム軍基地でソリヤは拘束され、チリトとは離れ離れになった。グエン参事官のおかげでソリヤはプノンペンまで戻ることができ、そのうえバタンバンの寄宿学校まで紹介してもらえたが、チリトとは一切連絡を取ることができなかった。

「――おい」

夜行バスであまり眠れなかったせいか、いつの間にか芝生で眠っていたソリヤを起こしたのは、すでに帰ったはずの果物露店の男だった。「こんなところで眠っていたら、人身売買のやつらに捕まるぞ」

「人身売買？」

「子どもを捕まえて、外国に売り飛ばすやつらだ」

「でも、行くところがないんです」

「諦めて帰ったらどうだ？　夜行バスに乗ればいい」

「それは無理です。もしかしたら、明日来るかもしれませんし」

男は「困ったな」とつぶやいた。「とにかく、君が待っている人も、こんな夜遅くに到着することはないだろう。明日の朝またここに来ればいい。仕方ないから、今日はウチに泊まっていけ。もちろん変なことはしない」

ソリヤは男の目をじっと見てから「いいんですか？」と答えた。

「本当はよくないが、仕方ないだろう。というか、むしろ君はもう少し他人を疑った方がいいよ。俺が人身売買の業者かもしれないだろう」

「いえ、きちんと疑ってみた結果、あなたは信用できると思ったんです」

こうしてソリヤは果物露店の男の家にお世話になることになった。知らない男の家に泊まることが危険だとは認識していたが「何もしない」という男の言葉に嘘はなかった。男は夕食をふるまってからソリヤにベッドを譲り、自分はハンモックで寝た。男を見ていると、ときどきソムのことを思い出した。男とソムは同じくらいの年齢に見えた。ソムは嘘つきだったが、彼がついた嘘は最初のひとつだけだった。そういえば、彼も自分を守ろうとした。十年前、ソムと一緒に生活していたころはその理由がわからなかった。それからの十年間で自分もいろんなことを知った。グエン参事官も調べてくれたし、もちろん自分でも調べた。チリトの家に置きっぱなしだったソムの荷物に答えがあった。そのことを知った瞬間、何をするべきかがはっきりしたのだ。そんなことを思い出した。

もともと一日だけという話だったが、翌日以降もソリヤがパゴダで待ち続けることを知ると、男は「仕方ないから、いつまでいてもいい」と言った。「新しい住処が見つかるまでの話だけどな」

男はアドゥという名前だった。アドゥは早起きし、毎朝明るくなる前に果物を仕入れるため市場へと向かった。ソリヤはアドゥと一緒に家を出て、暗くなるまでパゴダの前で教師を待った。やはり教師は現れなかったが、それでもソリヤは待ち続けた。他にすることもなかったし、行くところもなかった。教師が遅れてやってきたときに、パゴダの前に誰もいないという事態は避けたかった。

アドゥは露店の売り場を一日ごとに変えていた。パゴダの前、ボンチューク市場、国道沿いの三箇所をローテーションするのだ。ある日ソリヤは、パゴダの前でアドゥと時間を潰していたとき「どうしてこんな場所に店を出してるんですか？」と聞いた。

「どうしてだろうな」

「他の露店も一個もないし」

「それがこの場所のいいところだ。たまには静かなところでのんびりしたくなるのさ」

「でも、人が通りません」

「そうだ」とアドゥはうなずいた。「人が通らない。だから他の露店がない。だから俺は店を出している」

「でも、それじゃ儲かりませんよ」

「ああ、儲からない。人が来ないからな」

「じゃあどうして店を？　わかりませんね」

アドゥは「君は大事なことに気がついた」と言った。「つまりだな、君には、わからないことがひとつ増えたというわけだ。そもそも俺がこの場所に店を出していなければ、君は俺と出会わなかった。俺と出会わなかったということは、『わからない』という気持ちすら抱くことがなかったということだ。俺は君にとってわからないことをした。正直なところ、俺もどうしてこんな場所に店を出しているのかはわからない。だが、少なくとも店を出すことで『わからない』ことがわかった。わかるか？」

「わかるような、わかんないような」

「生まれたての赤子には、わからないことは一個もない。しかし知識が増えたり、経験を積んだりすると、わからないことばかりが増えていく。俺は果物を売っているが、マンゴーがどうして甘いのか、丸バナナ《チェーク・ナンヴァー》がどうして黄色いのか、残念ながらまったくわからない。しかし、マンゴーをはじめて食べるまでは、丸バナナをはじめて見るまでは、わからないということすらわからなかった。そういうことだ。わかるか？」

「わかるような、わかんないような」

ソリヤは「ずいぶん難しいことを考えているんですね」と言った。

「ああ。人が通らないからな」

ソリヤとアドゥは轟音に気づいて空を見あげた。飛行機が飛びたったところだった。政治家と金持ちは銀行口座の残高の多い順に国外へ逃げていた。近々革命が起こることは避けられず、その先の未来がどうなるかわからなかったからだった。

「飛行機ってすごいよな」

アドゥが言った。「たった半日でヨーロッパまで行けるんだぞ。俺がここでボケッとしている間に、あんなに大きな鉄の塊が海の向こうに飛んでいくんだ」

「乗ったことあるんですか?」

「秘密だ」

アドゥはいつものように折りたたみ椅子に深々と座り、売れない果物越しに通りを眺めてニコニコした。

こうして五日が経った。その日もいつもと変わりなく時間が過ぎていった。昼過ぎに、初日に話しかけてきた初老の僧侶が「もしかして、まだ待っているのですか?」と聞いてきた。

ソリヤは「そうですが」と答えた。

「諦めないのですか?」

「来ないってことがわかるまでは」

「なるほど」

僧侶はそう言ってパゴダの中へ消え、水を持って戻ってきた。

「飲んでください」

初老の僧侶はにっこりと笑ってそう言った。ソリヤは「ありがとうございます」と水を受けとり、一気に飲み干した。

「ご家族が来ないのですか？」

「そうですね」

僧侶は「何かあったんでしょうか」と心配そうに言った。

「ここに姉が来る約束だったんですが、見てないですか？」

「見てないですね」

僧侶はそう答えてから、川沿いの道に露店を出しているアドゥを指さして「ところで、いつも仲よさそうにしていますが、あの果物露店の男とはどういう知りあいなんですか？」と聞いてきた。

「ここで知りあっただけですよ」

「そうですか。とにかく、そんなに何日も待つほど大切な人なら、よほどの事情があるのだと思います。出会えるといいですね」

「そうですね」

僧侶がそのままパゴダの中へ消えていくのを見てから、ソリヤはアドゥの元へ走った。折りたたみ式の椅子に深々と座って通りを眺めていたアドゥが「どうしたの?」と聞いてきた。

「ここから逃げたほうがいいかもしれません」

アドゥは相変わらず背もたれに体重を預けたまま「どうして?」と聞き返した。

「さっきパゴダの僧侶に話しかけられたんですけど、あの人どうやら私がずっと待ってる寄宿先の先生のこと、知ってるみたいなんです」

「それがどうして問題なの?」

「知ってること自体は問題ではなくて、知ってることを隠したのが問題なんです」

「隠した? どういうこと?」

ソリヤは少し迷ってから「説明してる時間がないんですけど、私は他人の嘘がわかるんです」と言った。「あの僧侶は先生のことをよく知っているのに、知らないふりをしたんです」

「他人の嘘がわかる? 知らないふりをした? いきなりそんなことを言われてもなあ」

アドゥは露店に並べたマンゴーに手を伸ばし、ぱくりと一口食べた。

「私は『姉を見ていないですか?』と聞きました。すると彼は『見ていない』と即答したんです。普通の人はそう聞かれたら『どんな人ですか?』と聞き返します。『見ていない』はありえません。その時点でおかしいんですよ」

「考えすぎじゃないのか」

アドゥが言った。そう言われてみると、たしかに考えすぎかもしれないとも思った。あまりにも長い間秘密警察に追われ続けていたせいで、些細なことを気にしすぎている気もする。

「そうかもしれません」

「ちなみに、もし本当に他人の嘘がわかるっていうなら、俺が嘘ついたかどうかもわかるの？」

　ソリヤは「そうですね」と腕組みして少し考えてから「わかりますよ」と言った。「あなたはほとんど嘘をついてないですけど、二回だけ」

「じゃあ、答えあわせをしようじゃないか」

　椅子に座り直して、前かがみになりながらアドゥが聞いてきた。

「一つ目は、三日前の夜に話してた『両親はいない』って話ですね。両親はいまだに元気だし、あなたが稼がなくても生活できる程度には裕福で、おそらく今も連絡を取っているはずです」

　アドゥは「残念ながら、それは嘘じゃない」と首を振った。「まあせっかくだから、もうひとつも聞いておこう。二つ目は？」

「『残念ながら、それは嘘じゃない』今のが二つ目ですよ」

　ソリヤの答えにアドゥは少し感心したようで、「ふむふむ、なるほど」とうなずいた。

「わかった。降参だ。両親は健在だし金持ちだ。そんなこと大声で言ったら殺されるかもしれないけどね。まあしばらく家には帰っていないが。たしかに君は本当に他人の嘘を見抜けるのかもしれない」

「真実を見抜けると言ってほしいんですけど」

「そうするよ」と笑ったアドゥの表情がみるみる険しくなっていったことに気がついて、ソリヤは後ろを振り返った。四人の制服を着た警官がこちらに近づいてきていた。ソリヤと目があうと、彼らのひとりが「君たちはダラ・ソピアの知り合いだね？」と聞いてきた。

「誰ですか？」と答えながら、ソリヤは悪い予感が外れていなかったのだと確信した。

「今朝、彼女は自分がクメール・ルージュのスパイだったことを認めた。君たちがそうでないか確かめないといけないので、署まで来てほしい」

何かを答える前に、警官たちはソリヤとアドゥを取りかこんでいた。その後ろで別の警官と話しこんでいるパゴダの僧侶と目があった。ソリヤが睨みつけると、彼は小走りで逃げていった。

「困ったね」

アドゥが苦笑いをした。どこか余裕が見えたので、それどころじゃないと伝えたかった。「このまま捕まると大変なことになる」ということをアドゥに教えなければならない。そうやって両親は殺され、自分も殺されかけた。もし自分の身元を調べられて、プノンペンの警察と照合されたらどうなるのだろうか。共産党やベトナムとのつながりを疑われて、やはり処刑されるのだろうか。

「君が心配していることはわかるけど、まあ大丈夫だよ」

警官に先導されて警察署に向かう途中、アドゥがそう囁いた。

「父親が警察にコネを持っ

てね。大丈夫、捕まることはない。こういう場面になると、むしろ警察の腐敗を喜ばなくちゃいけないね。全部金と権威で解決さ」

「どういうことですか？」

「とにかく君は心配しなくていいってこと」

ソリヤは半信半疑のままアドゥに従うことにした。彼は嘘をついていなかった。

2

スウ・ティウン　一九七五年四月十七日
バタンバン

カンボジアには正月が三回ある。一月の正月、二月の正月、四月の正月。幼いころ、ティウンは父に「どうして正月は三回もあるの？」と聞いたことがあった。「そんなことを聞いたのはお前がはじめてだ」と殴られた。結局それ以来疑問は封印したままだったが、ムイタックが理由を教えてくれた。「一月の正月は国際的な正月で、外国では普通その日が正月なんだ。二月の正月は中国の正月で、カンボジアには中国系がたくさんいるから二月も祝う。四月の正月はカンボジア独自の正月だから、もっとも盛大に祝う」

ティウンはなるほどとうなずいて、誰から教えてもらったのか聞いた。ムイタックは父に聞いたと答えた。

「同じことを聞いたら殴られたんだけど」

「間が悪かったんじゃないかな」

「そうかなあ」

理不尽な気もしたが、父から言われたムイタックの「識《ヴィンニャン》」の話を思い出してぐっと不平をこらえた。

三回の正月は三回とも正月として家族で祝うが、本来ならばクメール正月はその中でももっとも盛大なものになる。しかしその年のクメール正月は不穏なまま曖昧に過ぎていった。原因は明らかで、クメール・ルージュの戦線がロベーブレソンにかなり近づいていたからだった。帰省できない者もいたし、都市部に移住してしまった者や外国へ逃げだした者もいた。お祝いをする雰囲気ではなかった。東部はクメール・ルージュによってほとんど「解放」されているという話も聞いた。政治家たちは次々に国外へ逃亡をはじめていて、もはや国家は正常に機能していなかった。

そんな時期に叔母がバタンバンの地主の息子と結婚した。行方不明になっていた叔父を除くスウ家の全員は、奇妙な時期に開催されることになった結婚式に出席するため、クメール正月とその後の数日間を叔母の結婚相手の家で過ごすことになった。バタンバンまでの移動はいつになく慎重だった。

「クメール・ルージュは知性化した象の集団を使って襲ってくるらしいからな」出発前に父が言った。「東部じゃベトナムの全裸部隊もいるみたいだ」

「本当なの？」と母が聞いた。

「養豚ニムが言ってたんだよ。あいつはバカだが嘘はつかない」

「あいつはバカだし嘘もつくよ。ろくに仕事をしないくせに暴力的だしいつも変な帽子をかぶってるわ」

「たしかに」と父はうなずいた。「まあどっちにしろクメール・ルージュには気をつけなきゃいけないみたいだ。最近バタンバンの取引業者も一向に村に来ないしな」

一家は車を持っている村人に途中まで送ってもらった。「デカい岩通り」から山を下り、ガジュマルの森を越えるとラタナックモンドルに着き、今度はそこでタクシーに乗り換えた。「ゾウの調教の仕方とクメール・ルージュの検問場所は全部知っている」と自称する、元飼育員の男が運転手だった。彼が紙幣を駄賃として受けとることを拒否したので、父が交渉用に持ってきていた米を使った。

「お金は役に立たないよ」

運転手は国道を飛ばしながらそう教えてくれた。「金で買えるのは、その辺に落ちているものだけだ」

「どうしてだ？」

助手席に座った父が聞いた。

「食糧不足なんだよ。実は国道も一部封鎖されてるんだ。バタンバンまで行くのはいいが、帰ってこられるかわからないぞ」

「妹が結婚するんだ。仕方ないだろう」

父は不機嫌そうだった。

「何もこんなときに結婚しなくてもな」

運転手は片手でハンドルを握りながら、器用にポケットからビンロウを取りだして口に入れた。

「でも、もうすぐ自由に結婚することもできなくなるって話を聞きました」

後部座席から身を乗りだしてティウンが言った。噂として聞いていた。クメール・ルージュによるオンカーの世界では、政治家が決めた相手と結婚しなくちゃいけなくなるらしい。

「そういう噂もあるな。でも、いろんな噂がありすぎてどれが本当かなんてわかんないぜ。おっと」

道路の真ん中に何かを見つけた運転手が急ブレーキを踏み、急いでハンドルを右に切った。うわ、とティウンはヘッドレストに頭をぶつけた。「クソ野郎、あぶねえな」と毒づいた運転手の口からビンロウで赤くなった唾液が垂れて、ムイタックが険しい表情を浮かべた。車は一度ガタンと路肩に乗りあげてから再び国道に戻っていく。運転手は「ったく死体かよ」と、そのまま踏めばよかったと言いたげにアクセルを踏みこんだ。ティウンはリアガラス越しに、道路の中心に寝転んだ、骸骨みたいに痩せた裸の男性が遠ざかっていくのを見た。見てみろよ、とムイタックに後ろを見るように言うが、彼は首を振ってじっと遠くの景色を眺めている。

「兄ちゃん、もしかして死体を見るのは初めてか?」

運転手が陽気そうに笑う。

「いえ、そんなことはないですけど」

「そうか。まああれは死体だな。みんな飢えて死んでるんだよ。ほら、アメリカの空爆があったろ? それにクメール・ルージュだからな。農業なんて機能してないのさ。俺が金じゃなくて米をもらったのもそういうわけで、今じゃいくら金があったって米は買えないってわけ」

「どうして政治家たちは俺たちの邪魔をするんだ」

父は相変わらず不機嫌そうだった。

「どうしてだろうな。たしかに邪魔ばかりだな」

運転手が本当にクメール・ルージュの検問場所をすべて知っていたのかはわからなかったが、途中舗装されていない山道や廃墟になった村の中を通りつつ、一家は特に危険もなくバタンバンに到着した。もっとも、運転手の話の通りバタンバンは大きく変わっていた。物乞いや飢えて肋骨だけになった人々が徘徊し、タクシーが停車するたび、窓越しに金や食べ物を求められた。三本だけになった弦を使ってギターを弾く男や、なくなった右足の付け根を見せて食べ物を要求する物乞いなどがいた。店から野菜が盗まれ泥棒が捕まり、その泥棒が盗んだ野菜を別の者が盗んでいた。食べることのできる石や噛むと元気になる樹皮などが五百リエルで売られているのを見つけた父が「昔買った薄縁あっただろ。中国人の詐欺師に買わされたやつだ。騙されたんじゃないかってお前たちうるさかったな。あんな樹の皮が五百リエルなんだからあれはやっぱりいい買い物だったんだ」と勝ち誇ったような顔で言った。「そうね」と母が興味なさそうにうなずいてタクシーが発車した。アメリカがカンボジアの領土に攻撃を始めてから、地方の人々は都市に殺到していた。食糧は不足し、インフレが起こっていた。その辺に自生している雑草を五十リエルで売っていた小汚い少年がタクシーに近寄ってきて、突然ドアを開けるとムイタックの帽子を触った。ムイタックはひどく嫌な顔をして、その帽子を少年に与えてからタクシーのドアを閉めてロックした。

叔母の結婚相手は近代的なコンクリート造りの家に住んでいた。式のために五つの家族が集まり、七つの家族が出席を断念していた。その家の近くは金持ちが多く、それまでの異様な状況が嘘のように静かだった。クメール正月の間は宴をしたし、寺院《ワット》にも行った。外出禁止令が出ていたのでほとんど外遊びはできなかったが、珍しい西洋風の家だったので屋内でも退屈しなかった。

結婚式の前日に雨が降った。大人たちは明日結婚式ができるかどうか話しながら酒を飲みはじめた。こんな雰囲気で式を挙げるのは無理ではないかという意見と、こんな雰囲気だからこそ式を挙げることに意味があるという意見がぶつかりあっていた。式を仕切るアチャーと連絡がつかなくなっていたことから、花婿の男性は現実的に無理なのではないかと諦めかけていた。

その間、子どもたちは別室でトランプゲームをすることになった。トランプができそうな歳の親戚の子どもは全部で八人いて、簡単なルールのものをみんなでいくつか順繰りにやっていった。ちょうど「ブラヤー」という、手元のカードを出していって、数の大小を比べるだけの簡単なゲームをやっていたときに、三階から降りてきたティウンと同年代くらいの若い女性が一ゲームだけ後ろから覗きみて、「手を抜くのは他の人に失礼だよ」とムイタックに指摘した。ソリヤという年上の女の子だった。

「別に、俺は本気だよ」

ムイタックは嘘をついていた。彼が本気を出すとすべてのゲームで彼が勝ってしまい、他の子どもたちがやる気をなくしてしまうから、彼はわざと負けていたのだ。ソリヤは納得がいかない様子だったが、そのときは特に反論もしなかった。次のゲームからソリヤが加わった。

そうやって数ゲームが進んで、彼女が勝ち続けた。ティウンが「勝てない」と感じたのは彼女が二人目だった。不思議なことに、彼女は勝つたびに不機嫌になっていった。

ゲームが進むにつれ、ティウンの中で次第に「本気を出したムイタックとソリヤのどちらが強いのか」という興味が大きくなっていった。ムイタックが他人に負けるところを見たことがなかったし、もしそれが可能であれば、彼を負かすのはソリヤしかいないと思った。ゲームがキリよく終わったタイミングで、ティウンは「チャンドゥクをしよう」と提案した。チャンドゥクの複雑なルールは他の子どもたちにはわからないだろうから、三人でゲームをすることになるはずだ。そうすれば、ムイタックが手加減をする必要もなくなると思った。

「別にいいけど、ルールを教えて」

ソリヤはやっぱり不満そうだった。手抜きをされることがどうしても許せないみたいだった。彼女のことは気にせずルールの説明をした。

「チャンドゥクは手札を入れ替えて、手役を作るゲームなんだ」

ティウンはそう言って、トランプから七枚のカードを取った。

「七枚すべての色が、赤か黒かで統一されていて、かつ国王と従者のカードが一枚ずつ含まれていると《カンボジア》という役になる。二人以上が《カンボジア》の場合は手札に女王を含んでいる方が優先的に勝つ。女性の方が働き者だから」

「なるほど。ポーカーみたいなゲームなのね」とソリヤがうなずいた。

「そうなんだ。次に強いのは従者が一枚かつ、色が黒で統一されているもので、それは《今のカンボジア》。以下、国王二枚と従者二枚の《ジャヤヴァルマン七世》、国王一枚に従者四枚の《シハヌーク殿下》、女王が三枚の《母軍団》、国王一枚で色が黒三枚と赤四枚の《ベトナム戦争のベトナム》、従者二枚の《アメリカ》という順に弱くなっていく。最弱は赤が七枚の《クメール・ルージュ》。でも、クメール・ルージュは唯一《カンボジア》を倒すことができる」

「なるほど」

「手札は山札と交換できるし、他のプレイヤーを指定して交換することもできる。具体的な交換のルールは少し複雑だけど、大まかにはそんな感じ」

「わかった」とソリヤがうなずいた。

「役について、もう一度説明しようか？」

「もう覚えたから私は大丈夫」

ソリヤはトランプをさっと手にとって、ぱらぱらと眺めた。

「本当に？」

驚いてティウンが聞き返したが、ソリヤはやはり「大丈夫」とうなずいた。それどころか、

「このトランプ、何枚か足りてないみたいだけど」と言った。

「そうなんだ。黒の女王が一枚ないのと、赤の六と八が一枚ずつない。遊んでるうちになくしちゃったんだ」

「それならその情報も考慮に入れないとね」

「でも、どうしてすぐカードが足りてないってわかったの？」

ソリヤは「見ればわかる」とだけ答えた。

予想通り他の子どもたちは難しそうだからいいやと言って、部屋にあった外国製のソファを分解して破壊したり、家の壁紙を剝がして食べはじめたりした。最終的にカーテンを使った綱引き遊びに落ち着いたようで、チーム替えをしながら何度も繰り返している。部屋はぐ

ちゃぐちゃになったが当初の狙い通りだった。ティウンは今朝目星をつけていた隣の応接間に移動し、三人だけでチャンドゥクを開始した。

最初のゲームを制したのはムイタックだった。《カンボジア》を目指していたソリヤを邪魔しつつ、《ジャヤヴァルマン七世》を完成させた。《母軍団》だったティウンが二位で、手役を作れなかったソリヤが三位だった。次のゲームはティウンが《カンボジア》を作って勝った。ソリヤは相変わらず手役なしの三位だったが、初回よりもずっと上手になっていた。五回目のゲームでソリヤが《カンボジア》を作ったティウンを出し抜いて《クメール・ルージュ》を完成させてはじめて勝って、それからティウンは二位すら取れなくなった。二人はまったく別の次元で戦っているように思えた。

夕食が始まるまでに三十ゲームをした。一位の回数はティウンが二回、ムイタックが十三回、ソリヤが十五回だった。早めの夕食が終わってから、部屋の隅で延長戦を始めた。ティウンは勝負に加わらず、二人にトランプを配る係を申し出た。二人で七戦することになった。六戦を終えて、ムイタックが三勝、ソリヤが三勝だった。

「僕は山札と二枚入れ替えるよ」

ムイタックは先ほどからずっと黒のカードを捨てていた。問題は彼が《カンボジア》を目指しているのか、《クメール・ルージュ》を目指しているのか、そのどちらかによって、勝負の行方が大きく変わるという点だった。

「ねえ、あなたたちは、政治には興味ないの？」

「あんまり」とムイタックが答えた。「難しいことはあんまり」とティウンも同意した。「クメール・ルージュは共産主義者で、アメリカの手下のロン・ノルに対抗しているゲリラなの。追放されたシハヌーク殿下もクメール・ルージュの味方をしてて。今、その争いがとても重要な局面を迎えていてね。田舎だとそういうのってあんまり情報が入ってこないのかな」

「そういうことじゃないんだ」

ムイタックが答えた。「そういうのって、ゲームとしては不完全だからさ。ルールを守らないやつもいるし、そもそもルールも曖昧だし。最後に誰が勝ったかもよくわからない。ちなみにクメール・ルージュは悪いやつなの？　その辺がよくわかってないんだ」

「何を『悪い』とするかだね」と答えてから、ソリヤは「私も山札と二枚」と言って、国王を二枚捨てた。「これで勝負だね」

「うん」とムイタックがうなずいた。一番強いカードである国王を捨てたソリヤを見て、ムイタックは険しい表情をしていた。

二人が同時に手札を公開した。すぐにソリヤが「勝った！」と声を出した。ムイタックは女王入りの《カンボジア》だったが、ソリヤは《クメール・ルージュ》だった。

「やっぱり、《カンボジア》を目指してるんだと思ってたの」

「でも、国王を残しておけば、君も女王入りの《カンボジア》だった。僕が赤を揃えていないのは明らかだから、最低でも引き分けにはなったはずだよ」

「でも、引き分けなんてつまんない」

ソリヤが言うと、ムイタックは「それもそうだね」と降参した。ティウンは本気を出したムイタックがゲームで負けたところをはじめて見ることになった。彼は村の大人や、叔父や父にだって負けなかった。

「ああ、とても楽しかった。今までで一番楽しかったかも」

ソリヤがそう口にした。ムイタックは難しい顔をしたまま、「明日、絶対にもう一度やろう」と言った。「君にどうやって勝つか、一晩かけて考えてみるよ」

それが彼の答えだった。

「勝った気はしないけど」とソリヤが笑った。「私もいろいろ考えてみて、もう一度やりたい」

午後六時ごろに家の外から銃声が聞こえた。

結婚式を挙げるはずの若い男が慌てた様子で部屋にやってきて「しばらくここから出ないでくれ」と言った。

「何があったの？」

ソリヤが男に聞いた。彼は「これから大人でいろいろ話しあうから」とすぐに居間へ戻っていった。

「アドゥだっけ？」

ティウンが聞くと「そう」とソリヤがうなずいた。

「ソリヤの叔父さん？」

「みたいな感じ」

「『みたいな感じ』って？」

そう問い詰めたが、ソリヤは「君たちにも叔父さんはいる？」と話を変えた。

「いるよ。勉強を教えてくれたんだ」とムイタックが答えた。

「叔父さんはどこで勉強をしてたの？」

「詳しくは知らないな」

「嘘。知ってるでしょ？」

ムイタックは一瞬意外そうな顔をしてから「うん、知ってるよ」とあっさり認めた。「でも、本人から直接聞いたわけじゃないんだ。話の断片から予測して、間違いないだろうなって思ってるだけ。いろいろと複雑な事情があってさ、なかなか本人に聞けないんだ。それでも嘘になるかな」

ムイタックはいつもよりよく喋っている気がした。彼がこんなに喋るのは兄である自分に対してか、クワンに対してだけだと思っていた。

「何か隠そうとしていれば、私には嘘に見える」

ムイタックはなるほどとうなずいて、「アドゥは君の親戚なの？」と話を戻した。彼は大地主の後継ぎだった。

「親戚じゃないよ。アドゥは果物露店をしてて、私はただの客だったの。ある日私たちは警察に捕まりそうになったんだけど、実はアドゥが地主の息子だってことが判明してすぐに釈放されたの。まあそれまでにもいろいろあったんだけどね。結局私はバタンバンで住むはずだった場所に行けず、アドゥの家で暮らしてたの。そういう経緯でここにいるわけ。こんなに金持ちだったなんて知らなかったし、外国の大学へ行っていたなんてはじめて聞いた。いつも誰も来ない道路に店を出して、難しいことを考えてるの。とっても変な人だよ」

そうだったのか。ムイタックとティウンは同時につぶやいた。てっきり、君も大金持ちなのかと思った。この家を見ればわかるけど普通じゃない感じだし。ウチもそれなりに金持ちだけどこんな家は建てられない。どう考えても君はゲームが強いし、きちんと勉強をしてきちんとご飯を食べて、毎日本を読んでいたらそういう風になれるのかと思った。違うかな。

ムイタックは栓を抜いたコーラみたいに喋った。ティウンには何が起こっているのかわからなかった。ムイタックがムイタックでなくなってしまったような気がした。

「そんなことはないよ。むしろとても貧乏で、いつもお腹を空かせてる」

「お父さんとお母さんは？」

「悪いやつらに殺された」

「そっか」

ソリヤは窓の外を見た。小さな広場に多くの人が集まっているように見えた。ときおり銃声が聞こえたが、悲鳴はなかった。まるでクメール正月を祝っているかのようなお祭り騒ぎだった。

「ムイタックに勝つコツを教えてよ」

ティウンは話を変えようと、そう質問した。「年上だってのに、情けないことにいつも弟に勝てなくてさ。ムイタックに勝つ方法、教えてよ」

「私、顔を見れば他の人の言ってることが本当かどうかわかるの。チャンドゥクみたいなゲームだったら、相手がはったりなら勝負して、そうじゃないなら勝負から降りる。それだけだよ」

「嘘がわかるの？」

ムイタックが言った。「どうやって？」

「嘘がわかるんじゃなくて、真実を見抜くことができるって言ってほしいけど」

「わかった。それで、どうやったら真実がわかる？」

「うーん、うまくは説明できない。でも、顔とか声とかで、なんとなくわかる。たまに難しい人もいるけど、だいたいわかる気がする」

「俺は魚料理が嫌いだ」とムイタックが言った。「それは本当」と、ムイタックの顔を見つめながらソリヤが即答した。

「俺は肉料理が嫌いだ」

「それは嘘」

「俺は農作業が嫌いだ」

「それは本当ね」

「すごい！」とティウンは大きな声を出した。

「俺は尿瓶が嫌いだ」

「それも本当。というか、尿瓶が好きな人なんていないんじゃないかな」とソリヤが笑った。

「付け加えると、あなたは潔癖性でしょ？」

「どうしてわかるんだよ！」とティウンは再び声を張った。

「今朝、あなたが洗面所で一時間くらいニヤニヤしているのを見たから。あの顔を見れば、誰だってそれくらいわかるよ」

「なるほど」とティウンは笑った。「さすがにそれは気持ち悪いな」

すかさず「お湯が出たんだよ」とムイタックが反論した。「蛇口から、透きとおったお湯が出てきたんだ。お湯は加熱されてるから、ばい菌が少ないんだ。感動しないかな」

「たしかにすごいけど、一時間も楽しめないな」

「いや、三年は楽しめるよ」

「それは嘘」とソリヤが言った。

ムイタックは「ごめん、半年くらい」と笑った。

「今のは本当」

本当かよ、とティウンは思わず口に出していた。「弟ながら気持ち悪いな」

というか、もしかしたらムイタックは当たり前の会話をしているのではないか？　今までそんなことがあっただろうか？　同年代の子どもたちを思い出す。ムイタックは誰が一番強か、昨日のラジオの話だとかご馳走に食べた鶏肉の話だとか、誰の背が一番高いかとか、そういった日常には一切溶けこまず、淡々と草バトルで勝ち続けていた。ときどき喋るのは「勝つとはどういうことか」とか「ゲームとは何か」とか、そういう難しい話になったときだけで、敬虔なムイタック信者であるティウンやクワンですら、彼の話の真意を理解するのに苦労していた。そのムイタックがはじめて会った女の子にお湯の素晴らしさを熱弁している。


「ちなみに、声だけで嘘はわかる？」とムイタックが聞いた。

「わかるときもあれば、わからないときもある。基本的には、顔を見ないとダメかな」

「俺は十一月生まれです」

ムイタックは顔を伏せて、ひどく低い声で言った。たしかに、これなら嘘は見抜けないだろう。

「嘘ね」とソリヤが指摘した。「八月生まれです」と同じ調子でムイタックが言う。

「嘘ね」

「四月生まれです」

「これは本当」

「今のでどうしてわかるんだ」とティウンが驚くと、ソリヤは「顔を見たから」と笑った。

「顔？　ムイタックは顔を伏せていたじゃないか」

「いや、ムイタックじゃなくて、ティウンの顔を見たの。びっくりするくらいバレバレだった」

「なるほど、これは敵わないな」とティウンは降参した。

ソリヤが「たとえばね、こういうのって、ジャンケンにも応用できるんだ」と言った。ムイタックがすぐに「俺が対戦するよ」と立候補した。ソリヤは右手でムイタックの左手を握り、目をじっと見つめた。「こうやって手を握ると、少しだけ考えがわかるの」

ムイタックの顔が赤くなるのも、彼が他人に「ばい菌」のついた手で握られて嫌がっていないのもはじめて見た。ひょっとして、ムイタックは恋をしているのかもしれない。その考えが生まれた瞬間、ぐるぐると渦巻いていたティウンの思考が、すっと一本の直線になった。あまりにも想定外の仮説だったので思いつくのが遅れたが、ムイタックは恋をしたのだ。おそらくソリヤは彼にとって特別な人だ。ゲームではじめて負けた。というか、ムイタックがはじめてゲームで本気を出した。しかしこれは恋なのか。ムイタックの思考は兄である自分を遙かに凌駕したレベルで行われており、彼の真意を簡単に決めつけることはできない。恋というよりも、他人をはじめて同じ人間として認めたということかもしれない。

「ジャンケン……ポン」

ソリヤが片手を握ったまま残りの手でチョキを出した。ムイタックは当然のようにパーを出していた。

「ジャンケン……ポン」

今度はソリヤがパーを出し、ムイタックはグーを出した。

それからソリヤが五回ほど連勝し、ムイタックはグーしか出さなくなった。ソリヤはずっとパーを出し続けた。ムイタックは二十回くらいグーを出してから、突然チョキを出した。しかしソリヤはそのとき、きちんとグーを出していた。

「参った」とムイタックが手を上げた。「普通にゲームをしたら勝てないね。何か君に勝てるゲームはないかな」

ムイタックが参っている。その事実が理解できなかったし、もしかしたらこれは夢の中の出来事なのかもしれないとも思った。

外ではお祭り騒ぎが続いていた。閉めきった窓越しにその音が漏れてくる。ドンドンドン。太鼓の音や銃声のような打ち上げ花火のような、そんな音が聞こえる。

「そんなことはない。勝てるよきっと。あなたたち、とても頭がいいと思うし」

「――それはどうかな」

突然応接間のドアが開いた。アドゥだった。ソリヤが「驚かせないでよ」とつぶやいた。

「それはすまないな。ちょっと様子を見にきたんだ。ところで、少年たち、ソリヤには勝てたかい？」

「ボロ負けです」とムイタックが答えた。

「だろうね。彼女は千里眼だから。なんでもお見通しなんだ」

「そうみたいですね」

「じゃあ、せっかくだから、俺からなぞなぞを一問」

「答えがわかった」とソリヤが言った。

「おいおい、まだ問題も出してないぞ」とアドゥは笑った。「ちなみに答えは？」

「『クメール・ルージュ』でしょ」

「正解。さすがソリヤだ。ああ、それじゃあ大人はまだ話しあいがあるからな。ソリヤ、君が外に出てお祭りに参加したいと思っていることはよくわかる。でも、とりあえず今はここでおとなしくしていてくれ。少年たちもソリヤを見張っててくれ。しばらく好きに遊んでいていいからさ」

そう言ってアドゥはドアを閉めて帰っていった。

「面白い人だね」とティウンは感心した。

「そうでしょ？　変な人だけど」

「じゃあ、せっかくだから俺もなぞなぞを一問出すよ」とムイタックが提案した。

「どうぞ」とソリヤが言った。

「Aは男で、Bを見ている。BはCを見ている。Cは女だ。さて、この三人において、男は女を見ているか？　一、見ている。二、見ていない。三、どちらかわからない」

ムイタックが出したなぞなぞは、ティウンも聞いたことがなかった。

じっくり考えようとした瞬間、「三に決まってる」とソリヤが即答した。「少しわかりづらいけど、与えられた情報からは、一とも二とも言えない」

「残念、論理というものをもう少し勉強したほうがいいよ」とムイタックが言った。

ソリヤは腕を組んだ。ティウンはそこでようやく「三だ」と閃いたが、その瞬間ソリヤが
「なるほど、たしかに一だね」とつぶやいた。

「Bが絶対に男か女であるっていうことが問題のポイントなのね。Bが男だったらCが女だから答えは一になるし、Bが女だったらAが男だからやっぱり答えは一になる。だから答えは一。この問題の弱点は、世界には男でも女でもない人がいるということ」

「本当に？」

「本当」とソリヤがうなずいた。

ティウンも「聞いたことがある」と同調した。以前、叔父が言っていた気がした。しかし、ソリヤの答えの意味はまだ理解していなかった。

「そんなことは知らなかったよ。これからは問題の設定を変えないといけないな」

「でも、あなたのなぞなぞを解いているときに、そんなことは考えなかった。だからあなたの勝ち」

「別に勝ち負けを競っているわけじゃないんだ。君だったら解けるんじゃないかと思っただけ。これまで正解した人がいないなぞなぞだったから」

ソリヤはムイタックの期待を裏切ってしまったことにショックを受けているように見えた。彼女は明らかに悔しそうな表情を浮かべていた。

少しの間、無言が続いた。ティウンは必死にソリヤの答えを頭の中で整理していた。一瞬、彼女の答えの意味がわかったような気がしたが、思考を整理している最中に、今度はソリヤ

が「私もなぞなぞを出す」と言った。

「プノンペンでは、嘘つきは処刑されることになっています。さて、プノンペンである男が警官に向かって『私は嘘つきだ』と言いました。男はどうなったでしょうか？」

今度も、ティウンが考えるよりも早く、ムイタックが「それは簡単だよ」と答えた。「どうにもならない。男がもし嘘つきだったら正直者だということになるからね。矛盾してしまう」

「残念だけど違う。あなたは論理には詳しいかもしれないけど、政治には詳しくない。男はその場で処刑された。警官は男を処刑したあと、こう言ったの。『もしこいつが本当に嘘つきだったら処刑すればいい。もしこいつが正直者だったら、嘘をついていることになるから処刑すればいい。どちらにせよ、処刑するべきだった』」

「なるほど」

「さすがに嘘をついただけで処刑はされないけど、プノンペンでは、そうやって『よくわからないから』という理由でいろんな人が処刑されてる」

「たしかに叔父さんもそう言ってたな」

ソリヤは何かが気になるのか、ちらちらと窓の外を眺めていた。外を見るソリヤが気になるようで、ムイタックも同じ方向を見る。

「外、どうなってるんだろうね」

ムイタックがつぶやいた。

「クメール・ルージュだよ」とソリヤが答えた。

外からは相変わらず怒号や太鼓の音が聞こえる。自分はなぞなぞの答えにもまだたどりついていないのに、二人はどんどん先へ行っている。家の外では得体の知れない何かが起こっている。結婚式はどうなるのだろうか。クメール・ルージュによって今後のロベーブレソンはどうなるのだろうか。そもそもこんな様子で村まで帰れるのか。

ムイタックがクメール・ルージュに関して何かを喋っていた。ティウンにはそれが分厚い膜のようなものの向こう側から聞こえていた。ドンドンドンドン。革命戦士のみなさん。我々はあなたがたの助けを必要としています。兵士のみなさんはこちらにいらしてください。教師、大学教授、政治家、役人、僧侶。我々は知識のある人々の助けを欲しています。我々はまだ若く、いろいろなことを知りません。健全な国家運営においてあなたがたの力が必要です。我々統一戦線は新しい国の建国を宣言します。あなたがたの力が必要です。どうか、どうかご助力を。窓の外から拡声器の声が聞こえる。喋っているのは誰だろうか。クメール・ルージュなのか。

私の両親は、彼らの仲間だって言われて処刑された。そのあと私を育ててくれたチリトも彼らの仲間だって言われて追われ続けてた。私は両親もチリトも大好き。だから、クメール・ルージュは悪いやつじゃないかもしれない。

そうなんだ。実はフオン叔父さんはクメール・ルージュの仲間なんだ。

ソリヤが何かを言って、ムイタックが何かを答えた。フオン叔父さんのことは好きだけど。

でもフォン叔父さんには頭の固いところがあって、その理由がクメール・ルージュなんじゃないかとも思ってて。革命って、みんなで決めたルールの中で勝つっていう、なんというかゲーム的な行為ではなくて、そもそものルールの外からルール変更を押しつけるもので、もちろんルールにはルールそのものとルールをめぐるルールの二つがあるんだけど、革命はその二つのルールを破壊する行為でこれは完全にゲーム外の出来事だから興味があんまりないというか。もちろん目標の設定や手段の限定を間違えた機能不全のゲームはあるけどさ。

それはそうかもしれないけど、どうしても私は自分の目で確かめたいの。彼らが正しいのか、間違っているのか。間違っているなら正さないといけないし、私は自分の手できちんと責任を持って直したい。昔お父さんが言ってたんだけど、一番偉いのは政治家なの。警察よりも偉いのが政治家。その上はシハヌーク殿下だけ。だから私は政治家になってこの国を救いたい。ソリヤが立ち上がって窓を半分だけ開けた。耳栓を抜いたみたいに外のお祭り騒ぎが大音量で聞こえた。ティウンはまるで自分が寝ぼけているかのように、すべてのものごとが緩慢に進んでいくのを感じた。カンボジアは間違っている。それは明らかだけど誰にもそれを正せない。なぜならルールそのものが間違っている上に、そのせいで誰もルールを守ろうとしないから。私の両親はそれで殺されたしチリトはベトナムまで逃げなくちゃいけなくなった。ドンドンドンドンドン。教師、大学教授、政治家、役人、僧侶。我々は知識のある人々の助けを欲しています。我々はまだ若く。チリトはベトナムに帰りたくないのに。私は行かなくちゃ。いろいろと見なくちゃ。今、革命が起こっているの。もしかしたら、クメール・

ルージュによってすべてが正しい方向に向かうかもしれない。まあ、すぐに戻ってくるから大丈夫。新しい国の建国を宣言します。

「ソリヤ、ちょっと何を言ってるのか聞きとりづらい」

ムイタックが耳をふさいだ。

するとソリヤは小さく「ごめん」と言って、突然窓枠に足をかけた。何をしているのだろうと考えるより先に彼女は部屋の外に出て、隣の家のテラスに飛び移っていた。

「ちょっと！」

ティウンが叫ぶのと同時に、ムイタックがソリヤを追って窓枠から身を乗りだした。ソリヤはテラスの端まで移動していて、こちらからは姿が見えなくなっている。

「おい！」

ティウンも慌てて外に出て二人を追った。ドンドンドンドンと太鼓の音が大きくなった。太鼓の音が大きくなったのか自分が小さくなったのか、ティウンはよくわからなくなった。混乱していた。テラスの隙間から通りを見ると人でいっぱいだった。黒服の兵士が銃で脅しながら「街から出ていけ」と叫んでいた。立ちどまった老人の背中が蹴られた。ソリヤとムイタックが人混みをかきわけて広場の方に向かっていた。ゲームは俺にとって薬なんだ。以前ムイタックがそう言っていたのを思い出した。ゲームという薬を摂取している間だけ、俺は自由に生きることができる。世の中がうまくゲームのようになっていればいいんだけど、そういうわけにはいかなくて。ルールには矛盾がたくさんあるし、誰が勝者なのかもわからないし。ルール違反が放置されたりルールを守る者が損をしたり。現実は不潔だから。そんな話をしていた。どうしてその話を思い出したのかはわからなかった。目の前にはあらゆる絶望が詰まった光景があったが、遠くからは希望に溢れた歓声が聞こえた。ドンドンドンドン。太鼓が鳴っている。ティウンは何もかもがおかしいと思った。すべてが夢の中の出来事に思えた。いやきっと、これは夢なのだ。夢であってほしい。そう強く祈りながら、路地裏に飛び降りた。

3

スウ・フォン　一九七五年四月十七日
バタンバン

よくわからない道を通ってきたせいだろうか。一週間前に北部方面軍主力と第一四三局で別ルートにわかれて以来、小隊は仲間の姿も敵の姿も見なかった。主力と別ルートにわかれたのはフォンに科された一種の制裁だった。

オンカーは都市を掌握し次第、全住民を退去させようとしていた。フォンはその方針に不満があることを表情に出してしまった。司令官はフォンの表情が固くなったことにすぐ気づいた。表情をうまくコントロールできないのはフォンの欠点だった。同志たちは妙に人工的な作り笑いが上手だったが、自分にはあんな芸当はできない。思ったことがあれば口にしたくなるし、口にするのを我慢しようと努力すれば表情の制御を失う。思えばそのことで勤務先の校長と喧嘩したことがあった。些細なことで怒られ、「すみません」と謝った。すると、校長から「あなたは嘘つきだ」と言われた。「口ではすみませんと言いながら不満そうな顔をしている」と。フォンは頭にきた。自分はたしかに嘘つきかもしれないが、世の中で正直者だと言われている人間は嘘をつかないのではなく単に嘘がうまいだけであり、自分みたいに嘘が表情に出る人間は嘘を嘘と教えてやっているのだからむしろ正直者である。そう主張したがまるで理解されず、理解されないことにさらに逆上した。そんなこともあった。

そういう人間だったから、司令官に「平等に、ひとつの例外もなく全住民を退去させる」という命令をされたときも表情に出てしまったのだろう。司令官の、というかオンカー指導部の主張によると、反乱の病巣はかならず都市で生まれるらしい。都市では知識と秘密が集まって沸騰し、その汚れた煮汁が反体制の人材を錬成する。反体制の人材はゴキブリのように地下に巣食うので全滅させるのは難しく、それならいっそ彼らが生まれないようにしなければならない。パリ・コミューンはその点を勘違いしていたので失敗した。我々は同じ過ちを犯さない。完璧な革命を成し遂げるために知識人、公務員、僧侶、旧軍兵士は処刑するか、地方に隔離して休む暇もないほどの肉体労働をさせて革命戦士へと変える。フォンはその意見に直接反論はできなかったが、なぜ反論できなかったかというと、自分たちカンボジア共産党自体がプノンペンなどの都市を根城にして勢力を広げ、人材を集め、育成していたからだった。その意味でオンカーの方針は合理的に思えたが、だからといって住民を全員退去させれば何が起こるか。それほど深く考えなくても容易に想像できる。ただでさえ慢性的な医薬品不足だというのに、街から追いだされれば入院中の患者はみな死ぬだろう。妊婦は流産し、輸血はストップする。体力のない老人や小さな子どもも、おそらく街からの移動に耐えられなくて死ぬだろう。どれだけの血が流れるのだろうか。私有財産が消滅し、資本家と労働者における貧富の差がなくなるのはたしかに素晴らしいことだが、むやみに退去させるだけでは全員が極貧の物乞いになるだけで、正当な再分配が行われたとは言えない。そんなことを考えながら司令官の命令を聞いていると、フオンは会議の場で名指しされ、何か不満があるのかと聞かれた。

「いえ、ありません」

そう否定したが「顔がそうではないと言っている」と信用されず、危険で地図もあやふやで、誰もやりたがらなかった旧道から森を抜けるルートでの進軍を命令され、その成果によって信用を取り戻せと言われた。

「なんといっても君は警官殺しだからな」

司令官が言って、その場の全員が作り笑いをした。フオンも必死に作り笑いをしようとしたが、うまくいっているかはわからなかった。

おそらく死ぬだろう、と言われていた進軍ルートだったが、実際のところロン・ノル軍はすでに撤退しており、自分の仕事は自軍のロケット砲があけた大きな穴を避けることと、ほとんど廃墟になった村で行軍用の食糧を集めることだけだった。しかしながらいくら敵の姿が見えなかったといっても、バタンバンに近づくにつれ緊張が高まっていったのもまた事実だった。フォンたちは途中で何度も立ちどまった。渡された地図がデタラメだったせいで、バタンバン近くの山の上にある集落で完全に迷ってしまった。部隊の副官が集落に電話を見つけ、バタンバンの州庁へ「今からそちらに革命しにいくので道順を教えてください」と聞いたが、イタズラだと思われて電話を切られた。フォンは副官をクビにしようと決定したが、彼が電話線を伝っていけば州都に着くのではないかという仮説を出し、一理あると思ったので保留した。電線沿いに慎重に山を下り、二日ほどしてようやく街の境界を示す国道の近くまでやってきた。

農道脇の木陰でフォンと一緒に待機していた少年たちは、戦いに備えて慎重にライフルを点検した。ボルト、マガジン、ハウジング、カバー、トリガー。すべて問題はないようだ。ナイフで削った木の枝を使い、銃口の内側を磨いてから銃剣を取りつける。まるで機械のように一斉に息を止めて、いつでも投げられるよう手榴弾を握る。何度も見たが、やはり一連の動作に一切の淀みがなくフォンは感心する。斥候を担当する少年たちは、地方防衛隊の一員としてオンカーに協力していた。彼らは、おそらく自分たちがなんのために戦っているのかもわかっていないだろう。革命によって理想の国が誕生するとだけ教えると、フォンの小隊の指揮下に入ったのだった。少年たちはロン・ノル政権時代にアメリカの空爆を受け、家族や故郷を失っていた。思想的純度は低かったが、オンカーの兵士たちと違い、ロン・ノルとの戦闘を経験していた彼らは戦力として優秀だった。

「むやみにここから出れば、待ち構えたロン・ノル軍の狙撃手に撃ち殺されるかもしれないよ」

木の葉がこすれる音に合わせ、フォンが小声で囁いた。少年は「関係ありません」と首を振って銃を構えた。

ロベーブレソンを去ってから一年が経っていた。兄のサムを含む住民たちが協力しようとしなかったので、あの村からオンカーに入ったのはフォンひとりだけだった。村を出てからバタンバンを経由してまっすぐ北へ向かった。各地の基地の場所なら知っていた。北部方面の基地を訪れ、指導部に会わせてくれと頼んだ。

幸運なことに思っていた以上に党への復帰はすんなりいった。フォンには秘密警察の捜査官殺しの罪状があり、そのおかげで彼は党内で一種の英雄となっていたのだ。不思議な話だった。自分の人生を完全に破壊した冤罪だったというのに、立場が変わるだけで死罪が勲章になった。フォンはすぐに小隊の指揮官として前線で戦うように指示され、ロン・ノルの共和国軍が放棄した土地に革命の旗を立てた。結局、彼の小隊は戦闘を一度も経験しないままバタンバンの近くまでやってきた。地方防衛隊の少年たちを除けば、銃の使い方も知らない素人ばかりだったので、戦闘を避けられたのは運がよかった。しかし、これまでは幸運が続いたが、少なくとも都市にはロン・ノル軍の兵士たちがいる。仲間のティヌーを処刑し、自分を捕まえようと追い続けた兵士たちだ。これからは戦争になるだろう。どちらかが死に、どちらかが権力を握る。そう考えるとゾッと寒気がたち、全身が強張っていく。フォンは死ぬ前に家族のことを思い出そうと空を見つめた。夕日が眩しくて、鼻のあたりがむずむずする。慌てて顔面を帽子で覆い、音が漏れないようにクシュンとくしゃみをした。少しだけ緊張が解けた気がする。

今だ。今行くのだ。

フォンは少年たちに「行け」という合図をした。彼らは前へ出て畑の中に入った。自分もそれを追って夢中で走る。敵に見つからないよう姿勢は低く保つ。トウモロコシ畑をかきわけるカサカサという音が鳴る。街までの距離は、革命までの距離だった。フォンは一歩ずつ革命に近づいていた。銃を構えたまま、細い道の脇の土手に身を隠した。耳をすませると、かすかにドンドンドンという、太鼓のような低い音が聞こえる。断続的だが銃声もあった。前方の少年が「待機」と合図してから土手の上に銃を出す。フォンもその場に這いつくばり、銃口を慎重に街の方角へ向けた。街の境界を示す国道までは四百メートルほどだった。何が起こっているのだろうか。少年たちが土手から飛びだし、銃を掲げて国道を走っていった。殺される、と一瞬心臓が凍りついたが、彼らは誰にも撃たれずに、街の方へ進んでいく。

「安全だ！」

少年のひとりが叫ぶ。「勝ったんだ！」

立ち上がって畑から頭を出したフォンが双眼鏡を覗くと、ロン・ノル軍の兵士たちではなく、遠くの貧民街で歓喜に沸く群衆が映っていた。フォンは大きく息をついた。勝ったのだ。これでようやく戦いが終わったのだ。フォンは携帯ラジオの電源をつけた。電波は悪かったが、かすかに音声が漏れてきた。キュー・サンパン司令官が、正午に首都プノンペンが陥落したと伝えていた。司令官の話が終わると派手な革命歌が始まった。

フォンは街へ向かって走り、歓喜の渦に飛びこんだ。住民たちは新年のように歌って踊り、お祭りの雰囲気に酔いしれているようだった。どこにあったのか太鼓を持ちだして叩き、ちぎれて弦のなくなったギターを意味もなく高く掲げていた。すべての銃は命に向かって撃たれず、祝砲として太陽に放たれていた。五年にわたって続いた同胞による殺し合いも、いつ飛んでくるかわからないロケット砲に怯える夜も、道路封鎖や食糧の配給制も、この腐った政権も、何もかも終わるのだ。誰かがそう言った。平和だ。もう平和なんだ。だから俺たちはこの日を楽しもう。今この瞬間を祝おう。そんな声があちこちから聞こえた。

「救世主のカラスさまがやってきたんだ！」

そう口にしたのは物乞いの男だった。身にまとったボロはちぎれ、腹部から胸部にかけて垢のたまった肌が露出していた。まともに食事をしていなかったのだろうか、頬は痩け肋骨が浮きあがっていた。フォンは冷静に観察した。街の様子を目に焼きつけようと思った。進軍ルートに敵が一切いなかったことでうっすら想像はできていたが、やはり党は長年夢見ていた勝利をつかんだのだ。その帰結が何を導くのか。何を変えるのか。フォンは大通りに出て、中央を走る輸送車の後ろをゆっくり歩いた。周囲の景色すべてを覚えていようと思った。この光景がどのように変わるのか、規律がどのように機能し、人々はどのように搾取から解放されるのか。通りの向こう側に見知った顔の将校がいた。フォンは彼に近づくと、「こんにちは、同志」と挨拶した。たしかベトナム帰還組だったはずだが、量産型の顔だったので名前や肩書きは覚えていなかった。

「こんにちは」

「司令官はどこにいますか？」

「州庁に本部を構えたようです」

フォンはそのまま州庁まで向かうことにした。革命闘争中、一瞬たりとも秘密警察に追われた四年間を忘れたことはなかった。その思い出は常に頭の一部にあった。甥っ子に勉強を教えているときも、畑仕事を手伝っているときも、サムの妻の代わりに夕食を作っているときも、あの屈辱的な四年間のことが頭の片隅にあった。ある日突然、シクロを運転していたティヌーが証拠もなく捕まり処刑された。ちょうどそのころ事務所で最新号の新聞を印刷しているところに、スパイとして潜りこんでいた秘密警察のソムがやってきた。細胞《セル》の連絡員を介さずに彼が直接現れるのは異常事態だった。ソムは「今すぐ全力で逃げろ」と言った。フォンが印刷済みの新聞をまとめて持っていこうとすると「そんな時間はない」と怒鳴られた。フォンはソムを追って機械を動かしたまま雑居ビルの階段を降り、トンレサップ川まで自分史上最速で走った。川の前に立った瞬間、警官たちがバンを数台、新聞社のビルの下に横付けした。ソムはフォンに地図を渡し、「これが党からの最後の贈り物だ」と言って雑踏の中へ消えていった。フォンは地図の場所であるラオス国境付近のジャングルまで逃げた。自分と同じように追われている何人かの仲間とともに国内を転々とした。四年後に食糧が調達できなくなり、ロベーブレソンへ帰ることにした。配送トラックに潜りこみ、ゴキブリやムカデと一緒に三日三晩を隠れて過ごした。すべては革命のためだった。自分がこうやって砂を嚙んで逃げている間、ブルジョワたちは何も考えず安全な王都で暮らし、日々の生活を楽しんでいた。全員殺してしまいたいくらい憎んでいた。満足に食べられず、満足に体を洗えず、本も読めなかったし酒も飲めなかった。もちろん、ロベーブレソンでも自分がかつて望んだ生活はできなかった。目立つことは死につながったし、その場合家族に迷惑をかけることもわかっていた。住民には知識がなかった。知識を持とうとする意欲すらなかった。十人に同じ質問をすればいつも十通りの答えが返ってきたし、ひとりに十回同じことを聞いてもやはり十通りの答えが返ってきた。フォンはすべての思いを封印して牙を隠し、革命のときを静かに待った。何年も何年も。

そして。

「革命同志諸君！」

すでに街に到着していた司令官が、州庁のバルコニーから拡声器を使ってそう呼びかけていた。「我々は、旧軍兵士のみなさんにオンカーへの助力を依頼する。未熟な我々に、戦車や飛行機の操縦、無線や大砲の使い方、地雷処理のやり方を訓練してほしい。我が兵士たちはまだ若く、何も知らず、こうしたものの使い方がわからないのだ」

司令官は、今この瞬間に旧軍となることが決定したロン・ノル軍の兵士たちに向かって言った。穏やかな、それでいて威厳のある声だった。どこからか「寛大だ」という声が聞こえた。その次に嗚咽がこぼれた。オンカーの慈悲に感動した旧軍兵士のひとりが、バルコニーの下で涙を流していた。

「オンカーは偉大です！」

彼は涙を拭いた手で合掌した。「私が持っている知識と勇気のすべてを、あなたたちのために差しだしましょう！」

「素晴らしい！」

まるで何かの象徴のようだった。代表の男は彼を呼びよせて、バルコニーに立ったまま、群衆によく見えるよう大げさに握手をした。その様子を眺めていた何人かの旧軍兵士たちも、クメール・ルージュの指示に従ってバルコニーに向かっていた。「これからは一致団結の時代だ」と誰かが言った。「みなで革命を成し遂げるのだ」と別の誰かが言った。処刑されるのではないかと恐れて街中に隠れていた旧軍兵士たちがバルコニーに集まってきた。それまで静かだった一角が、にわかに騒がしくなってきた。

「おい、ふざけんな！」

裏手の住宅街から男の怒号が聞こえた。何人かが様子を見るために近づいていったが、多くの者は気にしていないようだった。フォンは怒っているのが中年の男で、若い女性がその男の足元にかがんで何かを拾っているのを見た。男は空になった大きなカゴを苛立たしげに叩いている。おそらく男は人混みの狭い中で頭の上に果物の入ったカゴを乗せていて、女性と衝突したことでバランスを崩して果物を落としたのだろう。フォンは近くまで行き、男の落とした果物がマンゴーだったことを確認した。男は女性がすべてのマンゴーを拾うのを舌打ちしながら待っていた。

軍と住民の揉めごとではなかった。今後の混乱でこのような住民同士の諍いは数多く発生するだろう。フォンは踵を返し、小隊の仲間たちと合流するために大通り方面へ戻ることにした。そのとき、ざわめきの中から「ごめんなさい！」という声が聞こえた。その声に聞き覚えのあるような気がしてフォンは立ちどまった。

「でも、僕たち、あなたにあげるものは何もないんです」

フォンは振り返り、先ほど男たちがいた場所を見た。マンゴーを拾い集める女性の近くに少年と若い男が立っていた。フォンにはそれがムイタックとティウンに見えた。女性と二人は知り合いなのだろうか。フォンは慌てて駆け寄ろうとしたが、街から一斉退去をする人々の流れによって邪魔された。甥らしき少年たちはフォンが近くにいることに気がついていないようだった。近づけば近づくほど、彼らが甥であることが確信に変わっていった。女性はマンゴーを集め終わると、人の流れに乗ってこちらへやってきた。美人だ、とフォンは思った。美人だが、ひどく苛立った表情を浮かべていた。フォンはすれ違いざまに女性を呼びとめた。何度も肩を叩いて、ようやく彼女は気がついた。

「どうしましたか？」

「彼らのことを知っていますか？」

フォンはそう聞いたが、突然湧き上がった拍手によって彼女には聞こえなかったようだった。バルコニーで司令官が何かを話していた。広場の住民たちから歓声があがった。マンゴーを落とした男がまだこちらを睨み、何かを怒鳴っていた。フォンは女性の耳元まで近づこうと思ったが、すでに彼女は広場の近くまで進んでいた。フォンは彼女を諦めて二人の甥を探した。左斜め前にティウンがいて、女性を追いかけているようだった。フォンは再び人の流れを逆走して、今度はティウンに近づいた。

「ソリヤ、どこにいるの？　もう一度、君と……」

子どもの叫び声が聞こえた。それがムイタックの声だと気がつくまでに時間がかかった。ティウンの肩を叩こうとすると、薄汚い老人と衝突し、何かが腐った臭いが鼻をついた。その反動で布袋を頭の上に乗せた別の男と衝突した。男は「前を向いて歩け！」と怒鳴ったが、フォンが黒いクメール・ルージュの軍服を着ていることに気がついたのか、すぐに謝ってきた。ごめんなさい、兵士さんだとは知らなくて、すぐにバタンバンから出ていけと言われていたので焦っていまして。フォンは無視したが、男は話を続けた。いったい何日経ったらバタンバンへ戻ってこられるのでしょうか。娘と妻とはぐれてしまって。彼女たちがどこにいるか、知らないでしょうか。フォンは「知らない」と首を振り、広場の方向を見ていたティウンを追いかけた。ドンドンドンドンドンと太鼓がうるさい。

あの、いつになったらバタンバンに戻れるんですか。妻と子どもは北部に向かったと思うのですが、どこに行ったかわかりますか。ムイタックが大人たちの脇の下をくぐり広場に向かった。それをティウンが追う。フオンはソリヤと呼ばれていた女性がいた方向を見たが、すでに彼女の姿はなかった。男の話を近くで聞いていた別の女がフオンに向かって叫んだ。私の父は病院にいたの。点滴をしなければ命も危ないんだけど、彼も退去しているのかしら。ねえ私の父はどこにいるの教えてよ。別の女性は州庁を指さして、役人だった夫の今後を心配している。夫はあそこで働いているの。あそこにはたくさん黒ずくめのカラスたちがいるけれど、夫は無事なのかしら。あなた何か知らないの。あなたもカラスなんでしょう。

気がつくとティウンの姿もない。ムイタックを追って広場へ向かっている。再び拍手が鳴る。ドンドンドンドンと太鼓の音がうるさい。革命歌の合唱が聞こえる。静かにしてくれ、フオンはそう怒鳴った。頼むから静かにしてくれ。ようやく革命戦争が終わったんだ。少しは静かにしてくれ。しかし甥の姿は見えない。フオンは彼らを探そうと決意した。人混みの中から「ソリヤ！」と名前を叫ぶ声が聞こえたような気がしたが、ムイタックの姿は見つからなかった。フオンは「ムイタック！」と叫んだ。しかしその声は太鼓の轟音に消え、自分の隣で何かをまくしたてる男や女にすら届いていないようだった。

4

サロト・サル　一九七五年四月二十二日
プノンペン

「ある村で毒蛇が出ました。危険を感じた村人はそれを便器の中に捨てました。すると便器に捨てた毒蛇が便槽の中で育ち、首を伸ばして便器を使った人間の尻や陰茎を噛んで殺し続け、村の住民はみんな死んでしまいました。その後毒蛇は便器から出て繁殖し、村は毒蛇だらけになりました。さてみなさん、この有名な神話を知っていますか？」

十二年ぶりにプノンペンへ戻ってきたサロト・サルは、プノンペン駅舎の事務室で開かれた、革命政権の最初の議会となる第一回常任理事会でそう話した。格子造りのコンクリートから光が射す中で、何人かが「聞いたことがあります」と答えた。サルはそう答えた者たちの手のひらに注目していた。真っ白で綺麗な手だった。農民の手ではない。

サルは「素晴らしい」と深くうなずきながら、「聞いたことがある」と答えた者たちの顔と名前をよく覚え、嘘つきのリストに加えることにした。なぜなら毒蛇の話は神話でもなんでもなく今でっちあげたもので、それを知っている人間などこの世にいるはずがないからだった。

「さて、この話が何を意味するか、わかる人はいますか？」

沈黙だった。ヌオン・チアが部下を睨んで何かを言わせようとしているのがわかったが、その部下は何も答えなかった。部屋の中を抜けた風が文鎮の下の書類をひらひらと揺らしていたが、動いているのはそれだけだった。全員間違いを恐れていた。誰かが正解を口にしてから、「俺もそう思っていたんだ」と言おうと決めているのだろう。

「プレククダムに異常はなかった。北部は順調に退去が進んでいる」

ヌオン・チアが話をそらそうと試みていた。あまりにも見え透いていたので、思わず笑いそうになった。サルは窓から駅舎のアール・デコ風の正面入り口を見下ろした。

「そうですか」と微笑む。「それはいいですね」

「あ、南西部タケオ付近も順調です」とモクが続いた。これを機に、話を変えてしまおうと協力態勢を作っているのだろう。今度は声を出して笑ってしまう。「革命を内部から腐らせる帝国主義者と資本主義、けがれた文化の影響は排除されつつあります」

「それはいいですね」

窓から向きなおり、サルは再びにっこり微笑んだ。「ところで、私の話の意味がわかる人はいませんか？」

ダメだったか、という落胆とともに、自分が指されたらどうしようかという緊張が部屋の中に走った。

風は止まっていた。革命戦士たちの息づかいが聞こえた。

同志たちを見つめると、誰もがサルから目をそらそうとした。サルはこのなんとも言えない緊張が気持ちよかった。十数年の地下活動を通じて自分はずっと、ひとつでも間違えたら殺される状況で生きてきた。何をするときでも、常に細心の注意を払っていた。すべての行動を自覚的に行い、間違いがないか確認しながら歩む日々だ。まるで盆の上に「自分の命」をのせながら、高い場所で綱渡りをしているような気分だった。

だが、今は違う。

「では、私が」

後方でひとりの若い男が手を挙げた。男の顔に見覚えはなかった。ボン・ベトの脇にいるのだから、彼の側近か部下か、それともただの衛兵かもしれない。それはともかく、サルは彼の勇気を讃えたい気持ちと、彼の蛮行をたしなめたい気持ちの両方を感じた。まあどちらにせよ、答え次第だろう。

「どうぞ」

「もちろん、この部屋のみなさんなら簡単にわかっていると思うのですが、いろいろな立場からの気遣いで答えを言えずにいたようなので、この中でももっとも立場の低い私がお答えしたいと思います。どうかご無礼をお許しください」

男の顔をじっと見つめる。精悍だが無愛想に見える。よく日に焼けているし、開いた右手の皮も厚い。農民出身だろうが、頭は悪くなさそうだし、今のところ空気を読むこともできている。

「構いませんよ。続けてください」

「知識人や政治家は『知識』という毒を持った蛇なので、一見安全に見えても便槽の中で育ち続け、いずれ我々に牙を剝くということを意味しているのではありませんか？　彼ら知識人はただ漫然と便槽に捨てるのではなく、勇気を持って目の前で殺すか、またはしっかりと街の外に捨てないといけないのです。一斉退去命令の真意は、そういった点にあるのではないかと思うのですが」

「素晴らしい」

サルはうなずいた。正解だ。優秀な男らしい。「彼らの毒を抜くために、一秒たりとも考えさせてはいけないのです。体の芯まで革命思想を浸透させ、牛のように働く動物に変えなければいけません」

すると、みな一様に「そうだ」と同意した。まるで「自分はそう言おうとしていたのだが、あえて権利を譲った」とでも言わんばかりに。

「ところで、あなたの名前は？」

サルはクイズに正解した若い男に聞いた。彼は「名乗るほどの者ではありません」と答えてボン・ベトの後ろに下がった。これも正解だ。ここで名前を名乗るようでは、党の中で生き残っていくことはできない。目立たずに目立つこと。その重要性を知っている男だ。サルは、男に昔の自分を見たような気がした。自分はそうやって慎重に今の地位を築いたのだった。

華々しく入城したクメール・ルージュの本隊と違い、サルの凱旋はひどく地味だった。たしかに、十二年前プノンペンから脱出し、ベトナムに亡命したときとは違った。あのときはトラックの荷台に隠れていたが、それに比べ革命を成し遂げカンボジアの支配者となった今は、共和国軍から押収した装甲車に乗って街へやってきた。しかし国道から堂々と入城することはなく、迂回して未舗装の細い道を走り、爆撃で廃墟になったいくつもの街を越え、西側からひっそりプノンペンに入った。サルは部下たちの提案を断り、自分が入城することを告知しなかったし、記念の式典なども一切しなかった。権力を誇示するだけの意味のない味つけは必要ない。自分がプノンペンに凱旋したことは周囲の幹部だけが知っていればいい。ほとんどの革命戦士たちは、自分たちの指導者が誰なのかさえ知る必要はない。大事なのは革命精神と規律だけ。

住民の一斉退去は計画通りだった。フランスのパリ・コミューンが失敗したのは、信念は正しかったのに手段が徹底されていなかったからだ。プロレタリアートはブルジョワ階級を完全に支配しなかった。毒蛇を便器に流して満足していたのだ。やつらは便槽でも育つ。必要なのは火を放つことだ。一度革命の炎でカンボジアを覆い尽くし、毒蛇を焼いてしまう。もちろん毒のない蛇も死んでしまうかもしれない。しかしそこで生き残った真の革命戦士は、カンボジアが理想的な国家となるための礎になるだろう。

所有、財産、金銭、知識。革命の妨げになる概念は燃やしつくす。これまでの革命闘争が失敗したのは、それらの概念を完全に消し去れなかったからだ。所有への欲望は奪い合いを生む。財産への欲望は貧富の格差を生む。金銭への欲望は資本家の搾取を生む。知識への欲望は虚栄心を生む。それら西側諸国の作った欲望という幻は人々の争いを生み、不平等を生み、妬みや嫉みを生み、幸福を奪う原因となる。理想郷に必要なのは完全に統制された社会であり、規律と調和と勤労に幸福を見出す国家だ。

「一斉退去は順調にいっているということでいいんですね？」

サルが聞くと、司令官たちが一斉に「もちろんです」と答えた。「滞りなく進んでいます。まったくもって、並外れた方法です」

「我々は他国の真似をしようとしているわけではありません。強勒で幸福な国家のために、独自の完璧な革命を目指しているのです」

サルが言うと、作り笑いとともに拍手が響いた。それからは指導部の何人かの意見を聞きつつ、農業計画について話しあった。サルは十年以内にカンボジア農業の八割を機械化し、二十年以内に完全な近代国家となることを目標として提案した。次回の理事会で指導部全員の承認を得る予定だった。

「フランスの植民地だった時代、我々はフランスの援助を受けていました。そしてそのせいでフランスの奴隷だったのです。ベトナムの援助を受ければベトナムの奴隷になります。ロン・ノルはアメリカの援助を受けていたせいで、アメリカの奴隷でした。アメリカはそれをいいことに我が国へ侵入し、空爆で国土を荒廃させました。このことを忘れてはいけません。我々は独自の国家を作ろうとしています。誰にも邪魔されてはなりません。ゆえに援助は受けとらず、自給自足をすることで国を守ります」

「その通りでございます」と誰かが言った。

「農業への従事は二つの意味で重要です。一つは国家の自立のため。もう一つは人民の自立のため」

サルはそう喋りながら、言葉が溢れて止まらなくなるような感覚を得ていた。これまで自分はずっと我慢してきた。政府に、警察に、中国とベトナムに。もっというならば党に、家族にも。ようやく革命という丘の頂に立ったが、想像していた景色とは違っていた。ほとんど何も見えなかったのだ。この数日間そのことがずっと頭にあった。自分はこれまで闇にいた。闇からは光がよく見えた。だが、自分が光になるとどうだろうか。周囲が何も見えない。暗闇に自分の立場や命を狙っている者が無数にいるように思える。眩しい。はたして自分が今、しっかりとした鉄の橋の上にいるのか、それとも奈落の淵にいるのかがわからない。後ろに並んだ人間に押しだされるように、暗闇を一歩進む。よかった。とりあえず、まだ足元に地面がある。だが次の一歩はどうだ。わからない。

「我々はロン・ノルと違い、国内に民主主義を徹底させます。主役は人民です。民主主義が徹底されるためには、人民がオンカーの素晴らしさを理解しなければなりません。オンカーの考えを深く理解し、誤った考えを思いつかないようにしなければならないのです。そのために農業に従事する必要があります。土を耕し、作物を育て、収穫を喜ぶ。自分自身のことではなく、集団全体のことを考えて行動する。そういった考えはただ言って聞かせたところで理解できるものではありません。実際に血と汗を流してみなければわからないのです。知識人は岩で、農民は真っ白な紙です。誰にだって岩を啓蒙するのは難しい。ゆえに知識人を徹底的な再教育でまず分子に分解し、そのあと紙にします。真っ白な紙に正しい思想を書きこむのです。それが民主主義です。我々は真実を知っています。我々は政府が党を弾圧し続けたときも、アメリカが空爆を続ける間も、自分たちの命を質に入れて、大義のために戦い続けました。寄生虫や蛭《ひる》だらけの沼地で眠り、樹木の皮を食べ、逃げ遅れた仲間たちが処刑されていくのを見てきました。今回プノンペンから退去した者たちはブルジョワです。同情の必要はありません。我々が革命のために苦しい思いをしている間ずっと、彼らは都市の中で、アメリカとロン・ノルに守られて贅沢をしていたのです。誰もいなくなったこの街を少し歩けばわかります。テレビ、ラジオ、酒、映画、本、ベッド、菓子、レコード。彼らをそれらから遠ざけなければなりません。そうでなければ、我々と同じ考えに至ることもできないのです――」

サルは耳が割れそうなほどの拍手の音で我にかえり、ようやく話を終えることができた。「最初に拍手をやめた人間が粛清される」という党の都市伝説のせいもあって拍手は鳴りやまなかったが、そんなことはどうでもよかった。拍手のひとつひとつの音が光となり、自分の目を潰そうとしてくるようだった。

自分の話が暴走した。コントロールできなかった。こんなことは今まで一度もなかった。これまで、喋りたいことがあれば、他の誰かに喋らせるように仕向けていた。今だって、同じ内容を誰かが喋るように操作することができたはずだ。

会議が終わり、駅舎の事務室から党の人間が出ていった。

サルは今回の会議でもっとも活躍した、優秀な若い男を呼びとめた。

「君は特別に優秀だ。名前を教えてくれ」

男は小さな声で「マットレスです」と名乗った。サルはこの賢すぎる若い男を近々自分の命令によって殺すことになるだろうと確信しながら、「君の名前は覚えたよ」と笑いかけて肩を叩いた。

5

イエン　同日
プノンペン、フランス大使館

「――すると、四十七頭の虎に囲まれたんですよ」

何人かのカンボジア人の前で、国会議員のシムが山で虎と出会ったときの話をしていた。イエンはその話を六万七千回くらい聞いたことがあったが、最初に聞いたときは虎が一頭だったし、前回聞いたときは二十三頭だった。そもそもハイキングで山に登ったときの話だったのに、いつの間にか「若気の至りで友人と『どっちが男らしいか』を決めるため、虎狩り勝負をすることになった」という話になっていた。聞くたびに話が大げさになっていて、今ではほとんど神話になっている。

「それで、我々はどうしたと思いますか？」

シムは輪になって座っていた何人かの男女に向かってそう問いかけた。一日中することはなく、かといってフランス大使館はクメール・ルージュに囲まれていたので外に出るわけにもいかず、みな退屈していた。

「逃げたのでは？」

真っ先に応じたのは、隣に座っていたケンという冴えない役人だった。彼はその話を七万回くらい聞いているはずだが、白々しくはじめて聞くふりをしている。シムもケンも同性愛者だったが、お互いフランス人の妻がいる。少なくとも、書類上はそうなっている。十年以上前に、その手続きをしたのはイエンだった。

イエンはシムとケンの中年二人が抱き合ってキスをしている写真と、シムがケンの肛門に小さな仏像を突き刺している写真を持っている。写真を盗撮したホテルの従業員は、「証拠品」としてケンの乾いた糞便のついた仏像も提供してくれたが、たしかホテルのロビーに捨てた。イエンはその場で同行していた部下のラディーに「従業員の男の口を確実に封じろ」と命令した。その後のことは知らない。

「ええ、虎を前にして、友人は逃げようとしました。まるで、この国から逃げていった政治家たちのように」

乾いた笑いが起こった。この場にいる人間はみな、金か地位か運が足りなくて、国外へ逃げ遅れた者たちだった。

革命の日、イエンはオフィスで長官の秘書を待っていた。秘密警察の長官は革命の二週間前に、飛行機に乗ってフランスへ逃げていた。彼は「到着次第、フランス政府に依頼して君を迎えにいかせる」と言っていた。

イエンは迎えが来ることを信じていた。もちろん、長官の親切心や義侠心を信じていたわけではない。そんな価値観は警察官になって数ヵ月でメコン川に流れていった。自分が信じていたのは損得にもとづく関係性だけだ。そして、自分は長官の弱みを握っていた。長官のために数々の泥をかぶったし、いくつかの手柄も譲り渡していた。数々の賄賂の証拠も持っている。助けにこなければ、すべて暴露するつもりだ、長官にはそう伝えていた。

クメール・ルージュが入城すれば、間違いなく自分たちは逮捕されるだろう。命だって危ないかもしれない。イエンだけでなく、捜査官たちはみなそのことを知っていた。海外に親戚がいる者や、金持ちの親を持つ者は早々に国外へと逃げだした。イエンはどちらでもなかったので、長官を信じるしかなかった。

クメール・ルージュの入城は、オフィスのラジオで知った。すぐにプノンペンはお祭り騒ぎになった。イエンはその段階で国外逃亡を諦め、人垣をぐり抜けて長官の秘書の家へ向かった。秘書の男はラジオを聴きながら荷物をまとめていた。

「長官の飛行機はどうなっている？」

イエンが聞くと、秘書は「僕だって知りたいですよ！」と怒りを露わにした。「本当は、僕が国外へ出ていくはずだったんです！　長官がすぐに迎えに戻ってくるっていうから、僕のチケットを譲ったのに！」

「どういうことだ？」

「フランスで働いている兄が、僕のために飛行機のチケットを用意してくれたんです。長官はそのチケットで国外へ脱出しました」

「そんな大事なものを、どうして譲ったんだ？」

秘書は「信じていたからですよ！」と叫んだ。「七年間、ずっと一緒に働いていました。見捨てるはずがないって思ってたんです」

彼は涙を流していた。

「それで、これからどうするんだ？」

「プノンペンは包囲されているみたいなので、フランス大使館へ逃げこみます。フランスで働いている兄が、大使館に僕のことを伝えてくれているかもしれません。さすがにクメール・ルージュも、フランス大使館には手を出せないでしょう」

「なるほど。お兄さんはなんて名前だ？」

「ビンという――」

その瞬間、イエンは秘書の頭に向かって銃を撃った。後頭部から血しぶきが飛んだ。銃声は目立たなかったはずだ。そこかしこで祝砲が放たれていた。

相変わらず、シムの話は続いていた。どうでもいい話だったし、特に聞く価値もなかったが、他にすることもなかった。フランス大使館に逃げこむことには成功した。殺した秘書の身分証を使ったからだった。大使館にはアメリカ人やカナダ人などの外国人もいたし、見覚えのある政府高官なども何人かいた。秘書の男が見誤ったのは、クメール・ルージュが大使館にも手を出そうとしていたことだった。彼らは「中の人間を調べさせろ」と命令したが、フランス大使がそれを拒否した。交渉は長引き、逃げこんだ人々は妙な緊張感の中、時間を持て余していた。シムのつまらない話を聞こうとする人間が存在していたのは、そういう理由だった。

シムは「ですが」ともったいつけて続けた。「私は違いました。ここからが本番なのですが――」

「――すみません、ひとつ聞いてもいいですか？」

話の途中に割って入ったのは、モニ・ヤティーという通訳で、たしかフランスの新聞社に雇われている。シムは丸テーブルに乗せていた赤ちゃんみたいにつるつるした手を彼に向け、「どうぞ」と笑った。

「どうやって、虎の数が四十七頭だと知ったんですか？」

「え？」

シムは驚いているようだった。革命前の彼にそんなことを聞けたのは、首相のロン・ノルとシハヌークだけだっただろう。新聞記者ふぜいが彼の話に疑問をぶつければ、直ちに秘密警察に話が回ってきて、何らかの形で対処されていた。

だが状況は変わった。今や国会議員の肩書きは地獄入り決定者名簿の名札になった。実際にシムは、クメール・ルージュという虎に囲まれている。

「どうやって数えたか、ということですよね？」

シムの顎から汗が滴った。「いろいろな方法がありますよ。それは。野生の動物の数え方なんて、まあ、いろいろあるんですよ」

「究極的超常記憶という能力の話を聞いたことがあります。もしかして、あなたもその能力の持ち主なのでは？」

ケンの訳のわからないアシストに、シムが「そうでした」と乗った。「私としたことが、すっかり忘れていました」

「それは、どういう能力なんですか？」

通訳のモニが聞いた。シムは「説明してあげてください」とケンに話を振った。

「生まれつき、一度経験したことを絶対に忘れない人間というのがいると聞きます。虎を正確に数えられたのは、つまりシム議員が究極的超常記憶の能力を持っていて、虎に囲まれたときに目に入った風景を完全に覚えていたからなのです。あとから当時のことを思い出して、虎の数をカウントしたということでしょう」

「そうだったよ。そう、その通り。すっかり忘れていたよ」

シムは「君はいいことを言うね」とケンの肩を優しく撫でた。イエンは、ケンの顔が赤くなったのを見逃さなかった。さすがアシスト能力だけで出世した役人だけはある。無茶苦茶な設定だが、とりあえずシムの嘘はバレずにすんだ。

その場にいた人々は白けているように見えた。悲しいことに、国会議員という権力を失った彼を慕っていたのは、彼に恋をしていた冴えない中年男性だけだった。

「納得いかないですね」

通訳のモニが首をかしげた。

「いえ、そういう人間は実際に存在するのです」

ケンが再びフォローした。

「いえ、ものごとを絶対に忘れない人間がいる、という話には納得しています。でも、ものごとを絶対に忘れない人間が、自分が『ものごとを絶対に忘れない』ことを忘れるものでしょうか？」

「それは……」

シムの顎から垂れた汗が湖になった瞬間、人々が隣の部屋に移っていった。鉄板という男が歌を唄いはじめたようだった。最終的に、部屋にはシムとケンとイエンだけになった。

惨めな二人の姿を一瞥してから、イエンは窓の外を見た。大使館の柵の外から黒い服を着た男たちがこちらを睨んでいる。大使館はクメール・ルージュに包囲されたままだ。

クメール・ルージュの奥には、一斉退去を命じられた人々が見える。彼らは郊外へ向かっているらしい。大通りが人間の頭で埋めつくされている光景はそれなりに圧巻だったが、自分があの中に加わりたいとは思わない。

「――イエンさん、大使館の人が」

ケンに肩を叩かれて振り返ると、部屋の入り口に大使館の職員が立っていた。「こっちへ来てくれ」と合図をしている。

なんの用だろうかと、イエンは廊下へ出た。それと同時に隣の部屋が少しだけ騒がしくなった。

イエンが参事の待つ部屋に着くと、同じ部屋に、さっきまで隣の部屋で歌っていた鉄板が連れられてきた。職員と何か言い争いをしていて、「精霊」や「本質」という言葉が聞こえる。

「彼は少し揉めているみたいなので、先にあなたから話をしましょう」

参事は英語を使った。

「飛行機の用意ができたんですか？」

イエンは反射的にそう聞き返したが、参事は「いえ」と首を振った。「飛行機は用意できていません」

「では、なんの話ですか？」

「ご存じの通り、館内は私たちの助けを求める人々でいっぱいです」

「ええ」

「新政府は館内の人間の身柄を要求しています。現在交渉中なのですが、私たちは館内のすべての人を保護することができないでしょう」

「どういうことですか？」

イエンは焦った。今ここで大使館から放りだされたら、柵の外で待ち受けるクメール・ルージュに捕まってしまうだろう。

「非常に心苦しいのですが、フランス人の家族を持つ者など、私たちと特に深く関係する人々以外は、館外へ出てもらうことに決まりました」

「ですが、以前に言った通り、私の兄はあなたの国で働いています」

「その話なのですが――」

参事は声を落とした。「――あなたのお兄さんの名前をもう一度聞かせてもらえますか？」

「ビンです」

参事は机に置いてあった書類を押しだした。

「この書類に記されていた人物は、ダニーという名前でした」

「いったい、どういうことですか？」

イエンは焦っていた。自分の顎から垂れた汗が、参事の机に染みていった。

「可能性は二つです。書類が間違っているか、それともあなたが間違っているか。どちらにせよ、私たちはあなたの力になれません」

あの秘書のクソ野郎、死に際に嘘をつきやがった――と叫びたくなる気持ちを必死に抑えながら「書類が間違っているなんて！」と頭を抱えた。

どうすればいい、と必死に頭を働かせる。もはやフランスは仲間ではない。シムやケンを脅してなんとかするという選択肢もあるだろうが、この状況で彼らは自分を恐れるだろうか。クメール・ルージュさえいなければ。やつらが王都を乗っとってしまわなければ。秘密警察だと名乗れば、政治家はみな言うことを聞いたものだった。だが今は、数日前までの肩書きなど通用しない。そのことは、この場にいるすべての人間が理解している。

イエンはシムの話の続きを思い出した。

虎に囲まれたとき、シムの友人は逃げだしたが、シム自身は虎に向かって前進した。その結果、虎はシムの勇敢さを恐れ、逃げだした友人を追いかけていった――現在のバージョンがどうなっているのかはわからなかったが、最後に聞いたときはそういうオチだった。何も得ることのない話だと思っていたが、実はそうではなかった。今こそまさに前進するときなのだ。なぜなら、今の自分は虎――クメール・ルージュにとって有益な情報を持っている。

「大使館の中に、国会議員のシムがいる」

前進だ。イエンは前進することにした。むしろこれは千載一遇のチャンスなのだ。イエンは職員におとなしく従って、大使館の入り口へ向かった。入り口の近くでは鉄板が職員に対し抵抗を続けていた。

「私は闇の精霊と契約を結び自分の声を預かってもらいました。その日の夜、闇の精霊たちは私の四肢を押さえつけ、針と不思議な糸で私の唇を縫いあわせたのです」

意味がわからずに困惑する職員に向かって、鉄板は『忌まわしき通俗的なるシステム』に寄り添った百枚の花びらがこう告げます——」と続けた。

「私は精霊と交信するソングマスターであり、それは無であると同時に全であることも示します。つまり私はあなたのおっしゃる国籍という概念を統合する立場から百枚の花びらを赤く染めます」

クメール・ルージュは国会議員を血眼になって探している。この情報があれば、自分の身を救うことができるだろう。新政府がいつまでも大使館を放置しているとは思えないし、いずれ食糧も尽きる。そのときになってしまえば、自分の情報の価値はなくなる。新政府はどのみち全員調べるからだ。前進するのは、今だ。

イエンは大使館の外に出て、入り口の門を開けた。一歩踏みだした瞬間、黒い服を着たクメール・ルージュの集団に囲まれ、乱暴に手錠をかけられた。

「あそこまで歩け」

手錠をつけた男が脇の通りに停められたトラックをさした。

「ちょっと待て、貴重な情報を持っているんだ！」

「騒ぐな」

兵士のひとりが言って、イエンの尻を蹴った。バランスを崩して転び、顎から地面に着地した。一瞬意識が遠のいたが、頬を殴られて目を覚ました。

「貴重な情報がある！　これを聞けば、あなたたちも——」

「騒ぐなと言ったはずだ」
兵士がそう怒りながら自分の額に銃を向けた。そして何かを考える暇もなく、イエンはそのまま撃たれた。

6

ノイ　一九七六年五月
プノンペン西、集団農場

朝は楽だった。前日に一日かけてたっぷり溜めた怒りを鍬にのせて、地面に向かって叩きつけるだけだったからだ。ざくざくと土が盛り返るたびに、自分の怒りが地面にしみこんでいくようで、少しずつ気持ちが晴れていく。女性も午前中は農作業を行うというオンカーの方針に感謝したくなる。

あの日、クメール・ルージュがプノンペンにやってきてから、何もかもが変わった。「これでようやく戦争が終わる」という歓喜は長続きしなかった。プノンペンの何百万もの住民は例外なく街から追いだされた。見たことのない景色だった。国道が見渡す限りカンボジア人で埋めつくされていた。道路の脇で出産をしている女性や、道路の中央で倒れて踏みつけられている老人もいた。人々はおとなしくクメール・ルージュに従った。従わなかった者も、目の前で銃を何発か撃たれると仕方なく移動した。目的地は誰にもわからなかった。

病院で点滴を受けていたノイの従兄弟も例外ではなかった。プノンペンからの移動は困難をきわめた。道路は殺到した住民たちでいっぱいで、二、三歩進むたびに立ちどまらなければならなかった。家財道具を詰めた車、多くの荷物を縛りつけて奇妙な形になったバイク、手押し車などがひしめきあい、そこら中で迷子になった子どもが泣いていた。数分に一度、クメール・ルージュ兵が銃を撃ち、「急げ！」と怒鳴った。道路の脇には移動の途中で死んだ人の山があったが、ノイは他の者と同様、意図的にそれを見ないようにした。

歩みは遅かった。半日以上かけても二キロしか進まなかった。全員がまたプノンペンに戻ることができると思っていたので、意図的にゆっくり歩いていたのだ。ノイの隣を歩いていた中年の男は、目的地のわからない行進に耐えきれなくなった。彼は「こんなのもうたくさんだ！」と怒鳴った。すぐに兵士がやってきて男の首を刎ねた。ノイは恐怖のあまり、その場から動けなくなった。彼に対する仕打ちに怒った五人の若者が兵士に殴りかかったが、取り押さえられて道路の外へ連れていかれた。数分後に、後方から五発の銃声が聞こえた。ノイは何も考えず歩くことにした。

「三日後にはプノンペンに戻ることができる」という話だったが、それは嘘だった。住民たちはカンボジアの果てまで移動を続けた。治療を続けられなくなった従兄弟は一週間後、移動の最中に衰弱死した。

ノイたちの家族はプノンペンからはるか西の森の中にある、ほとんど廃墟になっていた村へ連れていかれた。見せしめとして、長髪だった男が全員の前で処刑された。ノイはその日の夜、同室した男の持っていた調理用ハサミで髪を切った。おかっぱ頭は十年ぶりだった。祖父母がよく似合うと褒めてくれたのが唯一の救いだった。

ノイたちが連れてこられた場所は集団農場と呼ばれていた。革命戦争時代からクメール・ルージュの支配地域に住んでいた「基幹民」たちと、新しく連れてこられた「新人民」で、強制的に新しい村を作らされた。

朝起きて、畑を耕す。昼にわずかな食糧と水が配られる。そのあと暗くなるまで縫い物をして働く。夜になると集会がある。それが終わると帰って寝る。その繰り返しだった。強制移住から三ヵ月後に、一番下の幼い弟が飢えて死んだ。その二ヵ月後に叔母が飢えて死んだ。半年後には祖父が感染症にかかって死んだ。祖母も病気にかかった。祖母は「私はもう死ぬから、食糧はみんなにわけてくれ」と言ったが、ノイはこっそり祖母に食糧を与え続けた。すると、それを見つけた父が「いらないと言っているのに与えるな」と怒った。病気の者は働かなくていいかわりに、食糧を減らされた。ノイは悲しかったが、父を責めることはできなかった。みんな空腹だったので、食糧はいつも奪い合いだった。何が何だかわからなくなった。家族のみんなが腹を空かせていて、何かの病気にかかっていた。まともに考えることができて、まともに働けるのはノイだけだった。

食糧をわけることができなくなると、大好きだった祖母が干物みたいにカラカラになって死んだ。祖母はいつもノイの味方をしてくれた。友人と遊んで泥だらけになっても、新品みたいに洗濯をしてくれた。祖母は死の直前に「正しく生きなさい」と言った。兵士たちには自分で考えず、オンカーに従うことが正しいと言われ続けていたが、それが本当に正しいことなのかはわからなかった。オンカーに従った結果みんな死んでいったし、楽しいことはひとつもなかった。ノイは祖母の死体を家の裏に、祖父の死体と一緒に埋めた。葬式は禁止されていたので、埋めてしまえばそれですべて終わりだった。悲しかったが、涙は出なかった。喉が渇いていたからだろう。配られる水は少なかったが、ノイは近くの貯水池《スラッ》の水は飲まずにいた。池からは魚の内臓みたいな香りがした。その水を飲んだせいで、祖父も祖母も父も病気になった。

ノイは死んでいった家族のことを思い出して、ぐっと鍬に力をこめた。まずはこの一列を掘り返す。その次は隣の列を掘り返す。両腕に力が入らなくなるころに、休憩時間になる。

「攻勢をかけろ！」

畑の脇から作業を監視していた兵士が怒鳴る。「戦闘時のような熱心さで農作業に臨め」という命令だったが、その言葉を聞くたびノイは驚いて手が止まった。怒鳴り声には、人間を萎縮させる力がある。

ちらりと横を見ると、隣のソックという少年は作業のペースを落としていなかった。体は小さいが、まるで機械みたいに動きが規則的で、見るたびにいつも尊敬している。ソックはまだ子どもにすぎなかったので、オンカーの施設で兵士や医者やスパイになることを志望することもできた。でも彼はそれを断り、地道に農作業に精を出していた。不平は言わないし、疲れも見せないし、一切表情も変えない。子どもだというのに鋼の魂を持っている。

ノイの畑を監視していた兵士が、誰かに呼ばれて持ち場を離れた。周囲に見張りの兵士がいないことを確認して、一旦作業の手を止める。何度も潰れた手豆はすでに岩のように固くなっていた。オンカーはときおり、抜き打ちで人民の手を見た。つるつるした手の持ち主は仕事をサボっているとして、どこかに連れていかれた。「上級オンカーに行く」という話だった。一度連れていかれた人を二度と見ることはなかった。

両腕を回し、空を見る。革命が起こる前と、空だけは変わらない。大きく深呼吸する。全身の緊張が地面に流れだしていく気がした。さっきまで抱いていた怒りの感情が、あっという間に消えていく。

はじめはそうやって自分の怒りが薄まっていくことを不安に思っていた。理不尽な目にあわされて、家族を殺され奴隷のように働かされた。自由な時間はおろか、自由という概念すら奪われようとしていた。しかし問題の本質は怒りが薄まっていくことではなかった。怒りの矛先が問題だった。月日が経つにつれて、自分の怒りがオンカーに対してではなく、強制労働を首尾よくサボろうとする仲間や、配給食糧をごまかそうとする隣人に対して向くようになっていた。彼が怠けている。彼女が縫い物の数をごまかしている。怠けている人間やサボっている人間と同じ量の食べ物しかもらえない。私は真面目に仕事をしているのに。こんなに腹を空かせて、こんなに苦しい思いをしているのに。ずるい。彼らは革命に対して本気ではないじゃないか。捕まってしまえばいいのに。彼らが飢えてしまえばいいのに。気づくとそんなことばかりが頭の中を去来するようになっていた。いやダメだ。そういう風に考えてしまう自分が間違っている。そうやって自分を思いとどまらせる。真に怒るべき相手はオンカーだ。そもそも強制労働がなければ、こんな思いをする必要はなかった。だから自分はオンカーを恨み続けなければならない。

ノイは怖かった。いつの日か、気がつくと自分はオンカーの定めた革命的規律をまるで常識のように受け入れてしまい、サボった仲間や配給食糧をごまかした隣人の告げ口を生きがいにしてしまうのではないか。そんな心配が脳裏をかすめて全身が震えた。完璧な革命戦士の誕生だ。完璧な奴隷で、完璧な動物だ。こうしてみなオンカーの家畜になっていく。

黄金の王都は八百年のあいだひかり輝き
アンコールワットはこの星の中央に位置し
私たちの夢はいつまでも羽ばたいて空に
王の愛と恵みの雨と母なる大地を

ノイは混乱しそうになるといつもその歌を思い出した。あの日、クメール・ルージュがやってきて、何もかもがひっくり返った瞬間も、その歌を聴いていた。曲自体はもともと有名だったが、ノイが好んで聴いていたのは鉄板という、革命直前に突如デビューした透き通るような美しい声を持つ「ソングマスター」のカバーで、なんとも言えない魔術的な魅力があった。

まだ平和だった日々を思い出して、不意に涙が出そうになる。

「政治家はクソ溜めだった。そしてアメリカが上空からクソを落とした。そして、ぐちゃぐちゃになったクソから錬成されたのが、お前たちクメール・ルージュだ！」

従兄弟がオンカーに点滴の注射針を抜かれたとき、兄はそう叫び、すぐにオンカーに連れていかれた。ノイは絶対に彼らを許さないと誓った。家族を奪われた怒りを忘れないよう、強く念じなければ。

あと少しだ。

再び作業に戻る。自分の内側に怒りを生みだして、その力でトウモロコシ畑を耕す。

短い休憩とわずかな昼食を挟み、午後は縫い物作業だった。

兵士たちの制服を縫いあわせたり、死体から剝ぎとった靴を修復したりした。力まかせにできないので、縫い物に怒りはぶつけられない。その日の午前中にしっかりと前日の怒りを出しきって、穏やかな気持ちで作業をする。部屋には少年や少女の兵士の見張りがいて、作業をする六人の手元をじっと見つめていた。誰かに監視されながら作業すること自体にはもう慣れたが、手首が炎症を起こしているせいで細かい作業が苦痛だった。もちろん、そのことを訴えるわけにもいかなかった。仕事をサボろうとしていると思われれば、きっと捕まってしまうだろう。

ノイは二つの夢を持っていた。朝寝坊をすることと、お腹いっぱいご馳走を食べること。その二つができれば、その日のうちに死んでも構わないと思っていた。革命が起こったすぐあとは、連れていかれた兄に再び会うことが夢だったが、今では完全に諦めてしまった。見張りのいないところでオンカーの悪口を言った者が殺されたのを知っていた。そもそもオンカーの悪口を言っていないのに「言いそうだから」という理由で殺された者も知っていた。オンカーの目の前で悪口を言った兄が生きているはずがないと思った。


夜になって、オンカーによる「自己建設集会」が始まると、副村長の男が「自らの過ちを反省し自己建設をすることで、われらの愛する革命の妨げとなる罪を悔い改めましょう」と言った。黒色の制服を着た兵士たちは、胸に銃を抱えて集会を囲んでいた。

ひとりの男が「洗濯するはずの布が比較的きれいだったので、洗濯をしませんでした」と言った。周囲の人民から「サボるな!」「攻勢をかけろ!」などの罵声が聞こえ、男は肩を落とした。次の男は「作業中に少しうとうとしました」と言った。再び罵声が聞こえる。その様子をオンカーの兵士たちは満足そうに眺めている。彼らは「パイナップルの目」と呼ぶ監視網を張りめぐらせ、ささやかな表情の変化も見逃すまい、と集会の参加者たちを睨みつけていた。

順番が回ってきたノイは「縫い物で小さな失敗をしました」と言った。本当は失敗などしていなかったが、正直に「何もありません」と答えると「秘密を所持している罪」で捕まってしまうからだった。クメール・ルージュの指揮するオンカーのもとでは、あらゆるものの所持が重罪だった。武器や麻薬だけではない。財産や私有物、もっというと、愛情、欲望、思想、知識などの所持も処刑の理由になった。兵士たちはよく「牛になれ」と言った。牛のように働き、牛のように疑わず、牛のように企まない。自分たちに求められているのはそれだけだった。何か罵声のようなものが聞こえたが、ノイは気にしなかった。

順番が最後まで回り、ようやく全員の告白が終わると、ある男が手を挙げた。

「同志ピークが何かを寝床に隠しているのを見ました」

年長の男は彼の「革命的洞察力」を褒め讃えたあと、兵士に合図を送った。すぐに若い兵士がピークのハンモックを調べにいった。その兵士はノートを手に戻ってきた。ノートにはびっしりと字が書きこまれていた。日記か何かだろうか。ピークは「ごめんなさい」とわんわん泣きはじめた。兵士たちがピークをどこかに連れていった。その日の集会はそれで終わりだった。村長、副村長、村委員と班長を残し、他の人民たちは家へと戻っていった。

集会が終わったあと、出口の近くにいた同室のソックは、ノイに合図をすると先に帰っていった。ノイも部屋に戻ろうと夜道を歩きはじめた。病気の父を含む八人が高床式の狭い部屋にすし詰めになって住んでいたが、その中でソックはもっとも若かった。彼より若かった子どもが四人死んでしまったからだ。

夜は涼しく、気持ちよかった。耳障りな革命歌も流れてなかったし、遠くから銃声が聞こえることもなかった。集会からの帰り道は、ノイにとって唯一心が安らぐ瞬間だった。その他の移動はすべてオンカーが見張っていたが、このときだけは誰にも監視されていなかった。月明かりの中に、遠くの山の稜線が見えた。山の向こうの知らない国に、そしてまだ自分が自由だったころに、ノイは想いを馳せた。プノンペン郊外にあったノイの家は平凡な農家だった。平凡な生活に退屈することもあったが、今ではその退屈さが恋しかった。

長い農道の脇に、集団農場の粗末な家屋が点在していた。明日もまた畑を耕し、縫い物をするだけの一日だ。誰かと会話をすることもできないし、食事は水のような粥だけだろう。明日からはノートを所持していた罪で捕まったピークという男がいなくなる。でも、きっとそれ以外は何も変わらない。

はるか遠くに自室の明かりが見えた。ノイは家に着いてしまうのが心惜しくて、歩みの速度を落とした。家に着けば病気の父に水を与え、あとは寝るだけだ。あっという間に朝になり、夜まで働かされる。ひとりで過ごすことのできる時間は今しかなかった。

そのとき、前方からカサカサという音がしたのを聞いた。イノシシだろうか、とノイは驚いて身構えた。農道の脇から突然黒い影が動いたかと思うと、いつの間にか複数の男に囲まれていた。

「――同志ノイだな？」

男のひとりがそう聞いた。男の背中から、黒く細長い物体が空に向かって伸びていた。銃だ。今自分は脅されているのだ。ノイはそのことに気がついて、血の気が引いていくのを感じた。

「は、はい。そうです」

「オンカーから君に話があるそうだ。ついてこい」

ノイは瞬時に「縫い物で小さな失敗をした」という集会での嘘を見破られてしまったのではないかと思った。今日、口にした言葉はそれだけだった。

「わかりました」

ノイには命令に従うほかに選択肢がなかった。男たちは三人いた。ひとりの男が先導し、残りの二人がノイの両脇を固めていた。逃げようとしても無駄だろう。ついさっきひとりで歩いた農道を引き返し、十五分ほど歩いた。途中ですれ違った他の人民たちは、ノイから露骨に目をそらした。関わりたくないのだ。もちろん彼らを責めることはできない。自分でもそうするだろう。

ノイは集会のあった建物の裏手に兵舎があることを知っていた。拘束された者はみなそこへ連れていかれ、二度と帰ってこなかった。自分も同じ運命をたどるのだろう。

死んでしまえば、この苦しい日々から解放される——耳元で誰かがそう囁いた気がした。

7

アドゥ　一九七六年五月
シエムリアプ、集団農場

強い雨音で目が覚めた。まだ夜は明けていなかった。アドゥは再び眠ろうと目をつむったが、なかなか寝つくことはできなかった。蒸し暑く、部屋には汗の匂いが充満していたし、伝染病で死にかけた男からは腐臭がしていた。

アドゥは横になったまま、何か楽しいことを思い出そうとした。今日は高校の友人たちと映画を観たときのことにしよう。シハヌーク殿下が主演で、助演が彼の妻だった。当時、その映画はプノンペンのあらゆるスクリーンを独占していた。殿下は主演に権力をキャスティングしたのだ。上映後の観客はみな「素晴らしかった」と述べたらしいが、つまらない映画だった。友人たちとケーキを食べながら、映画の悪口で盛り上がった。その二年後、留学先のフランスで本物の映画を観た。ゴダール、リヴェット、トリュフォー、シャブロル。一番のお気に入りはベッケルの『穴』だった。五人の囚人が穴を掘って脱獄しようとする。ただひたすら穴を掘る男たちを映しているだけだが、不思議と退屈しない。穴を掘り終えた日、五人のうちの一人の告訴が取り下げられて釈放が決まる。男は迷う。脱獄する意味はなくなった。だが、脱獄しなかったとしても穴は残る。自由へと繋がっていたはずの穴が、こうして男を縛りつける。男は迷った末にある決断を下す。たしかそんな話だったはずだ。

アドゥの顔の上をネズミが通り抜けていった。はじめは慣れずに大声をあげたものだったが、今ではなんとも思わない。顔の上を通過したのがネズミなのかトカゲなのかゴキブリなのか、一瞬でわかるようにもなった。なんの意味もない技術だ。この一年で意味のない技術を大量に習得した。点呼のときに誰かに返事を頼んで五分だけ睡眠時間を長くする技術。見張られている中で畑仕事を休む技術。オンカーの抽象的なクイズに正解する技術。収穫量を水増しする技術。正しい畝の作り方や効率のいい木の根の取り除き方は、もしかしたら無意味ではないかもしれない。死なない技術も発明した。心を鋼のように硬くすることだ。はじめ十二人いたこの部屋にも、今では五人しか残っていない。心が弱った者から死んでいった。もうダメだ、死ぬ、生きていても意味がない、殺してくれ。一度でもそう口にした者は一ヵ月持たなかった。アドゥは心だけは強く保とうと思った。生き残ることになんの価値があるかはわからないが、今の状況が永遠に続くわけではない。少なくともそう信じている。笑って話すわけにもいかないだろうが、いつか思い出になる。同じ班の者たちからはよく「お前はいつも楽しそうだな」と言われた。革命前も、知人たちにはいつも陽気だなと言われていた。本当のことを言えば、革命が起こってから一度も楽しんだことなどなかった。可能な限り革命前と同じように振る舞おうとしなければ、過去を完全に忘れてしまうような気がして怖かったのだ。もちろんうまくできている自信はなかった。

隣で眠っていた男が寝返りをうった。奥で死にかけている男の咳が聞こえた。五人で眠るにも狭い部屋だった。この部屋でどうやって十二人も寝ていたのか思い出そうとしたが無理だった。先ほど顔の上を通り抜けたネズミが膝のあたりを走っていった。

そういえばこの粗末な竹の小屋を作ったのも自分だった。オンカーに命令され、三日間で作った。畑も自分たちで開墾しなければならなかった。シエムリアプから四十キロほどの森の中だ。アドゥは知らない者たちと十人のグループを組まされた。班長にアドゥが任命され、三ヘクタールの畑をこのグループで耕すように指示された。そのときにはもう両親はいなかった。到着の日、クメール・ルージュはアドゥたちに「この中に資産家、医者、外国語の喋れる者、海外の大学を出た者、役人、教師などがいれば、私たちと一緒に来てほしい」と言った。「これからバタンバンで財産の処分をしてから、シハヌーク殿下を迎えにいく」という話だった。炎天下の中を十分な食糧も水もなく、数日間歩き続けていたのもあり、森に着いた時点でアドゥの両親はかなり衰弱していた。

アドゥは知っていた。州庁のバルコニーでクメール・ルージュの司令官と旧軍の兵士が握手していたのを家の窓から見ていたし、それを合図に旧軍兵士たちが「ともに革命を成し遂げよう」という甘い言葉につられてクメール・ルージュの兵士たちの元へ集まっていたのも見た。そしてその顚末として、バタンバンからの移動の途中、彼らの死体を見た。感動的な握手をしていた男は額を撃ち抜かれて死体の山の一番上に載せられていた。死体は腐り、異臭を放っていた。彼らのことを知っていたので、アドゥは自分が留学経験者でフランス語ができることを黙っていた。両親にも自分たちが土地持ちであることは黙っていろと何度も言った。しかし弱っていたアドゥの両親は「絶対にダメだ」と言うのを無視して、夜の間に兵士の元へと向かった。集落にいた他の資産家や役人たちと一緒に、アドゥの両親はトラックに乗ってどこかへ向かった。彼らを見ることは二度となかったし、残念ながら彼らがどこかで幸せに暮らしていると考える根拠はひとつもなかった。

仕事はきつかった。アドゥは農作業に慣れていなかった。浮稲田で使う農具のマニュアルがフランス語で書かれていて、使い方がわからず全員処刑されそうになったので、仕方なくアドゥが読んだ。そのせいで村長に知識人だと目をつけられ、もっともきつい鋤入れの仕事を割り振られた。アドゥの農場に牛がいなかったせいで、自分たちで鋤を引っ張らなければならなかった。六人の男たちが横に並び、腰にくびきをつけて歩いた。一週間も続けると、アドゥの腰にはくびきの痕が真っ赤にくっきりと残っていた。その中でもっとも体重の軽かった者は作業中に血を吐いて倒れ、そのまま二度と起き上がることなく死んでしまった。アドゥは幸運にも死なずにすんだが、くびきの痕は鋤入れが終わったあとも、黒く変色していつまでも残っていた。

午前五時に起床し、わずかな朝食をすすってから畑まで移動する。七時には仕事が始まり、夜間まで働いた。休みはなく、労働者は次々に倒れていった。作業にはノルマがあり、ノルマが達成できないと上級オンカー《オンカー・ルー》に連れていかれた。上級オンカーの農場のひとつが、アドゥが仮設住宅から畑まで移動する途中にあった。そこにいた人々はみな骨と皮だけのミイラのように痩せていて、半年以上生き残った者はいないという話だった。

村長をはじめとする村役職は、自分たちや家族のために半分以上の食糧を懐に入れていたので、集団農場の人民にきちんと配分されていなかった。移住してから一年が経つ前に、姪が二人、相次いで飢えて死んだ。そのショックで体調を崩したアドゥの姉は、仕事をサボったと村長と副村長に因縁をつけられ、上級オンカーに連れていかれて死んでしまった。アドゥの妻は半年前に伝染病で死んだ。はじめ七人いた一行は、あっという間にアドゥひとりに減ってしまった。アドゥがどれだけ必死に考えないようにしても、毎日妻のことが頭に浮かんだ。留学に行く前、バタンバンの飲み屋で出会った。故郷から出て勉強をしている賢い女性だった。留学から戻ってきて付き合いはじめた。クメール・ルージュがカンボジアを支配する前に、結婚しようと決めた。両親が強く願った結婚式は挙げられなかった。革命が起きたからだ。そのときに、ソリヤはサムの二人の息子とともに姿を消した。必死に探したが見つからなかった。アドゥは諦めて、オンカーの指示に従って街を出た。すぐに戻れると説明されていたが、一年以上経っても戻れずにいた。

外からラジオの音が聞こえていた。朝が近かった。農場にひとつだけあった「革命的ラジオ」だ。国内でただひとつのラジオ局から、「革命的指導力を発揮した」オンカーによって、カンボジアがいかに平和になったかを讃えるニュースが流れていた。いつもと同じものだ。革命を讃える歌――マラリアを革命的精神で退治する歌――が続き、最後に他国の恐怖を強調するプロパガンダが流れた。

「見よこの平和を！　感じよこの平和を！　我々の手にした平和！」

アナウンサーが叫ぶように宣言している。たしかにカンボジアは「平和」になった。借金がなくなったし、殺人もなくなった。不正選挙もなくなった。いまだかつて、そんな国家があっただろうか。なかったに違いない。なんという「平和」だ。人民はみな飢えて死につつあったが、革命的思想の伝播により、不平を言う者はほとんどいなかった。不平を口にした者は処刑されるか、上級オンカーに連れていかれたからだ。オンカーは、自分たちが知識人だったゆえに、知識人の恐怖をよく知っていた。「知識人の革命」という歴史を再現させないために、国内のほとんどの知識人を殺してしまった。生き残っている知識人は、自分が知識人であることを隠している者か、もともとクメール・ルージュに参加していた者だけだ。アドゥは海外の大学に通っていたが、そのことが発覚すれば処刑されるに違いない。バタンバンから遠く離れた村に連れてこられたのは幸運だった。知り合いがいなかったおかげで処刑を免れた。

まるでゲームだ、アドゥはそう思った。革命の名のもとに、オンカーは複雑怪奇なルールを設定した。ひとつでも違反をすると殺される。まさに命を賭けたゲームだ。生き残るためにはすべてのゲームで勝つことが必要だった。

アドゥは多くの者がゲームに敗れて死んでいくのを見てきた。友人だったバタンバンの教師は「敵性言語」である英語で悪態をついたせいで、CIAのスパイだと疑われて銃殺された。集団農場で同じ班だった男は、妹が大学に通っていたことを隠した罪で地面に埋められ、その男を埋めた少年兵は配給用の米の足し算を間違えて撲殺された。オンカーによって定められた「マルクス＝レーニン主義的ヘアスタイル」になるのを最後まで拒否した女性は、

「ブルジョワ髪型罪」で収容所に連れていかれ、結局農場の女性はすべて同じ髪型になった。

もちろん感染症や飢えの恐怖もある。ゲームに敗北しなかったところで、生き残ることができるとも限らない。単に「目立った」というだけでも、逆恨みした誰かにあらぬ罪で通報され、処刑されてしまうかもしれない。何が正解なのかは誰もわかっていない。ひょっとしたら早々に死んでしまって、まだマシだったころのカンボジアを思い浮かべながら、天国でのんびり暮らすのが正解なのかもしれない。

ダメだ、とアドゥは考え直す。たとえ意味がなくても、生き残らなければならない。意味を考えるな。生きることを考えろ。死ねばすべての意味が消失する。生への意欲を失った者がどうなったか。みんな倒れてそのまま死んだ。気持ちを強く持たなければならない。笑顔だ。笑顔を絶やすな。それは気持ちを強く保つための魔法だった。暗闇の中で、口角を上げてみる。今日も笑顔で過ごす、とかたく決意する。

夜が明ける前に、病気の男を除く他の三人が目を覚ました。会話はなかった。寝床に座り、ぼんやりと虚空を睨んでいた。しばらくすると着替えをすませ外へ出た。家の外で班のメンバーと合流する。二人が病気で起き上がれず、ひとりは仕事を怠けていた罪で兵舎に勾留されていた。広場で朝食をすすり、二キロ先の畑へ向かう。

移動の途中、後ろから二人組の少年兵が声をかけてきた。

「お前が班長のアドゥか?」

「そうかもしれませんし、そうでないかもしれません」

「くだらないことを言ってると処刑するぞ」

「すみません、アドゥです」

「ついてこい」

少年兵は銃を使って大げさにアドゥの尻を叩いてから、広場に戻るよう指示した。広場にはアドゥの他にも十人ほど男女が集められていた。

少年兵の先導で一行は山を下り、一時間ほど歩いてわずかな食糧とともに列車に乗せられた。目的地がシソポンだということは、車内で親切な見張り兵士が教えてくれた。そこで何をされるかは彼も聞いていないようだった。列車を降りると駅には「受け入れ委員会」を名乗る者たちが待っていて、三人の他にも数百人もの男女が集められていた。「受け入れ委員会」によると、アドゥたち全員は知識人ではないが、それなりに「知識のある人々」という共通点を持っているそうだった。

シソポンからチュップという村へ徒歩で向かった。到着したのは昼すぎで、意外なことに一行はクメール・ルージュの歓待を受けた。彼らは両手をあげて一行の到着を喜び、鶏肉やキノコのスープ、魚、白米などのご馳走を用意していた。酒こそなかったが、水も好きなだけ飲むことができた。

何かがおかしいと思った。

8

ノイ　一九七六年五月
プノンペン西、集団農場

意外なことに、先導する男は平然と兵舎を通り過ぎた。

さらに十分ほど歩いて森の中に入る。森の奥に開けた場所があり、大きな家が建てられていた。家には明かりがついていて、中から人の気配がした。

家の中に入ると、ノイは大部屋の中央で「待ってろ」と言われた。兵士たちは部屋の奥に消え、そのまま五分ほど経った。ノイは座らされた場所のすぐ近くに水瓶と柄杓があることに気がついた。ちょうど、身を乗り出して手を伸ばせばぴったり届きそうな距離だった。ひどく喉が渇いていたので手を伸ばしそうになったが、寸前で思いとどまった。きっと今、オンカーは自分を放置していると見せかけて、実は三百六十度の監視網「パイナップルの目」で観察しているのだ。だから今は、姿勢を崩さず、じっと待っていなければならない。

どうして自分が呼ばれたのだろうか。連れてこられたのが兵舎でなかったことには何か理由があるのだろうか。ノイの縫い物作業グループには六人の女性がいた。その中にひとり、よく集会で手を挙げて他人を告発するリサという女性がいた。彼女は自分のミスを他人に押しつけて、オンカーにそれを報告した。たとえば折ってしまった縫い針の数は厳格にオンカーに管理されているのだが、彼女は自分で折ってしまったときに他人の針を盗む。そのせいで三人の女性が鞭打ちの刑に処されていた。リサがきっとノイの嘘を伝え、それでオンカーに呼ばれたのだと思った。リサならやりかねない。奥の部屋から、先ほどの兵士を伴って三十代くらいの男が出てきた。一度も見たことはなかったが、男も黒い制服を着ているので、おそらくオンカーの者だろう。三人の若い兵士は相変わらず銃を持っている。

「あなたは同志ノイですか？」

その男が聞いてきた。ノイは「はい」と答えた。兵士のひとりがノイの前にランプを置いて、周囲が一気に明るくなった。水瓶の奥に古いラジオ、干された衣類、食器などが見えた。

「私はここでは単に、『古老』と呼ばれています。今日は、こんな時間に、わざわざ長い道のりを歩いてきていただいてありがとうございます」

オンカーの提唱した革命的文法においては、すべての人民が「同志」という敬称で統一されていたが、「同志」よりも実質的に偉い将校や指揮官を「古老」と呼ぶ習慣だけは残った。男はまだ若く見えたが、それでも「古老」でしかなかった。

古老と名乗った男はにっこりと笑ったが、ノイはまだ彼を信用していなかった。オンカーに隙を見せてはならないと、動物的本能で悟っていた。ノイは「はい」と小さくうなずいた。

「どうか緊張せず、くつろいでください。ああ、水を飲みますか？」

「大丈夫です」とノイは古老の誘いを断った。正座を崩さなかったし、背筋は伸ばしたままだった。くつろげと言われても、この一年でくつろぎ方をすっかり忘れてしまっていた。

「遠慮しなくていいんですよ」と古老は笑った。兵士が水瓶から水を掬い、陶器に入れてノイの前に置いた。ノイはそれを飲まなかった。もしかしたら、古老のために注いだ水かもしれないからだ。かといって、「この水は私のものですか？」という質問は何かの規則違反になるかもしれない。自分の息子を「私の子ども」と呼んだ女性が、「所有の概念にとらわれている」という理由で処刑されたのを見たことがあった。正解は「私たちの子ども」か「オンカーの子ども」だという話だった。

「これから私の質問に正直に答えてください。いいですね？」

古老がそう言った。ノイは「わかりました」とうなずいた。これはおそらく、自分の生死を分けるクイズだろう。間違えれば処刑される。もっとも、間違えなくても処刑されるかもしれないが、間違えないに越したことはない。自分にはまだ守るべき家族がいる。もちろんクイズの正解などはわからない。でも余計なことを喋るべきではないということだけはよくわかっている。なるべく「はい」か「いいえ」で答え、こちらから質問はしない。そのことを肝に命じた。

「あなたはオンカーがカンボジアをあるべき姿に戻す前の汚れた時代、プノンペン郊外で家族と一緒に住んでいましたか？」

「はい」とノイはうなずいた。

「あなたはオンカーの考えに疑いを抱いたことがありますか？」

「いいえ」

「あなたはオンカーの考えに反する行為をしたことがありますか？」

ノイが再度「いいえ」と答えると、古老は満足そうにうなずいた。

「夜に目をつぶって、革命前の暮らしを思い出したりしますか？」

ノイはうっかり「眠る前のことですか？」と聞き返してしまった。

すぐに古老が「『眠る』ではなく、『休息する《サムラ》』と言いなさい！」と怒鳴った。

これまでの優しい顔はやはり作りものだったのだ。

ノイは慌てて訂正した。心臓が止まりそうだった。オンカーの革命的文法のもとでは、使ってはいけない言葉がたくさんあった。「子ども」「父」「母」「アチャー」などの言葉はすべて禁止されていた。どれもこれも「同志《ムット》」と言わなければならなかった。オンカーは「退廃したブルジョワ思想」を根絶するために、「ブルジョワ的内包」のある言語を使用不可能にした。よく意味はわからなかったが、そう説明された。

「ところで、あなたは職場のリサのことが嫌いですか？」

どうしてそんなことを知っているのだとノイは困惑しつつ「いいえ」と答えた。

「どうしてですか？ 彼女は自分のミスを他人に押しつけ、しかもそれを密告するという行為を何度も行っています。あなたはまだ被害にあっていませんが、いずれ彼女の標的になるかもしれません。それなのにどうして？」

やはりオンカーは「パイナップルの目」を持っている。

「それは、誰かを好きだとか嫌いだとか判断するのはオンカーの役割で、私の役割ではないからです」

ノイが慎重にそう答えると、古老は再び満足そうにうなずいた。

「ところで、あなたは今日嘘をつきました。その自覚はありますか？」

言われた瞬間、背筋が凍りついた。ノイはとっさに言葉が出ず、何度も小さな呼吸を繰り返した。古老が「どうですか？」と追い討ちをかけてきた。ノイはシラを切るか素直に認めるか迷ったすえに「はい」と答えた。ひどくうわずった声だと自分でもわかった。

「たしかに私は嘘をつきました。集会で『縫い物で失敗をした』と言いましたが、今日は失敗をしていませんでした。やってはならないことでした」

「嘘をつくこと、秘密を持つことは重罪です。そのことは知っていますか？」

古老は口角を不自然に上げ、明らかに作りものだとわかる顔で微笑んでいた。ノイはその静かな、それでいて人工的な笑顔のせいで自分の恐怖が増していることに気がついた。

「はい、知っていました」

古老は両脇の兵士を見やった。兵士たちはトントンと音を立てて床に銃を打ちつけた。

「本来なら――」と古老が言った。「――あなたは処刑されても仕方がありません」

「はい、そうです」

「なぜだと思いますか？」

「今日、嘘をついたからです」

「それは違う！」と古老が怒鳴った。怒鳴りながらもニコニコしていた。ノイは驚きのあまり、危うく気を失うところだった。

「違います。単にあなたが嘘をついたからではないのです。あなたは右手ではオンカーの考えを理解し、共感し、そしてこれまで一度も違反してこなかったと言いながら、左手ではオンカーを騙そうとしていました。このことは、たったひとつの嘘よりもずっと重い罪です。あなたにはそのことがわかりますか？」

「はい、わかります。ごめんなさい。私は重大な罪を犯しました。右手と左手で違うことをしました」

「あなたにはただひとつだけ、助かる方法が残されています」

古老がそう言うと、兵士たちがノイに銃を向けた。

ノイが反射的にそう聞くと、古老は「他の同志の罪を教えればいいのです」と言った。

「なんですか？」

「他の同志、ですか？」

「ええ。今ここで、二人以上の同志の罪を告白すれば、あなたは目の前の水を飲み、それから家に戻り、何事もなく明日からも生活することができます。簡単な足し算と引き算です。あなたは一つ悪いことをしました。もし二つの悪を正せば、あなたの悪は帳消しになります」

「もしそれができなければ？」

「残念ですが、あなたはこの場で処刑され、目の前の水はあなたの血を洗うために使われます」

ノイは生き残るために頭を働かせた。何かあったか、必死に思い出そうとした。

重い空気だった。外から虫の鳴き声が聞こえ、兵士が姿勢を変えるたびに、銃からカチャカチャと音が鳴った。

「わかりません」とノイは答えた。「今必死に思い出そうとしていますが、うまく頭が回らないんです」

「ゆっくり考えてください」と古老が言った。「時間はたっぷりあります」

「本当にわからないんです。日々の生活にいっぱいいっぱいだったので、他の人のことを考える余裕などなかったんです」

「たとえば、あなたの家に住んでいる、同志ソックなどはどうでしょうか？　私は彼が怪しいと思っているのですが」

ソック。鋼の魂を持った寡黙な少年だ。同室の人民に配給でズルをされたり、雑用を押しつけられたり、村長や班長に理不尽なことをされても表情ひとつ変えなかった。ノイは彼のことを思い出した。まだ祖母が生きていたころ、何度か食事をわけてくれた。農具を壊してしまったせいで処刑されそうになっていた他の班の男を救うために、オンカーの兵士を説得していた。ノイが仕事をサボって干草の上に座って休んでいたときに、見回りの存在を教えてくれた。作業に関すること以外では、ほとんど言葉を交わしたことはない。オンカーに許されていなかったからだ。それでもノイは彼のことを信用していたし、もし自由が許されるなら一度ゆっくり話してみたいと思っていた。彼が何を考えているのか。何に価値があって何に価値がないと思っているのか。どこで生まれてどうやって育ったのか。そういったことが気になっていた。

「同志ソックはいい人です。そういう少年だった。ほとんど話をしたことはないですが、仕事熱心だし、悪いことはしていません」

そう答えながら、ノイはあることを思い出した。一ヵ月ほど前だろうか、夜中に病気の父に名前を呼ばれ、彼の尿瓶を取りにいったとき、ソックの寝床が空だったのだ。眠かったし、そのときは寝ぼけていたのもあり、まったく気にしなかった。どこか別の場所で寝ているのだろうと思った。しかし、今思えば妙だった。

「本当ですか？　どんな些細なことでもいいんです。仕事中にサボっていただとか、身分を偽っているかもしれないとか、食事を正しく配分しなかっただとか、夜間に部屋を抜けだしただとか」

ノイはオンカーの情報網の緻密さに驚いて、思わず息が止まってしまった。古老は明らかに、ソックが祖母に食事をわけたことと、夜中に寝床にいなかったことを密告しろと強制している。食事をわけたとき、そばにいたのはノイの家族とソックだけだった。寝床に至ってはノイ以外に誰も知らないはずだった。オンカーはどうしてそんなことを知っているのだろうか。まさか、家族がスパイなのでは……。いや、そんなはずは……。

ノイは病気の父のことを思った。

まさか父が？

父は祖母に食糧をわけることに反対していた。

いや、そんなはずはない。でもたしかに、まだ革命が起こる前、自宅の床下に置いてあった資材を割ってしまったとき、父にひどく怒られた。あのときのことをまだ許してもらえていないのだろうか。まさか……。

ノイは一度冷静になろう、と自分に語りかけた。そして、今から自分がソックを売ったときのことを考えた。古老は「二人売れ」と言っていた。ソックを売ったあと、今度は別の誰かを売らなければならない。きっとその二人は処刑されるだろう。自分は父を売るのか？

正しく生きなさい。ノイは飢えて死んだ祖母の言葉を思い出した。今こそまさに、正しく生きるべきだと思った。どうせ生き残ったところでいいことなどないのだ。自分は処刑されるだろうが、それはもう仕方ない。誰かを自分の手で殺したことを背負って生きていくよりもずっといい。父のことは気がかりだが、結局父を売らなければならないなら同じことだ。

「同志ソックはいい人です」

ノイは再び言った。

「あなたは、他人の罪を告白しないということですか？　悪いことをしている同志を見つけても、そのことを隠しておくということですか？　それはつまり、オンカーへの裏切りを意味しますが、それでいいのですか？」

「は、はい」

ランプの明かりが揺れて、自分に突きつけられた銃口がはっきりと見えた。ノイは全身が恐怖で震えるのを感じた。

「では、処刑してください」

古老は「あなたには生き残るチャンスがあったのに、残念です」とつぶやいてその場に立ち上がった。兵士のひとりが正面に立った。覚悟したと思っていたが、いざ目の前に死がやってくると、生き抜くことがひどく尊く思えた。

銃口が額に当たった。

「ま、待ってください」

ノイは思わず声を出した。生きたいという強い気持ちが、そのまま声になったようだった。

「他人の罪を教える気になりましたか？」

「い、いえ、そういうわけではありません。最後に、家族に挨拶することはできますか？」

「『家族』という言葉を使ってはいけません！　同志かそうでないか、そのこと以外は関係ない！」

「すみません、すみません、すみません。これから気をつけます――」

これから殺されるというのに、ノイは無我夢中で謝っていた。

「たとえ同志の誰であれ、死ぬ前に秘密の暗号をやりとりされては困るので、挨拶など無理です。それでは処刑を」

「わかりました」と兵士がうなずいた。

自分が死んだあとに家族が悲しむことを思うと、ノイは急に悔しくなった。他人を裏切ってでも生きる勇気があることの方が、立派なのではないかと思った。もしかしたら、それが「正しい」ことなのかもしれない。ノイは涙が止まらなかったが、再び額に銃が当てられても、もう声は出なかった。

さようなら。ノイは心の中で、家族に最後の別れをした。

どれだけ時間が経っただろうか。

五秒だったかもしれないし、三十分だったかもしれない。いつの間にか額に当たっていた銃口の感覚がなくなっていたことに気がついた。ノイは目を開けた。目の前に古老が座っていて、にっこりと笑った。

「合格です」

古老が言った。銃を構えていた兵士も、それに合わせて表情を崩した。

「いったいどういうことなんですか？」

ノイは思わず聞いた。

「信用のできる協力者を探していた。私は郡長をしているスウ・フォンだ」

フォンと名乗った男がくだけた様子で笑ったが、ノイはまだ何かの罠なのではないかと疑っていた。

「試すようなことをして、ごめん」

するとと突然、部屋の奥の暗闇からソックが現れた。「君は信用できると思ったから、叔父さんに無理を言ったんだ。もう人数は足りていたんだけど、君みたいな人をここに置いておきたくなかった。それで君が裏切らないことを叔父に証明するため、こういった形で試すしかなかったんだ」

ソックは「兄さん、ノイに水をあげて」と続けた。兵士のひとりが「緊張すると喉が渇くからね」と笑顔を見せ、水瓶ごとノイの前に差しだした。

「君が考えていることはわかる。大丈夫、この水は君のものだよ」

ノイは無我夢中で水を飲み干して二回おかわりをした。そこでようやく頭が回るようになった。何が何だかわからないが、とりあえず処刑は免れた。自分はテストに合格したらしい。

「私は殺されずにすむんですか？」

「もちろん」と、先ほどフオンと名乗った男がうなずく。「我々はオンカーのやり方が間違っていると思っている。だから、オンカーの目を盗んで、理想を実現しようとしているんだ。そのために、今はムイタックのアドバイスで信頼のできる仲間を増やしているところだ」

「ムイタック？」

「ああ、ソックと名乗っているんだったな。ムイタックというのは、彼のあだ名みたいなものだ」

「はあ」

妙なあだ名だと思ったが、今はその由来を聞くべきときではないだろう。

「まあ、この活動がオンカーに知られたら、間違いなく殺されるだろうけど」

「どうしてそんなことを？」

質問しながら、これも何かの罠なのではないか、と一瞬考えた。だが、それはないだろう。それなら銃口が額に当たったあの瞬間に殺されていたはずだ。

「オンカーは間違っているけれど、正面から戦っても勝てるはずがない。オンカー側には従っているように見せかけつつ、住民たちにはさまざまな自由を与える。そのためには、村長や委員を信頼のできる人間で固めないといけないんだ。君にはキツい目にあってもらったけど、あれくらいしなければ信頼できなかった」

「それで、私は何をすればいいんですか？」

「我々はここから西の山奥にある、ロベーブレソン周辺の集団農場を管理する予定だ。すでに権限は移してあり、オンカーの承認も得ている。立地の都合もあって、もともとオンカーがあまり力を入れていなかった地域だった。そこで働く兵士たちはみんな私の選んだ者たちだ。ロベーブレソンでは強制労働もないし、十分な食糧も自由な時間もある。音楽を聴くこともゲームをすることもできる。第一同志《ボーン・ティ・モイ》ポル・ポトにも、ロン・ノルにも、シハヌークにも邪魔はさせない。そこに、我々は理想の国を作る。君はテストに合格した。きっと、どんな状況でも裏切らない。そのことはよくわかったし、何よりもそれが重要だったんだ。オンカーは疑心暗鬼という悪魔によって、間違った方向に走りだしている。我々は誰も疑わない。そのために信頼できる仲間が必要なんだ。長くなったけど、君にはロベーブレソンでオンカーの兵士として働いてもらいたいということ。どうかな？」

「ぜひご一緒させてください」

ノイはあまり深く考えずにうなずいてから、「でも、ひとつ条件があります」と付け足した。

「家族のことでしょ？　もちろん心配しなくて大丈夫。一緒に連れていく」

ムイタックが先回りして言った。

ノイは「よかった」と胸を撫でおろしてから、気になっていたことを聞いた。

「ところで、どうして夜中に部屋から抜けだしていたの？　夜な夜なここで秘密会議でも？」

「違うよ」とムイタックが答えた。「毎晩南にある川で水浴《ムイタック》びをしてたんだ」

「水浴《ムイタック》びを？　見つかったら殺されるのに」

「たしかに見つかっても死ぬけど、洗わなかったとしても死ぬから」

フオンが「これがムイタックというあだ名の理由さ」と笑った。

9

アドゥ　一九七六年五月
チュップ

「受け入れ委員会」によるささやかな宴が終わると、ある若い将校が演壇に立ち、「今から配る用紙に経歴と希望事項を書いてください」と言った。

「我々は、あなたたちの知識を求めています。この国をどう治めていくべきか、ぜひともお教えください」

アドゥはこれが何かの罠だということはわかっていたが、どういった種類の罠かはわからなかった。隣の男はここぞとばかりに用紙の希望事項を埋めていた。薬がない、食糧が足りない、「子ども医者」が最悪、休日がない、賃金がない、自由がない。アドゥは何も書かなかった。宴会は罠だ。希望事項も罠だ。オンカーがそんな真似をするわけがない。

アドゥが腕組みしたまま考えこんでいると、急に後ろから背中を叩かれた。アドゥは思わず振り返った。

ソリヤがいた。

「どうしてここに！」

思わず声を出してしまったアドゥを、見張りの男が睨みつけた。

「そこの人たち。相談しないでください。我々はあなたたち個人の考えが知りたいのです」

アドゥは「すみません、美人がいたので」と謝って前を向いた。ソリヤが小声で「さっきあなたを見つけたの」と囁いた。「驚いたのは私も同じ。何を書けばいいかわからないと思うけど、心配しないで」

アドゥは何か返事をしようとしたが、見張りの男がこちらを注意深く見ていることに気がついて断念した。

ソリヤ。

革命前に人々の生活が知りたくて、果物売りをやっていたころに知り合った不思議な女の子だった。結局いろいろあってアドゥが面倒を見ることになった。彼女は聡明で、妻や両親も気に入っていた。そのソリヤがどうしてここにいるのか。そんなことを考えても意味はないのに、思考が止まらなかった。彼女は生きていた。どこか別の農場に連れていかれていたのだろう。幸いにも彼女は無事だった。彼女は最後の家族だ。自分がなんとしても守らないといけない。

「用紙の記入を終えた人は、自由に演壇に立って意見を述べてください」

将校がそう言うと、すでに用紙いっぱいに何かを書いていた学生や教師を名乗る者たちが、集会所の前方にある演壇に殺到した。

「オンカーは十分な食べ物を与えてくれませんし、病人に薬も渡しません。僕の父が病気になると、彼らはウサギの糞みたいな茶色い塊をくれましたが、父はそれを飲んですぐに死にました」

「学校がないのは大きな間違いです。また、遠方の家族に会えないというのも、改善すべき点です」

「貨幣だけでなく、物々交換も厳格に禁止されているせいで、必要なものが手に入りません」

「配給される食事の量は嘘ばかりだし、文句を言うと処刑されます」

将校は満足そうに微笑みながら手元の紙に何かをメモしていた。

アドゥは必死にオンカーの意図を探ろうと考えた。どうして自分たちはこの場所に集められたのか。ご馳走はなんのためなのか。何が彼らの目的で、何が正解なのか。アドゥが困っていると、ソリヤが後ろからこっそり紙を渡してきた。経歴も含め、アドゥの記入欄が埋められていた。シソワット高校卒業。職業は個人商店。渡航経験なし。オンカーに対する希望は「兵士の規律の乱れを直すこと」「壊れた農具を修繕すること」の二点。ソリヤが書いてくれたのだろう。しかし希望事項を埋めてしまっていいのだろうか。これはオンカーに対する不平だ。もし自己建設集会の場でこんなことを口にすれば、その日のうちに処刑される。大丈夫なのだろうか。アドゥは周囲を見渡してから、ソリヤにまだ白紙の自分の紙を返そうとした。

「その男！」

後ろから先ほどの男が声をかけてきた。「今、用紙を見せあおうとしたように見えたが、さっきも注意されていなかったか？」

周囲に座っていた人々が一斉にアドゥを見た。

「すみません、ちょっと虫が飛んでいて」

アドゥは明るく謝ったつもりだったが、兵士は険しい表情をしていた。彼は演壇の近くにいた将校を呼び、すぐに事情を説明した。

「どうして見せあおうとしたのですか？」

アドゥが返答に困っていると、ソリヤが「私のせいなんです」と声を出した。

「どういうことですか？」

将校がソリヤに聞いた。

「私、実は字が書けなくて、それで彼にかわりに書いてもらおうと思ったんです。でも、彼は『ダメだ』とわかっていたので、私に白紙の用紙を返そうとしてたんだと思います」

「確認しろ」と将校が命じて、兵士がアドゥから奪った用紙をじろじろと見た。アドゥはすべてを否定してソリヤを守りたかったが、冷静になって考えればそれはソリヤのためにもならないことがわかった。悔しいがこの場では彼女の話に乗るしかない。そうでなければ二人とも処刑されてしまう。

「たしかに白紙です」

「なるほど。あなたは間違いを犯したわけですが、その自覚はありますか？」

「はい」とソリヤが答えた。

「では、他人に書いてもらうのではなく、経歴と希望事項を演壇で直接述べてもらいましょう」

「わかりました」

ソリヤは順番を待つ数人の男女に割りこんで演壇に立った。

数百人の人たちはみなソリヤに注目していた。若く、美しい女性が壇上に立っている。アドゥは気が気でなかった。ソリヤがこのような状況に陥ってしまったのは、すべて自分のせいだった。

「私は――」と演壇に立ったソリヤが言った。彼女は集会の参加者を見渡してから、大きく息を吸った。

「私はソリヤです。プノンペンに住んでいましたが、血縁上の両親はオンカーに協力した罪で秘密警察に処刑されました。それから私は育ての親とプノンペンに隠れて暮らしていました。オンカーは私に生まれ変わる機会を与えてくれました。革命思想を授かり、物を所有するという愚かな欲望は消え去りました。それ以来、毎日が喜びで満ちています。私が喜ぶのは自分の喜びではなく、オンカーの喜びです。私が傷つくのは自分の苦しさのためでなく、オンカーの苦しさのためです。革命のためにすべてを捧げることが、何よりも大事なのです」

何人かの学生が「嘘つき！」と野次を飛ばしたが、ソリヤはひるまなかった。アドゥはソリヤの喋っている内容が何を意味するのかまったく理解できなかった。この一年でソリヤはすっかり洗脳されてしまったのか？ それともすべてわかった上でオンカーのテストに合格しようと嘘をついているのか？ 壇上のソリヤは、アドゥの知っているソリヤではなかった。間違っていることが嫌いで、喜怒哀楽がはっきりしていて、他人の心を見透かしたようなことを言う。負けず嫌いで喜怒哀楽がはっきりしていて、他人の心を見透かしたようなことを言う。

厳しい。約束をかならず守る。最後に正しい者が勝つと信じている。死んでしまった両親と育ててくれたベトナム人を愛している。カンボジアを、そしてカンボジア人を愛している。
「ですが、私にもひとつだけ不満があります。忠実な革命戦士であれば、オンカーをよりよくするための意見を持っているはずです。オンカーの思想は完璧ですが、思想を実行する者の中には完璧でない者もいます。私の不満は、村長と副村長の革命思想が十全でないことです。彼らは頭の半分以上を革命前の思想で満たしているように思えます。私には、そのことが不満です」

ソリヤの熱心な演説と対照的に、集まった者たちからは罵声が飛んだ。その後すぐに教師の男がソリヤを全否定する演説を行い、別の元役人や元医師が続いた。自分の後ろに戻ってきたソリヤにいろいろなことを聞きたかったが、見張りに睨まれていて不可能だった。アドゥはソリヤの演説の意味を考えた。ソリヤが「オンカーの思想は完璧だ」などと言うことはありえない。何か隠された暗号があったのではないか。しかし、肝心のその暗号がわからない。

すべての人間が用紙を記入し終えると、将校が紙束を持って裏の部屋へ入っていき、二度目の宴会が始まった。アドゥとソリヤは席を離されてしまい、彼女と直接話すチャンスはなかった。

宴会が盛り上がったところで、将校が数人の兵士とともに部屋から出てきた。先ほどとは違い、ひどく険しい面持ちだった。

「これから名前を呼ばれた人は、前に来てください――イエン・サムウン、ペン・ソカン・ムエイ、コマル……」

将校が次々に名前を挙げていき、壇上には数十人の男女が集まった。ほとんどの顔に見覚えがあった。演壇で喋った者たちだ。おそらく、ソリヤを除いて全員含まれていた。

「あなたたちはオンカーを激しく批判しました」

将校の合図で、兵士たちが壇上の者たちの両手を縛りはじめた。誰かが「話が違う！」と叫んだが、将校は無視を決めこんでいた。彼らがみな建物の外へ連れていかれてから、将校は「こうでもしないと、あなたたちは正直にならないのです」と言った。「あなたたちを正直にするために、このような場を用意しました」

集会所の空気は一気に変わり、ついさっきまで弛緩していた空気が冷たく凍りついた。

将校は「次に――」と言って、再び数十人の名前を呼んだ。ソリヤの名前もなかったし、アドゥの名前もなかった。

それらの名前を呼ばれることが何を意味しているのかアドゥにはわからなかった。今壇上に向かっている者たちはみな演壇で喋っていなかった。過激な「希望事項」を主張した者はすでにいなくなっていたのだ。

全員の名前を呼び終えてから将校は壇上の人々を見渡した。

「あなたたちは『希望事項』に何も書きませんでした。空白です。このことは、あなたたちが秘密の所持という罪を犯したことを意味します」

得意げに壇上に立っていた男のひとりが「どういうことだ」と口にした。彼らはクメール・ルージュの罠に気がつきながら、さらに深く仕掛けられていた別の罠にかかってしまったのだ。オンカーへの不満を書きすぎることが罪ならば、何も書かないことも罪だった。壇上の不運な男たちは先ほどと同じように両手を縛られ、同じように建物の外へ連れていかれた。アドゥは彼らに同情しながらも、ホッと胸を撫でおろした。ソリヤに命を救われた。あのまま白紙で提出していたら自分の命はなかった。

オンカーのテストに不合格だった知識人が全員いなくなると、残った者たちは帰宅していいという許可を受けた。来たときの三分の一程度に減った一行は、駅に向かって歩きはじめた。

「ソリヤ」

兵士のひとりに名前を呼ばれた。「壇上で発表したでしょう。あなたはこっちへ来なさい」

列の後ろを歩いていたソリヤは「はい」とうなずいて、道を逆走していった。彼女だけ将校に呼びだされ、再び「受け入れ委員会」に戻っていった。

いったいなぜ。アドゥは考えてみたがわからなかった。彼女は処刑されるのだろうか。なんとかしないといけない。

アドゥは近くの兵士に「あの不幸な彼女はどうなるのか」と質問をした。彼は「わからない」と首を振った。「お前、彼女と知り合いなのか？」

「いや、そういうわけじゃないさ。ただ気になったんだ」

気がつくと否定していた。

それだけだった。

アドゥは彼女を助けるために列から飛びだそうと何度も思った。実際に一歩踏みだしてみた。だが、兵士たちの銃を見ると足元がすくみ、それ以上は何もできなかった。不自然な動きをすれば容赦なく撃たれるだろう。身体中を穴だらけにされて死ぬだろう。体が言うことを聞かない。列から出ることを許してくれない。

臆病だ、と思った。自分は臆病で軽薄で、命の恩人に感謝すらできない。

アドゥは悔しくて涙を流した。久しぶりの涙だった。両親が死んだときも妻が死んだときも泣かなかった。正しいことをせず、何もできずに農場へ戻っていく。自分は今この瞬間、オンカーに完全に屈したのだと思った。たった今、大事な家族を見捨てた。命の恩人を放置した。これからは生きるために、平然と仲間を売るだろう。今ここでソリヤを助けなかった自分が基準になるのだ。そうやって家畜になっていく。よくわかる。みんなそうだった。一歩ずつオンカーという沼に入っていくのだ。気がつくと抜けだせなくなる。自分のような弱い人間にとって、鍋いっぱいの愛情も、ひとさじの恐怖ですっかり台無しになってしまう。

アドゥは駅舎に向かって歩きながら、『穴』という映画のラストを思い出した。告訴を取り下げられて釈放が決まった男は、自分の掘った自由へ繋がるはずの穴が、むしろ自分を縛りつけていることに気づいて苦悩する。たしか、男は「仲間たちが脱獄のために穴を掘っている」と密告したはずだ。そうするしか男が釈放される方法はなかった。仲間たちは看守に見つかって、脱獄に失敗する。学生だったアドゥは、密告した男のことを軽蔑した。

「いや、そういうわけじゃないさ」

自分の台詞を思い出して寒気がした。

「ああそうだ、彼女は家族で、命の恩人だ」

そう言っておくべきだった。

いつの間にか、昔の自分が軽蔑していた人間になってしまっていた。

10

スウ・フオン　一九七六年九月
ロベーブレソン

革命により、オンカーは有史以来、人類を長らく悩ませていた問題のいくつかを完全に解決した。借金苦による自殺、詐欺、汚職、賄賂、泥棒、強盗。すべてなくなった。綺麗さっぱり完全に消滅した。

どうしてそんなことが可能だったのか。答えは「私財がなくなったから」だ。まず貨幣という概念がなくなった。すると人々が物々交換を始めたので、これも禁止した。私有や財産が存在しない社会なのだ。こうしてパンドラの箱が開けられて以来あった種々の犯罪のうち、約半分が一瞬にして消え去った。もちろん、犯罪とともに自由、愛、家族、夢、その他諸々の概念も消失した。

フォンは共産主義を信じていた。少なくとも紙の上と頭の中では間違いないと確信していた。党の思想は完璧だった。革命前の政府から受けた理不尽な仕打ちを忘れることはなかったし、不当に逮捕されていった同志たちの顔を忘れたこともなかった。階級はなくなり、貧富の差も汚職も不正逮捕もなくなり、カンボジアはもっとも優れた国家として世界から賞賛されるはずだった。

しかしながらそうはならなかった。人々は飢え死に、殺され、国土は荒廃し、生活の水準は限界まで下がった。見事な失敗だ。そして今もなお、失敗の傷口は広がり続けている。人民の血が流れ、カンボジアは死にかけの野犬のようだった。

何が問題だったのだろうか。フォンはそのことを何度も考えた。理想のために、一定期間ある程度の自由が制限されることは想定ずみだった。農業大国として自立するという考えも正しいと思ったし、プロレタリアートを重要視するため、あらゆる知識人に農作業を手伝わせるという選択も誤りではないと思った。私有や財産の概念が不要だというのもよくわかる。資本があれば資本家が生まれる。資本家がいる限り、原理的に労働者は搾取される。搾取されれば格差が広がり、資本家は労働者の命を握る。奴隷となった労働者は革命を起こし、資本家からあらゆる資産を取り上げて、正しい分け前を手にする。

「ソ連や中国の犯したもっとも大きな間違いは何か」

西地区の会議で指導部の男がそう言ったことがあった。そのクイズに答える者はいなかった。沈黙ののち、男は自分で正解を口にした。「ソ連や中国は社会主義の徹底を図ったが、それでも労働者に賃金を渡すというシステムを終わらせられなかった。賃金を渡すとどうなるか。労働者は金のために働く。金のために働いているので、金にならないことはしないし、意欲も向上しない。君たちは何のために働いている？　金ではなく、愛だろう。革命に対する愛だ。我々は彼らと同じ間違いを犯さない。我々には勇気がある。我々は世界でも類を見ない。ゆえに我々は賃金を廃止する。労働者は純粋な革命愛によって働かなければならない。オンカーの仕事は労働者の革命愛を高めることである。オンカーのためにすべての意欲を捧げる革命戦士を生みだすことが、今後の課題である」

盛大な拍手だった。フォンは俯いた。自分の表情を見られたくなかったからだ。

どうしてソ連や中国が賃金を廃止しなかったか。

それは勇気が足りなかったからではなく、単にうまくいかないことがわかっていたからではないか。おそらく、今オンカーが実現しようとしているのは偽物の平等なのだ。クラスにひとり、目の見えない子どもがいたとする。他のみんなで彼を助けようとせず、その子の目を治すために医学を発展させようともせず、オンカーはクラス全員の目玉を潰し、これで平等だと主張している。そんな偽物の平等に、なんの意味があるのか。

革命から一年以上が経った。フォンはバタンバンで目にしたお祭り騒ぎを思い出した。最初から歯車は狂っていた。一斉退去は間違いだった。オンカーは旧来の村や街を解体し、集団農場を作って組織的に農民たちの収穫を増やそうと試みたが、そんなに簡単な話ではなかった。これでも一応農家出身だったフォンは、開墾や収穫増が非常に難しいことを知っていた。専門家の助言や調査の結果があってようやく成功する。だが、知識のある人をみんな処刑してしまったせいで、カンボジア国内には専門家がいなかったため、各集落では無茶な収穫増が求められ、意味のない開墾が繰り返された。そこでオンカーは、ノルマを達成できなかった農民たちに乱暴な手段を取ることにした。はじめは配給を減らす。何度も続くようであれば労働時間を増やす。さらには上級オンカーへの強制移住を決めたりもした。

それによって、農民たちは努力するようになった――というわけではなかった。農民たちは無理なノルマを達成することよりも、足りていない収穫をごまかす技術を発達させた。それに対し、オンカーは農業改革を抜本的に見直そうとはしなかった。そのかわりに、農民たちによる収穫のごまかしを見破る技術を発達させ、無意味な騙し合いが始まった。この無駄なやりとりによって多くの農民やオンカーの担当者が収容所送りにされ、全体の労働力自体が減った。

家族という概念を解体するために、自由恋愛を禁止して、結婚相手をオンカーが強制的に決めるという制度はまだよかった。問題は子どもたちのことで、オンカーは子どもを親元から離し、独自の教育をすることにした。子どもは純粋なので、オンカーの革命思想を完璧に体現できる、というのが根拠だった。子どもたちを親から没収する行為はさすがに心が痛んだ。親たちは泣き叫ぶこともなく、静かに涙を流していた。

オンカーのもとで教育を受けた子どもたちは、スパイや医者として、それぞれの集落に配置されていった。子ども医者は人民からひどく不評だった。彼らは「革命的科学者」の開発した、サツマイモで作った万病に効く薬をジュース瓶で保管し、一度も洗ったことのない中古の注射器を使い、どんな患者のどんな症状にも、腕の適当な場所を選んでそれを注射した。彼らは気まぐれに「手術」と称する切開を試み、これまで問題のなかった箇所に病を持ちこんだりもした。病院に行って病状が悪化する者がほとんどだった。これによって、病気になっても病院へ行こうとする者がいなくなり、伝染病がさらに広まる原因となった。強制収容所の子ども尋問官は罪を認めなかった妊婦の腹を裂き、中から赤子を取りだした。妊婦の叫び声は次第にすすり泣きへ変わった。尋問官は胎児の首をつかんで、何食わぬ顔でそのままどこかへ消えた。

最終的にフォンがオンカーと別々の道を歩もうと決心したのは、ドゥモク郡長が、オンカーに反乱を企てたという罪状によって収容所に連れていかれたときだった。ドゥモクは反乱など企てていなかった。ただ、指導部の方針に対して正当な質問をしただけだった。フォンはドゥモクの後継に指名されたが、自分だっていつ逮捕されるかわからなかった。

第一同志ポル・ポトはどうやら疑心暗鬼に陥っているようだ。

カンボジアの現状が、当初の予定通りにいっていないことを認める段において、ポル・ポトは「病原菌」の発見に躍起になっていた。思想は完璧だ。旧来の思想に染まった知識人や役人も処分した。しかしそれでも革命はうまくいっていない。なぜなら内部に革命を邪魔する勢力がいるからだ。ゆえに、その「病原菌」を駆逐することが第一だ。これがポル・ポトの、そしてオンカーの考えだった。フォンは「病原菌」などほとんど存在しないことを知っていたし、もし存在していたとしても、革命を妨げているのはそんなものではないということを知っていた。内部のスパイは関係ない。誤った制度を、誤ったやり方で運用していることが問題なのだ。

チャンスは五月に訪れた。

第五地区会議の日、地区長から、村や郡に大量の空き人員が発生していることが伝えられた。スパイ探しが過熱したせいで、多くの将校や村役職が投獄されていたのだ。オンカーの末端には十人程度からなる「班」があり、その班を束ねる班長がいる。いくつかの班から「村」と呼ばれる農場が形成され、村を束ねるのが村長だ。さらに村がいくつか集まって郡が形成されており、郡の責任者が郡長となる。フォンはこの郡長を務めている。郡長には、地域の人民の死命を制する権利がある。さらにいくつかの郡が集まると県になり、同じく県長が指揮する。県が集まると地区になり、フォンの担当する郡は第五地区に所属している。

その会議で耳にしたのは、ロベーブレソン周辺が第五地区に編入されるという話だった。フォンは夢中で、編入地区の郡長に立候補していた。会議では問題なくフォンの異動が認められた。山奥の地域だったので他に希望者がいなかったのだ。フォンは異動までの引き継ぎ期間で自らが担当する村々を回り、ムイタックとティウンとともに信用のおける人物を集めていった。ロベーブレソン周辺の統治に協力してもらうための、信頼できる仲間だ。フォンはそこに、自分の理想の王国を築くつもりだった。それが小さくても構わなかったし、オンカーに違反していても構わなかった。自分が長年抱いていた革命熱を、本当の意味で実践したかった。

フォンが必要とする人材の条件は三つだった。一、どれだけ脅されても仲間を売らないこと。二、少なくとも表面的には革命思想に共感していること。三、それでもなお、今のオンカーに不満を持っていること。人員集めは三ヵ月にわたった。フォンはムイタックの提案で、気になっていた人物に「テスト」をして、彼らの本性を確かめた。どれだけ素晴らしい人物に見えたとしても、ほとんどの者は命を人質に脅迫されると本性を露わにした。仲間の名前を挙げ、ありもしない罪をでっちあげ、助命を嘆願した。それでもフォンは、心から信用のできる七名の人間を見つけた。そして、彼らを新しい村役職に任命したところで、すべての準備が整った。

フォンの担当地区が変更になり、正式にロベーブレソンへ戻る日は、毛沢東の死によって一週間あまり遅れた。

毛沢東の死が伝えられると、常任委員会によってすぐに彼の追悼集会の開催が決定され、フォンもそれに出席することになった。その集会で、ポル・ポトはオンカーがマルクス＝レーニン主義の組織であることと、この国を仕切っているのが共産党であることを、国内外へ向けて公式に発表した。

　予想外の遅れのせいで、前任からの引き継ぎなどはできなかった。食糧庫には米粒ひとつなく、武器庫には錆びついたナイフと血で汚れた斧しかなかった。空き家を仮家に決めて、持参した荷物とわずかな食糧を置き、サムのところへ向かった。

　懐かしい実家へ帰ると、幸運にもまだ生きていたサムに「俺がここの新しい担当者になった」と告げた。

「あいつらは完全にいなくなったものだと思っていたが、お前が新しいオンカーなのか？」

　サムは早速、かなり難しい質問をしてきた。はたして自分は「組織《オンカー》」なのだろうか。そもそもオンカーとはいったいなんなのだろうか。辞書的にはカンボジア共産党を指すのかもしれないが、もうちょっと広い意味を持っている気がする。

　しばらく考えてから、フオンは「かつてオンカーの一部だった」と答えた。「オンカーの一部」という表現が正しいのかはわからない。だが、少なくともこれからは、独自の路線を歩むことになるだろう。オンカーの考えは正しい。それは今でも確信しているが、正しい考えが正しい結果を生むわけではない。政治とは正しい考えを競うゲームではなく、正しい結果を導くゲームだ。つまり、だからオンカーは政治的には誤っている。自分はここで、それを正そうと思っている。つまり、本当の意味での「革命」を達成する。だから、俺はオンカーではない。

「お前はあの鬱陶しいオンカーではないのか？」

フォンは「違う」と答えた。サムはそうかそうかと満足そうに笑い、懐から石を出して「これがオンカーの担当する石だ」と言った。フォンは訳もわからずそれを受けとって「ありがとう」と口にした。

思えば八年前に秘密警察に追われ、ロベーブレソンに逃げこんだときも意味のわからない石を渡された。何か象徴的な行動なのかもしれないと疑ったが、サムが象徴などという紛らわしいことをするようにも思えなかった。フォンは石を懐にしまった。

「俺が担当になった以上、少なくともロベーブレソンのみんなには幸福になってもらう。俺が秘密警察に追われていた期間、ここに匿ってくれた恩もある」

よくわかっていないのか、それともかなり抽象的なレベルで理解したのか、ともかくサムは「それなら、オンカーから隠していたお祝いの品を振る舞おう」と言って、床下から茶葉を取りだした。ニルがお湯を沸かした。茶葉が腐っていたのでおいしくはなかったが、それはともかく久しぶりの茶だった。フォンはずるずるとすすりながら、気まずさと懐かしさをかみしめた。

「また誰かに追われているのか？　悪いことをしたのか？」

サムは淹れたてのお茶を一気飲みしてからそう聞いてきた。

「違う。結婚したんだ。俺は理想と結婚した。だから俺の考えが何かの罪だったとしても仕方ない。現状は理想ではない。できることをする。間違いを正す。『革命』を革命するんだ」

自分で話しながら、意味がわからなくなっていた。「まあ詳しいことはあとでムイタックに説明させるから」

そう言ってフオンは家を出た。ノイとともに新人民地区の様子を見にいく予定だった。ロベーブレソンを出てから二年も経っていないはずだったが、サムがめっきり老けたような気がした。サムだけではない。すれ違って挨拶をする村人たちみんなが、この二年ですっかり変わってしまった。

広場では小さな机を出して、ムイタックやティウンなどが夕方に開く第一回集会の準備をしていた。これまでの班分けや役職の表を作り、それを整理している。横でその作業を見ているのは輪ゴムのガキだ。

ティウンとムイタックの姿を見て涙を流したニルと対照的に、サムは淡々としていた。俺はお前たちが死んでいるはずがないと思っていた。なぜならティウンが一緒なら、ムイタックは安全だからだ。二人でムイタックを正しく導くと約束したからな。心配したことすらなかった。それを聞いてティウンがうっすら涙を流した。ムイタックは黙ってうなずいた。

「私は、この一年間で多くの血を見てきました」

夕方の集会の冒頭で、フオンはそう口にした。内戦前からロベーブレソンに住んでいた旧人民と、バタンバンやプノンペンから送られてきた新人民、合わせて約三百人がいた。フオンは集会所の前が、いまだかつてないほど混み合っていることに満足した。ティウンとムイタックが小さな木組みの台を用意してくれていたおかげで、後ろの新人民まで見渡すことができた。ロベーブレソンへ帰ってくることが決まってから、最初のスピーチで何を言おうかずっと考えていた。フオンはそのとき、バタンバンの熱狂を思い出した。オンカーは演説やラジオで、自分たちは民衆の味方だと安心させる言葉を何度も繰り返し口にしていた。結果的にそれが人々の心をつかみ、「比類ない」一斉退去の実現へと繋がった。結果的にオンカーが嘘をついていた、ということは問題でない。人民を動かすために、まずは「君たちの味方である」と強調することが大事なのだ。

「飢餓で痩せ細り、病気に倒れ、もの言わず倒れていく人民を見て、私の心から血が流れました。私の心は革命によって鋼鉄になっていたのに、それでもそこから流れる血をたしかに感じました」

心から血が流れた——この詩的な表現を生みだすために、何時間もかけた。ポエムだ。それがフオンの結論だった。バタンバンに入城した際、オンカーは革命歌と太鼓の音で、燃えさかる炎のような興奮を生みだした。口にした言葉は嘘ばかりだったが、人々の心に火をつけるために必要だった。

オンカーが炎ならば、自分は草原だ。オンカーが嘘ならば、自分はメタファーだ。どこまでも広がるフランスのワイン畑のような、静寂と小川のせせらぎに満ちた詩情だ。

フオンはスピーチの結びに、フランソワ・ヴィヨンの「祈りのバラード」を引用するつもりだった。生まれてはじめて涙を流した詩だった。この日のために、クメール語訳をした。これでみんなに伝わるはずだ。人民たちはフォンがこれまでの将校とは一味違うことを知り、涙とともに一体感を得る――そんな妄想は、手前から聞こえた「病気か？」という叫ぶような大声でかき消された。「病気ならオバに見てもらうといいぞ！　幸いオバは無事だ、なあ！」

前列にいたサムが、隣のオバの背中を叩いていた。フォンは意味がわからず、「なんの話をしている？」と聞き返していた。

「ほら、これが母さんの股からお前を引っ張りだしたオバだ。見てみろ、歯茎が腐っているし禿げも進行しているが、まだ生きている」

「ああ、ファムのイーとおりあ」と、歯茎の腐ったオバが同意して、もごもごと何かを言った。ひどく聞き取りづらかったが、「心臓からの出血は悪い精霊がついている可能性が高い」というような内容だった。「特別に薬を調合しよう。手遅れになる前に、悪い精霊を取り除かなくては」

フォンが「いや――」と口にするのを、サムが「――だが、薬の材料はあるのか？」と遮った。「オンカーに没収されたと聞いていたが」

「ああ、そうだ」

「何が必要なんだ？」

「イクアメのオウアとアモリのシホあいつおうあ……」

さすがに何を言っているのかわからなかったが、横にいた輪ゴムのガキが「リクガメの甲羅とヤモリの尻尾が必要だ、と言ってます」と翻訳した。「カルダモン山脈へ行けばあるだろう。外出許可をくれないか？　と言ってます」

「俺もバタンバンの銀行に預けた金を引きだしたい」

どさくさに紛れて養豚ニムが続いた。まだ本題にも入っていないのに、いつの間にか外出許可証を求められていた。そうだった。ロベーブレソンは昔からこんな感じだったのだ。これが嫌で勉強をしてプノンペンへ行き、フランスへ留学した。こいつらは頭が悪いし話を聞かない。自分たちに理解できないことはすべて詐欺だと思っている。フォンは「いいかげん黙りやがれ」と言いたくなる気持ちをこらえて、「そうではないのです」と首を振った。後方からは新人民がこちらを不安そうに見ていた。彼らはまだ、自分のことを知らない。彼らに味方だと思ってもらわなければならない。

「なんというか、実際に心臓から血が出ているわけではなく、抽象的な、概念としての血の話をしているのです。だから薬はいりません」

「概念としての血とはなんだ？」

サムが聞いた。養豚ニムが「そうだ、詐欺はやめろ！」と追従した。新人民たちはどういう表情をすればいいか決めかねているような表情をしている。前方で始まったやりとりに、みな一様に戸惑っているのだろう。

「息子が水牛に踏まれて死んだとき、心から血が流れるような気分になりませんでしたか？

私は痩せ細った人民を見て、そういう気分になったのです」

「あのときは悲しかったな。それと腹が立った」

「そうです。そのことが言いたかったのです――」

スピーチが明らかに想定外の方向へ進んでいたので、軌道修正をしようと試みた。「――では、何が間違っていたせいで、悲しく腹立たしい気分になったのでしょうか？」

樽からワインが漏れたのは、材料のオークが悪かったのではない。オークの組み方に問題があったのだ――予定ではそう話すつもりだった。だがそれも、「長江文明だ！」という声で邪魔をされた。今度はクルーだった。

「サムの息子が死んだのは、長江文明が間違っていたせいだ。アチャーがそう話していて、俺とサムは納得した。世界で最初に水牛を飼いはじめた長江文明が悪い。ものごとは連鎖する。連鎖の元に長江文明がある」

「たしかにそんな話をしたな」とサムが同意した。「水牛《チャンドゥク》やシヴァ家を恨んでも意味がないってな」

「今話をしているのは、水牛についてではなく、人民の血についてで――」

「――いや、そもそもお前が水牛の話をはじめたんだろう」

サムがフオンの台に近づいた。後ろから泥がやってきて「あのときはすまなかった」と謝った。「チャンドゥクが発情期だったのに、メスの水牛が近くにいることを忘れていたんだ」

「いや、あのときのことはもういいんだ」

目の前のやりとりに呆れたフォンは「明日改めます」と言って、ティウンとムイタックにその場を任せ、仮家まで戻ることにした。

去り際に、泥がサムに対して「すまねえな」と謝っている姿が見えた。自分は、オンカーによる長期にわたる支配から彼らを解放しにきたというのに、いったい何をしているのだ。フォンは毛沢東の追悼集会を思い出した。オンカーのみなで静かにポル・ポトの話を聞いた。だが、ここでは就任のスピーチでさえ、一切させてもらえないのだ。

「いいんですか？」

ノイがあとを追ってきた。「新規則の話について、まだ何も言えてませんが」

「あいつらに一度絡まれた時点でもうダメなんだよ。そのことを忘れていた。明日は旧人民と新人民をわけてくれ。新人民だけの前で話す。じゃないと話が進まない」

「わかりました」

フォンはポケットからサムにもらった「オンカーの石」を取りだして、思いきり遠くへ投げた。石が草むらに消えていくのを見ながら、そもそも自己紹介すらしていなかったことを思い出して頭を抱えた。

11

クワン　同日
ロベーブレソン

その日、クワンは前歯にガンダーラ美術が挟まっている夢で目を覚ました。慌てて床下の地中から輪ゴムの缶を取りだして、慎重に中身を数えた。輪ゴムの数が三本増えていた。そんなことはこれまでになかったので、どのように解釈するべきか悩んだ。輪ゴムが千切れると知り合いの誰かが死ぬ。つまり、輪ゴムが増えるということは、誰かが生き返るということなのかもしれない——クワンはオンカーの支配によって餓死や病死した村人のうち三人が蘇るという仮説を立てた。仮説にすぎなかったので、そのことは誰にも口にしなかった。というか、ムイタックとティウン以外の誰とも自分の能力について話をするつもりはなかった。そして肝心のその二人は行方不明になっていた。ロベーブレソンでは、サムとクワン以外のすべての村人は、彼らが死んだと確信していた。

革命が起こった日のロベーブレソンは静かだった。特に変化もなく、ラジオを聞いていた者が「革命が起こったらしい」と話していたが、誰も本気にしていなかった。

それから二週間ほどして、ロベーブレソンにも「オンカー」がやってきた。強制労働と配給制がはじまり、多くの村人が病気や飢えで死んだ。

一年以上経って、オンカーはある日突然いなくなった。その一週間後、前歯にガンダーラの仏像が挟まっている夢を見て、次の日にフォンと一緒にムイタックとティウンが帰ってきた。彼らはオンカーの黒い服を着ていた。

「今朝、前歯に仏像が挟まっている夢を見たんだ」

オンカーの兵士として、さっそく名簿の整理をしていたティウンとムイタックにそう話しかけた。

「それで？」

ティウンが作業を続けながら聞いてきた。

「仏教の力みたいなものが現世に干渉して、何か物理的に顕現しているということだろうね。僕はすぐに隠してあった輪ゴムの缶を調べたんだ。そしたら輪ゴムが三本増えて――」

「――ナンの家族は生きてる？」

名簿を調べていたムイタックが聞いた。

「ナンは二ヵ月前に死んだ。他の家族はみんな生きてるけど」

「脱糞が死んだのか？　どうして？」

ティウンが名簿から顔を上げた。驚きと悲しみと怒りを混ぜたような険しい表情だった。

「飢えたんだ」

「蟹ワンの家族は生きてる？」

頭をかかえるティウンをよそに、ムイタックはナンの話を気にもせず、淡々と名簿の作業を続けていた。

「ああ、みんな生きてる。蟹ワンも元気だ。あいつの家は内戦前から貧乏だったから慣れてるんだ。あと、話がそれたから輪ゴムに戻るけど、仏像が前歯に挟まって、それで輪ゴムが三本増えていて、僕はロベーブレソンで死んだ三人――」

「――俊足ペンの家族は？」

ムイタックはクワンを無視して質問を続けた。

「あそこはみんな感染症にやられた。じいちゃん、ばあちゃん、母さんが死んで、ペンもペンの姉ちゃんも死にかけてる。元気なのは弟だけだ。ペンなら今は診療所にいるよ」

「ペンの父さんは？」

今度はティウンが聞いてきた。

「革命前の時点ですでに象牙売買に失敗して、行方不明になってたよ」

「なるほど」

ティウンは名簿のペンの家族を横線で消していった。

「君たちがいない間に死んだ村人は二十八人だよ。そして僕の輪ゴムは本物だった。二十八人全員の死を予見したんだ。そして、君たちの帰還も――」

「――クワンの家はどうなの？」

またムイタックが話の途中で割りこんできた。

「豚はみんな死んだけど、人間はみんな生きてるよ。そんなことよりも僕の話を聞いてくれ。輪ゴムが三本増えていて、そしたら君たち二人とフォンが帰ってきたんだ。二十八人全員の死も輪ゴムで予見した」

「わかったよ」とムイタックがようやく顔を上げた。「五人だ」

「五人？」

「五人連続で次の日に誰かが死ぬって予言を的中させたら、クワンの話を考慮するよ。考慮するだけで信じるかどうかは別だけど。今はいろいろと忙しくて、戯言《たわごと》に付き合ってる時間がないんだ」

「それなら四人だよ」

「どういうこと？」

「今朝も輪ゴムが一本切れてたんだ。明日誰かが死ぬ。まあ、たぶんペンかペンの姉ちゃんだと思う。病気で死にそうだから」

12

マットレス　一九七七年十月
シソポン

綱引きのプロだった父の影響で、シエムリアプの寺院に入るまでマットレスは綱引きしかしなかった。頭の中には相手よりどれだけ多く綱が引けるかというただ一点だけ。綱引きの夢しか見なかったし、綱引きに関係のない言葉はほとんど知らなかった。正しい綱の握り方は知っていても正しいペンの持ち方はわからなかったし、動摩擦力と静止摩擦力の違いは感覚レベルで知っていても二桁の足し算はできなかった。

母の話によると、はじめて綱を引いたのは彼が一歳のときだ。目を離したすきに、自宅のゴミ捨て場にあった綱を咥えた野犬に勝負を挑んでいたという。父と母は「遺伝子が綱引きをさせている」と興奮しつつ、その勝負を見守った。「第一回大会だ」と父が宣言した。拮抗した戦いだった。綱を持ち帰りたい野犬と、それを防ぎたい一歳児マットレスの勝負。一分ほど膠着状態が続き、先にマットレスが一歩後ろに下がった。そこで彼は父と母を見てにっこりと笑い力を緩めた。野犬はそのすきを見逃さずぐっと顎に力をこめ、そのまま彼を引きずり倒した。こうしてマットレスは野犬に負けた。惨敗だった。野犬に綱を奪われ、悔しさからゴミ捨て場で泣きわめくマットレスを父は引っ叩いた。

「どうして負けたかわかるか！」

マットレスはそもそも父が何を言っているのか理解できなかったので、何も答えなかった。

「俺にはわからない！」と叫んで父も泣いた。「俺は悔しいよ、お前がみっともない負け方をして」

それが彼のデビュー戦のすべてだ。母から何度も聞かされた。この敗北は彼の綱引き公式戦における唯一の黒星だった。

マットレスは三歳で本格的に綱引きを始めた。

「綱引きのポイントは三つ。空を見る。手袋を使わない。大声で叫ぶ」

空を見るのは体重を後ろにかけるためだ。手袋を使わないのは手が滑らないようにするためだ。大声で叫ぶ理由はよくわからないが、相手を威嚇する効果があるのかもしれない。父は厳しかった。人間ではなく象や電柱や風車が練習相手だった。「有を求めるな」というのが父の持論だった。勝利は空虚だ。空虚を求めろ。なんのために綱を引くか、綱を引いてなんの意味があるか。そういったことを考えてはならないと言われた。そういったことを考えてはダメだ、と考えるのもダメで、己のすべてを目の前の綱に集中させなければならない。そうすれば大蛇ヴァースキがかならず味方をしてくれる。マットレスは大蛇ヴァースキが誰なのかを知らなかったが、それはともかく父の教えを守った。そのおかげで、対外戦を始めてから綱引きで負けることはなかった。自分より体重の大きい者にも負けなかったし、自分より経験の多い大人にも負けなかった。十一歳でプノンペンの少年綱引き大会で優勝し、シエムリアプの本戦でも優勝した。綱引き界の新星だと期待された。十五歳のとき、はじめて大人の大会に出場することが決まった。大会前日の夜、マットレスは父から「魔法の粉」と「魔法の靴」をもらった。

「お前はこれから独り立ちをする。おそらく明日の大会でお前は優勝するだろう。いいか、これだけは聞いておけ。一度でも負けたら綱引きを引退しろ。そして二度と綱を握るな。俺はその覚悟のおかげで負けなかった」

マットレスは魔法の靴を履き、滑り止めに魔法の粉を使い大会に臨んだ。魔法の粉をつけると一切手が滑らなかったし、魔法の靴を履くと一切足が滑らなかった。二倍は体重がある男も倒したし、前回のチャンピオンも倒した。決勝の相手は父だった。マットレスは父を倒し、大会で優勝した。父はその日に綱引きを引退した。

大会で優勝したマットレスは、その肩書きを土産にシエムリアプのワット・ナディという寺院へ見習いとして入ることになった。父からは「綱引きの神々のための寺院で、綱引きで得た真理を深めるために必要な修行だ」と聞いていた。初日にオレンジ色の法服を渡された。それからは毎朝三時に起きた。五時まで読経し、僧侶のために食事を作ったり洗濯をしたり掃除をしたりする。それから読み書きを習い、経典を暗記し托鉢に付き添う。正午には食事をすませる。午後はひたすら三宝の勉強で、半人前は綱を握れない。三宝とはすなわち涅槃に至った「仏」、その仏の説いた「法」、法を受け継ぎ四向四果に至った「僧」の三つである。仏教徒はこの三宝に帰依し授戒しなければならない云々。

三年が経って、ようやく一人前として認められたマットレスは高僧に呼ばれ、はじめて彼の部屋に入った。寺院でもっとも年配の高僧だった。高僧は「自由にくつろいでいい」と言って茶菓子を出した。すでに正午を過ぎていたので、規律によると何も口にしてはいけないはずだったが、高僧は「気にするな」と言う。だがマットレスは「やっぱり食べられません」と茶菓子を拒否した。ところが高僧は「食べなさい」と強い口調で言ってくる。マットレスは考えた。寺院のルールと高僧の茶菓子ハラスメントのどちらを優先すべきだろうか。

おそらくこれは三宝における「法」と「僧」の勝負なのではないか。高僧は状況を利用して高度な問いかけをしている。「法」が勝るのか「僧」が勝るのか。そんなこと教えてもらったことがないが、これを間違えるわけにはいかないだろう。もしかすると、ここで正解することが一人前の仏僧として必要なことなのかもしれない。マットレスはひどく悩んだが、いくら考えても答えは見えてこなかった。きっと釈迦にもわからないだろうと想像した。法と僧。どっちが勝つのか。自分はいったいどうするべきだろうか。その間も高僧は茶菓子を執拗に勧めてくる。食べなさい。これを食べれば見えてくる世界がある。なぜなら規律は守るためにあるのではなくて本質のためにあるからだ。お前はまだ本質に至っていないのだからおとなしく従いなさい。わかった、この際だから教えるが、この茶菓子には実は偉大な力が秘められていて、食べれば三秒で涅槃に至る。ほら、試してみなさい。高僧は「わからないやつだなあ」と呆れた表情をしつつ茶菓子を目の前に押しだしてくる。

どうしよう。高僧が妙なことを言いはじめた。マットレスは混乱していた。食欲はあまりないし、茶菓子も通常のものにしか見えないが、どうやらそういう問題ではないらしい。

すると突然、困ったマットレスの頭の中で綱引き勝負が始まった。

一方で綱を引くのは「寺院の教え」で、もう一方で綱を引くのは「高僧の命令」だ。概念が綱引きを始めた。試合は拮抗したが、最終的に「高僧の命令」が勝った。勝負を見届けたマットレスは、自分の綱引き経験を信じることにして茶菓子を食べた。なぜなら綱引きの結果をつかさどっているのは大蛇ヴァースキであり、それはおそらく法や僧を超えた存在なので、従っておいて間違いはないと思ったからだった。茶菓子がなくなると高僧は満足そうにうなずき、すぐに傍から一冊の本を出した。『綱引きがすべて』という題の、赤や黄色の宝石で派手に装飾された本だった。

「いいかマットレスよ。お前は三年間の修行をした。その間どうしてお前に綱を触らせなかったかわかるか。わからないだろう。当然だ。それについて今から説明する。ここにあるのは『綱引きがすべて』という本だ。今お前の考えたことを当ててやろう。『綱引きのすべて』ではないのか、こんなに派手に装幀を作ったのに誤植しているではないか、そうだろう？　そう思っただろう？　やはりそうか。だが違う。これは誤植ではない。残念ながら『綱引きがすべて』なのだ。その説明は今からする。ところでお前は乳海攪拌という話を知っているか。知らないだろう。ヒンドゥー教の神話だ。どうして仏教の寺院でヒンドゥー教の神話について話すかというと、実は私はヒンドゥー教のバラモンだからだ。仏教は目くらましにすぎない。お前も茶菓子を食べて規律を破ったので、今この瞬間から仏僧ではない。そういうわけだ。残念だったな。ああすまない、話を戻そう。乳海攪拌はこういう話だ。太古の昔、アムリタという不老不死の霊薬をめぐって神々と悪魔《アスラ》が戦った。両者の壮絶な戦いは結局勝負がつかず、お互いが疲れきってしまってヴィシュヌ神に助けを求めた。するとヴィシュヌ神は『両者で協力して大海を攪拌すればアムリタを得ることができるだろう』と言った。神々と悪魔は協力し、マンダラ山を攪拌棒にして、そこに大蛇ヴァースキを巻きつけた。大蛇ヴァースキを綱として、両者は綱引きを始めたのだ。しばらくすると綱引きによって木々が擦れて山火事が起こり、その炎から雷雲が生じて大雨が降った。その際マンダラ山の生物が死滅し、その死骸によって大海が濁って乳色に変わった。やがて乳海からラクシュミや太陽や月など諸々のものが生じて、最後にようやく医学の神ダンヴァンタリがアムリタを持って出てきた。そのあとアムリタをめぐって戦争が始まり、悪魔が勝ったりラクシュミが変身したりして、いろいろあった挙句、なぜかラーフが生首になったりして太陽と月に恨まれて日食と月食が生まれた。戦争の方はいろいろあってまあ、ネタバレをすると神々が勝った。最後の方は大胆に端折ったがそういう話だ。ポイントは細部ではない。細部はこの本を読めばわかる。問題は綱引きによってこの世界が誕生したという点だ。話は変わるが実はカンボジアは危機的状況にある。悪魔の王が誕生しつつあるのだ。その事実は『プット・トムニャイ』で目にしたが、その予言が記された原典はこの寺院に置いてある。それを読むためだけに私は仏教徒を偽っていた。原典を読んだ私は悪魔の王の存在を確信した。そして、悪魔の王の誕生を防ぐために、ヴィシュヌ神の教えを守り、世界を守るための綱引き悪魔戦を始めた。しかし勝負は長引いた。私の孤独な綱引きは三十年に及んだ。長期化するうちに大海が攪拌され、その底から悪意の塊によって禍々しく赤く染まった悪魔の王がその姿を現しはじめた。私は当時真面目な仏僧だったお前の父に茶菓子を食べさせ、綱引きのすべてを教えた。だがお前の父もついに悪魔との勝負に勝てず、悪魔の王は誕生してしまった。悪魔の王はカンボジアを焼き尽くすだろう。お前の仕事は悪魔の王の力を弱めることだ。以前大会で見たが、お前の綱引き力は本物だ。神々のレベルに達していると言っていい。だが唯一、悪魔と戦うという断固たる意思に欠けていた。だから私はお前に修行を課した。仏教を学んだ今のお前には、『空虚を求めろ』という言葉の真の意味がわかるだろう。お前は綱引きの真理を知ったのだ。いいか、すべての綱引きは悪魔との戦いだ。綱引きがこの世界を作り、この世界を維持している。『綱引きがすべて』なのだ。綱引きに勝て。勝ち続けて悪魔の王の力を弱めろ。カンボジアを救え」

高僧の長い話が終わった。マットレスは二つのことを確信した。ひとつは自分の綱引きが悪魔との戦いであること。もうひとつはすでに神々が自分の中にいること。先ほど頭の中で概念同士の綱引き勝負が始まったことを思い出した。あれは天啓だったのだ。自分には神々が味方している。すべての綱引きに勝利しなければならない。マットレスは覚悟を決めて寺院を出奔した。法服を脱ぎ捨て、高僧からもらった『綱引きがすべて』を古書店で売った。その金でシャツとジャケットとパンツを買った。本はもう必要ない。神々は自分の頭の中にいる。最後に腕時計が欲しくなったが決断ができず、頭の中で買うか買わないか綱引き勝負をしてみた。買う側が勝ったので腕時計も買った。すっかりお金がなくなったが、自宅に帰ればなんとかなると思った。魔法の粉をポケットに入れ、魔法の靴の紐を締めた。そして三年ぶりに故郷に戻ってきた。

しかしすでにそこに家はなかった。あったのは大きな穴だけだ。すぐにクメール・ルージュの兵士たちがやってきた。建物は燃えかすになり、人々は傷つき、子どもを亡くした母たちが泣き叫んでいた。ある兵士が、アメリカが革命勢力を駆逐するためにカンボジア中に爆弾を落としていること、首相のロン・ノルはアメリカの手引きをしていることを彼に教えてくれた。

「資本主義がカンボジアを堕落させている」

兵士はそう言った。「プノンペンには悪しき習慣と概念が蔓延し、住民たちはそれに毒されている」

マットレスは黙って兵士の話を聞いていた。

「ところで君は上等な服を着ているが、どんな仕事をしている？」

遠くで銃声が聞こえていた。クメール・ルージュが村に駐屯していた共和国軍の兵士を殺していたのだ。マットレスは「綱引き」と正直に答えるべきか「農民」とお茶を濁すか迷った。すると頭の中で綱引きが始まり、農民が圧勝した。マットレスは「農民です」と答えた。

「この服と腕時計は混乱に乗じて金持ちの家から盗みました。ごめんなさい」

兵士はマットレスの手を見た。長年の綱引きによって皮の厚くなった手だった。

「たしかに農民の手だ。まあ今すぐ腕時計を俺に渡せば許してやる」

兵士はそう言ってニヤついた。「かわりに俺が金持ちの家に返してくるよ」

マットレスは腕時計を兵士に渡した。その兵士は両腕に六つの腕時計を巻いていた。マットレスは兵士がいなくなったあともずっとその場に立っていた。これからどうすればいいのだろう。自宅が燃えてしまった。

こうして村はクメール・ルージュの「解放区」となった。マットレスの両親は死んでいた。残りの村人もほとんど逃げたか死んだかしていて、彼は村に残った数少ない成人男性だった。いろいろな経緯の末、クメール・ルージュの幹部から任命され、彼は村長を務めた。しかしこのままでは、いずれ綱引きエリートだったことが村民の口から発覚するだろう。マットレスは悩んだ。綱引きという職業がクメール・ルージュの規約的に許されるのか、あるいはそうでないのかはわからなかった。

マットレスは「村を出る」と「村に残る」の勝負で「村を出る」が勝つのを見た。彼は自ら志願して、クメール・ルージュ北西方面の部隊に加えてもらった。

戦闘においても、長年の綱引きで培った神の力は彼を何度も救った。間違った進軍ルートを取ることはなかったし、危機に陥っても正しい判断ができた。彼はすぐに出世した。

そうして革命が起こった。

革命のとき、彼はボン・ベトの衛兵としてプノンペンにいた。凱旋して駅舎に臨時本部を構えていたポル・ポトとも話した。綱引きの力によってポル・ポトに気に入られ、彼は「受け入れ委員会」の責任者に任命された。そこで彼は「希望事項」という綱引きを発明し、知識人たちに綱引きをさせることで彼らの本性を引きだした。集会のたびに綱引きの敗者を何人も処刑した。神の決断だったので心は痛まなかった。正しい道を進んでいると確信していた。

何回目かの集会で、彼はソリヤという女性に出会った。出会った瞬間、彼の綱が大きく反応した。若く健康そうだった。革命思想がしっかりと根づいていた。そして何よりも美しかった。これを恋と呼ぶのか、彼にはわからなかった。はじめての経験だった。彼は勇気を出して、受け入れ委員会から帰ろうとしていたソリヤを呼び戻し、その場でプロポーズをした。ソリヤは「おそらくオンカーが認めない」と言った。オンカーでは恋愛が禁止されている。新人民である自分とあなたは結婚できない。

「許可を得ます」とマットレスは答えた。「数年かかるかもしれませんが」

「数年じゃ遅い」

「どうして？」

「その間にたくさん人が死ぬから」

「革命のためには仕方ないでしょう」

「オンカーは理想郷を作ろうとしている。そしてそれはとても危険な考えなの」

「どうしてですか？」

「理想郷は無限の善を前提にしているから」

「素晴らしいことじゃないですか」

「違う。最低の考えよ。無限の善を前提にすれば、あらゆる有限の悪が許容されるから。無限の善のために、想像以上の人が苦しみ、そして死ぬことになる。もっとも高い理想を掲げている人が、もっとも残酷なことをするの」

ソリヤは何かを考えてから「地区長宛てに手紙が出せるか」と聞いてきた。マットレスは

「たぶん問題ないでしょう」と答えた。ソリヤはその場で手紙を書いた。先ほどの委員会で「文字が書けない」と主張していたというのに、さらさらと綺麗な字で手早く文章を仕上げた。マットレスはそのことを特に突っこまなかった。

「あなたのプロポーズを受諾するための条件は三つ」

ソリヤはそう言った。「この手紙を出すこと、それと私を村長かそれより偉い役職にすること、今日の委員会に来ていたアドゥという男から労働を免除すること」

「わかりました。後ろの二つは可能かどうかわかりませんが、かけあってみましょう」

マットレスは三つの条件を守り、ソリヤとの結婚を地区長に申請した。ソリヤの手紙は地区委員に手渡した。中身は見なかった。どういうわけか、新人民のソリヤとの結婚が地区長によって、すぐに認められた。ソリヤは新しい村長になり、アドゥという男が副村長になった。マットレスは驚いた。

「いったいどうなってるんですか？　こんなにいろいろと順調に進むなんて」

「魔法を使ったの」とソリヤは答えた。魔法の粉と魔法の靴以外に魔法があるのだと感心した。そういえば粉と靴は内戦のどさくさで失くしてしまっていた。

結婚式は挙げなかった。目立ちたくないとソリヤが主張したからだった。彼女が来てから、あらゆる物事が素早く進むようになった。マットレスの郡を束ねる県長がスパイ疑惑で失脚し、収容所送りになった。新しく県長になった男は、マットレスを県委員に指名した。一度も会ったことのない人物だったが、他の委員候補がみんな失脚したという話だった。折しも指導部はスパイに怯えていて、小さな疑惑でも失脚の原因になった。マットレスはそういったミスを犯さなかった。彼は神によって守られていた。

ある日、地区の会議後に食事をする機会があった。地区長、政治委員、県長、県委員とシエムリアプ自由区の委員などが集まる会議で、主なテーマはベトナムに関することだった。指導部は隠していたが、国境付近でベトナムと戦争状態になっているのは公然の秘密だった。オンカー指導部はその原因のひとつが内部のスパイにあると考えていて、国境付近に配備された東部方面の幹部たちが次々に粛清されていた。その余波はマットレスのいる南西部にも及んでおり、東部を鎮圧するためにいくつかの部隊を派遣することになるかもしれないという話だった。

「ベトナムが攻めてきても問題ないさ」司令部の庭で肉を焼きながら地区長がそう言った。「たしかに相手は三十万の兵、こちらは一万の兵。だが、カンボジアの兵士が一人当たり三十人のベトナム兵を殺せば、戦争になっても勝てる」

「真の革命戦士は五十人を倒しても、その場で革命歌を唄いながら百三十回腕立て伏せができる」

誰かがそう応じた。どうやら冗談というわけではなく本気のようだった。マットレスは会話の合間をぬって幹部たちに妻のソリヤを紹介していった。薄暗くなっていたが彼女の美しさは伝わったようで、みな一様にソリヤを褒めたたえた。何人かは露骨に性的な視線を浴びせていた。ソリヤは話をするのがうまかった。それぞれの幹部と盛り上がり、すぐに気に入られた。ある幹部はソリヤを地区委員に加えようと大真面目に語ったほどだった。

「ねえ、私の目標って知ってる?」

それぞれの幹部との話が終わったあとソリヤがそう聞いてきた。マットレスは「知りません」と首を振った。

「部隊を持つこと。だから、あなたは地区の政治委員にならなきゃいけない」

「何を言ってるんですか?」

「県委員なんて、せいぜい支配下の人民を殺したり、あるいは殺されそうな人民を助けたり、その程度しかできない」

「だから、何の話をしているんですか?」

「地区の政治委員になれば、大隊を動かすことができる」

「大隊を動かして、どうするんですか?」

「もちろん書記長ポル・ポトを倒す。新しい政権を作ってカンボジア国民を救う。こんなことは終わりにしないと。私の両親は無実の罪で処刑された。そのせいで私も殺されそうになった。だから私はクメール・ルージュに期待した。もう腐った時代は終わったんだって興奮した。それで何が起こったか。前と同じことが繰り返されたばかりか、もっと悪化してる。私は決めたの。そのためだったらなんでもする。悪魔にだって魂を売る。そうしないとカンボジア人はみんな殺されてしまうから」

マットレスは「何を言ってるんですか?」と驚いて、慌てて周囲を見渡した。誰もいなかったので彼は胸を撫でおろした。誰かに聞かれていれば間違いなく処刑されるところだった。

「ところで、あなたはどうして私と結婚しようと思ったの？」

「綱引きです」

「神々の力ってやつ？　本気で言ってるの？」

「ええ本気です。私は悪魔の王の力を弱めるために綱引きを続けなければなりません」

「じゃあこういうのはどう？　悪魔の王っていうのはポル・ポトのことで、あなたは彼を倒すため、神々の協力のもと党内で力を得ている。私はポル・ポトを倒したい。だからあなたと私の目的は同じ」

「私にはまだ悪魔の王が誰かわかっていません」

「ポル・ポトに決まってるでしょ」

「神々がそう言ったわけではないので」

ソリヤはじれったそうに「まあいいや」と言った。「ねえ、どうして私はあなたと結婚することにしたと思う？」

「わかりません。あなたの手紙を出したからですか？」

「手紙を出せば誰とでも結婚できると思ってるの？」

「そんなことありません」

「理由はあなたが賢かったし、嘘をつくのが上手だったから。はじめて受け入れ委員会で会ったとき、あなただけ本心がつかめなかった。嘘や隠しごとがうまくないと、私の計画はすぐに露呈してしまうから。あなたを政治委員にして、大隊を動かし、最終的にポル・ポトを殺すことが目標」

「あなたは他人の嘘がわかるんですか？」

「うん。でも、あなたは例外」

「それは私が神々の力を受け継いでいるからです。私は綱引きの結果を行動に移しているだけで、自分で決断して発言していないのです」

ソリヤは「そういう設定はどうでもいいんだけど」と笑った。「ところであなたは私に対して嘘をついたことがある？」

「受け入れ委員会のときを除けば一度もないと思います。といっても、私は嘘をつくという自覚を持って嘘をついていません。神々の意思に従っているだけです」

「わかった。それを信じることにする」とソリヤがうなずいた。「あなたは、私が結婚の条件に出した手紙を読んでない、それは本当ね？」

「本当です」

「それじゃあ、今から十二個爆弾を落とすから覚悟して」

「まだ爆弾があるんですか？」

「まず一つ目。どうやら私はポル・ポトの娘らしい。育ての親が実の親じゃないことは知ってたけど、秘密警察に追われたときに実の親のことは知った。一応証拠の書類も持っている。新人民の私があなたと結婚できたのはそのおかげ。地区長宛てに出した手紙にはそのことを書いた」

「何を言ってるんですか？」

マットレスは再び慌てて周囲を見渡した。今度は数メートル先に地区委員の夫妻が立っていたが、自分たちの会話を聞いている様子ではなかった。

「だから私はあなたを利用して、父親を殺して革命しようとしてるわけ」

「ちなみに、残り十一個の爆弾については、この場で聞かないとダメですか？」

「別に帰ってからでもいいよ」

「じゃあ、三個だけ聞いておきます」

「二つ目。県委員のホックは政治委員ソクンの妻とたぶん姦通してる。三つ目。そのソクンは地区長のポストを狙ってて、スパイ疑惑を捏造して指導部か別の幹部に直接連絡している。四つ目。政治局長のディナは指導部のやり方に疑問を持っているから、うまくいけば私たちに協力してくれる。以上」

「私たち？ まだ一言もあなたの計画に協力するとは言っていませんが」

「あなたが協力しないなら、今ここであなたがかつてシエムリアプの仏僧だったことを叫ぶ。バレたら処刑ね」

「どうしてそのことを知ってるんですか？ というか、さっきの爆弾の話は、どうやって知ったんですか？」

「どっちかなら教えてあげる」

「じゃあ、爆弾を仕入れた方法について教えてください」

「さっき彼らと話したじゃない？　そのときにわかったの」

「どうやって？」

「だから言ったじゃない。あなた以外の人は私に嘘や隠しごとが通用しないの」

マットレスは「なるほど」とうなずいた。ソリヤに対しては、うまく神々の力が作用しなかった。

13

スウ・ティウン　一九七七年
ロベーブレソン

叔父は凱旋後、最初の新人民へのスピーチの冒頭で「オンカーの信念は間違っていないが、革命後の統治が理想的だったとは言えない」と話した。

「革命同志のみなさん、私は間違いを受けいれます。その上で、民主的な共産社会という理想を実現します。私はそのためにロベーブレソンへ戻ってきました。私の名前はフオン。新しい郡委員です」

新人民たちは一斉に拍手をした。何人かはオンカーの変化に対して本気で期待しているようだったが、叔父が「私はオンカーの規則を削りません」と続けると、彼らは露骨に残念そうな顔をした。

「ですが、ひとつの約束と、ひとつの新規則を付け足します。これらはルールに関するルールです。これを二階ルールと呼びましょう」

二階ルールはムイタックのアイデアだった。ルールには二種類ある、とムイタックは説明した。みなが守るべきルールと、ルールに関するルールだ。ルールをどう守るか。ルールをどう変更するか。それをルールとして規定しないと、ルールは硬直し、名目だけのものになる。オンカーのルールの最大の弱点は二階ルールが実質的に存在しないことだ。そのせいで、オンカーは国家の運営をうまくいかせるための方法を発明するのではなく、国家の運営がうまくいっていると解釈する方法ばかりを発明した。

「何かを変えようと思ったら——」

ムイタックが一度だけ、そう口にしたことがある。「——二つの方法がある。ひとつは、偉くなって内部から変える方法。もうひとつは、一から満足いくものを自分で作る方法。二階ルールは、自分なりに後者の方法について考えた結果なんだ」

「ひとつ目は、ルール遵守の約束です。しかしこれはみなさんに対しての義務というだけではなく、我々オンカーに対する強制でもあります。我々ここにいる全員は、これによりルールを徹底して守ることを要求されます。たとえばオンカーの労働規則によると、労働時間は朝七時から午前十一時、午後三時から午後六時の七時間です。これを守るということはつまり、一部で常態化している夜間作業を禁止するということです。『十日に一度の完全休息日』というオンカーの制度もきちんと守ります。ルールをきちんと守らなかった担当者は降格処分を受けます」

「本当ですか？」

前方にいた、ひどく痩せた男が言った。叔父は「本当です」とうなずいた。人民たちのざわめきが広がった。叔父は彼らが静かになるまで、満足そうな表情でじっと待っていた。

「そして追加するのはルール変更のルールです。オンカーによって定められた各班長は、班員の過半数の同意があれば、ルール変更の発議を行う権利を持ちます。この発議の有用性を郡委員が認めた場合、班長以上の役職者全員の投票によって、変更が実施されるかどうかが決定されます。変更が認められたルールは即日布告し、一週間後からルール改正が行われます」

大きな歓声を期待したのか、叔父はにっこりと笑ったまま新人民たちの反応を待っていた。だが予想に反して、彼らは単に戸惑っていた。叔父の言ったことの意味がわかっていないようだった。

自分たちはオンカーから逃げだして満足いくものを作ろうとしたが、その難しさに直面するのに時間はかからなかった。問題は理念や制度ではなかった。人間が問題だったのだ。ムイタックや叔父の期待に反して、「ルール変更のルール」は機能しなかった。ルール変更の発議を行う班長がいなかったからだ。ほとんど全員が、新しいルールの価値も意味も理解していなかった。彼らはルールに従うことには慣れていても、それを作りだすことには慣れていなかった。

二ヵ月経ってようやく、はじめての発議があった。ラディーという新人民の班長のひとりで、牛の分配に関する提案だった。革命後のロベーブレソンに残っていた牛は合計三十頭で、そのうち乳の出るものが十一頭いた。それらの牛は以前までオンカーが預かっていたが、彼らがいなくなって以来、新人民たちが交代で面倒を見つつ、乳を独占していた。ラディーは「もともと旧人民の所有していた牛を新人民が独占するべきではない」と主張した。叔父もティウンも、牛の存在すら知らなかったので驚いた。新人民の班長の何人かが、ラディーを「裏切り者」だと罵倒した。黙っていれば牛を独占できたからだろう。

新人民の班長の数が勝っていたこともあり、ラディーの発議は多数決によって却下されたが、牛の存在を知った村長の父が、彼らに牛を返還するように求めた。結局、翌週にラディーの発議が認められ、新人民と旧人民で牛を分配することになったが、餌を与えなくても毎日二十リットルの母乳を出す「チャン」という名前のメス牛をめぐって話し合いが激化し、なかなか結論が出なかった。

もちろんオンカーのルールにより個人の私有は認められなかったので、牛自体はあくまでも公共財だったが、その牛の持つエネルギーや乳は分配する必要があった。それから一ヵ月間、会議はすべて牛の話に終始した。最終的に、最初に発議を行ったラディーが、牛の労働エネルギーと乳の量を数値化し、住民の人数比で割った数で分配することを提案した。

「村長、あなたはコップ一杯の牛乳で、どれくらい働けますか？」

「仕事の内容による」

ラディーに聞かれて、父は腕を組んだままそう答えた。

「鋤入れだとしましょう」

「三十分と少しくらいじゃないか」

ラディーは「私もそのくらいだと思います」と同意した。「わかりやすくするため、単位をリットルに統一します。コップ六杯で約一リットルです。そして乳一リットルのエネルギーは、四人の人民が一時間鋤入れをするエネルギーとおおよそ等しいわけです。また、四人の人民が三時間かけて鋤入れをするエネルギーは、雄牛が三十分鋤入れをするエネルギーと等しい。しかしながら、牛の鋤入れには二人の人民が付き添わなければなりません。このことを考慮に入れて、牛一頭が一時間鋤入れしたときの純粋エネルギーを《一ナンディ》とします。オス牛は一日六時間働くので、乳を出さない牛のエネルギーは一日六ナンディです。人民ひとりのエネルギーは十一分の一ナンディです。乳一リットルは十一分の四ナンディです。チャンは毎日二十リットルの乳を出し、二時間労働ができるので、約十ナンディです。新人民がすべての牛の面倒をみる場合に失われる想定ナンディ数——つまり一日あたり十一分の十四ナンディ——を考慮に入れて、エネルギーを公平に分配するとこうなります」

ラディーは新人民がチャンを含む乳牛六頭と十一頭の牛を得て、残りを旧人民が得るという計算式を集会所に張りだした。式の意味を理解できた者はほとんどいなかったが、それはともかく発議は承認された。

牛の分配が解決してから、同様の問題が食器や調理器具、余剰米や調味料などでも発生した。私的財産がない以上、生活必需品もすべて一度オンカーが回収せざるをえず、その貸しだしの分配で常に揉めた。もともとの持ち主は自分の食器や調理器具を使いたがったが、常にそれが認められるわけではなかった。

それらすべての発議は再びラディーが行い、分配の規則が認められていった。生活必需品の問題がすべて解決すると、次は「毎回発議を行う際に『班員の過半数の同意』を得て、郡委員が『発議の有用性を認める』という過程に時間がかかる」と主張した。

「新しい規則の提案をするためには、まず班員にその有用性を理解してもらわなくてはなりません。その次は同じことを郡委員の誰かにします。最後に会議で班長全員に話をしなければなりません。班員への説明はいつでもできますが、郡委員はオンカーの全体会議で不在のことも多いですし、彼らに時間をとってもらうのはなかなか大変です。発議を新しい規則に加えるためには、同じ説明を三回しなければならないし、時間もかかるのです。重要な決定に対して慎重になるのはよくわかりますが、『鍋の分配をどうするか』というような問題に三週間もかけるのは、普通じゃないと思います。そこで今回の発議はルールに関するルールの変更です。簡潔に言えば、『郡委員の承認』という手順をなくしてほしいのです」

このラディーの提案はほとんど満場一致で承認された。反対したのは叔父だけだった。ティウンは会議が終わったあとに、どうして反対したのかと聞いてみた。

「一ヵ月くらい前に、ムイタックが今回の発議を予想してたんだ。そして、これが承認されると、取り返しのつかないことになるかもしれない、と言っていた」

「どうして？」

「わからない」

ムイタックは第五地区会議に参加するノイの付き添いで、二週間ほどロベーブレソンを離れていた。

ティウンがムイタックの危惧していたことに気がついたのは、次の会議のときだった。ラディーが新しく提案したのは、家畜、農具、食器、調理器具、調味料、生活必需品などを「特別公共資財」に指定し、実質的な個人の所有を認めてはどうかという発議だった。

しかしこの意見を認めるとなると、オンカーの定めた私的財産に関するほとんどすべてのルールに違反してしまうため、ごっそりオンカーの関連ルールを削除しなければならなかった。

叔父がそのことを指摘すると、ラディーは集会所の外に待機させていた班員を呼んだ。他の班長たちが戸惑っている中、彼はその場で班員たちに経緯を説明して承認を得て、そのままオンカーのルールの削除を発議した。

こうしてルールの削除が承認された。

こうしてなし崩し的にオンカーのルールが削られていった。食糧こそ配給制だったが、オンカーの定めていた班ごとの食事も、各々が家で食べられるようになった。それまで禁止されていた物々交換も事後申請で各班長の許可を得ればできることになり、郡内ならば通行許可証がなくても自由に移動ができるようになった。

もちろんティウンには何もできなかったし、叔父も何もできなかった。いつの間にか新人民の班長を完全に掌握していたラディーは、新しい役職を次々に作りはじめ、息のかかった班長がその役職を務めるようになった。何か、後戻りできない地点へ向かっているような気がした。

「どうすればいい？」

ティウンはある日ムイタックにそう聞いた。「こんな状況がオンカーに知られたら、きっとまずいことになる」

「だろうね」と彼は答えた。

「こうなることがわかっていたの？」

「最初からわかっていたわけじゃないよ。うまくいくはずだって信じてた」

「何が間違ってたんだ？」

ムイタックは少し考えてから「人間についての考え方」と答えた。

「大丈夫なのか？」

ムイタックは再び「知らないよ」と答えた。「ここまでオンカーの規則を逸脱してしまった以上、ラディーを放りだすのは危険だし、かといって彼を罷免することも不可能だし」

「でも、このままじゃロベーブレソンを乗っとられてしまうよ。何か方法はないの？」

ムイタックはしばらく考えてから、「殺すしかないんじゃないかな」と答えた。「なんとかしないといけないのはわかるんだけど、いい方法が思いつかないんだ」

14

ラディー　一九七七年
ロベーブレソン

ラディーがまだ子どもだったころ、政治家だった父は「誰かを殺すときは、七発の銃弾を用意しなくてはならない」と言った。

「どうして？」と彼は聞いた。

「銃は簡単そうに見えて難しい。初心者はなかなか命中しない。だから最初の三発は練習だ。そして四発目を命中させる」

「まだ銃弾が残ってるよ」

「ああ、そうだな。たしかに四発目は相手に命中するが、当然急所には当たらない。まだまだ下手くそだからな。そこで、四発目が当たって弱っている相手に近づいて、五発目を急所に撃ちこむ」

「でも、まだ二発残ってる」

「普通の人間は、誰かを殺すと気分が悪くなる。とても悪くなる。悪くなりすぎて、死にたくなる。だから、六発目を使って自殺する」

「七発目は？」

「よく気づいたな」と父は笑った。「素人だから、一発だけじゃうまく死ねなかったりする。うまく脳天をぶち抜ければいいんだが、変な傷を負って苦しい思いをすると最悪だ。だから七発目を使って、ちゃんと死ぬのさ」

ラディーは秘密警察の捜査官としてはじめて犯罪者の処刑を行うとき、その話を思い出したが、実際には二発しか使わなかった。一発は犯罪者に、もう一発はその処刑に異議を唱えた別の犯罪者に。五発残ったが、殺したあとも別段気分は悪くならなかった。自分は「普通の人間」だと確信していたので、そのときは父が間違っていたのだと解釈した。自分に子どもができたら、他人を処刑するときは腕時計を外すべきだと教えてあげようと思いながら、返り血と脳みそで汚れた腕時計を部下に譲った。

ラディーは八人兄弟のうち六番目に生まれたが、五番目に生まれた姉が妹になり、七番目に生まれた弟は兄になった。税金対策のために姉がマイナス二歳で生まれ、弟が生まれた瞬間二歳になったからだった。ラディー自身は幸運にも〇歳で生まれた。

彼は小柄だったが、兄弟以外に喧嘩で負けたことはなかった。勝ち方を知っていたからだ。十歳のとき、「生意気だ」という理由で一学年上の男に因縁をつけられた。三人で囲まれ袋叩きにあった。一度に三人を相手にするのは不可能だった。彼は翌日の下校中、その男を角材で何度も殴った。男は三箇所の骨折をして警察に届け出たが、政治家だったラディーの父が金で解決した。骨折した男が学校を去り、彼は学校に残った。

同級生で歯向かう者はいなかった。ときどき父のことを知らない無鉄砲なやつらが喧嘩を売ってきた。どの喧嘩も最終的にラディーが勝った。相手の暴力は罪になったが、彼の暴力は罪にならなかった。

「お前を助けるのはこれで最後だ」

尻拭いのため、警察に金を払うたびに父はそう言った。だがラディーは何があっても父が自分の罪を揉み消してくれることを知っていた。息子の暴力事件は政治家の父にとってダメージになるからだ。十六歳になるまでに、彼は傷害で十一回、強姦未遂と強姦で合わせて八回、窃盗と強盗で五回警察の世話になったが、一度も起訴されなかった。

十六歳のとき、ラディーは父の車を使って友人たちとドライブをした。車の中でワインを飲み、流行りの音楽を歌いながら郊外まで出た。目的地は決まっていなかった。父の財布から盗んだ二百リエルを持っていた。映画『プタッローンドル』のように、気の向くまま旅をする予定だったが、郊外の村で買い物帰りだった中年女性を轢いてしまった。彼はそのまま逃げだそうとした。旅行の計画を変更したくなかったからだ、だが、衝撃で車が壊れてしまい、どうすることもできなかった。酒を飲んでいたし、当然免許もなかった。旅行の計画が頓挫して不機嫌になったラディーは、同行していた友人のひとりを一発殴った。気分は晴れなかった。

一行は車を放置して近くの道路に出た。通りかかったトラックの運転手と相談し、友人たちと一緒にプノンペンまで乗せてもらうことになった。相場がよくわからなかったので、運転手に二百リエルを払った。トラックの運転手がひどく喜んでいたので、二百リエルは払いすぎだったということがわかった。ラディーは友人のひとりに、荷台で大便をしろと命令した。トラックの運転手にお金を払いすぎたから、元を取らないといけないと思った。友人は水分を多く含んだ大便をして、荷台がびちゃびちゃに汚れた。「こいつバカだ！」と、仲間たちはトラックの荷台で大いに盛り上がった。

翌日の朝、自宅に警察がやってきて、ラディーは逮捕された。彼は「父が来るまで何も喋らない」と主張した。警察署内で、死んだ中年女性の夫に鉢合わせて殴られた。喧嘩に慣れていない者の軽いパンチだったが、ラディーは大げさに倒れ「暴行罪だ！」と叫んだ。男はすぐに暴行罪で逮捕された。

結局父が介入したおかげで刑務所に入らずにすんだが、退屈な裁判に出る羽目になった。三日間の非公開裁判を終えると、裁判官は「極悪非道な行為である」と結論した。「無免許で飲酒をして、罪のない女性を轢き殺した。そのあとも彼女を助けようとはせず放置して帰った。被告人が検察の主張する八つの法律に違反していることは明らかである」

検察の男は裁判官の発言に満足そうにうなずいた。

「しかしながら」と裁判官は続けた。「被告人はまだ十六歳で今回が初犯である。不慣れな酒を飲んで正常な判断ができなかったという弁護人の主張には同意できるところも多い。よって、被告人には未成年飲酒と無免許運転による罰金二万リエルが妥当である」

ラディーに轢かれて死んだ女性の夫が何かを叫んだが、法廷侮辱罪になるぞと脅されて無理やり裁判所の外へ連れていかれた。その二年後、父が政治家を引退した。父は「お前が何をやっても、もう尻拭いはできない」と言った。彼はそれが本当だと知っていたので、喧嘩をしたり強姦をしたりして憂さ晴らしをすることはやめた。他人を殴れなくなったので、別のことで暇つぶしをすることにした。ラディーは軍に入り、秘密警察の存在を知った。秘密警察で好きなだけ誰かを殴ることができるようになったころに父が死んだ。父が親米派だったおかげで、ロン・ノルのクーデター後も軍に残ることができた。

七発の銃弾の話の本質に気がついたのは初めて犯罪者を殺したときではなく、クメール・ルージュがクーデターを起こしたときだった。同僚たちが黒ずくめの兵士たちの口車に乗り、シハヌーク殿下を助けに行くという名目でトラックに積みこまれ、森の中でトラックごと爆破されている間、ラディーは本部で自分の書類を燃やしてまわった。革命とは王が奴隷になり、奴隷が王になることだ。これまで自分が王だった証拠を消しておかなければならない。大量の書類が灰になるのを待つ間、ラディーはふと父の話を思い出して、一緒に仕事をしたことのある同僚の書類も燃やすことに決めた。これは七発目の弾丸なのだと考えた。つまり、はじめてのものごとに対しては、必要以上に慎重に準備をしなければならないということだ。ラディーはそのことに気がついてにやりと笑った。気持ちのいい発見だった。もし自分が単に仲間を助けるために書類を燃やしていたのだとすれば、そういう気持ちにはならなかった。そうではない。自分のために、仲間の書類を燃やすのだ。この論理の美しさに笑った。クメール・ルージュは間違いなく兵士や警官に復讐を行う。名簿から正体を突き止め、拷問し、仲間を売らせようとする。自分がいかに自衛できていても、同僚が捕まってしまえば終わりだ。人間がどれだけ拷問に弱いかは、よく知っている。念のため同僚の書類も燃やしておくべきだろう。同僚の書類を燃やし終えると、ラディーはプノンペンから退去する住民の列に混じった。

道中に何度か「警官は名乗りでて我々とともにプノンペンを再興しよう」と呼びかけられたが、すべて無視することに決めていた。それが片道切符であることには気がついていた。クメール・ルージュの指示に従って、プノンペンからひたすら西に歩いた。はじめに送りこまれた集団農場で一年間を過ごした。古傷の左肩が思うように動かず、そのせいで怠け者だと言われ「上級オンカー」に連れていかれた。十年前、ソムという裏切り者に肩を撃たれた後遺症だった。あの男が自分の目の前で死んだのはよかったが、死ぬ前にもっと苦しませられなかったのは心残りだった。同業者がどれだけ拷問に耐えるのか、テストしてみたい気持ちだった。

上級オンカーは苛酷な労働施設だったが、自分の左肩を壊した共産主義への恨みを糧に生き残った。三ヵ月ほど経って、上級オンカーを担当していた将校が粛清され、別の集団農場へ戻ることになった。それがロベーブレソンだった。以前、仕事で一度だけ来たことがあった。誰だったか忘れたが、共産党員を探していた。

ロベーブレソンは都市から遠かったこともあり、以前の農場に比べると規則は緩かった。肩の痛みを訴えると、隣の班の班長は隠し持っていた鎮痛剤をこっそりわけてくれた。彼は元歯科医師だと言った。

「革命のとき、農民のふりをしたんだ。このことがオンカーにバレたら処刑されるだろうな」

ラディーは彼に感謝して、鎮痛剤を毎日飲むようになった。それによって肩の痛みはいくらかマシになった。

オンカーはある日突然、何も告げずにいなくなった。その後やってきた別の男が新しい責任者になった。

彼はスウ・フオンと名乗った。かつて、秘密警察時代に探していた男と同じ名前だった。結局スウ・フオンを見つけることはできなかった。あのときの男なのか、それとも彼の名前を使っているだけの別人なのか、ラディーにはわからなかった。もしかしたら、以前この村へ来たとき、スウ・フオンを追っていたのかもしれない。だが、そんなことは関係ないのだ。今ではあいつが支配者で、自分は奴隷だ——そんなことを考えたラディーは、今の自分の状況が不自然であることに気がついた。

それは重要な気づきだった。

「スウ・フオン」のスピーチ中に、あることを思いついた。昔のことを思い出して、久々に頭が回っていた。

俺は何かを手にしなければならない。そして、私物を所有するための合法的な手段がある。

もちろんそのためにはいくつかステップが必要だったが、自分ならできると思った。

怪しまれないようにじっくり機会をうかがってから、「ルール変更のルール」を利用して、ラディーは数多くの発議を行った。些末だが必要な発議を数多く行うことが必要だった。

その結果、「郡委員の承認を得る」という唯一邪魔だった過程を取り除くことに成功した。

まずは、アドホックに変更を加えていた私有財産の制度をとりまとめるために「特別公共資材」というルールを制定し、それによって牛を得た。発議はすべて自由に通せるので、欲しいものはなんでも手に入れることができた。

だが、何かを得るたびに、ラディーは幸福よりも怒りを感じた。新しいものを得た喜びよりも、まだまだ足りないという不満が募った。どうして俺が奪われなければいけないのだ。

そもそも俺は秘密警察の捜査官だったのだ。むかつくやつは逮捕できたから誰も俺には歯向かわなかった。歯向かったやつは排除してきた。その俺が、どうして牛を得て喜んでいる。

映画を観て酒を飲んで、若い女と遊んでいた俺が。村には干し肉みたいなババアと、頭にクソが詰まっているだけの泥人形みたいな女しかいない。第二次世界大戦の残飯みたいな粥と、雑巾を絞ったみたいなスープを飲んで、オンカーの顔色をうかがうだけの日々だ。

ラディーは唐突に誰かを殴りたくなった。全身にエネルギーが満ちてくるのを感じた。村の公共財だった唯一のラジオでポル・ポトが演説をしている。内容はくだらないものだ。演説が終わり、すぐにお決まりの不快な革命歌が流されていた。ラディーはラジオをその場で叩きこわした。うるさい黙れ。ゴミみたいなアカどもが俺に指図をするな。というか、これまで俺が、お前たちの指図を受けることを不満に思わなかったこと自体がおかしいのだ。やつらは俺を徹底的な奴隷労働で骨抜きにしようとした。たしかに俺はまともに考えられなかった。だが今は違う。休日もあるし自由時間もある。それはつまりものごとを自由に考えられるということだ。そうなってみて、よくわかった。絶対にお前らを許してはならない。

壊れたラジオの部品は鎮痛剤をくれた元歯科医師の男の寝床の中に隠した。その男のことは最初から嫌いだった。勝手に「元歯科医師」という秘密を教えてきた挙句、馴れ馴れしく接してくる気持ちの悪い男だ。

ラディーはじっくりといろいろなことを考えた。

自分がどうしたいのか。そしてそのためにどうするべきか。自分がどういうときに一番気持ちがいいのか。ガキ大将も悪くはなかったが、秘密警察の仕事は天職だった。共産主義者を殴るのは気分がよかった。ではどうして共産主義者を殴るのが気持ちいいのか。それは自分が資本主義者の親米派で、共産主義という悪を倒していたからか。

いや、違う。ラディーはそう考えた。まったくもって違う。自分が楽しんでいたのは安全な場所から正義という鉄槌を振り下ろす行為だ。ビルの屋上からスナイパーライフルで一方的に敵を狙撃する。盗みを働いた者を公衆の面前で罵倒する。

資本主義者として共産主義者を拷問する。共産主義者として資本主義者を拷問する。別にどちらでもいい。問題は自分が正義の側にいるかどうかだ。勝ち馬に乗っているかどうかだ。そう、可能であれば、九十九パーセントの勝負がいい。百パーセントこっちが勝つとわかっているとスリルも張りあいもない。だからといって五十パーセントの勝負では負ける可能性が大きすぎる。九十九パーセントだ。圧倒的有利で、およそ間違いなく勝てる状況での勝負がしたいのだ。人々は負け戦に挑む姿を賞賛する。勇敢さを過大に評価し、誤った価値観でものごとを解釈する。勇敢さなんて嘘だ。あんなもの、無能が命を賭け金にして博打をしているだけだ。勝ち戦をする。勝つ場所に立つ。位置取りがすべてだ。そのために正義と権力が必要になる。イデオロギーはおまけだ。そんなものはいくらでも変えてやる。俺は自らの手で誰かを裁きたい。それが党の側から人民を裁くのでもいいし、人民の側から党員を裁くのでもいい。

自分の真の欲望は、牛を得ることではない。この村自体を得ることなのだ。ラディーはロベーブレソンに新役職を作ることにした。すべてはそこから始まる。

もっとも重要な発議は自分ではなく、元歯科医の男にやらせた。ラディーは男に、「言うことを聞かなければオンカーにお前の正体をバラす」と言った。男は「裏切り者」などと罵倒してきたが、結局はラディーに従った。

次の会議で男は「人事権のある理事という役職を増やす」と提案した。ロベーブレソンには村役職以上の者が何人かいるが、彼らはすべてオンカーの指導部によって任命された役職であり、村の運営役職と区別すべきである。その際に具体的にどのようにオンカーの役職と村の運営役職を差別化していくかを考えなくてはならず、その役職を理事として作りたい。男はそう提案した。

フォンは難色を示したが、賛成多数で可決された。ラディーは理事に立候補してこれも承認された。

はじめに取り組んだのは警察組織だった。

「個人の財産が認められた以上、これからは犯罪が発生する可能性がある。犯罪の防止は運営組織の仕事である」

自警団に関しては会議を通す必要がなかった。理事である自分の一存で決定できた。

ラディーは自分の班員を自警団長に任命した。

自警団の最初の仕事は、村に一台しかなかった公共のラジオが壊された事件で、自警団長はラディーの指示で元歯科医の男を逮捕した。男の寝床の中からラジオの部品が出たからだった。すべてが整った以上、男はもう用済みだった。

15

シヴァ・プク　一九七七年
ロベーブレソン

理事という役職を得たラディーは日に日に権力を増していた。政治係、娯楽委員会、食糧分配係などと訳のわからない役職を作っては自分の息のかかった人間を任命し、村の運営を実質的に仕切っていた。中でも自警団は完全に彼の手中にある。会議を経ずに役職の任命ができるラディーに誰も逆らえずにいた。

「お前がなんとかしろ」

かつて泥はムイタックにそう命じた。あいつに口で勝てるのはムイタックだけだ。もし鉄板がいれば綺麗な声で村人を籠絡し、ラディーを追放することができたかもしれないが、あいつは頭がおかしくなってソングマスターを名乗り、歌手になって「メッセージを伝える」ために王都へ出て、それからは行方不明になっている。泥は最後まで反対した。歌手デビューなど詐欺師の考えだ。しかしあいつは「ソングマスターとして闇を召喚した魔法使いを探す」などと意味不明なことを言って旅立った。もしかしたら殺されたのかもしれないが仕方ないだろう。詐欺師の末路だ。

「なんともできないよ」

ムイタックは首を振った。このガキは病的に「ルールを守る」というルールに厳格になりすぎているせいで、大事なことを見失っている。泥にはそういったことの重要性がよくわからない。むかつくなら殴ればいいし、そうでないなら笑えばいい。ラディーは詐欺師のクソ野郎だ。このままやつを野放しにすればロベーブブレソンはやつのものになってしまう。

「あいつを殺すルールを作ればいいだろう」

「そんなもの会議を通らないよ。新人民はみんなラディーの味方なんだ」

先週の会議でサムが処分された。村長職の剝奪と特別共有農地の返還。全住民の前で謝罪をするまで、自警団が兵舎にサムを幽閉することになった。それがきっかけとなり、ラディーの追放集会を行うことが決まった。村人はみなサムを慕っていたので、彼が逮捕されたことで不満が爆発していた。

もともとサムはラディーにずっと苛立っていた。自警団を使ってあらぬ罪で旧人民を逮捕し続けていたし、食糧分配も不公平だった。サムの怒りはスウ家の薄縁が「特別公共資材ではない」という理由で没収されたことにより爆発し、彼は公衆の面前でラディーを何発も殴った。ラディーは反撃せずにっこりと笑った。その笑顔を見てサムはさらに逆上したが、自警団が間に入って彼を止めた。

「この詐欺師が！　村から出ていけ！」

泥は思わず叫んだ。サムとラディーの周りに人だかりがあり、二人のところまで近づけなかった。その場にいたらサムに加勢していただろう。もともとロベーブレソンに住んでいた人々はみなラディーを嫌っていたが、手出しができなかった。

「新人民なんか無視してあいつを追いだせばいい」

泥はムイタックにそう言った。

「ダメだよ」と彼は答えた。「ラディーを追いだしても何も問題は解決しない」

「あいつを追いだせば全部うまくいく。悪いのはあいつだけだ」

「違う。あいつはこの村のことをよく知っている。オンカーに告げ口されたらどうしようもないんだ」

「じゃあどうするべきなんだ」

「どうもできないよ」

ムイタックはそう答えた。

「ぶっ殺すべ」

ラディー追放集会の最初に泥が自ら提案した。提案というよりもむしろ結論だった。この集会はラディーという粗大ゴミに対する殺意をみんなで確認する機会だと認識していた。泥はずっと不満だった。この村は俺とサムが大きくした。そこに数人のオンカーが現れ、我が物顔で支配しはじめた。泥は我慢した。全員殺してやりたかったが、その前に自分が殺されてしまう。あいつらを皆殺しにするチャンスを待った。そうこうしているうちにオンカーは去り、かわりにやってきたフォンがよくわからないルールを押しつけてきた。難しすぎてルールの意味は理解できなかったが、オンカー時代に比べるとかなりマシになった。だがそれでもやはり、泥の知っている古き良きロベーブレソンは戻ってこなかった。そして今は新人民のクソどもが村を私物化しようとしている。ラディーという詐欺師は口八丁で威張り腐っている。あんなやつ殺しちまえばいい。

「いやあ、当然ぶっ殺すでしょ」

養豚ニムが賛成した。ニムは自分で飼っている豚より頭が悪いと思うが、それでも必死に村のことを考えている。あいつも古くからの住民だ。「それで終わりだ」

「早計ですよ」

オンカーの回し者が反対した。たしかノイとかいうやつだ。「彼は一応ルールを守っているのですから、私たちもルールを守った上で対抗しないと」

「いや、ぶっ殺すべきだな。あいつは詐欺師だ。詐欺師は人間じゃない。ぶっ殺せば詐欺がなくなる」

養豚ニムが言った。ノイは劣勢だろう。ラディーは問答無用でぶっ殺すべきだと思っていたし、他の参加者もそうだった。

「サムを救わないと!」と名前も知らない誰かが言った。「そしてそのためにはぶっ殺さないと」

そうだ、という声で集会所がいっぱいになった。

満場一致だ。会議の結論はあっさりと出た。ラディーを殺し、自警団が文句を言えば彼らも殺す。所詮は州都の坊ちゃんたちだから殴り合いになれば勝てる。決行は三日後。泥が武器となる農具を集め、早朝にやつの家へ行く。ノイは「ルール違反はよくない」だの「これではロン・ノルやポル・ポトと同じ」などと最後まで反対していたが説得力がなかった。

しかし追放会議で決まった「ぶっ殺す」計画は実行に移せなかった。翌日にニムが逮捕されたからだ。オンカーのルールに背き、反乱を企てた罪だということだった。ニムの逮捕も驚きだったが、何より会議のことがラディーに知られていたことに驚いた。誰かが内容を教えたのではないか。

「あの女を捕まえろ!」

ニムの逮捕に怒った村人数人がノイを捕まえて第二貯蔵庫に縛った。彼女はスパイ行為を否定したが、泥を含め他の住民たちは納得しなかった。

ティウンやムイタックが彼女をかばった。しかし他にスパイをしそうな人間が見当たらなかった。

翌日にムイタックとフオンが勝手にノイを救いだした。彼らは怒り狂い「お前たちはどっちの味方なんだ!」と叫んだ。

「ルールの味方だよ」

ムイタックはそう主張したが、誰もがおかしいと思った。

理不尽だった。サムを取り戻さなければならない。あいつらは所詮頭でっかちで、口だけのやつらにはロベーブレソンをまとめられない。昔からあのガキは苦手だった。明らかに頭がおかしいし、子どもらしくない。悪魔が憑いているに違いない。ラディーもクソ野郎だが、ムイタックは悪魔だ。もう誰の好きにもさせない。サムを奪還して以前のロベーブレソンを取り戻す。

泥は山に入ることにした。理由は二つだ。ひとつは自警団がニムの次に自分を逮捕しようとしていたため。もうひとつは自分の能力を研ぎ澄ますため。

泥は山に入り二週間の修行をした。その期間は土しか食べなかった。泥は旧人民と新人民の戦いが苛烈なものになるだろうと予測していた。相手には自警団がいる。ナイフや鉄パイプ、銃などの強力な武器は向こうの手にある。今のように「だいたい土の言っていることがわかる」という程度では勝てない。もっと正確に土のメッセージを理解できるようにならなければならない。そう考えていた。逆に言えば、土のメッセージがすべて解釈できれば、どんな銃にも勝てるということだ。二週間の修行ですっかり痩せ細った泥は、自らの殺意が砂質シルトか腐食物まじり粘土のような形になっていることに気がついた。自警団たちは皆殺しにして、上から小便をかけてやるつもりだった。彼らの死体で肥やした土で作物を収穫し、盛大な野菜パーティーを開く予定だった。勝ち目はあった。修行によって自分の感覚が研ぎ澄まされた結果、今まで大雑把に感じとっていた土のメッセージを、かなり詳細まで聞きわけられるようになっていた。しかもそれだけではなく、泥は新たな能力を手にしていた。すでに百粒単位の土と会話できるようになっていた泥は「土に命令する」こともできるようになっていた。

何があっても負けない。泥はそう考えていた。大丈夫、俺は土から生まれた。それはつまり俺がシータ姫の、そして女神ラクシュミの生まれ変わりだということだ。自警団ごときには負けない。やつらを皆殺しにして耕して肥やしにする。

逮捕は山から戻ってすぐだった。自警団の集団が、山から戻ってきた泥を逮捕するために迫っていることを、とある土の塊が教えてくれた。敵は自警団の男十三人。ラディーはいない。「デカい岩通り」の向こうから、かすかに足音が聞こえた。村には泥ひとり。他の者は労働に出ていて村にいなかった。これからの戦いを考えればちょうどいい。ここは戦場になるだろう。泥は集会所前に作った土の山――「仮司令部」に座り、ひとかけらの土を食べた。そして彼らとの衝突が迫っていることを知った。

泥は手榴弾をひとつだけ用意して、土で作った台座の上に置いていた。自分たちが持っていた唯一の武器だ。しかしそれは攻撃のための武器ではなかった。攻めこまれてどうしようもなくなったとき、一瞬にしてあの世へ飛びたつためのものだった。絶対に殺す。泥は呪文のように自分に言い聞かせた。自警団に捕まるくらいなら自殺する。俺が村を守る最後の砦だ。

武装した自警団の男たちが近づいたとき、強い風が吹いて乾季の赤茶けた土が舞った。風がやんで土煙が薄くなっていく。泥は「舞え！　もっと舞え！」と土たちに命令した。「もっと舞うんだ！」

本来なら時とともに薄くなっていくはずの土煙が濃くなっていくように見える。視界が悪く、自警団は泥の正確な位置がわからずにいる。肉眼では一メートル先も見えないだろう。

「まず二人が北側から来ている」

土の声が聞こえた気がした。自警団の男が二人、丘の側を通ってスゥ家の前に差しかかっているのだ。二人が集会所の前に出た瞬間だった。泥は八百万の土たちに「どけ！」と命令した。それと同時に、二人の足元にあったはずの土が一瞬にして消えて大きな穴ができた。落とし穴だった。先頭で銃を握っていた若い男が「え？」という表情をした。「ドン！」と大きな音が鳴った。次の瞬間に、地上に出ているのは二人の男の首から上だけだった。泥の命令によって土がどいて穴になったのだ。仮司令部から立ち上がり、足元にあったシャベルを手に取る。穴に落ちた男たちは突然のことに驚いているようで、意味のわからない言葉を発している。二人の自警団の男の顔をシャベルで続けざまにペシペシと殴った。男がクメール・ルージュ気取りでかぶっていたオシャレ西洋風のフェルト帽が穴の中に落ち、周囲に血と脳みそが飛び散った。何かぶよぶよした肉の塊を殴っている気分だった。一発ごとに、少しずつ気分が晴れていくような気がした。ぶっ殺すべ。ロベーブレソンをめちゃくちゃにしたやつはぶっ殺す。「どけ！」

ドン。彼らの後ろから近づいてきた別の男が仮司令部の前で二つ目の穴に落ちた。まだ土煙は濃かったが、泥は「もっと舞え！」と叫んだ。泥は穴の上に立ち、三人目をこれまでの二人と同じようにシャベルで耕した。集会所の裏を回り、骨組みだけになったスゥ家の床下をぐると、物陰から様子を見ていた四人目を耕した。三回程度シャベルで叩くとその男は絶命した。様子がおかしいことに気づいた別の二人が仮司令部に近づいていた。そしてさらに銃を持った三人が南側から近づいていた。土煙ネットワークのおかげで、泥はリアルタイムに土を食い、会話することができていた。五人の兵士たちがどの位置にいるか正確に把握していた。

「今だ！」

泥が指示を出した。土煙が仮司令部の前の四箇所で濃度を増していき、四つの影ができた。銃を持った三人が診療所の手前でその影に気づいた。彼らは影に向かって一斉に射撃をした。しかし、土煙の影の向こうにいたのは先に侵入した二人だった。突然撃ちこまれた二人が声もなく仮司令部の近くで倒れた。

「時間を稼げ！」

泥が指示を出した。土埃は八つの影を作り、集会所の奥へと移動した。

「撃て！」

男の声が聞こえた。診療所にいた銃部隊が朽ちかけたストレッチャーの陰から集会所に向かって射撃を始めた。泥はその間にシャベルを手にし、村の西側を迂回して診療所の裏に立った。一度射撃が止んだタイミングで、診療所の陰から再び八つの土影を出した。

「敵の数が多い！」

銃部隊の一人が叫んだ。泥はその後ろで弾をこめていた男の後頭部をシャベルで思いきり殴った。男は倒れたが、集会所方面の土影に夢中だった前の二人は気づいていなかった。土煙はさらに濃くなり、五十センチ先も見えなかった。泥は土を均す要領で、銃を構えている男たちを左から順に殴っていった。最後のひとりを殴ると、うるさかった銃声がようやく止まり、ぶおーんという硬いものを金属で殴ったときの音が響いた。土煙が少しだけ収まり、視界が開けて倒れた兵士たちの顔を見ることができた。

「見てみろ、アホばっかだ」

泥はひとりで大笑いをした。土の影を人間だと勘違いし仲間を撃ち殺した挙句、シャベルでしばかれて口を開けたまま死んでいる。中には真新しい人民服を着た子どももいて、泥の笑いは止まらなくなった。こいつらアホみたいに死んでやがる。ロベーブレソンをめちゃくちゃにして、本当に尊敬すべき人間を捕まえて、自分たちはずっと安全だと考えていたのだろうか。まったくもってぬるいじゃねえか。クソみたいに死ね。泥は地面に横たわった男三人に、念のためひとりずつ何発かの追撃を食らわせておいた。足元の死体を蹴りとばしてみたが反応はなく、生きているようには思えなかった。畑の畝の列を整理するように、三個の肉の塊を一列に並べていく。おめえらには墓はない。一生死んでろクソ野郎ども。

そのとき土煙ネットワークから、最後の五人が丘の脇から侵入したという報告を受けた。彼らは土煙を避ける形で北側を迂回している。泥は両手にこぼれるほどの土の塊を手にとって「集まれ！」と命令した。土の塊はみるみる凝縮し、親指の爪くらいのサイズになり、余分な水が指の間から垂れた。それを四つ作ると、落としてしまわないよう慎重に左手に握った。集まった土は鉄のような硬さで、手の中でカチカチと音が鳴っている。泥は土の塊ひとつを手に取った。「飛べ！」と土の塊を北に向かって思いきり投げた。続けて残りの三発も投げる。

「あああ！」

すぐに、丘の下のニム家の物置から顔を出していた男のひとりが叫んだ。隣の兵士が異変に気づくより先に、あとから飛んできた土の塊が刺さる。

「撃たれました！」

泥は続いてさらに二発を投げた。先ほど報告をしていた男は賢明にも物置に隠れたが、まっすぐに飛んだ土の塊は容赦なくその男の両目へと直撃した。次々に男たちが倒れていく。農業で鍛えた技術が武装した自警団に通用している。シャベルを持った泥は建物の陰から、ニム家の近くで両目を潰され、うずくまって悲鳴をあげている男たちに近づいていく。物置の裏で、両目に土塊が入り、顔を覆った両手の隙間から血の溢れている男をシャベルでしばく。残りの二人が逃げだすが、視界を奪われてどこに泥がいるかわからず、おろおろと見当違いの方向に逃げていく。彼らを追いかけ、「こんにちは」と声をかけてから、ひとりずつ慎重に耕す。もう死んだかな、と思ったあとに、念のための一発を入れておくことを忘れない。シャベルには、赤黒い血脂の上から、白い脳みそが付着していた。土でそれを簡単に落として形を整えた。これで急場しのぎにはなる。最後に残った二人は土塊を恐れて、丘の中腹にある木陰に隠れてしまった。斜面を利用して小さな塹壕を掘り、その穴の中に隠れている。二人が塹壕の土壁にもたれかかっているという情報を得た泥は、土壁に「どけ！」と命令した。近くの斜面を平らに均し、表面を滑りやすくしたつもりだった。バランスを崩した二人は背中から丘を転がり、次第に速度を増していく。うまくいったのだろうか。二人は必死に抵抗するも、自分のスピードを抑えることはできない。丘の下でシャベルを握っていた泥の下に男たちが配達されてくる。それらをひとりずつ丁寧に耕していく。耕し終えると男たちの頭を靴の裏で何度も踏みつけた。頭蓋骨が折れてぐずぐずになり、作業着に脳髄が飛び散った。頭の形がわからなくなると、泥はゆっくりと仮司令部へと戻っていった。先ほどまで吹き荒れていた土煙はすっかりなくなり、ロベーブレソンは平和を取り戻していた。これでラディーを守る者はいない。村人たちが仕事から帰ってきたらサムを救出して、ラディーを全員で殺す。おいしいところは残しておこう。

嘘みたいな大勝だった。ひとりで十三人を倒した。土たちは俺の言うことを聞いてくれたし、二週間練った作戦も完璧だった。もしかして夢なのかもしれない、と泥は辺りを見渡した。すべてが夢の中のできごとに思えたが、少なくとも自警団員たちの死体は本物だった。勝ったのだ。俺はひとりで詐欺師を十三人倒した。ぶっ殺したのだ。見ろこれが農民だ。泥はひとりで「うおおお！」と叫び、その辺にシャベルを投げ捨ててから死体に小便をかけて回った。いくら引っかけても小便は無限に湧きでてきた。気がつくと尿道が制御不能になり、ダムの放水のように真っ黄色の液体がボショーッと止まらなくなった。泥は自分のペニスが伸び、そのまま水圧で宙に浮き、滝のように自分の頭に小便がかかるのを感じた。あたりが黄色い水たまりになり、水たまりが広がって湖になり、水分の浸透によってぐずぐずになった地面にひびが入り、最後に地球が半分にぱっくり割れて、その中心から自分が誕生するのを見た。そしてそのまま意識を失った。

16

ティウン 同日
ロベーブレソン

惨状の第一発見者はクワンだった。「やっぱり死人が出たんだ!」とクワンが叫び、近くで遊んでいた子どもたちが駆けよった。何人かが悲鳴をあげた。何かが起こっていると気がついて、ティウンを含む大人たちが殺到したとき、泥は顔面がぐちゃぐちゃになった死体に小便をかけていた。すぐに大人たちは死体が大量に転がっていることに気がついた。子どもたちを村から出し、泥に何があったのか聞いた。泥は小便をかけながら「自警団を皆殺しにした」と答えた。死体のすべてに小便をかけ終えると、丸出しだった泥の陰茎からビュルビュルと精子が溢れた。ねっとりと股間に精子が垂れ、返り血や死体の脳みそと混ざり合ってピンク色になりながら足首にこびりついた。それを見たムイタックはそのまま気を失った。ティウンですらあまりの気持ち悪さにその場で吐きそうになった。住民たちはみな戸惑っていた。たしかに自警団は鬱陶しかったが、いざ死体を見ると良心が痛んだ。どの死体も顔面がぐちゃぐちゃで腐臭がした。

「ぶっ殺せって言って、本当にぶっ殺すやつがいるか！」

誰かが言った。それを機に、全員が「そうだ！」と同調した。

「ぶっ殺せというのは、あくまでもそれくらいの気持ちで挑めという意味で、本当にぶっ殺すのは間違いだ。こんな残酷な真似、人間のすることじゃない」

それを聞いた泥は「え？」と驚いた顔をしてから「すまん」と謝った。「俺あんま頭がよくねえから、本当にぶっ殺すもんだと勘違いしてたわ」

「それにしてもどうやってこんな人数を殺したんだ？」

「それは土に命令したんだよ。『どけ』とか『舞え』とか。俺は修行によって土と会話するだけでなく土に命令することができるようになったんだ」

「お前の言ってることの意味がわからない」

村人たちは泥が完全に狂ってしまったと結論付けて、彼を第二貯蔵庫に縛りつけた。泥は抵抗しなかった。「ああ間違えちまった。これじゃあ俺が詐欺師だ」と今にも泣きそうだった。彼らは兵舎に幽閉されていた父を救出し、泥の処遇について決めてもらうことにした。

自警団は半壊しており、もう武器もなく、まったく抵抗はなかった。

「まずラディーを殺す。泥は永久追放」

それが父と叔父が下した裁定だった。だがラディーはすでに逃げだしていて、自宅にも畑にもいなかった。

「お前が間違えて自警団を殺すのはまだしも、土に命令できるなどという発言はまったく意味がわからない。詐欺師の主張だ」

父は荷物をまとめた泥に向かってそう言った。泥は「すまなかった」と謝った。「ああ、間違えちまった。もう二度と帰ってこねえよ。本当に、どう謝っていいかわかんねえ。調子に乗っちまったんだ。みんなに迷惑はかけねえよ。このまま消えるさ」

泥が村を出てしばらくしてようやく意識を取り戻したムイタックは、すぐに逃げだしたラディーについて危惧した。

「あいつを村の外に出すのは危険だ」

「どうして？」

「オンカーに捕まったらこの村のことを全部喋るだろうから」

「その前に死んでくれればいいんだけどな」

ノイとともに戻ってきた叔父は事態を把握すると「二階ルールについて、すべて白紙に戻す」と宣言した。叔父は住民たちの前でロベーブレソンがうまくいっていないことを認め、もう一度はじめからやり直すと言った。ムイタックは何も口にしなかった。

第四章

1

アドゥ　一九七七年十二月
バタンバン北東、集団農場

革命的ラジオからは、「作業場」の素晴らしさを讃える内容が流れていた。オンカーは堤防建設のために一万人の労働者を必要としていて、その名簿を作るのがアドゥの仕事だった。アドゥは県委員とともに終業後の農場を見て回り、候補の一人一人をくまなくチェックしていった。オンカーから与えられた条件は、健全で健康で革命的野心を持っていること。正直なところ、一項目でも条件を満たす人間すら、ひとりも存在しなかった。

「夜明け前の作業場は、労働者たちの喜びの声で溢れています――」

ラジオはそう告げた。「――風にはためく白と赤の革命旗が並々ならぬ革命的勇気を鼓舞する中、労働者たちは喜びに満ち溢れながら作業をします。彼らは夜明けから夜更けまで、一瞬たりとも疲れを感じません。ある労働者はこう言いました。『作業をしていると、どこからともなく革命歌が聞こえてきます。毎日がお祭りのように過ぎていきます。夜になると、ディーゼル発電機の音が革命歌のかわりになります。ここではすべてが幸福なのです』」

ラジオの内容とは反対に、人民たちは絶望と恐怖で満たされていた。名簿に入ることは「作業場送り」と呼ばれ、彼らはそれをひどく怖がっていた。「作業場に行って、生きて帰ってきた者はいない」というのがもっぱらの噂だった。アドゥはそれが間違いだと知っていた。生きて帰ってきた者は少しだけ存在した。ほんの少しだけなら存在したのだ。

ソリヤのおかげで副村長に任命され、長時間にわたる労働から免除された。あの日受け入れ委員会に呼び戻されたソリヤは処刑されたわけではなく、むしろその逆で、村長のポストをもらったのだった。そうしてソリヤの元で自分が働くという妙な関係が生まれた。もっとも、彼女と一緒に働いたのはごくわずかな時間だった。「私はもっと上を目指す」と彼女は言っていた。そしてその言葉の通り彼女はあっという間に出世していき、それよりもさらに出世していた彼女の夫に付き添ってアドゥの村から出ていった。彼女の夫はマットレスという将校で、アドゥも彼のことを知っていた。忘れもしない、受け入れ委員会の男だ。アドゥはソリヤに彼との結婚を反対したが、彼女は言うことを聞かなかった。「利用できるものはすべて利用する」とソリヤは言っていた。

しばらく経って地区委員になったマットレスがアドゥを呼びだし、郡委員に昇進させると告げた。それにより移動許可証を得て、近隣の他の村を見にいくことができるようになった。その日アドゥが名簿作りのために訪れた集落も、彼が担当する村のひとつだった。そしてその村の委員には、留学時代のワンという知人がいた。革命前はプノンペンで技術者をしていたが、彼も経歴を隠していた。

「お前、変わったな」

オンカーの目を盗んで二人きりで話をしたとき、ワンにそう言われた。「昔は冗談ばかり話していたのに」

二人の歩みは自然と集落から離れていた。大勢の人民が列になって移動する農場から出て森の中に入ると、足元にごつごつした丸石のような感触があった。転びそうになって目をやる。骸骨だった。骸骨で足の踏み場もないほど埋めつくされていた。アドゥは自分が嫌悪感を持っていることを認めた。しかしそれは、決してひとつの命が確かに失われたのだという嫌悪感ではなかった。道端に捨てられた猫の死体を見たときのような嫌悪感だ。今では死体にも人骨にもすっかり慣れてしまった。銃声を聞くのにも拷問を目にするのにも慣れつつあった。自分はいったい何をしているのだろうか。毎晩のように考えていた。昔とは何もかもが変わってしまった。死体を見て骸骨を見て、あるいは飢えて骨だけになった子どもを見て嫌な気分になっても、五分間ほど経つとそれらの存在はすっかり頭から消え去っていた。今では昔どうやって冗談を話していたのか、それすら忘れてしまった。

「いや、今も毎日冗談ばかり話しているよ」

アドゥはそう答えた。自分にできる精一杯の冗談だった。

「どういうことだ?」

「『今日も革命と国家を守るため、研ぎ澄まされたナイフのような鋭い警戒心をもって作業にあたり、人民という肉体にオンカーの血を流し、革命旗に身を捧げる幸福を噛みしめながら一日を終えました』――昨日の仕事を終えてから、俺は幹部にそうやって報告した。考えてみてくれ。完全に冗談じゃないか。研ぎ澄まされたナイフのような鋭い警戒心ってなんだよ。そもそも革命ってなんだよ、オンカーってなんだよ。俺には何もわからないし、幹部にだってわからない。だけど、そうやって話すとみんな喜ぶんだ」

アドゥが言うと、ワンは静かに笑った。

「たしかに秀逸な冗談だな」

ワンとの交流がたったひとつの安らぎとなった。リハビリのようなものだと思った。ソリヤとは会えなくなった。ときどき家族のことが、遠い思い出として蘇ることはあった。だが今では涙も出なくなった。集中して、ひとつの物事を深く考えることが困難になっていたのだ。まるで家族は断片的な幻のようだった。はじめからすべて幻にすぎなかったのだと考えることで、自分を慰めていた。

「作業場送り」になった若者たちが出発する日、アドゥは彼らの顔を直視できずにいる自分に気がついた。「嫌だ」と叫ぶ者がいた。「行かないで」と涙を流す家族がいた。過酷な長時間労働で彼らが死ぬとき、最後に誰を恨むだろうか。彼らを送りだした自分を恨むかもしれない。しかしそうだったとして、自分に何ができるというのだろう。

「いつまで続くんだ？」

気がつくとアドゥはそう口にしていた。

「わからない」とワンは答えた。「いつまでも続くのかもしれない」

「一年前まで、俺は革命政権が崩壊して、新しく民主的な政府ができて、生死がわからなくなっている両親と再会することを毎晩夢見ていた。でも、今ではそのことを考えたくないと思っているんだ。考えれば考えるほど、それが夢でしかないことが明らかになってしまうみたいでね」

「次はどんな政府になってほしい？」

ワンが聞いてきた。アドゥは少し考えてから「愛国心や革命愛以外の愛を所持できる政府になってほしいな」と答えた。

それから一週間後、アドゥは作業場の野営地作りを監督している最中、突然ワンに呼ばれた。二人は他の委員に見られていないか確認しつつ、昼休みに早めに食事をすませ、森の奥まで移動した。

「確認したいんだが、お前はオンカーについてどう思っている？」

「くだらないと思っているよ。自分が臆病なせいで彼らに従っているだけさ」

「それは本心だってことでいいのか？」

「何を言わせたいんだ？　もしかしてお前、俺を売るつもりか？」

「そんなはずないだろ！」

ワンが珍しく大きな声を出した。「俺がそう見えるか？」

アドゥは「すまない」と謝った。「いろいろありすぎたせいで、疑心暗鬼になっているんだ。わかってくれ」

「気持ちはわかるが、俺のことを疑うのは心外だ」

「そうだな。わかった、きちんと言おう。オンカーはクソだ。ロン・ノルもクソだったが、ポル・ポトはそれよりもずっとクソだ」

「現状を変えたいと思わないか？」

「思うよ。思わないやつはいない。でも何もできない」

「それができるんだ」

「どういうことだ？」

「オンカーのやり方に納得のいかなかった一部の委員が、バタンバンの南西に理想郷を作っている。俺は同僚にその話を聞いた。同僚は、先週迎えの男と一緒に農場から脱走した」

「妻の出身地がその辺だ」とアドゥは答えた。「よく知っている。タイに近いし、ひどく田舎だからオンカーの影響も及ばないんだろう」

「妻がいるのか？」

「もう死んでしまったがな。というか正式には妻でもない。結婚式を挙げる日に革命が起こった」

「そういうわけなら話は早い。ロベーブレソンという村だ。俺は来週そこへ行く。お前も一緒に来ないか？」

「ロベーブレソンだって？　まさに妻の出身地だよ」

アドゥは何か運命的なものを感じた。すべての点が繋がって一本の線になった気がした。

「それはいい。どうだ？」

「もちろん行くよ」

二人は握手をして職場に戻った。誰かに見つかった様子はなかった。

出発は夜中だった。三日前に出発したワンからは「クワンという男が迎えにくる」というメモを預かっていた。軍服は奥の部屋にあるので、寝巻きのまま寝静まった兵舎を抜けだした。計画の第一段階だった。ここで見つかるわけにはいかない。ハンモックで眠る他の兵士たちの間を抜けていく。部屋の外に夜間の見張りを担当する少年がいたが、いつも眠っていることを知っていた。アドゥは部屋を出て少年の脇を抜けた。その際、暗くて周囲がよく見えなかったせいで彼のハンモックを揺らしてしまった。慌てて早足になりながら兵舎の建物の階段を下りたところで、後ろからライトを当てられた。

「同志アドゥですか？　いったい何をしているのですか？」

見張りの少年だった。目が覚めたのだ。アドゥは驚いてその場でつまずいてしまったが、起き上がりながらどうするべきか必死に考えた。

「党本部からの呼びだしなんだ」

「そんな話は聞いていませんし、あなたは寝巻きです」

「極秘任務だから」

「しかし、僕は誰もここを通すなと言われています」

「大丈夫、君は誰も通してない」

「あなたも通せません」

「いや、出ていくのは大丈夫なはずだ。誰かを入れるのがダメなだけで」

「そういう風に教わってません。僕は『誰も通すな』と言われました。古老に聞かないと」

「深夜に起こすと彼は不機嫌になるよ」

「そうかもしれませんが……」

「仕方ないな」とアドゥはポケットからメモを取りだして、少年の近くまで歩いていった。ワンからもらったメモで「午前二時、S－一〇四、食糧庫前。ロベーブレソンのクワン」と書かれていた。

「これは偉大なる第一同志さまからの召喚状だ。ほら、ここに『革命のために夜間のうちにプノンペンまで来るように』と書いてあるだろう？」

アドゥは少年が文字を読めず、かつそのことを恥じている可能性に賭けた。少年は頭が悪そうだったので、勝ち目のある賭けだと思っていた。もし失敗したらこのまま走って逃げるつもりだった。どうせ暗くて銃弾は当たらないだろう。

「そうですね。そう書いてあります。ですが……」

アドゥは賭けに勝った。

「何か問題があったら、すべて俺が責任を取るよ。君は悪くない」

「そういうことならいいでしょう」と少年が言った。「いってらっしゃい」

「それじゃあ」

アドゥは兵舎から農地を横切る際、なるべく照明を使わないようにした。夜の照明は遠くからでもよく見える。なるべく危険を冒したくなかった。

アドゥが時間通りに待ち合わせ場所に着くと、食糧庫の脇に一台の車が停まっていることに気がついた。軍服を着た男がひとり、運転席で眠っている。アドゥは明かりを当てながら運転席のドアを叩き、男に「お前は誰だ」と聞いた。

「いや、怪しい者じゃありません」

「名前は？」

男は「クワン」と答えた。「西部地区所属のクワンです。繰り返しますが、怪しい者じゃありません」

「俺はアドゥだ。話は聞いていると思う。乗せてくれ」

「もちろんです」

クワンと名乗った男はホッとした表情を浮かべ、アドゥにいざとなったとき隠れられるよう、後部座席に乗るようにと指示をした。アドゥが乗ると、車がゆっくりと動きだした。車に乗るのは久しぶりだった。少なくとも革命後は初めてだった。

アドゥを乗せた車は国道を走り、途中から舗装されていない畦道に入った。しばらくして夜が明けると、周囲がよく見えるようになった。見覚えのない景色だったので、道は正しいのかとクワンに聞いた。この辺は検問があるので、解放区の国道を通れないんですよ。彼はそう答えた。

日が出てくるとクワンは窓を開け、陽気に歌いはじめた。

「知ってますかこの歌。『黄金の王都』っていう歌なんですけど」

「知らないな」とアドゥは答える。本当は知っていたが、無駄な会話をするつもりはなかった。オンカーに見つかるので歌うのをやめてほしいと言いたい気持ちもあったが、何かを主張するのすら億劫だった。

「そっか残念だな」

クワンが残念そうに首を振る。

もう少しだ、と唇を噛む。もう少しで、自分にも何かができるようになるかもしれない。理想郷だ。昔みたいに楽しく毎日を送ることができるかもしれない。革命前のように、売る必要のない果物を売りながら生活できればいいのだが。そうだ、あのときソリヤと出会ったんだ。ああもしかして、自分がオンカーを裏切ったことでソリヤに迷惑をかけてしまうだろうか。アドゥはその時点でようやくソリヤのことを考えた。余裕がなかった。生きるだけで精一杯だった。アドゥは生きるだけで精一杯だった自分を恥じた。ロベーブレソンではもっといろいろなことを考えなければならない。そうやって一歩ずつ、革命前の自分に戻っていこう。ソリヤのこともじっくり考えよう。ソリヤは出世してどうするのだろうか。何を目的にしているのだろうか。彼女のことだから、きっと正義のために何かをしようとしているに違いない。賢くて正しい子だ。ああ、彼女もロベーブレソンに誘うべきだろうか。きっと彼女なら話に乗ってくれるだろう。

歌を終えたクワンは、暇をもてあましているのか、ひたすらアドゥに質問を浴びせてきた。映画とか好きですか？　王都に行ったことありますか？　今日暑いですね。村長が言ってたんですが、昨日は百度だったらしいですよ。クワンをずっと無視していたアドゥは、そこではじめて会話をする気になった。

「百度はありえないよ。水が沸騰する」

「そうですか。村長が言ってたんですけど」

「もしかしてその村長っていうのはサムって男か？」

「そうですよ。スウ・サムです。頑固で真面目な男ですよ」

「俺はサムの妹と結婚していたんだ」

「本当ですか？　やっぱりカンボジアって狭いですね。どんな人でも友達の友達の友達ですよね」

「まあ、彼女は死んでしまったんだが。サムには妹のことを伝えないとな」

「それは残念ですね。まあ、僕の母と祖母も死にました。大変な時代です」

クワンは声を落とした。アドゥは「サムは元気にしてるか？」と話題を変えた。

「ええ元気ですよ。元気すぎるくらいです」

「サムの息子はどうだ？」

「ああ、彼らですか。彼らも元気ですよ。賢いやつらです。彼らがうまくオンカーをごまかしています。そのおかげでロベーブレソンは自由に自治ができてるわけでして」

「君はロベーブレソンに生まれ育ったのか？」

「そうですよ。生まれも育ちも。だからサムのことはよく知っています」

「それじゃあ、俺の妻のことも知っていたりするのか？」

「もちろんですよ。もっとも彼女とはあんまり話したことはないので、サムやその息子たちほどはよく知りませんが」

「そうか、それは残念だな。君と妻の話がしたかったのに」

「ごめんなさい。話せるようなことは何もないんです」

会話が終わると、クワンは再度『黄金の王都』を歌いはじめた。日が照ってきて、車内が暑くなっていた。アドゥは裾で汗を拭った。ああそういえば自分は寝巻きだったんだなという、当たり前の事実に気がついた。

あ！

思わず叫びそうになった。俺は寝巻きなのだ。だから……。アドゥは胸のあたりから寒気が全身に広がっていくのを感じた。

「いい曲だよな」

アドゥは自分の緊張が外に漏れないよう気をつけながらそう口にした。

「あれ、この曲のことは知らないって言ってませんでした？」

「そうだっけ？　知ってるよ。鉄板っていう歌手のカバーが好きでね。よく聴いてたんだ」

「ああ、いいですよね。彼の歌。透き通るみたいで。僕も好きです」

クワンはバックミラーからちらりとこちらを見て笑いかけた。アドゥは何かを答えたが、自分が何を答えたかよくわかっていなかった。しばらく黙り、クワンが何か言うのを待った。だが彼は何も喋らなかった。頼む喋ってくれ。お願いだ。沈黙が長引くにつれ、アドゥは先ほど全身に広がっていった寒気が再び胸のあたりに集まってくるのを感じた。そしてそれはおそらく「恐怖」だろう。アドゥはそう確信した。怖かったのだ。

目の前で運転をしている男が誰なのかわからなかったから。

なあ、いったいお前は誰なんだ？

必死でそう聞いてみたい気持ちをこらえた。

お前はいったい誰で、この車はどこへ向かっている？

思えば出会った時点からおかしかった。待ち合わせ場所でクワンと名乗った男に「お前は誰だ」と聞いたら、「怪しい者ではない」と答えた。しかし俺は寝巻き姿でやつは軍服だった。普通「お前こそ誰だ」と返すのではないか。いや、それは、オンカーに見つかるとまずいことをしている、という罪悪感から出た言葉なのかもしれない。

いや、ダメだ。それだけではない。

深夜とはいえ、西部地区から秘密裏に迎えに来ている男が、運転席で寝ていることなどありえない。もし俺が約束通りに来なくて、間違って朝まで寝過ごしたら、その時点でオンカーに見つかるかもしれないのに。

そして、俺の妻の話だが、これもおかしい。やつは妻を知っていると言ったが、妻はバタンバンのフランス人学校に入学してからずっと州都で生活していた。ロベーブレソンには正月に帰るだけだ。ロベーブレソンで育ったのならそのことは知っているはずだし、知らないなら妻のことも知らないはずだ。どうして嘘をつく？

とどめは鉄板の話で、彼がロベーブレソン出身であることなら誰でも知っている。妻から死ぬほど彼の話を聞かされたし、結婚式でバタンバンに来たときには、サムも五回くらい鉄板の話をした。鉄板は十三年黙っていたら声が綺麗になって歌手デビューした。有名な話だろう。どうしてその話をしないのか。ソリヤとはじめて会ったとき、疑心暗鬼になった彼女をたしなめたことがあった。そんなことをふと思い出した。俺も疑心暗鬼なのか？　しかしあのときバタンバンでは……。

なあ、いったいお前は誰なんだ？　本当にクワンなのか？　クワンでないなら、どうして嘘をつく？

何よりも怖かったのは、運転手の男が嘘をついてクワンを名乗る理由がわからなかったことだ。彼は俺に見栄を張る必要も、好かれる必要も、気をつかう必要もない。アドゥは考えた。今目の前で運転している男はスパイで、俺はこれから収容所に連れていかれるのではないか。しかしそれならはじめから銃で脅し、手錠をして連れていけばいい。どうしてクワンのふりをするのか。どうして執拗に話しかけてくるのか。

アドゥは粘っこい汗がどくどくと流れるのを感じた。運転手の男は口笛を吹いている。車はいったいどこへ向かっているのか。

「すまん、小便が出そうなんだが、どこかで一回停めてくれないか？」

アドゥは考えた末に、男から逃げだすことにした。車が西へ向かっていたことはわかっている。ここはバタンバンの近くだろうか？　ロベーブレソンは遠いが、このまま捕まって死ぬわけにもいかない。車を降りて、小便に行くふりをして逃げだす。とにかく一刻も早くこの車から出ていきたい。俺は疑心暗鬼になっているのか？　そうだとしても構わない。

「そうですね。もう少しで着くので我慢できないでしょうか」

「もう無理なんだ。さっきからずっと我慢していたんだが」

男は「うーん」と悩んでから「わかりました」と言った。「少し待っててください」

五分ほど山道を走ってから車は路肩に停車した。アドゥは急いでドアを開け、どちらに行くべきか考えた。森の中に入るのがいいだろう、と茂みの中へ向かう。

「どこへ行くんですか？」

振り向くと、男がこちらに銃を向けていた。「どうせ誰も見てないのに、どうしてそんな奥へ？」

アドゥは両手をあげて「お前は誰だ？」と聞いた。

「ラディーです」と男は笑った。「あなたを収容所に連れていくところでした。悪質な手段で、ある村を追いだされましてね。今は復讐をしているところなんです」

ラディーと名乗った男は銃口を向けたまま素早くアドゥに近づき、慣れた手つきで手錠を嵌めた。そのままアドゥの背中を蹴り飛ばし、地面に組み伏せると足首にも手錠を嵌め、後部座席まで運んだ。

「どうして嘘をついた？」

アドゥは車が再度走りはじめてからそう聞いた。

「農場から収容所まで、道のりが長いんですよ」とラディーは答えた。「これまでの経験で、裏切り者を捕まえにきたって正直に言ってしまうと、運転中に話しかけても無視されるって知ってたんですよね。話し相手が欲しかったんです。退屈するのは嫌なので。まあ別に嘘が見破られたっていいんです」

2

一九七七年十二月
アドゥ　バタンバン

バタンバンの収容所は以前学校の校舎として使っていた建物だった。校庭には遊具のようなものが見えた。入り口でラディーから別の二人組の兵士に受け渡された。アドゥの目の前で、木の棒に吊るされて運ばれた囚人が遊具の前で、荷物のようにどさりと置かれた。遊具だと思っていたものは拷問器具だった。男は高い位置からロープで吊るされ、食用の豚のように鉈の側面で体を叩かれた。

「よそ見をするな！」

アドゥは背中を蹴られて、かつて子どもたちが使っていたと思われる教室のひとつに連れていかれた。机の奥に座って待っていた男に「ここは尋問室だ」と紹介された。アドゥが木製の椅子に座るとすぐに尋問が始まった。男は机の上に書類を広げた。容疑はオンカーに「ブルジョワ的反乱を企てた罪」だということだった。

「事実無根だ」

アドゥはそう主張した。「俺は何も知らずに車に乗った」

「何も知らずに夜間に抜けだし、何も知らずに車に乗ったと？」

「そうだ」

「ありえない」

「しかし、そうなんだ」

苦しい言い訳だったがそれ以外に方法はなかった。しかし尋問官は「残念ながらそれ以外にも証拠がある」と言って、どさりと調書を机に置いた。ワンのものだった。いったいどういうことだ。アドゥは夢中で調書を手にとった。経緯はこうだった。ワンもアドゥと同じように「理想郷」の話を聞かされて罠にかかり逮捕された。ワンは処刑を免れるためにアドゥの名前を出した。八ページに及ぶ調書には、アドゥがワンに話したことが著しく曲解されて書かれていた。アドゥがオンカーの思想に共感したことは一度もないこと。新しい政府が誕生することを願っていること。革命への愛や愛国心などは必要ないと思っていること。そして最後に「反乱の主犯はアドゥ。彼は留学中にCIAのスパイとなったが、そのことを隠し、理想郷の噂を流してオンカーの内部からアメリカ的病原菌をバラまいている」と書いてあった。

「事実無根だ」

「最初はみんなそう言うんだ。ワンという男もそうだった。お前もいずれ、仲間の名前を口にするに違いない」

尋問が終わるとアドゥは廊下を渡って別の部屋に連れて行かれた。もともと教室だった場所をレンガで強引に仕切った、五十センチ四方ほどの独房だった。尋問をした男がアドゥを独房の床と鎖で繋いだ。十一番と書かれた独房で、その日からアドゥは「十一番」と呼ばれるようになった。

3

アドゥ　一九七八年四月　バタンバン

どれだけの時間が経っただろうか。はじめは殴られたり、食事を抜かれたりするだけだったが、アドゥがなかなか罪を認めないことがわかると執拗な拷問がはじまった。共犯者の名前を挙げなかったり、反乱計画の質問に答えなかったりすれば、全身に巻きつけられた金属線に電流が走った。もっとも辛かったのは、逆さ吊りにされて水桶に入れられる拷問だった。酸素がなくなって意識を失うと、足首を引っ張り上げられて、目を覚ますまで両頰を叩かれた。両手と両足の爪は合計で四枚しか残っていなかった。トイレは一日一回で、それ以外のときに独房の中で用を足すと、悪臭を放つ小さな桶を渡されて、素手で糞尿をその桶に入れるよう指示された。

尋問は一日に一度、運が悪いと二度あった。尋問のために少年看守が教室のドアを開け、独房の前を歩くときがもっとも怖かった。彼が自分の前を通過して十二番や十三番を呼ぶと、まるで生き返ったような心地がした。

その日一度目の尋問は朝早い時間にすんでいた。鉈を首に当てられ、証言を拒むと皮膚に刃を差しこんできた。同じところを何度も切られ、かさぶたのようになっていた箇所だった。肩から乳首に生温かい血が流れたが、アドゥは最初から最後まで何も喋らなかった。痛みで気を失うとその日の尋問が終わった。鉈の拷問の恐ろしいところは刃先が目の前をちらつくことに尽きたが、拷問を担当した男が下手くそで、首に当てられた鉈が視界に入らなかった。

痛みや苦しさだけなら他の拷問ほどではない。今日は比較的楽な拷問で、アドゥは幸運だと思った。

独房に戻り、アドゥは二度目を恐れながら独房の壁をぼんやりと見ていた。昼過ぎに少年看守が思い出したように独房内に水を撒いてくれたおかげで、いつもよりずっと気分がよかった。二度目の尋問さえなければ、今日は素晴らしい日になると思った。

「十一番！」

夕方だった。アドゥは反射的に振り向いて返事をした。少年看守が鉄鎖の鍵を外し、手錠をつけてからアドゥを銃剣でつついた。背中がチクリと痛んだ。

心の隅に生じていた幸福な気持ちはすぐに消えてなくなった。これから二度目の拷問が始まる。誰か、時間を飛ばす機械を自分にくれないだろうか。そうすれば自分はこれからの数時間を飛ばすのに。アドゥはぼんやりとそんなことを考えた。

トイレを含めると、独房の外に出るのはその日三回目だった。立ちくらみがして、一歩進むごとに意識を失いそうになったが、何とか別棟までたどりついた。下を向いたまま鉄扉を開けて、木製の椅子に座った。いつもアドゥは、なるべく尋問官の顔を見ないようにしていた。同じ人間が自分に拷問をしているのだと考えると、苦しさが増すような気がしたからだった。

しかし何か、空気が違う感じがした。いつもと何かが違った。アドゥは恐る恐る顔を上げた。

マットレスだった。かつて受け入れ委員会でアドゥを罠にかけようとし、その後ソリヤと結婚したマットレスが目の前に座っていた。

正直なところ、拷問の最中に彼の名前を出そうと思ったことは一度ではなかった。アドゥにとって、自分を助けてくれる可能性があって、なおかつそれだけの権力があるのはマットレスだけだった。彼を巻きこもうと思った。そうすれば助かるチャンスが生まれるのではないか。

だが、アドゥはいつもぎりぎりのところでそれをこらえた。最初に尋問した男に言われた「お前もいずれ、仲間の名前を口にする」という言葉に抗いたかった。俺はそうじゃない、と証明したかったのだ。誰の名前も出したくなかった。俺はワンとは違う。俺は誰も裏切らない。どれだけ拷問を受けても誰の名前も出さない。今ここでマットレスの名前を出せば、一パーセントで俺は助かるかもしれないが、九十九パーセントで助からないばかりか、マットレスも一緒に処刑されるだろう。そしたらソリヤも危ない。本当にぎりぎりだった。あと十秒拷問が続けば名前を出していたかもしれない、そう思ったこともあった。次の爪を剝がされたら、マットレスの名前を出して楽になろう、そう決めた瞬間に拷問具から解放されたこともあった。

「見張りがいると彼が緊張してしまうので、下がってください」

マットレスがアドゥを連れてきた少年にそう言った。すぐに少年は部屋から出ていった。

「話をしにきました」

マットレスが小さな声でそう言った。どこかよそよそしい感じがした。

「助けてくれ。俺は生きたい」

アドゥは夢中でそう口にした。留学時代の知人である村委員のワンと、作業場名簿を作っている時に再会したこと。そこで彼と話したこと。理想郷を作ろうと意気投合し、夜中に車に乗ったこと。そして収容所に連れてこられたこと。拷問を受けたこと。どれだけ辛くても、誰の名前も出さなかったこと。すべて話した。

マットレスは黙って聞いていた。アドゥの話にうなずき、ときおり辛そうな表情をした。

「収容所であなたを見かけたのは偶然でした。三日前のことです。私は可能な手をすべて使って、この機会を作りました」

「早くここから出してくれ。生き抜いて、いつか妻の墓を建てたい。またのんびり果物を売りたい。冗談を言いたい。いや、それも全部我慢する。長時間労働でも構わない。何でもする。革命歌を熱唱するし、オンカーに忠誠を誓う。理想郷なんかなくてもいい。俺は生きたい。ただ生きたい。もう痛いのはたくさんだ。こんなの終わりにしたい。お願いだ」

アドゥは最後の希望にすがった。しかしマットレスは首を振った。

「残念ながら、あなたを救うことはできません」

「どうしてだよ!」

アドゥは叫んだ。すぐにマットレスが「静かにしてください」とジェスチャーで示す。

「俺はあんたを裏切らなかった。あんたもソリヤも誰も彼も裏切らなかった。ソリヤに話をしたのか？　ソリヤはなんと言っている？　彼女は俺を助けるように言ったはずだ。あんたの妻だろう？　妻の言うことは無視するのか？」

マットレスは尋問室の外をちらりと見た。誰もいないことを確認しているようだった。

「いいですか――」

マットレスは悲しげな表情をして、諭すように言った。「あなたが無罪だということになると、ワンやあなたを連れてきた男の証言が間違いだったということになります。たとえばワンの証言が間違いだったということになると、彼を尋問した幹部が間違いを犯したということになります。ワンの尋問には多くの幹部が関わっていました。彼らが間違いを犯したということになると、彼らは全員スパイだったということになります。なぜなら、オンカーは完璧だからです」

「何を言っている！」

「私が言いたいのは、あなたを救おうとした場合、あなたを救えないばかりか、私やソリヤも処刑されるということです。不可能なんですよ。私にはすでに、いくつかの疑惑がかけられています。もちろん私だけでなく、今やほとんどの幹部に何かしら疑惑がかけられています。オンカーは今、カンボジアの統治がうまくいっていないことを認めつつあり、その原因をスパイのせいにしているのです。少しでも疑わしい行動をすれば、私は即座に処刑されるでしょう。私が処刑されれば私の家族も全員処刑されます。それはつまりソリヤが殺されるということです。今日こうしてこの場を設けていること自体、かなり危険なのです」

「お前の話など聞いていない。ソリヤはどう言ってるんだ!」

「あなたを収容所で見かけた日、そのことをソリヤに伝えました。彼女はそれを聞いた瞬間、わっと泣きはじめました。彼女が泣くのを見たのは初めてです。あなたも見たことないでしょう? 彼女は自分が泣いたのは両親が殺されたとき以来だと言っていました。いいですか、彼女はあなたが収容所にいた時点で、もう救うことができないと一瞬で悟ったのです」

「嘘だ! 嘘をつくな! 俺は毎日拷問されて、それでもあんたを裏切らなかった。なのにどうして……」

アドゥはその場で泣いた。不平等だと思った。理不尽だと思った。自分はこんなに酷い目にあっているのに、目の前の男には未来がある。明日がある。妻がいる。

オンカーを恨み、マットレスを恨み、ソリヤを恨んだ。恨んでもどうしようもないと知りながら、それでも恨まずにはいられなかった。

「実は、私とソリヤは、書記長ポル・ポトを打倒しようとしています。ソリヤはよく自分の両親とチリトという老人の話をしていました。彼女は政治によって大事なものを奪われ続けたんです。それを正そうとしています」

「そんなこと俺には関係ない!」

マットレスがアドゥの耳元で囁くように言った。「それは、あなたのような人を生まないためです。彼女はどんな人でも尊厳を持って生活できるようにしたいと思っています。私たちは命を賭けています。これまでにもこの計画のために、多くの人間を見殺しにしました。

途中で計画を頓挫させるわけにはいかなかったからです。そうなれば何百万人が死んでしまいます」

「そんなことどうでもいい！　俺には関係ない！」

「時間は限られています。最後まで聞いてください。あなたには二つの選択肢が残されています。ひとつ、このまま収容所で過ごす。自分の罪を認めず、共犯の名前を言わなければ、すぐに処刑されることはありません。何年か待ってくれれば、私とソリヤがポル・ポトを倒し、あなたを釈放します。しかし、どれだけかかるかわかりませんし、成功するかもわかりません。もうひとつは、今すぐに死ぬことです。少なくとも、毎日の苦しみからは解放されます。私にはどちらがあなたにとっていいことなのかわかりません」

「だったら殺してくれ！」

アドゥは泣き叫んだ。「何年もこんな日々が続くなんて、考えられない」

「わかりました」

「死ぬ前に俺は全部話すぞ。あんたのことも、ソリヤのことも、何もかも話してやる。お前は書記長を殺してクーデターをしようとしている。そうなんだろ？　言ってやる。道連れにしてやる！」

「それは仕方ありません」とマットレスはうなずいた。「あなたにはそうする権利がありますし、私にはそれを止める権利はありません。あなたが証言をすれば、私もソリヤも、それだけでなくカンボジアも終わるでしょう。ですがそれは仕方ないのです。あなたに告発されて死ぬのなら、私たちはそれを受け入れます」

「いいのか？　あんたもソリヤも殴られて、爪を剝がされて、首に鉈を当てられて、水に沈められて、自分のクソを素手で集めながら、苦しんで死ぬんだぞ！　見ろ、この指を。お前もこうなるんだぞ！」

アドゥは爪がなくなって青黒く変色した両手を机の上に置いた。マットレスはそれをじっと見つめた。

「ええ。それくらいの覚悟はできています」

マットレスはそううなずいて立ち上がった。尋問室の外にいた少年看守を呼ぶと「彼を直ちに処刑してください」と言った。「彼がブルジョワ的反乱を企てたことは間違いないですが、どうやら記憶喪失になっているようです。これ以上尋問しても、何も得られないでしょう」

少年看守は「わかりました」とうなずいた。

その日の夜に、アドゥは目隠しをされてトラックで敷地の外へ連れていかれた。トラックは十五分から三十分くらい走っただろうか。目隠しを外されると、広い田園の中にぽつんと一箇所明かりが灯っていた。近づくにつれ、ディーゼル発電機の駆動音と大音量の革命歌が聞こえてきた。歌詞が聞き取れなくてもどの歌かはわかった。相互扶助グループの偉大さと、オンカーの慈悲深さを讃える歌だ。次に流れるのはマラリアを革命的精神で退治する歌で、そこで革命歌セットが一周する。

運転手から「あの光の下へ行け」と命令された。アドゥは何人かの少年兵に囲まれながら、銃を持った処刑人の前に立たされた。

「……最後ま……シラを切……」

処刑人が聞いてきた。発電機と革命歌のせいでよく聞こえなかった。

「何を言っているか聞こえない」

「最後まで……を切るのか？」

アドゥは「俺は無罪だ」と宣言した。「何もやっていない」

涙は出なかったかわりに言葉が溢れた。どうしてマットレスは口止めをしなかったのだ。卑怯だ。そのせいで、この場でマットレスやソリヤの名前を出せば、俺が卑怯者になってしまうではないか。俺は度重なる拷問に耐えてきた。誰も裏切らなかったし、オンカーの思い通りにはならなかった。最後の最後まで人間として生きた。両親や妻を失っても絶望に浸ることなく、畑を耕して鋤を入れた。やらなければならないことをやった。最後まで踏みとどまった。ああ、また川辺でのんびりと果物を売りたい。通りすがる人との会話を楽しみたい。なんで、どうして……。

「俺は無罪だし、共犯などもいない。だから、俺に処刑命令を出した男とその妻のことは、魂だけの存在になっても恨み続けるだろう」

アドゥがようやくそう口にすると、処刑人は意味もなくうなずいて銃口を構えた。アドゥは処刑人の目をじっと見つめた。無表情で、あくまでも機械的に照準を合わせていた。彼が突然心変わりをして、自分を助けてくれるかもしれない、などという考えが生まれた。しかしそんなことはありえないだろう。きっと処刑人も自分と、そして他の多くの者と一緒なのだ。ここで引き金を引かなければ、スパイだとして別の処刑人に殺されてしまう。だから彼はかならず——

アドゥは引き金が引かれる瞬間を見た。処刑人の丸っこい人差し指が、彼が人生の最期に見たものだった。

発電機の唸り声と大音量の革命歌のせいで、銃声は誰にも聞こえなかった。

4

スウ・ティウン　一九七八年四月
ロベーブレソン

「明日も誰か死ぬよ」

クワンが家にやってきてそう言った。「今朝も輪ゴムが千切れていた」

「蟹ワンの父さんだろうな」

ムイタックがつぶやいた。

「そうだね」

ティウンはうなずいた。蟹ワンの父は重い病気にかかっていたが、医薬品がなかった。クルーは山から採れたもので科学的根拠のない混合物を作っていたが、慰めにしかならなかった。オンカーが現れてから薬の行商人がいなくなったせいで、病気にかかるとどうしようもないという状況が続いていた。叔父や父のおかげで餓死する者はいなかったが、医薬品の欠如に対してできることはなかった。カンボジア中を探しても薬は見つからなかったのだ。

「今、何回連続で当たってるんだっけ？」

ムイタックが聞いた。

「数えてないよ」

クワンは首を振った。かわりにティウンが「十七回」と答えた。「行方不明になっただけの人を除いたら十一回」

クワンの輪ゴム占いは驚くべき的中率だった。輪ゴムが千切れると次の日に村の誰かが死ぬ、という単純明快な占いだ。クワンは村で泥による大虐殺があった日、輪ゴムからその兆候を予期していた。すると輪ゴムの数だけ自警団の人間が死んでいた。

はじめは「偶然だ」と言っていたムイタックも、何回もクワンの占いが当たるにつれ、それなりに信じるように――彼の言葉を使えば「考慮する」ようになっていた。

翌日、やはり蟹ワンの父が死んだ。オンカーでは許されていなかったが、叔父は葬式の許可を出した。アチャーがいなかったので、かわりをクルーが務めた。葬式が終わるとティウンたちの家の床下にゴザを敷いてささやかな宴が開かれ、珍しく魚料理や米の蒸留酒も振舞われた。村人が死んだのは悲しい出来事だったが、正しいやり方で送りだすことができたことに村人たちは喜んでいた。久しぶりの宴会で、みんなは歌や踊りを楽しんだ。ティウンが父に酒を注いでいると、突然目の前にクワンが現れた。

「ゴムが全部千切れていたんだ！」

「だから何だって言うんだ」

誰かが彼を「出た出た」と笑いとばした。

「残っていた十一本の輪ゴムが全部千切れていた。何か大変なことが起こるに違いないよ！　早くみんな逃げるんだ！　ここから離れないと！」

「おい、黙れ。あんまりしつこいと、殴りとばすぞ」

ある大人がそう忠告した。

「こればっかりは黙っているわけにはいかないん――」

クワンが反論しようとしたとき、彼の父親の養豚ニムが殴りとばした。

「静かにしろ！　せっかくみんなが楽しんでいるのに、戯言で水をさすな！」

「戯言なんかじゃない！　以前に輪ゴムが十三本千切れたとき、自警団が十三人死んだ。今回は輪ゴムが十一本千切れていた。十一本しかない輪ゴムのすべてだよ。これは大変な事態で――」

「――黙れって言っているだろう！　殺すぞ！　輪ゴムごときで人が死ぬだのどうのこうの、口にするな！」

激昂したニムの指示で、クワンはそのまま村の外れにある第二貯蔵庫に縛りつけられることになった。ティウンがクワンの味方をするために反論しようとすると、ムイタックが「無駄だよ」と制した。「輪ゴムが切れたから人が死ぬだなんて、たった一日でみんなに信用させることはできない」

「でも、大変なことが起こるかもしれないんだぞ」

「だから今、どうするべきか考えてる！」

ムイタックが苛立ちを露わにした。彼が強い口調で何かを口にするのは珍しかったので、ティウンは何も言えなくなってしまった。ティウンとムイタックはクワンを縛る役目に立候補した。彼らは三人で宴会を抜け、第二貯蔵庫に向かって歩いた。

「おい！　ダメだ！　みんなに知らせないと！」

感情的に叫ぶクワンに対し、ムイタックは「黙れ！」と一喝した。「輪ゴムが千切れたから明日誰かが死ぬだなんて、大声で騒ぎ立てても誰も信じないんだ」

「でも――」と言いかけたクワンを「――お前は少し黙ってろ！」とムイタックが制した。

「別に明日じゃなくても、何か恐ろしいことが起こるかもしれないとは考えていた」

「どうして？」とティウンは聞いた。

「あのラディーが村から追いだされて、何もしないとは思えない」

「じゃあ、何かが起こるのは間違いないのか？」

「わからない。でも、起こったとしても不思議じゃない」

「じゃあ、どうする？」

「それを考えてるんだ。大人たちに正直に言ったところで誰も信じないし、酔っ払った彼らを明日までに説得する方法はない」

「このまま何かが起こるのを待つだけってこと？　そんなの——」

「——お前のせいだ！」

ムイタックが再び怒鳴った。「みんなが宴を楽しんでるところに割って入って、『輪ゴムが千切れた』と喚いて、そのせいでうまくみんなを逃がす手段がなくなってしまったじゃないか！　まず俺やティウンに相談するべきだった。そうすれば、みんなを助けることができたかもしれない」

「でも……」

「とにかくお前は第二貯蔵庫にいろ。もう輪ゴムの話はするな。余計ややこしくなるだけだ」

「わかったよ……」

第二貯蔵庫にクワンを置いてから、ティウンは「どうしようか？」と聞いた。

「ほとんどの村人は、ここ数年ロベーブレソンの敷地から一歩も出ていないんだ。彼らをどこかに移動させるとなるとかなり大変だと思う」

「じゃあ、明日十一人が死ぬのを黙って待っているのか？」

ティウンはそう聞いた。「蟹ワンの父さんが死んだから、今死にそうな人はいない」

「十一人ですむならまだいいけど。クワンの輪ゴムは十一本しかなかったから、それ以上の人が死ぬかもしれない。というか輪ゴムとか関係なく、もともとロベーブレソンは危険だったんだ」

ムイタックは腕を組んでしばらく考えごとをしていた。

「ひとつだけ、可能性がある」

「何？」

「今から叔父さんを呼ぶ。うまく説得して、オンカーが攻めてきていることを叔父さんに信じさせる。それで、その話を叔父さんからしてもらう」

「叔父さんがどこにいるか、知らないぞ」

最近、叔父は仮家を出て、正式な住居に住みはじめていた。ロベーブレソンまではいつも車でやってくる。ムイタックもティウンも、叔父の新しい家に行ったことはなかった。

「大丈夫、予想はついてる。でも、少し遠いから間に合うかはわからない」

ムイタックは第二貯蔵庫の中に入っていき、羽織っていた自分のクロマーをクワンに渡すと「夜が明けるまでここにいろ」と言った。「俺たちは叔父さんを探しにいく」

「夜が明けたら？」

「それまでに帰ってくる。そこでまた指示を出す」

それから二人はランプを手に暗闇の中を走った。ティウンはどこに向かって走っているのかもわからなかった方角はムイタックが決めた。ティウンはどこに向かって走っているのかもわからなかった。もちろん聞いたところで理解できないだろうと思ったので、質問すらしなかった。走れば走るほど、明日ロベーブレソンに悪いことが起こるのは間違いないように思えた。クワンの予言はこれまですべて当たっていたのだ。

ムイタックは速かった。思っていた以上に速かったし、スタミナもあった。彼が全力で走るのを見たことはほとんどなかったが、本気を出せば速いのだと知った。クメール・ルージュの兵士に見つかるわけにはいかなかったから、曲がりくねった道を走り続けた。舗装のされていない道路には凹凸や木の根があり、二人は何度も転んだが、それでも走り続けた。

一時間ほど走ったところで二人は休憩をした。川の水を飲み、地面に座りこんだ。ティウンは夜空の星々に祈った。輪ゴム占いが外れて明日何も起こりませんように。それが無理なら、何か起こったとしても叔父さんの力でみんなを逃がすことができますように。もしそれが無理でも、死ぬのが十一人ですみますように。念のため第三希望までお祈りしたんだから大丈夫だろう、とムイタックを見ると、彼も同じように夜空を見ていた。

「お前も星に祈ったりするんだな」

ティウンが感心すると、ムイタックは「いや、方角を確かめてる」と答えた。さらに一時間ほど走ってから、ムイタックが危険を承知で国道に出ようと提案し、ティウンもそれを飲んだ。

二人は国道を走った。車は一切通らなかった。

三時間半かけて、ようやく小さな村が見えた。

「ここだ」とムイタックが言った。「ここに叔父さんがいるはず」

「どうして知ってるんだ？」

ティウンが聞くと「今は説明してる時間がない」と息を切らしながらムイタックが答えた。

村には明かりの灯った建物はひとつもなかった。細い農道に、高床式の同じような形の家が二十軒ほど並んでいる。それらをじっと眺めてから、ムイタックは「たぶんあの家か、あの家だ」と端の方にある二軒を指した。

「なんで？」

「暗くてわかりづらいけど、革命旗が掲げてあるからだよ」

ムイタックは走りだし、二軒のうち近い位置にあった家へ向かった。すぐにドアを叩き「俺だよ。ムイタックだ」と叫んだ。

しばらくして部屋の中から物音がした。ムイタックはドアから離れ、木組みの階段を降りた。

「誰？」

家から出てきたのは銃を構えたノイだった。

「ティウンとムイタックです。フォン叔父さんを探しにきました」

「フォンならいないよ。昨日地区の定例会議があって、それに呼ばれたの」

「いつも出席してるんですか？」

「いや、はじめて」

「どうして呼ばれたんですか？　どうしてまだ帰ってきていないんですか？」

「私は何も知らない。たしかにおかしいと思う、何かあったのかもしれないけど……」

「オンカーがロベーブレソンに攻めにきてるんです！」

ムイタックが叫んだ。「俺たちはそれを見ました。たぶん明日には到着します。叔父は今、尋問を受けているのかもしれません。早く村のみんなを逃がさないと！」

「本当なの？」とノイが言った。

「本当です！」

今度はティウンが叫んだ。

「俺たちだけで村のみんなに言っても、誰も信用してくれなくて。ノイの言うことなら信じてもらえるかもしれません」

「私もロベーブレソンでは信用を失ってるから……」

「僕たちだけで言うよりはマシです」

「でも私は運転できないし……。車もないのに、どうやってロベーブレソンまで行けば……」

「走ればいいんです。ここまで走ってきました。近道を知ってるので、一時間で着きます」

ムイタックはノイが協力してくれるように、必死に嘘をついていた。

「わかった。フオンが帰ってこないのもおかしいし、何かよくないことが起こってるのかもしれない。あなたの言っていることだから、間違いはないと思うし」

ノイはムイタックをじっと見つめた。

「ありがとうございます。じゃあ出発しましょう」

「ちょっと待って、軍服に着替えるから。そうじゃないと村の人も言うことをきかないでしょう？」

「わかりました」

二人は家の前で五分ほど待った。ノイの持っていた銃をティウンが受け取ると、三人は今来た道を走りはじめた。山の向こうが少しだけ白くなっていた。

時間はなかった。

5

マットレス　一九七八年四月
シソポン

受け入れ委員会の集会で使っていた建物で、第五地区の定例会議が始まった。政治委員がカンボジアの躍進を意味する数字を並べ、「喜びの声」として革命の分子たる人民たちの証言を発表した。

彼は今年の初めに、収穫目標が「十六万トン」だと言っていたが、いつの間にか目標は「前年の二倍」に変わっていて、その目標も「人民のノルマ達成率」に変わっていた。収穫量は七千トンに過ぎなかったし、前年よりも減っていたが、どういうわけかノルマ達成率は九十九パーセントで、前年の達成率七十五パーセントを大幅に上回っている、という報告だった。前年もノルマ達成率が九十九パーセントだったことを思い出したが、そのことを指摘する者はいなかったし、マットレスも黙って拍手に参加した。

次に人民代表議会議員も務める地区委員から、「すべてをオンカーに捧げる覚悟のある屈強な兵士の徴兵」に関する報告があった。その委員は徴兵の仕組みを抜本的に変えたことを誇りに思っているようだった。

「これまで革命軍の兵士には基幹民しか選んでいませんでした。なぜなら兵士たちには高度の思想的純度と、オンカーのために命を投げだす覚悟が必要だったからです。しかしながら革命政権も成立から三年が経ち、新人民の一部にもオンカーの思想が浸透していると言えるでしょう。そこで我々は、厳しい愛国審査を通過した新人民には、特別にオンカーの兵士となる権利を与えました。これによって徴兵は予定の八倍以上の成果を挙げ、ある村では二百人の若者のうち八十人を徴兵することに成功しました。彼らは軍事訓練を経て、『堤防建設の戦い』に挑む予定です」

参加者たちの拍手に合わせてマットレスも拍手をした。マットレスは「軍事訓練」が主に思想や士気を鼓舞するために行われていることを知っていたし、徴兵された兵士たちは結局「作業場」と呼ばれる堤防建設に回されていることも知っていた。もっともその堤防建設もまったく終わりが見えなかったし、重労働で死んだ者のかわりを連れてきているだけだった。

次に、別の人民代表議会議員の男が、「絶え間ない革命的闘争」の項目変更について三十分ほどかけて説明した。男曰く「我が国家と人民はきわめて高水準の経済開発、国家建設に向けて十二の闘争を行っており、その最前線が堤防建設にある」ということだった。また植物から新たな「革命的農薬」を発明した農民や、アメリカ軍の百五ミリ砲弾の破片から農具を作った農民などを例に挙げ、「人民の創意工夫は他国を凌駕するレベルにある」と報告した。

次に報告をしたのは「警官殺し」として英雄視されているフォンという男で、その他に比べると明らかに地位の低い郡長という役職だった。

「私は再編成で第五地区に加わったラタナックモンドル周辺の村々を担当しています。僻地を担当したことのある人なら思いあたる節もあるでしょうが、まず取り組んだのは『革命思想の浸透』です。オンカーの『パイナップルの目』が行き届かない辺境では、旧来のやり方や思想が当然のように横行しています。しかし強引に革命思想を押しつけようとしても、彼らを正しく導くことはできないと考えました。そこで私は『オンカーの偉大なる恵み』と称して、彼らにちょっとした旧来の自由を与えています。しかしこれは思想的進歩の次の段階を導くための一時的措置で、彼らは自分たちでその自由を持て余し、かならず我々に助けを求めるでしょう。そのときこそ、彼らが真の革命に目覚めるときなのです」

フォンの報告はかなり過激なものだった。誰もが拍手を戸惑い、不吉な沈黙が室内を満たした。

「──素晴らしい！」

地区委員のレンという男が拍手した。それを合図にぱらぱらと拍手が始まり、最終的には全員が拍手していた。彼は人民に鞭ではなく飴を与えたのだ。フォンのやり方は「闘争的でない」として、本来なら忌避されるものだと思っていたが、予想外の反応だった。

定例発表を終え、議長を務めていた地区委員が「それでは他に何かありますか？」と言った。指名されるのを待たずに、政治委員のソクンが「議題があります！」と手を挙げた。マットレスはソクンを無視して「報告しなければならないことがあります！」と起立し、「政治委員の同志ソクンのことです」と続けた。

「私も同じく同志マットレスのスパイ疑惑で──」とソクンが反論したのを、マットレスは「──同志ソクンには重大な疑惑がかかっています」と遮った。

ソクンの動きはあらかじめ知っていた。地区長が内密に教えてくれていたからだった。もともと定例会議は二人の告発合戦になる予定だった。ソリヤは「とにかくソクンより先に告発すること」と助言してくれた。「先に告発された人間は発言権を失うから、告発そのものの信憑性がなくなる」

マットレスは何が何でもソクンより先に告発するつもりだった。おそらくその決意が明暗をわけた。一度立ち上がったソクンはしばらくしてから諦めて着席し、おとなしくマットレスの話を聞きはじめた。

「同志ソクンは愚かにも権力欲にとりつかれた結果、古参の革命戦士である地区長を陥れようと、プノンペンの指導部宛てに手紙を書きました。ここに証拠の手紙があります。議長の許可があれば概要を読み上げたいのですが、どうですか？」

「どうぞ、同志マットレス」と議長が言った。

「ここにはこのようなことが書かれています。『地区長はベトナム軍と通じ、秘密裏に会談を重ね、反乱のときをうかがっています。私は地区長がベトナム人と密会しているところを何度も見ましたし、大隊長とプノンペン侵攻の計画を練っているところも見ました。彼は病原菌です』」

「嘘だ！」とソクンが叫んだ。「そんな手紙は出していない！　捏造だ」

「しかし、この手紙にはソクンのサインがあります。証拠として議長に提出します」

手紙は捏造だった。しかし、マットレスにはソクンから疑いがかけられている以上、物的証拠がなければいけないというソリヤの判断だった。ソリヤは一晩かけてソクンの筆跡を真似て、偽の手紙を作りだした。ソリヤは「大丈夫」と請け負った。「だって、指導部に手紙を出したことは事実だから。追いつめていけば、きっと自滅する」

「たしかにソクンのサインがあります」

手紙を受け取った議長がそう言った。会議の出席者たちからどよめきが起こった。

「捏造です！　同志マットレス、あなたはこの手紙をどのようにして手に入れましたか？」

「同志マットレスは私を貶めるために、偽の手紙を作ったんです」

「事態を憂慮した指導部の方からです。本人の希望で名前を出せないのが心苦しいですが……」

「嘘だ！　名前を出せないのは、そんな人物が存在しないからだ！」

「私は目撃しました」

挙手とともに発言したのは県委員のホックだった。「同志ソクンは、前回プノンペンに行ったとき副首相に何かを渡していました。そのときは気になりませんでしたが、今思うと……」

思わぬ助け船だった。マットレスはますます自信がついて、ソクンに追い討ちをかけた。

「同志ソクンは重大な背信行為をしました。彼は収容所で取り調べを受けるべきです」

「わかった。手紙を出したのは認める！　だが、同志マットレスは嘘をついている！」

「手紙を出したことは認めるんですね？」

「認めます。ですが、ベトナムがどうだとか、そんなことは一切書いていません」

「では、何を書いたというのですか？」

「オンカーの素晴らしさ、革命の素晴らしさ、そういうことです」

ソクンの目は泳いでいた。

議長が「それはおかしいです」と反論した。「そんなことわざわざ手紙に書かなくても、当然のことではないですか。これ以上嘘をつくのですか？　同志ソクン」

「いえ、すみません。本当のことを言います……。たしかに手紙には地区長のことを書きました。ですが、反乱だとか、そんなことではなく……」

「私を貶めようとしたことを認めるのですか？」

ずっと静観していた地区長が優しく言った。

「……認めます。ですが、同志マットレスにはスパイ疑惑があり――」

「――同志ソクンは私を巻き添えにしようとしています」

マットレスはそう反論した。すべてがソリヤの想定通りに進んでいた。

「お前だけは許さないぞ！」

ソクンが叫んだ。「同志マットレス、お前だけは絶対に許さない！」

議長の指示でソクンが連れていかれた。ソクンが殺されることは何とも思わなかった。だが彼の家族に関して考えると良心が痛んだ。誰かが政治的に処刑されることになると、その家族も全員処刑される。それがオンカーのルールだった。それ以上の議題がなかったので、その日の定例会議は終了となった。

地区長から呼ばれたのは、会議が終わってからだった。

「同志マットレス、あなたには助けられました」

「いえ、当然のことをしたまでです」

地区長は深くうなずいて深呼吸をした。

「さて、ソクンがいなくなって政治委員の枠が余ったわけですが、やる気はありますか？」

「私ですか？」

マットレスは驚いたふりをした。ソクンの失脚と政治委員への就任は想定内だった。「地区長の提案であれば、もちろん受けさせていただきます」

「それはよかった。しかし、いくつか問題があることも告げておきます」

「いったいどんな問題ですか？」

「君のスパイ疑惑です。今回はどうにかなりましたが、政治委員の中には依然として君を疑っている者もいます。君がシエムリアプで僧侶をしていたという噂があるんです。そのことから、君がＣＩＡのスパイだと疑っている者もいます」

「事実無根です」

「わかっています。ですが、しばらくは政治局の意向に従ってほしい」

「どういう意向ですか？」

「ソクンは君ともうひとり、先ほど会議で報告をした郡長のフォンという男がスパイだと主張していました。フォンのスパイ疑惑はどうやら間違いありません。あの村には有力な情報提供者がいるんです。彼のおかげで何人もの病原菌を駆除できています。ああ大丈夫。すでにフォンの身柄は確保してあります。彼はそのために呼ばれたのだから。そして君の政治委員としての最初の仕事は、フォンが担当しているロベーブレソン地域の反乱分子を処刑することです」

「どういうことですか？」

「政治局は君をテストしてるんです。もし君がフォンの仲間でないのなら職務を完遂できるし、拒否したらフォンの仲間ということになります。ロベーブレソンにはフォンの仲間がいます。それは間違いない。そいつらを処刑するんです」

「しかし、人民を処刑するなど……」

「反乱分子は人民ではありません」と地区長は断言した。「敵軍の兵士です。わかっていますね？　これは戦争なんです。それとも、できないと言うのですか？」

「いえ、そういうわけでは……」

マットレスは言葉を濁しながら、二重の意味で戸惑っていた。ひとつは地区長の提案に。もうひとつはソリヤと出会って以来、神々の綱引きではなく、彼女の考えに従うようになってしまっていたことに。

「疑われるようなことはするな」とソリヤは言っていた。

地区長の依頼を断れば、ソリヤの命令に背いてしまう。

「やります」と答えながら、マットレスは「断れ」という綱引き結果を得ていた。しかし断ることはできなかった。自分にとって、今ではソリヤが神だった。

6

スウ・ティウン　一九七八年四月
ロベーブレソン

ティウンたち三人は朝七時にロベーブレソンへ戻ってきた。ノイがすぐに大人たちを広場に集めた。酒宴の翌日だったので二日酔いで寝こんでいる者も多く、半分ほどしか集まらなかった。ムイタックは難しい顔でずっと何かを考えこんでいた。

「たった今、ここにはオンカーの危険が迫っています」

集まったわずかな大人たちはノイを無視して雑談していた。ノイは「本当に危険なんです」と続けた。「フオンはオンカーに呼ばれたきり、帰ってきません。私たちは山の向こうでオンカーの軍を見ました」

「ここに来るとは限らないじゃないか」

誰かが反論した。「俺たちは何も悪いことをしていないしな」

「そうだ！」と誰かが賛同した。

「私たちはオンカーの規律をきちんと守っていません。私たちはいつオンカーに目をつけられても不思議じゃないんです」

「これまで何も問題なかったじゃないか」

今度は何人かが「そうだ！」と応じた。

「だいたい逃げるったって、いったいどこに逃げるんだ？」

誰かがそう言ったことが決定打になった。たしかにそれはもっとも大きな問題だった。百人以上の村人全員が逃げる場所なんてなかったし、いつまで逃げ続ければいいのかもわからなかった。

「俺は仕事に行く」と言って父が畑に行ったのを合図にして、村人たちは散り散りに消えていった。三人はどうすればいいかわからずその場に立ちすくんでいた。かわりに子どもたちが集まってきた。彼らは集会所の前にゲロの入ったバケツを並べた。ティウンはムイタックが生まれた日のことを思い出した。自分が率先してバケツの処理をした。あの平和な時代を思い出した。

「ねえ、本当にオンカーの軍を見たんだよね？」

誰もいなくなってしまった広場でノイが聞いてきた。ムイタックが「実は、見たのは俺だけなんだ」と答えた。「嘘をついてごめん」

ノイは「そっか」とつぶやいた。「なんだか自信がなくなってきちゃったの。今ごろフォンは家に戻ってるのかも」

ムイタックは「輪ゴムのところに行ってくる」と言っていなくなってしまった。

「僕も心配になってきました。みんながあまりにも能天気なので。気を抜くと『本当に軍が襲ってきますように』って祈ってしまっていて、何だか自分が不甲斐なくなってきます」

「どうしようか？」

「ムイタックが戻るまで僕の家にいてください」

「そうね」とノイが肩を落とした。

二人は家に戻り水を飲んだ。会話はなく、気まずい空気が流れていた。「暑苦しい」と、ノイがオンカーの制服を脱いで、ティウンのTシャツを着た。母は奥の部屋でムイタックの服を洗濯していて、セミの声と水をかき回す音が空しく響いていた。

村はずれにある細い道路に数台のトラックが止まったのは、そんなときだった。広場の方角から誰かが「トラックだ！」と叫ぶのが聞こえた。

「オンカーだぞ！」

洗濯を中断した母が、立ち上がった二人に「あなたたちはそこにいなさい」とすぐに家の外へ出た。母は一度家まで戻ってくると、「しばらく家の中にいなさい」とだけ言って再び外に出ていった。ノイがドアに張り付いて、隙間から外を見た。

「オンカーの制服を着た兵士たちがいる」と彼女は言った。「それぞれの家を回っているみたい」

「家を回って何をしているんですか？」とティウンは聞いた。

「わからない。家の中から人々を引っ張りだしている」

「やっぱり来てしまったんだ」

ティウンは頭を抱えた。

しばらくして、ひどく汗臭い兵士が乱暴にドアを叩いた。ドア越しに臭いがわかるほどだった。恐る恐る二人が彼らを迎え入れると、部屋の中をくまなく調べ「中央の広場に来い。隠れても無駄だ」と短く言った。彼は外の兵士に「若者が二人だ」と伝えてから、すぐに出ていった。

兵士たちがいなくなるとすぐ、床の下からコンコンという音がした。ティウンはコンコンと床を叩きかえした。

「無事か？」と聞こえた。床下にいるのは父だった。

「無事だよ」とティウンは答えた。

「トラックの荷台にフオンがいた。兵士たちはロープで縛られていた」

父は囁くように言った。「兵士たちは全員銃を持っている。いいか、何があっても、フオンとの関係を口にしてはならない」

「わかった」とティウンは答えた。

それから二人は広場に向かった。広場で大人と子どもは二つにわけられて、それぞれ横一列に整列させられた。ノイは大人のグループに入れられた。二十歳だったティウンがどちらに並ぶべきか迷っていると、「早くしろ」と尻を蹴られた。転んだ先が子どもの列だったので、ティウンはそちらに並ぶことにした。文句は言われなかった。大人の列を見ると、さっきまで床下に隠れていた父が母の隣に立っているのがわかった。父にはずっとそのまま隠れているという選択肢はなかったようだった。

兵士たちに先導されて、畑に出ていた人たちや二日酔いで寝ていた人たちが広場に集まってきた。

「もし隠れている人間がいれば、かならず見つけだして連行することになります」と兵士のひとりが拡声器でそう言った。「素直に出てくれれば危害は加えません」

その言葉で、村の隅々から何組かの家族が出てきた。彼らも、まるで家畜みたいに大人と子どもに仕分けられた。ティウンは冷静に村人の顔を眺めていった。まだ何人か、いない人たちがいるはずだった。彼らがどこかに隠れているのか、たまたま畑に行っていて不在なのかはわからなかった。ティウンはクワンとムイタックがこの場にいないことに気がついた。

しばらく待ってから、別の兵士が道路の方から両手を縛られた叔父を、つま先で尻を蹴とばしながら連れてきた。散々殴られたのか、叔父の顔面はひどく膨れていた。全員が整列し終えると兵士たちも静かになった。広場を沈黙が満たした。ティウンは息を飲んだ。ムイタックがいるか確認したかったが、目の前の兵士がこちらを睨みつけていたので、横を向くことができなかった。

「私がこの場の指揮官マットレスです」と名乗った男が「スウ・フオンの親族は正直に名乗

りでてください」と命令した。ティウンはちらりと叔父を見たが、彼はぼんやりと上方に目をやっているだけだった。

「もう一度言います――」指揮官マットレスは叔父を指さした。「――この男の親族は名乗りでてください。正直に名乗りでれば悪いようにはしません」

一瞬叔父の顔が険しくなったような気がした。彼はティウンが名乗りでることを望んでいるのかもしれない。名乗りでる家族がいれば、その場で彼は解放されるのかもしれない。父の「口にするな」という命令と指揮官マットレスの「名乗りでなさい」という命令の間でティウンは揺れていた。

そのとき背中に痛みが走った。誰かが自分の背中をつねったようだった。危うく声を出しそうになるのを我慢した。

ムイタックだった。ムイタックがいつの間にか二つ右隣にいた。彼はティウンを横目でじっと睨みつけていた。彼は「名乗りでるな」と言っているようだった。ティウンは父の言葉を信じることにして、その場をなんとかこらえた。

しばらく静寂が続いた。トラックから別の男がやってきて、指揮官マットレスの耳元で何かを囁いた。マットレスは兵士たちを整列した大人の前に立たせた。彼らは全員銃を持っていた。

「最後に聞きます。スウ・フオンの親族は？」

どれだけ経っても、誰も何も答えなかった。

そのとき、父が「俺がこの村の村長だ」と言って列の前に出た。「俺はあいつの兄だ。あいつにも俺にも妻や子どももいないし、両親はすでに死んでいる。残りの村人は無関係だ」

「私が聞いていた話と違います」とマットレスが言った。「加えて、親族以外にもこの村にスウ・フォンの協力者がいると聞いています。勇気ある告発者の口から、私はすべてを聞いているのです。今ここで名前を挙げることもできますが、あなたたちを信じて待っているのです」

マットレスは「それに、ご覧の通り――」と二日酔いで顔のむくれた大人たちを指した。「この村の生活は腐敗しています。住民はみな酒臭く、昼だというのに働かずに寝ている者もいました。あなたたちがオンカーへの反乱を企てていたことは間違いありません。フォンの家族と彼の仲間を差しだしてくれれば、すぐにでも引き上げます。さてフォンの仲間は？すぐに名乗りでてください」

「名乗りでた『仲間』はどうなるんだ？」と父が聞いた。

「逮捕され、オンカーの規則に従って処罰されます」

「私が仲間です」

大人の列からノイが名乗りでた。「仲間は私だけです。私は以前同志フォンが担当していた村で彼と出会い、彼と一緒にロベーブレソンへ来ました」

「なるほど、わかりました。まあいいでしょう。それでは、あなた方は私についてきてください」

マットレスが兵士たちに撤収の合図をすると、すぐに隣の男がまた何かを囁いた。ティウンはマットレスの顔にほんの一瞬、苦々しい表情が浮かんだことに気がついた。

「残念ながらオンカーの情報網によると、フォンの仲間は多数いるとのことです。他の仲間はいますか？　出てきてください」

「私しかいません」とノイが反論した。「本当です」

「あなたは、オンカーの情報が間違っていると主張するのですか？」

ノイは「いえ……」と口ごもった。マットレスは背筋を伸ばしたまま直立していた。その後ろで兵士がライフルをカチャカチャと鳴らしていた。

「頼むから、出てきてくれ」

マットレスは懇願するように言った。しかし、誰も名乗りでなかった。ティウンは横目でムイタックを見た。彼は難しい表情でマットレスを直視していた。

沈黙が続いた。

どれだけ経っただろうか、マットレスが「仕方ない」と言って銃剣を構え、刃先を父に向けた。

「その銃を使う気か？」

父が聞いた。

「銃を使わなくては正直にならないというのなら、そのために使います。さて、この中に仲間はいますか？」

マットレスの合図で、彼の両側に広がった兵士が空に向けて一斉に銃を撃った。

「おい、お願いだ。村人たちには何もしないでくれ。彼らは関係ないんだ」

「正直になってください。お願いです」

「頼む、村人たちには手を出さないでくれ」

父は両手を鼻の下で合わせた。マットレスの隣に立った男が彼の耳元で何かを囁いた。

「何も関係ないんだ」

父の懇願は続いていた。その懇願に何も答えず、マットレスは無表情のまま銃剣を父の合掌した手首に振り下ろした。父がとっさに手を引いたため、銃剣は手首に当たらず、刃先は指をかすめた。父の指が何本か周囲に飛んでいった。何が起こっているのか理解するのに時間がかかったのか、その場の誰も声を発さなかった。父は一瞬ひどく驚いた表情をしてから、すぐに苦悶の表情を浮かべ、「うおおお！」と絶叫した。

マットレスが「撃て」と合図を出した。銃声が響いて、父がその場に倒れた。銃弾は父の体を貫き、二メートルほど先の集会所の壁に血しぶきが飛び散った。

「父さん！」

ティウンは叫んだが、銃声にかき消された。

母が何かを大声で叫んでから崩れ落ちた。

他の村人が口々に何かを言いはじめた。ショックからか、その場でうずくまってしまって何かを吐きだす人もいた。ティウンは再び「父さん！」と叫んで駆け寄ろうとしたが、ムイタックが後ろから羽交い締めにした。

「行っちゃダメだ」

別の兵士によって、地面に横たわった父が再度撃たれた。ティウンは何が起こっているのかわからずに、「どうして」「何が」「こんな」などと繰り返した。父が死んだ。目の前で殺された。あっという間に。

「話と違う！」とノイが叫んだ。

「いったいどうなっているんだ！」

ノイに続いて叫んだのは養豚ニムだった。

「どうして殺されなきゃいけないん――」

「静かにしろ！」

マットレスが一喝すると、村人全員が一斉に黙った。恐怖で全身が震えていた。目の前で起こっていることが現実だとは思えなかった。兵士たちの持つライフルがカチャカチャ鳴る音と、セミの鳴き声だけが聞こえた。

「スウ・フォンの仲間は名乗りでてください。これが最後のチャンスです」

さっき父は「叔父のことは黙っていろ」と言った。その指示を守っていたら父は撃たれてしまった。

このまま黙っていたら、次は母やムイタックが撃たれるかもしれない。家族を守るのは自分の役目だ。自分が長男で安心していると父は言った。何かをしなければならない。声を出さなければならない。

ティウンは「叔父さん！」と叫んでいた。「僕は彼の家族――」

「静かにしろ！　いい加減泣きやむんだ！」

静まりかえった中でムイタックの大きな声が響いた。はじめは何が起こったのかわからなかった。マットレスが自分に向かって歩いてきたので、彼に何を言うべきか必死に考えていた。

しかし、マットレスが向かったのはムイタックのところだった。ムイタックはティウンと同時に叫んでいた。彼の声の方が大きかったので、ティウンが喋った内容は聞きとられていないようだった。そのときになって、ようやく自分の足元でまだ三歳のクンという子どもが、しくしくと声を出さずに泣いていることに気がついた。ムイタックはクンに向かってもう一度「静かに！」と叫んだ。

「いつ、勝手に声を出していいと言いましたか？」

マットレスがムイタックの胸ぐらをつかんだ。ムイタックは「……申し訳……ございません」と声を絞りだした。

「こいつが……同志マットレスの指示に従わず……泣きはじめましたので……」

「勝手なことをしないでください」

「もちろんです……」

マットレスに放されたムイタックは、肩で息をしながらティウンをちらりと見た。父との約束を忘れるなと言っているようだった。

マットレスは子どものグループを広場の端に寄せてから、父の死体を部下に運ばせて、大人を真横一列に並べた。別の兵士たちが銃を構えていたので、文句を言う人はひとりもいなかった。

「こうなった以上は仕方ない。撃て」

銃を構えた兵士が照準を合わせながら返事をした。

指揮官の合図で、兵士たちが大人の列に向かって一斉射撃をした。別の兵士が、うずくまった大人をひとりずつ調べながら、死んだふりを防止するために一発ずつ止めをさしていった。まるで工場の作業のように、すべては流れるように行われた。養豚ニムの胸から血が溢れた。母の首から血が噴きだした。ノイは顔面が吹きとんだ。首から血を流して倒れた母に銃が向けられた。

ティウンは「どうして！」と叫んだ。少ししてから子どもたちの悲鳴が聞こえた。「話と違うじゃないか！」

兵士のひとりは「静かにしろ」と言うかわりに、右手で銃を高く掲げた。

振り下ろされる、と思った瞬間、ティウンは顔を伏せた。

がん、と銃底が後頭部に当たった。喉の奥にドロリと血の味がした。視界がぐるんぐるんと回転をはじめた。ティウンは上下左右がわからなくなり、そのまま地面に倒れた。

「まだ、子どもに手を出す許可は出していない！」とマットレスが叫んだ。

「うるさかったんだ」

兵士がそう返事をするのが聞こえたような気がした。吐き気がした。目が回ってしまって、言葉を発することも立ち上がることもできず、霞んだ視界の中で起こっていることを断片的に知るだけだった。ぼんやりと、子どもたちがひとりずつマットレスに連れていかれ、どこかに消えていくのが見えた。

しばらくして、ようやく意識がはっきりしてから、自分が広場にいることを知った。まだ起き上がることはできなかった。横目で、広場の反対側で兵士たちが何をしているのかうっすらと見ることができた。彼らは穴を掘って、大人たちの死体を埋めていた。

「他の子どもは？」ムイタックに聞いた。

「マットレスにひとりずつ集落の外にある林まで連れていかれてる。泣き叫んでいる子どもを優先しているみたい」

「母さんは？」

ムイタックは黙って首を振った。

「叔父さんは？」

ムイタックは再び首を振った。

ああ、父さん、母さん、叔父さん――

残された子どもたちは、ムイタックを除いてみな泣いていた。

ティウンは自分の目の前で死んだ父のことを思った。父に言われたことをすべて思い出そうとしたが、感情が溢れてダメだった。ただただ悲しかった。信じられなかった。家族を守るために、自分には何かができたような気がした。涙を流すと父に怒られたことを思い出した。だが、涙は止まらなかった。

すべてが夢だと考えようとしたが、後頭部の痛みが現実に引き戻した。マットレスが合掌した父の手首に、黒くて重い銃剣を振り下ろした。父はすぐに、穴だらけにされた。母が死んだ瞬間はほとんど記憶になかった。叔父に至っては、彼がどうなったのか見ることもできなかった。一瞬でいろんなことが起こった。どこかで夢の中の出来事のような気がした。一度にあんなにたくさん人が死ぬとは思えなかった。何が何だかよくわかっていなかった。

ああ、どうして。

どうして僕たちの村が。

子どもグループの残りが四人になってからティウンが呼ばれた。ムイタックより先だった。ティウンは起き上がった。まだ目眩がしたが、歩くことはできた。

マットレスに連れられて、集落の外の林の中を進んだ。目的地は一瞬でわかった。連れていかれた子どもたちが横になって重なり、小さな山になっていたからだった。その山の一番奥に、まだ三歳だったクンが寝転んでいるのが見えた。さっきまで隣にいて、しくしくと泣いていたクンだ。彼は首が背中の側に見たことのない角度で折れ曲がっていて、額がべっとりと血で濡れていた。

これから自分が何をされるか、想像したくもなかった。マットレスはティウンを別の兵士に受け渡すと、再び村へ戻っていった。彼には次の子どもを連れてくる仕事があった。

体の大きな兵士が「ったくなんで俺が」と不満げに吐き捨ててから、ティウンの額を鷲づかみにした。「お前はほとんど大人だな」

ティウンは自分が今まさに殺されようとしていると自覚していたが、二つの理由で兵士に抗うことを諦めていた。ひとつはすでに他の家族が殺されてしまった中で、自分だけが生き残る意味を見出せなかったこと。もうひとつは自分の頭をつかんだ兵士の力がゾウみたいに強かったこと。

兵士はティウンの頭を大きなガジュマルの木に向かって乱暴に打ちつけた。一発目は狙いが外れ、額が樹皮にかすっただけだった。

兵士は舌打ちをして、もう一度頭を両手でつかんだ。

彼の両手の握力によって今度こそ死ぬと確信したが、反抗することは諦めていたはずだったのに、どういうわけか体が勝手に反応した。

ティウンは兵士の足を無我夢中で何度も蹴っていた。そのうちの一発が運よく彼の股間に直撃し、驚いた兵士は一瞬彼のことを離したが、逃げだす間もなく、すぐに後頭部を殴ってきた。

「余計なことはすんな」

もう一度兵士がティウンをつかみにかかった瞬間、彼は「痛え！」と叫んでその場にうずくまった。

草陰から現れたムイタックが、兵士のふくらはぎにナイフを刺していた。血濡れたナイフが兵士の足元から茂みに転がるのと同時に、ムイタックがティウンの手を取った。

「走れ！」

自分が発した声か、ムイタックが発した声かわからなかったが、とにかく二人は林の奥に向かって走りだした。怖くて後ろを振り返ることはできなかった。ずっと、すぐ後ろに誰かがいるような気がしていた。頭が割れるように痛かったし、すぐに足がもつれた。ティウンは何度も諦めそうになった。その度にムイタックが「まだだ」とこちらを見た。

7

ムイタック　一九七八年四月
ロベーブレソン

ティウンが連れていかれたあと、ムイタックは広場にいた兵士に「おしっこがしたい」と言った。兵士は「我慢しろ」と返事をした。

「でも、もう我慢の限界なんだ」

「ダメだ。そこで指揮官を待っていなさい」

「じゃあ、ここでしてもいい？」

ムイタックは「あ」と声を出して、小便を少しだけ出した。股間に生温かい液体が滴った。あまりの気持ち悪さに気を失いそうになったが、自分で頬を叩いて我慢した。

「ほら、もう出ちゃった」

兵士が「あちゃー」とムイタックの股間に注目している間に、腰元に吊り下がっていたナイフを左手で抜きとった。兵士が視線を戻すまでの間に、盗みとったナイフをそのままズボンのゴムに挟んだ。

「呼ばれるまで、我慢できないのか？」

「うん、あと一分で全部漏らす」

兵士はナイフを盗まれたことに気づいていなかった。

「ちょっと聞いてくる」と言って、彼は広場の奥を向いた。兵士が目を離した瞬間、ムイタックは集会所の裏へ一目散に走り、広場からの視界に入らないようにしながらそのまま丘の方へ向かった。目的ははっきりしていたが、頭の中は空っぽだった。心がついていかなかった。

すぐに広場から「子どもが逃げたぞ！」という声が聞こえた。ムイタックは丘の茂みをくぐり抜けて頂上の近くまで走った。丘の頂上から、指揮官が消えた方向へ繋がる近道があることを知っていた。とにかく走ること。それだけだった。今スピードを緩めれば、たったひとつだけ自分に残されたものを失ってしまう。こんなときでもほとんど反射的に働いていた理性のある部分がそう告げていた。父さんは殺された。母さんも殺された。村のみんなも殺されたし、叔父さんもノィも殺された。どれもこれも自分の力が足りなかったせいだ。今すぐ消えてしまいたい。

でも、まだ死ねない。

ティウンだけは守る。今までずっと自分を守ってくれたから。

七つの小さな丘を駆け足で登りながら、今の自分が一冊の書物の終わりなのか、あるいは始まりなのか、そんなことを考えた。その書物が自分と家族の話であれば、今物語は終わりに差しかかっている。では、どういった書物であれば、今の自分が序章になるのだろうか。唐突に、三歳の誕生日の記憶が蘇る。目の前にあるのは青い布だ。そのときはまだ叔父がいなかったので、部屋の仕切りが青い布だったのだ。どうでもいい記憶だった。忘れてしまっても誰も困らないし、そのことを覚えているのは、今やこの世で自分だけになってしまったかもしれない。そういえば、その青い布の前で、ティウンのTシャツのシミを落とそうとして、父親に「ダメだ!」と怒鳴られたことがあった。父がどうして怒ったのかは思い出せなかった。これもきっと、どうでもいい記憶だろう。オチもないし、幸せな気持ちになるわけでもないし、どこをどう切り取っても教訓にはならない。乾いた日に水を運ぶ母、木の根に座って汗を拭う叔父、我慢できないほど暑い日。頭に浮かぶのはそんなガラクタばかりだ。なんの意味もない。だが、自分が忘れてしまえば、世界にそういった瞬間が存在していたという事実は、永久に消え去ってしまうのだ。その事実の重みを感じる。家族が殺されたのだ。

涙が出そうになっていた。

賢くなるとは、臆病になることだ。

ロベーブレソンに凱旋した叔父が、スピーチで口にしようとしていた言葉だった。何も知らなければ勇敢でいられる。火の熱さを知らなければ焚き火に手を入れることができる。死の怖さを知らなければ崖から飛び降りることができる。前進するということは、遠くの光を見つけることではない。どれだけ前進しても、暗闇の向こうに光が見えることはない。前進するということは、暗闇の向こうに何かがあると知ることだ。何か自分の知らない空間がある。それを知る。

そしてそれがすべてだ。

頂上に出た瞬間だった。

ムイタックは、今自分が、もっとも会いたくない相手に会ってしまったことを認めた。

ソリヤがいた。

オンカーの黒い制服を着て、丘の上から村の様子を眺めていた。

「どうして?」

ムイタックはとっさにそう言っていた。ソリヤがこちらを向いた。久しぶりだった。ソリヤ。クメール・ルージュの支配下で自分がいろんなことをしたのは、彼女に追いつくためだった。彼女と遊んだときに積み残した謎を解いて、彼女に自慢するためだった。その瞬間になってそのことに気がついた。バタンバンで一緒に遊んだこと。負けたこと。楽しかったこと。考えたこと。いろんなことが一瞬のうちに溢れた。クメール・ルージュが入城して、彼女は街の雑踏に消えた。それがどうして。

この場所に軍服を着たソリヤがいることを理解できなかった。

どうして？

なぜ？

驚いた様子もなく、ソリヤは「ごめんなさい」とムイタックを見つめた。「言い訳はできない。すべて私のせい。あなたの家族が死んだのは、全部――」

「――絶対に許さないから」

ムイタックは自分の頭が沸騰しそうになっていることに気がついた。どうしてソリヤがここに？　何が起こっているの？

「君を殺す」

ムイタックは考えるより先にそう口にしていた。そんな経験は初めてだった。「絶対に殺す。本当なら今殺す。でも今は時間がない。だから次に会ったときに殺す」

ムイタックはすぐに走りだした。丘の下で、兵士たちがロベーブレソンの村人を地面に埋めていた。ひとつの土地に神が宿り、土地が時間という土壌に根を張るのは、その土地で生まれた人間がその土地で生き、その土地で死んで土に還ったときだ。父はそう言っていた。そうやって生命が継がれ、ようやく神は宿る。俺はこの村で生まれた最初の子どもだ。だから俺がこの村で死んだとき、ロベーブレソンは初めて時間の一部になる。ティウンやお前もそうやって死んで、時間の一部になる。そんな話を聞いたことがあった。丘の下で父が埋められていた。ロベーブレソンは時間の一部になった。ムイタックは涙を拭った。ティウンが連れていかれてから時間が経っていた。急がなければならなかった。背後でソリヤが何かを口にしたが、ムイタックには聞きとれなかった。

父さん母さん、村のみんな、ごめんなさい。

ティウンを助けるために走りながら、心の中でそう叫び続けた。

本書は、二〇一七年八月に早川書房より単行本として刊行された作品を文庫化したものです。

著者略歴　1986年千葉県生，東京大学大学院総合文化研究科博士課程退学。『ユートロニカのこちら側』で第３回ハヤカワＳＦコンテスト大賞受賞　著書『嘘と正典』（以上早川書房刊）

HM=Hayakawa Mystery
SF=Science Fiction
JA=Japanese Author
NV=Novel
NF=Nonfiction
FT=Fantasy

ゲームの王国《おうこく》
〔上〕

〈JA1405〉

二〇一九年十二月十日　印刷
二〇一九年十二月十五日　発行
（定価はカバーに表示してあります）

著者　小《お》川《がわ》哲《さとし》
発行者　早川浩
印刷者　矢部真太郎
発行所　株式会社　早川書房
郵便番号　一〇一－〇〇四六
東京都千代田区神田多町二ノ二
電話　〇三－三二五二－三一一一
振替　〇〇一六〇－三－四七七九九
https://www.hayakawa-online.co.jp

乱丁・落丁本は小社制作部宛お送り下さい。
送料小社負担にてお取りかえいたします。

印刷・三松堂株式会社　製本・株式会社明光社

ISBN978-4-15-031405-7 C0193

本書は活字が大きく読みやすい〈トールサイズ〉です。